desayuno
EN JÚPITER

desayuno
EN JÚPITER

ANDREA TOMÉ

Plataforma
Editorial

Primera edición en esta colección: febrero de 2017

© Andrea Tomé, 2017
© de la presente edición: Plataforma Editorial, 2017

Plataforma Editorial
c/ Muntaner, 269, entlo. 1ª – 08021 Barcelona
Tel.: (+34) 93 494 79 99 – Fax: (+34) 93 419 23 14
www.plataformaeditorial.com
info@plataformaeditorial.com

Depósito legal: B. 26.947-2016
ISBN: 978-84-16820-86-3
IBIC: YF

Printed in Spain – Impreso en España

Diseño de cubierta:
Lola Rodríguez

Fotocomposición:
Grafime

El papel que se ha utilizado para imprimir este libro proviene
de explotaciones forestales controladas, donde se respetan
los valores ecológicos y sociales y el desarrollo sostenible del bosque.

Impresión:
Liberdúplex
Sant Llorenç d'Hortons (Barcelona)

A las víctimas del atentado homófobo del club Pulse, Orlando, y a sus familias. A todas las personas que se identifican como *queer*; sin pedirlo, somos soldados que ponen en peligro su vida por el acto revolucionario de amar. Si seguimos luchando, día a día, es porque siguen matándonos.

«El agujero en mi corazón es tan grande,
espacio suficiente para que el cielo lo atraviese
cogiendo a Júpiter de la mano.
Puedo llenarlo con una montaña.
Puedo llenarlo con un nombre.»

ARACELIS GIRMAY

LA ÚLTIMA CARTA

Querida Ofelia

Así que esta es la carta número cuarenta y cuatro. Supongo que a Miss Wonnacott le habría hecho gracia, y de haberlo sabido se habría quitado las gafas de lectura (siempre se las quitaba antes de empezar a perorar, ¿recuerdas?) y habría dicho algo muy pretencioso pero en el fondo poético que a ti te habría encantado.

«El número cuatro simboliza la muerte en los países del este de Asia, ¿no es acaso muy adecuado que la última carta que os escribáis sea la número cuarenta y cuatro?»

Algo así, ¿verdad?

No quería escribirla, pero sabía que era necesario. Te lo debo, y si algo he aprendido de ti después de todo es que no hay nada más liberador que dejar de ser egoísta.

Nunca te gustaron los planes, ¿verdad, mi pequeña grulla? Nunca te gustó tampoco que te llamase así, ¿eh? Siempre dijiste que era una cosa entre Harlon y tú. Me gustaría volver a oír su voz; en realidad, solo lo vi una vez, pero hablabas tanto de él que tengo la sensación de conocerlo tan bien como a mí misma. Lamento que haya tenido que irse.

Nuestro plan era cogerlo todo (los libros de Miss Wonnacott, nuestras cartitas, las fotos de aquella Polaroid que te regalé por

Navidad, incluso los WhatsApps de urgencia de madrugada) y revisarlo juntas para no olvidar este año jamás. Supongo que las cosas se enredaron un poco.

Siento haberte hecho daño, pequeña grulla.

Siento todos los enredos.

Verás, al principio nadie me importa demasiado, pero luego, de alguna manera, las personas crecen dentro de ti, y crecen también tus sentimientos hacia ellas. Eso también me lo enseñaste tú.

Creo que deberíamos dejar de crecer la una dentro de la otra.

Si algún día quieres verme, o si me echas de menos, ve al campo de las liebres. Nunca hemos sido tan perfectas la una para la otra como aquella tarde.

AMOKE

OTOÑO

«Todas nacemos brujas.
Todas nacemos con magia.
Nos la roban al crecer.»
Madeleine L'Engle

«Adoro tu silencio.
Es tan sabio. Escucha.
Invita a la calidez.»
Ben Okri

OFELIA

-capítulo I-
OJOS Y PELO DE OTOÑO

«Veamos, ya ha terminado la temporada de las primeras naranjas del año; la de las naranjas Navel también. Solo un par de meses más y estaremos cosechando las naranjas sanguinas.»

La nota de papá no es demasiado larga (lo suficiente para caber en la etiqueta de cartón que pende del frasco de mermelada) ni está escrita con una letra especialmente buena (la normal de un hombre que se levanta a las cuatro de la madrugada para cuidar su huerto), pero el modo en que el sol se refleja en ella hace que parezca especial.

Papá escribe una nota cada vez que da con la fórmula de una nueva receta de mermelada. Cada nota es personal, naturalmente, y a medida que los clientes de su tienda de mermelada orgánica aumentan, aumentan también las horas que papá pasa cada noche escribiéndolas.

Voy a llegar tarde al hospital, de modo que recojo el frasco del umbral de la puerta, lo abro (la tapa emite un «clonc» que Harlon encuentra muy divertido), unto el índice de mermelada y me lo llevo a la boca.

Mandarina y semillas de amapola. Veredicto: no lo suficientemente cítrico.

Harlon mete también el dedo en la mermelada, claro, y se pasa todo el trayecto desde la puerta de casa hasta la parada del bus chascando la lengua y emitiendo el tipo de ruiditos que harían arquear las cejas a mi abuela Rita. Cuando al fin habla, lo hace dando un paso atrás, otorgándose un poco de espacio para perorar. Siempre está haciendo payasadas semejantes.

—He probado cosas mejores —dice—. Una vez preparé mi propio licor de pasas, ¿sabes? No es difícil, ¿eh? Basta con tener un buen lugar donde…

Se interrumpe porque una señora acaba de colocarse detrás de nosotros en la cola del autobús. Otra cosa que Harlon siempre hace es detenerse ante las mujeres de cierta edad, a las que llama damas, y saludarlas pomposamente.

La señora está comprobando el horario de los autobuses y no le hace caso, lo que a Harlon no le complace demasiado.

Harlon es el chico que vive en la habitación de invitados. Papá siempre anda quejándose de lo ruidoso que es y de cómo deja las sábanas todas arrugadas y de su costumbre de dar portazos a las visitas inesperadas, pero a mí me cae bien. Me gusta que tenga los ojos y el pelo del color del otoño, y me gustan sus historias y su sentido del humor, y ante todo me gusta que encuentre marcapáginas para los libros que se amontonan en el suelo de mi dormitorio.

—Te tiemblan las piernas —recalca Harlon. Es rematadamente observador.

—Cierra el pico, es un día importante —replico, enroscándome un mechón del flequillo en el dedo, que todavía huele a mermelada.

—¿Por eso te has vestido como una lesbiana de los años treinta? ¿O es tu manera de boicotear a la industria de la moda?

Le hago un corte de mangas antes de que pueda decir algo más. Por desgracia, la señora detrás de él me ve. Una mañana más me meto en líos por culpa del tontorrón de Harlon Brae.

El hospital Pernhos Stanley de Holyhead, Gales, parece una enorme figura de origami hecha de cristal. Hace dos meses que trabajo aquí (uno menos del tiempo que llevo viviendo en Holyhead con papá), y los doctores y las enfermeras, y también algunos de los pacientes más asiduos, ya me conocen y me saludan al pasar.

—¿Por qué todo el mundo es tan amable contigo? —me pregunta Harlon mientras le muestro mi tarjeta de voluntaria a Miss Lark, la recepcionista.

—Tu paciente está en la cuatro cero cuatro, bonita —dice Miss Lark, que me observa con sus pequeños ojos negros de pajarito por detrás de sus gafas de media luna—. Ármate de paciencia, porque es de las difíciles.

—Ah, ¿y qué paciente no lo es? —digo, y le saco la lengua a Harlon cuando Miss Lark se da la vuelta para coger la historia de Miss Wonnacott, mi nueva paciente.

Las historias que nos entregan a los voluntarios de la Asociación Hiraeth no son muy extensas. Hiraeth es una palabra galesa intraducible (para ser honesta, una de las pocas palabras galesas que conozco) que define la nostalgia por un lugar específico de nuestro pasado. Puesto que la mayoría de los moribundos eligen volver a los lugares en los que habitaron en épocas más felices, nuestra fundadora, Anna Rosewood, consideró que Hiraeth era un nombre muy apropiado para la asociación.

El hecho de que nos encarguemos exclusivamente de pacientes moribundos explica por qué las historias que nos entregan son tan breves. Solo hace falta conocer un par de detalles (nombre, edad, lugar de procedencia, ocupación, familia y enfermedad) para consolar a una persona a la que ya no le queda demasiado tiempo en este mundo.

—¿Que por qué todo el mundo es tan amable conmigo? —le digo a Harlon cuando entramos en el ascensor—. Bueno, es que soy encantadora.

—Encantadoramente pedante.

—¡Bah!

—Por eso conseguiste a Miss Wonnacott —insiste, el muy pesado, dándome un golpecito en el codo—. He visto a los periodistas, ¿sabes? Todo el mundo quiere estar presente para escuchar las últimas palabras de la novelista más célebre en habla inglesa de los últimos cincuenta años. Eso es lo que oí en la tele.

—¡Yo no quiero escuchar las últimas palabras de Miss Wonnacott! —digo, aunque soy consciente de que eso es una mentira soberanamente grande—. Además, estoy convencida de que no va a morirse. Lleva como cuatro años muriéndose. Apuesto un brazo a que a estas alturas es inmortal.

—No me interesa tu brazo; está demasiado paliducho, y ese eccema de ahí parece picar mucho. Me apuesto un mes de chocolatinas Mars a que estarás presente cuando Miss Wonnacott estire la pata. ¿Trato?

—Trato —digo, estrechándole la mano.

Soy la tercera voluntaria que se encarga de Miss Wonnacott, lo que significa que «la novelista más célebre en habla inglesa de los últimos cincuenta años» ha estado tres veces a las puertas de la muerte. Literalmente.

Miss Virginia Wonnacott tiene, además de casi cincuenta libros traducidos a más de veinte idiomas, noventa y un años y ataxia espinocerebelosa de tipo 6. En resumidas cuentas, a pesar de que mantiene su inteligencia y sigue publicando una media de un libro al año, Miss Wonnacott está perdiendo las funciones más básicas de su cuerpo: la coordinación, el movimiento, el habla e incluso la capacidad de comer.

Hoy me han llamado por una infección en los pulmones, lo cual, he aprendido, no resulta del todo anormal en una paciente que lleva casi cinco años en el hospital.

Teniendo todo esto en cuenta, y el hecho de que ya ha requerido nuestros servicios tres veces, la posibilidad de que Miss Wonnacott realmente sea inmortal parece, bueno, plausible.

—Aquí se separan nuestros caminos, compañera —dice Harlon, que da una de sus teatrales palmadas al aire para finalizar la conversación.

—¿Y qué vas a hacer? ¿Molestar a las enfermeras?

—¡Ah, eso solo ocurrió una vez! Un momento de bajeza, sin duda. Creo que voy a dar un paseo por el jardín. Si me entero de algún cotilleo interesante, tú serás la primera en saberlo.

El cuatro, el cero y el cuatro en la puerta de Miss Wonnacott se erigen ante nosotros, tan desnudos que nadie imaginaría la leyenda literaria que se esconde tras ellos. La prensa no tiene permiso para entrar en el recinto, y el personal médico es demasiado profesional para molestar a Miss Wonnacott, pero aun así es difícil no reparar en los cuchicheos de los estudiantes de medicina y en las miradas de soslayo de las enfermeras.

—Me pregunto por qué Miss Wonnacott habrá requerido nuestros servicios —susurro, pero Harlon ya se ha ido.

Es cierto que Miss Wonnacott nunca se ha casado (un tema que todas sus biografías no autorizadas atribuyen a su lesbianismo encubierto y a una tormentosa relación con una rica heredera estadounidense allá por los años cuarenta), y que es la última descendiente de una familia muy pequeña del norte de Gales, pero si hay algo por lo que Miss Wonnacott es famosa es por su tendencia a la reclusión. Solo ha concedido catorce entrevistas en los últimos cincuenta años, y únicamente ha aceptado firmas de libros cuando los beneficios de estas iban dirigidos a la caridad. ¿Por qué Miss Wonnacott querría entonces que no una sino tres voluntarias estuviesen con ella en los últimos momentos de su vida?

Escuchar sus últimas palabras...

Mientras abro la puerta de la habitación cuatro cero cuatro me pregunto si la misteriosa Miss Wonnacott no tendrá algún tipo de mensaje para mí.

-capítulo 2-
LAS MANOS DE MISS WONNACOTT

Ninguno de los pacientes se queda demasiado tiempo en mi vida, y no todos ellos consiguen dejar una huella profunda en mi memoria. Verás, tras dos meses de voluntariado en una asociación como Hiraeth, ves muchas caras, oyes muchas historias y coges muchas manos.

Recuerdo muy vivamente las manos de mi primera paciente, aunque su historia no fuese nada fuera de lo común. Su nombre era Mary O'Higgins. Se trataba de una inmigrante irlandesa muy mayor, viuda y sin hijos, que tenía un cáncer en la sangre en estado avanzado. Sus manos eran pequeñas y regordetas, y me sorprendió la ausencia casi total de arrugas en ellas. Sobre las mías, parecían pertenecer a una chica de mi edad, y en aquel momento pude ver en los ojos azules de Mary O'Higgins un vestigio de cómo había sido de joven.

Me habían gustado las manos de Veronica Currahee, una cantante de ópera relativamente célebre, con dedos de pianista y unas venas tan delicadas que parecían plumas. Veronica Currahee había acariciado mis nudillos antes de morir, y en ese instante creí oír una de las canciones que tan famosa la habían hecho en su juventud.

Jamie Lucas había sido mi único paciente joven. Tenía veinticuatro años, padecía fibrosis quística y hacía turismo por las islas de Gales cuando sus pulmones se llenaron de agua y dejaron de funcionar. No quería que sus padres lo viesen morir, así que el hospital contactó conmigo. Las manos de Jamie eran muy suaves (pues jamás habían conocido el trabajo) y estaban muy morenas, y permanecieron cálidas mucho tiempo después de que él hubiese muerto.

Miss Wonnacott, al igual que Jamie, ha sido ingresada en el hospital con una insuficiencia respiratoria, pero sus manos no podrían ser más distintas de las de él. Todo lo que en Jamie era moreno, suave y regordete, en Miss Wonnacott es pálido, rugoso y esquelético, como también es pálida, rugosa y esquelética la propia Miss Wonnacott, que me mira arqueando su poblada ceja izquierda.

—Buenos días, Miss Wonnacott, soy Ofelia Bachman, de la Asociación Hiraeth —digo, mientras dejo mi bolso sobre la silla de las visitas—. ¿Cómo se encuentra?

Me doy cuenta de la estupidez de mi pregunta inmediatamente después de formularla. Si han contactado con nosotros, ¿cómo diablos va a encontrarse?

La ceja izquierda de Miss Wonnacott se alza tanto que termina por desaparecer bajo su flequillo plateado.

—Oh, si estoy en la plenitud de la vida, bonita. Os llamé porque quiero escribir una novela sobre una voluntaria inocentona que se enfrenta a la inevitabilidad de la muerte, y pensé que una de vosotras podría ayudarme a documentarme.

Las palabras de Miss Wonnacott son una serie de silbidos ahogados por la mascarilla de oxígeno.

Sonrío y me siento en la silla.

—Veo que conserva el buen humor, ¿eh? Eso está muy bien, es...

—¿Una buena señal? —replica ella, haciendo un esfuerzo hercúleo para quitarse sus enormes gafas de lectura—. Dime, Ofelia Bachman, ¿tus padres leyeron a Shakespeare?

Tardo un par de segundos en contestar, en primer lugar porque no termino de creerme que esté aquí, junto a mi escritora favorita desde que tenía trece años, y en segundo lugar porque es más difícil de digerir todavía el hecho de que Miss Wonnacott se interese por mi nombre y mis padres.

La sorpresa debe de hacerme parecer subnormal, porque Miss Wonnacott pone los ojos en blanco de manera bastante abrupta.

—¡De hecho, sí! Verá, mi padre, bueno, él es escritor, como usted, aunque ahora no se dedica mucho a la escritura. En realidad solo ha escrito un libro, *La tragedia de Shylock: lecturas de «El mercader de Venecia», del Holocausto a la actualidad*. Es que es judío, ¿sabe?

—Si la procedencia del apellido Bachman no me lo había dejado claro, supongo que ahora sí lo sé. Y dime, Ofelia Bachman, ¿tu padre no ha leído *Hamlet* o sencillamente no le importó nombrarte en honor a un personaje mentalmente inestable que se suicida al final de la obra?

Vuelvo a sonreír, y esta vez mis comisuras tiemblan tanto que casi resulta incómodo mantener la sonrisa.

—Bueno, Ofelia fue el único nombre de heroína de Shakespeare que convenció a mi madre. Tengo un hermano, Lisandro, y él cree que ha tenido menos suerte que yo con el nombre. Lisandro es la variante española de Lysander, claro, pero es que mi madre es de...

—Jesús, niña, ¿siempre hablas tanto o estás haciendo una concesión conmigo? Recuerdo claramente a las otras dos voluntarias, y ninguna sentía un afán especial por ponerse a parlotear. Para ser sincera, me dio la sensación de que ambas simplemente se sentaron ahí a verme morir.

—Disculpe, Miss Wonnacott —digo, y me doy cuenta de que estoy jugueteando con las puntas rubias de mi peluca—, le aseguro que suelo ser más profesional, pero estoy nerviosa. Me encantan sus historias, sobre todo la Trilogía de la Guerra. Nunca sé cuál de los tres libros me gusta más.

—Espero que no traiga un ejemplar para firmar en ese bolso suyo. Verá, señorita Bachman, no planeo morirme hoy, pero lamentablemente mi enfermedad es de una opinión distinta, y comprenderá que la idea de pasar mis últimos momentos de vida firmando libros no resulta demasiado atrayente.

—Bueno, en realidad…

Antes de que a Miss Wonnacott le dé tiempo a responder, introduzco la mano en el interior de mi bolso y saco un ejemplar muy viejo y muy maltratado de *El mirlo de papel*, el segundo libro de la Trilogía de la Guerra.

—¡Ya está firmado!

Y, para ilustrar mi afirmación, abro la novela para mostrar, en la página amarillenta, una firma en cursiva escrita en tinta verde.

—Es una primera edición de 1949 —digo, aunque es evidente que Miss Wonnacott, de entre todas las personas, debe de saberlo—. Me costó mi paga de un año, pero igualmente la compré por eBay.

—¡Menuda manera de tirar el dinero! —replica Miss Wonnacott, y su voz suena como un violín mal afinado.

—Es un libro muy especial para mí. Es divertido, y tengo un amigo, Harlon —me detengo un momento, porque no estoy muy segura de que «amigo» sea el término más apropiado a la hora de hablar de Harlon—, que me recuerda mucho al protagonista. Los dos son igual de... peculiares. Además, me gustan las cosas de segunda mano. Creo que guardan algo de las personas que las poseyeron antes.

—Eso explica la ropa —dice Miss Wonnacott, su rostro un mar de arrugas y escepticismo—. Creo recordar que tuve un par de pantalones parecidos allá por los años cincuenta.

Y arquea otra vez la poblada ceja izquierda, de manera que puedo leer perfectamente en ella una pregunta.

«Por favor, señorita Bachman, dígame que no se ha dedicado a revolver en los mercadillos hasta encontrar un par de pantalones de *plaid* idénticos a los que yo llevaba en esa fotografía para el *New York Times*.»

—¡Oh, no, estos eran de mi abuela Jo! A ella también le gustaban sus libros, ¿sabe?

—¿No me digas? —masculla Miss Wonnacott entre respiraciones de acordeón—. Supongo que tu abuela te transmitió el placer por la lectura, y por eso ahora mis libros son tan especiales para ti, ¿no es así?

—Pues, en realidad... —empiezo, pero me veo obligada a detenerme.

Miss Wonnacott ha finalizado su observación con una risita. De algún modo, es como si esa repentina salida de aire hubiera resultado excesiva para su frágil cuerpo, que se retuerce sobre sí mismo. Sus ojos, del pesado gris plomizo del metal, se cierran mientras la máscara de oxígeno se empaña.

Presiono el interfono, tratando de mantener la compostura. Al fin y al cabo, esta es una muerte no muy distinta a tantas otras muertes.

La mascarilla del señor Oscar Shilling, de ochenta y cuatro años de edad, también se empañó como la de Miss Wonnacott, y sus manos callosas también se relajaron, inertes, como las de Miss Wonnacott.

Las cojo y las aprieto entre las mías. Esta es la parte menos favorita de mi trabajo, porque en el segundo en el que las dos manos se encuentran puedes sentir la desesperación con la que el paciente trata de aferrarse a la vida.

Con Miss Wonnacott, sin embargo, no ocurre lo mismo. Su mano sigue fría y lánguida, como si nada, ni siquiera la literatura, la anclase a este mundo.

La enfermera, que entra en la habitación con una solemnidad casi religiosa, se dirige directamente a la vía intravenosa de Miss Wonnacott y vierte más líquido en el recipiente antes de aumentar la presión de la bomba de oxígeno.

Los dedos de Miss Wonnacott acarician las arruguitas de la palma de mi mano. Sus labios se mueven sin decir nada.

Todo se queda en un silencio moteado por los pitidos de las máquinas y el ruido blanco de la bomba de oxígeno.

—¿Está…? —le pregunto a la doctora DeMeis, que ha entrado con la enfermera.

—Podríamos perderla pronto —dice ella, ajustando la mascarilla de oxígeno sobre la afilada nariz de Miss Wonnacott.

—Todavía no —afirma Miss Wonnacott, su rostro retorciéndose con cada tos—. Todavía… hay… historias…

—Dale otra dosis de morfina —le dice la doctora DeMeis a la enfermera.

Conozco esta parte del proceso. La he visto incontables veces. En Jamie Lucas y en Oscar Shilling y en muchos otros.

A pesar de las «historias» y de todos los esfuerzos, las vías respiratorias de Miss Wonnacott se están obstruyendo, y dentro de poco dejarán de funcionar. Después, muy lentamente, el corazón se parará, y mi novelista favorita dejará de existir.

Veo cómo la intuban, aunque esa es otra de las partes menos favoritas de mi trabajo, y la doctora DeMeis me pide que me quede con ella «hasta el final».

—Claro, es mi trabajo. Me quedaré aquí hasta… bueno, hasta que ya no me necesitéis —le digo, y tanto ella como la enfermera me dejan a solas con Miss Wonnacott, que hasta hace unos minutos se reía de mi nombre y de mis pantalones anticuados.

«Vieja loca.»

Aunque sé que está muy pero que muy mal, no puedo evitar pensarlo. Incluso así, intubada y profundamente sedada, parece que la expresión de Miss Wonnacott sea de burla y ligero escepticismo.

Mientras la observo, escribo en la última página en blanco de *El mirlo de papel*:

Sábado 8 de octubre de 2016
11:17 am--> Miss Wonnacott podría irse pronto

Dos horas y media más tarde, añado:

13:45 pm--> Miss Wonnacott se ha estabilizado (aunque sigue necesitando oxígeno).
    Miss Wonnacott: 3
    La muerte: 0
    ¡La vieja loca realmente es inmortal por derecho propio!

-capítulo 3-
UNA CONSTELACIÓN DE PECAS

Hay una chica en la pequeña sala de espera frente a la habitación de Miss Wonnacott. Tiene un libro entre las manos (su autora no es Virginia Wonnacott), el pelo muy oscuro y enredado (como una nube castaña alrededor de su cabeza) y una constelación de pecas sobre la nariz y los pómulos.

Abandona la lectura al reparar en mi presencia. Sus ojos son muy grandes y castaños, como los de una cría de cervatillo.

—¿Ha fallecido Miss Wonnacott? —pregunta, en voz tan baja que me da la sensación de que teme la respuesta.

—¿Eres parienta suya? —digo a mi vez, y me doy cuenta de que mi pregunta es estúpida porque:

a) Miss Wonnacott es la última descendiente de una familia muy pequeña del norte de Gales (creo que ya he hablado sobre ello).

b) Si fuera familia de ella, sin duda la habrían llamado antes que a mí.

c) No podría haber una persona más distinta de Miss Wonnacott que esta chica, con su piel leonada, su cuerpo regordete y sus rasgos armónicos y suaves.

Las pecas de la chica quedan ocultas bajo un rubor muy pronunciado.

—No, en realidad no… soy Amoke Enilo, la… la voluntaria que se ocupó de Miss Wonnacott, bueno, ya sabes, la otra vez que…

—Que casi estira la pata —digo, y me parece oír la risita ratonil de Harlon Brae a mis espaldas, casi animándome: «Vamos, grulla, el sentido del humor es im-pres-cin-di-ble en tu profesión, ¿no?».

Amoke Enilo no debe de ser de la misma opinión que él, porque todo su cuerpo tiembla como si tuviese ante ella algo sórdido y peligroso.

—Así que…

—Está estabilizada, pero no creo que la dejen salir del hospital.

—Es muy muy pero que muy mayor…

—Es una mujer de hierro —digo, aunque no creo que a Virginia Wonnacott, de la que se rumorea que destinó fondos al Vietcong allá por 1969, le haga mucha gracia que la comparen con Margaret Thatcher—. Oye, ¿de verdad eres una chica de la Hiraeth? Porque no me suenas.

No somos muchas en la asociación. Cogerle la mano a moribundos no es el trabajo más alegre que una puede conseguir, supongo.

Amoke niega con la cabeza, y todo su pelo parece arder bajo la luz del sol del mediodía que entra a raudales por la ventana.

—Lo era —dice—. Lo dejé después de…

—Ya.

Encargarse de Miss Wonnacott no es precisamente agradable.

—Ella fue mi última paciente.

Lo que os decía.

—Me… bueno, me estoy planteando volver.

—Ah.

Amoke Enilo se encoge de hombros. Su rebeca de lana (que es muy roja y algo vieja, aunque no del estilo que haría arquear una ceja a Miss Wonnacott) se resbala por su hombro.

—A veces se echa de menos, supongo. Fui voluntaria durante casi dos años.

Asiento. Amoke, a quien la situación debe de parecerle tan incómoda como a mí, mira la hora en su móvil y se lleva una mano al flequillo.

—¡Madre mía! Voy a llegar tarde. —No especifica adónde—. En fin, ha sido un placer…

—Ofelia, como la de *Hamlet* y la de *El laberinto del fauno*. Ofelia Bachman —me presento, y tengo cuidado de extender la mano derecha ante ella.

Amoke estira los labios, se seca el sudor de su propia palma sobre la falda, y me presenta una mano pequeña y temblorosa.

La piel de Amoke es cálida y muy suave, y está cubierta de un vello muy fino que se vuelve dorado con la luz.

—Encantada —digo, empleando el tono formal y obscenamente aburrido que reservo para las entrevistas de trabajo, los clientes de papá y las personas que parecen hablar única y exclusivamente en ese mismo tono.

—Tanto gusto —asiente Amoke, y ahora su cara tiene el

color de las ciruelas maduras—. En fin, de verdad que tengo que… ¡Adiós!

Y se va con tanta prisa que ya se ha convertido en una manchita ocre cuando yo grito:

—¡Ya nos veremos, entonces!

Pero Amoke se ha ido, dejando tras ella un olor muy peculiar a perfume de lilas en el aire, y una copia vieja —pero bien cuidada— de la última biografía publicada de Charles Darwin.

—¡Eh, Amoke! —la llamo, pero ya no puede oírme, así que me guardo el libro en el bolso y echo a correr en la dirección en la que ha desaparecido.

Llego a la parada del autobús con un reguero de sudor deslizándose por el puente de mi nariz y la cabeza tan caliente que parece estar coronada por un halo de llamas. Delante de mí no hay ni rastro de Amoke; tan solo la pradera moteada de margaritas frente al hospital y un alegre rebaño de ovejas que no me dirige ni un mísero balido.

—¡Chica, coge aire, que no quiero seguir trabajando!

Esther asoma su espesa cabellera rizada por el cristal de la marquesina y me hace un espacio a su lado para que me siente. Me acomodo, y me quito la peluca rubia de un manotazo, lo que hace que la única otra persona que está esperando el autobús (un niño pelirrojo de unos diez años) deje caer su piruleta al suelo por la sorpresa.

—Menudo cambio, ¿eh? —le digo, y él solo me responde con un golpe de cabeza antes de fingir que está muy interesado en su cartera de *Star Wars*.

—¿Sigues teniendo ese bote de Roots que compramos en Lush? —me pregunta Esther, que arruga su pequeña nariz en forma de botón al observar las zonas calvas en mi coronilla y detrás de mi oreja izquierda.

—Sí, pero creo que mis *roots*[1] están demasiado dañadas.

Me enrosco lo que me queda de flequillo en el índice antes de darme cuenta de lo que estoy haciendo. Esther me aparta la mano y me ofrece una de sus pulseras para que tenga los dedos entretenidos en algo más que mi pelo masacrado.

—Estoy buscando a una chica que se dejó un libro en la sala de espera. ¡Oye, a lo mejor la conoces! —Esther lleva tres años como voluntaria en la Hiraeth—. Se llama Amoke, Amoke... Enilo.

—¿Amoke Enilo? —repite Esther, moviendo sus labios pintados de rojo como Sabrina en *Embrujada*.

—Dijo que también era de la Hiraeth, pero lo dejó antes de que yo viniese. Se ocupó de Virginia Wonnacott (que sigue viva, por cierto) justo antes que yo.

—¡Ah, Amoke Enilo, ya, esa chica tan rara! Siempre se iba corriendo cuando acababa su trabajo...

—A mucha gente no le gusta el hospital.

—Supongo, pero nunca se quedó a comer con nosotras, ni vino a las cenas anuales ni nada. Debo de tener su número por ahí, en alguna parte, porque estaba en el grupo de WhatsApp...

Habla sin mucho interés mientras sacude su pierna morena. A veces me da la sensación de que Esther tiene los números de teléfono de más de la mitad de los habitantes de Holyhead, además de muchos otros que consigue vía Tinder. Su vida social es más o menos tan ajetreada como la de una *socialité* neoyorkina.

—Oh, sí —dice, con el entusiasmo preciso, y un par de segundos después siento mi móvil vibrar desde el interior

---

1. Raíces.

de mi bolso—. Ya está. Lo que me recuerda, ¿tienes esta noche libre?

—Siempre tengo las noches libres para ti, mi amor —le digo, y el niño nos mira con el rabillo del ojo porque debe de pensar que somos una pareja de amantes lesbianas.

—Perfecto, porque he conocido a unos gemelos guapísimos en Tinder, y ya le dije a uno que irías. ¿Cuál prefieres, el dentista o el ingeniero?

Respondo con algo que suena como «nnnnhhh», y que es mi código secreto para «no me apetece en absoluto».

—Esther, me encantaría, pero ya sabes que Lisandro solo me deja salir con chicos que tengan tres extremidades o menos, y no creo que ni el dentista ni el ingeniero cumplan los requisitos.

—¡Lisandro está en España! Además, estoy segura de que bromeaba cuando dijo eso.

—No sé, Lisandro se toma muy en serio el tema de las amputaciones…

—En Halloween se disfrazó de víctima del ataque de un tiburón. Venga, ¿cuál es el problema?

—Bueno… empieza por «a los chicos» y termina por «no les gusto». Va, Esther, admítelo, soy demasiado fea para encontrar novio en Tinder. Pero no me importa, porque eso quiere decir que viviré una historia de amor trágica de heroína de Jane Austen. Y sabré que mi novio está conmigo gracias a mi encantadora personalidad y a todas las curiosidades científicas que conozco. Además, siempre me queda JSwipe.

JSwipe es, según su publicidad, el portal de citas *online* más popular entre la comunidad judía. Claro que la comunidad judía de Gales es ridículamente pequeña, y la mayoría de las chicas judías que conozco preferirían vivir a base de *matzá*[2] un año antes que recurrir a JSwipe, así que no importa lo fea que seas: siempre tendrás a un chico judío y rico en JSwipe ardiendo en deseos de hacer algo más contigo que masturbarse con tu foto.

Cuando llego a casa, me encuentro a papá dormido sobre una montañita de etiquetas sin cubrir, mi móvil vibrando con cinco mensajes de JSwipe (os dije que funcionaba) y a Harlon sentado sobre la encimera, engullendo un trozo obscenamente grande de la *pizza* margarita de ayer.

—¿La vieja ha estirado la pata? —me pregunta con la boca llena de queso.

—No, así que, amigo mío, me debes un mes de chocolatinas Mars —le recuerdo, mientras dejo caer mis cosas a su lado.

Harlon tuerce el gesto.

—Todavía no ha quedado demostrado que sea inmortal, pero te regalaré una sola chocolatina como premio de consolación.

Tiene la cara hundida en el interior de mi bolso, el muy cotilla, así que no sé si está de broma o no.

—¿Darwin? —dice, su voz un treinta por ciento más nasal que de costumbre, levantando el libro de Amoke Enilo.

—¡Eh, la evolución es un hecho!

—Discutible —replica, dejando el libro al lado como si tuviese una extraña enfermedad contagiosa.

—Lo que tú digas, bicho raro. Además, el libro no es mío. Se lo dejó una chica en…

Cojo el móvil para enviarle un mensaje a Amoke en el momento preciso en el que empieza a sonar. Reconozco

2. Pan compuesto de harina sin fermentar y agua, consumido típicamente durante la Pascua judía.

el número como el del hospital, así que descuelgo ignorando las quejas de Harlon.

—¿Sí?

—Ofelia… Bachman…

La voz al otro lado de la línea es rasposa, y se ve cortada por un par de respiraciones como de acordeón…

—¿Miss Wonnacott?

—Ofelia Bachman, ¿quieres escuchar una historia… una… buena historia?

AMOKE

-capítulo 4-
EL OLOR DE LAS *CRÊPES*

No puedes lamentar la muerte de todo un ejército. Es posible llorar las vidas individuales de sus soldados (aquellos a quienes conoces personalmente, aquellos de los que has leído u oído hablar, aquellos cuyos rostros puedes reconocer), pero nadie tiene la capacidad de vestirse de luto por un ejército en su totalidad. Esto es algo que aprendí gracias a los libros de Virginia Wonnacott.

Antes de que fuese mi paciente, yo nunca había tenido entre mis manos un libro de Virginia Wonnacott. Miento. Todo el mundo en Reino Unido (en Europa, me atrevería a decir, o —más aún— en Occidente) conoce a alguien que haya leído a Virginia Wonnacott, o ha entrado en una librería para darse de bruces con carteles gigantescos con la cara arrugada de una mujer de melena plateada y ojos inquisitivos. Lo que quiero decir es que a mí nunca me habían llamado la atención tales libros. No me gusta la ficción.

Lo primero que supe de Virginia Wonnacott es que se trataba de la primera paciente de ataxia a la que trataba. Solo después supe su nombre. Me picó la curiosidad porque me resultaba conocido, pero para mí la fama de Miss Wonnacott siempre ha sido algo secundario.

Cuando Tayo y yo éramos niños, mamá y papá nos llevaban a desayunar al Café Milano cada domingo. Por eso, y porque queda tan cerca de casa como del hospital, cuando era voluntaria solía tomar el tan necesitado café allí cada mañana. Ahora que ya no soy miembro de la Hiraeth, y ahora que me han admitido en la Universidad de Bangor y el presupuesto familiar ha caído en picado, he pasado de ser clienta a empleada.

Hace un año y cuatro meses que trabajo aquí de lunes a viernes todas las tardes, desde que salgo de mis clases hasta que vuelvo a casa para preparar la cena, y también todas las mañanas de los sábados y los domingos, desde la hora de apertura hasta que salgo corriendo para encargarme del almuerzo.

Esta es la razón por la cual me sorprendo tanto al ver a la chica de ayer en la mesa frente a la ventana panorámica de la cafetería.

Ofelia Bachman.

Sé que no la había visto antes porque su cara me llamó mucho la atención. No es precisamente guapa, pero de todos modos a mí siempre me han atraído las imperfecciones. Las narices demasiado anchas y largas. Los ojos caídos y hundidos. Las orejas grandes de soplillo. Los rostros asimétricos. Ese tipo de cosas.

Ofelia Bachman debe de tener el móvil en función de manos libres, porque está hablando a pesar de que es la única persona sentada a su mesa. Está riéndose, y dando cuenta de una de las enormes *crêpes* del Café Milano.

Ofelia no se fija en mí cuando paso por su lado la primera vez, cuando le entrego su pedido al rubicundo señor Meeks, director de la escuela primaria y cliente asiduo.

Sin embargo, cuando salgo de la cola aferrando el capuchino de la señorita Burroughs, encargada del hotel más pequeño y menos lujoso de Holyhead, Ofelia levanta la vista de su novela de bolsillo y me mira. Muy fijamente.

—¡Mierda!

Doy un paso atrás que me hace chocar contra un señor de mediana edad (y casi verter el café de la señorita Burroughs), porque, de todas las cosas del mundo, no me esperaba que lo primero que dijese Ofelia Bachman al verme fuese «¡Mierda!».

Esta no es una buena manera de empezar una conversación con una chica por la que te sientes sexualmente atraída.

—¡Mierda! —repite—. ¡Se me olvidó! Tu libro… Charles Darwin, ¿no? Mi amiga Esther Loewy (no sé si te acuerdas de ella, también es de la Hiraeth) me pasó tu número, pero se me olvidó.

No digo nada, porque estoy demasiado concentrada en Ofelia-Bachman-en-sí, y en el hecho de que ha debido de cortarse el pelo, porque su larga melena ha quedado reducida a un corte *pixie* que me recuerda a la protagonista de *Rosemary's baby* y a la modelo inglesa Twiggy.

Ofelia debe de notarlo, porque instintivamente se lleva una mano al flequillo y dice «¿Amoke Enilo?» como si temiese haberse equivocado de persona.

—Sí… pero no importa. Lo del libro, digo. Es… apenas había empezado a leerlo.

—Darwin, ¿eh? ¿Estudias biología?

Dejo el pedido en la mesa dos (la señorita Burroughs tuerce los labios ante mi espeso pelo rizado) y me vuelvo hacia Ofelia.

—Enfermería.

—Lo sabía —dice ella, jugueteando con la pajita de su *latte* de caramelo—, tienes cara de estudiar ciencias. Es curioso, ¿no?

—¿El qué?

—Que estudies a los seres vivos cuando has pasado tanto tiempo rodeada de muerte.

Arqueo las cejas. Ofelia interpreta erróneamente este gesto, porque agrega:

—¿Muy macabro?

—Tengo una alta tolerancia a lo macabro —digo, y me despido con un gesto de la cabeza.

Cuando vuelvo a pasar por su lado, esta vez con la magdalena de arándanos del señor Dodge, excombatiente de la Segunda Guerra Mundial y paseador de perros a tiempo parcial, agrego:

—Tú estudias… mmmmm… ¿literatura? Tienes cara de estudiar literatura. O francés.

Suena bastante más como una frase de ligoteo de lo que planeaba.

«¿Estudias o trabajas?»

«¿Eres lesbiana o esta es una causa perdida?»

Según mi experiencia, las chicas que se cortan el pelo drásticamente y se visten deliberadamente como chicos en realidad no suelen ser lesbianas.

Ofelia Bachman se encoge de hombros. Todavía está jugando con su pajita.

—No estudio nada —dice—. Suspendí los exámenes de acceso a la universidad, así que tengo un año libre antes de volver a presentarme, porque el curso lo tengo aprobado. *Mais je parle un peu français. Et toi?*[3]

—*Un peu aussi* —digo, sonriéndole al señor Dodge al depositar su magdalena sobre la mesa—. *Pour savoir dire «mon français est très nul».*[4]

Ofelia Bachman ríe. Tiene una de esas risas que rompen en mil pedazos y parecen llenar la habitación.

—*Je crois pas que ton français soit très nul.*[5]

Después nos quedamos en silencio, y en mi cabeza el silencio se llena con vocecillas que repiten *je crois que tu es très mignonne.*[6]

Ofelia sonríe y baja la vista a su móvil, que se ilumina ante una llamada entrante.

Es de un chico, a juzgar por la fotografía. Con gafas de pasta y el flequillo sobre los ojos.

Sabía que no era lesbiana.

—Lo siento —dice, y pulsa rápidamente el botón rojo de rechazar llamada.

—¿Tienes pacientes hoy? —le pregunto.

Ofelia me mira.

—Solo una —responde, y se muerde el labio inferior.

Los segundos pasan muy muy despacio. Ofelia tarde una eternidad en apartar el teléfono y agregar:

—Miss Wonnacott.

Siento como si una mano fría y húmeda me retorciese las tripas desde dentro.

—Entonces... ¿está...?

3. Pero hablo un poco de francés, ¿y tú?
4. También un poco. Para saber decir «mi francés es terrible».
5. No creo que tu francés sea terrible.
6. Creo que eres muy mona.

Ofelia vuelve a morderse el labio inferior.

—En realidad, no. Creo que quiere hablar conmigo. ¿Hizo algo parecido contigo cuando fue tu paciente?

Niego con la cabeza. A pesar de que tengo una libreta con los datos de todos los pacientes que he tenido, Virginia Wonnacott es la única que ha llegado a importarme. El resto era trabajo. No un trabajo agradable, desde luego, pero uno puede acostumbrarse a casi todo.

—Es una mujer horrible —digo, y mis palabras son dulces pero dañinas en mi boca, como una fruta podrida.

Algo en el cuerpo de Ofelia Bachman se estremece.

—Yo creo que es genial. Aunque, bueno —una pequeña sonrisa de comisuras temblorosas—, no voy a negar que es posible que esté un poco... tocada del ala. Bastante. Como una regadera. Pero todos los grandes escritores lo están, ¿no? Lo estaban J. D. Salinger, cuyos *hobbies* incluían atacar a periodistas con su bastón y beberse su propio pis; Emily Dickinson, que era prácticamente una ermitaña, y Johnny Depp en esa película... disculpa, estoy hablando mucho otra vez.

—Me gusta la gente que habla mucho —digo, aunque en realidad me gustaría preguntarle por Virginia Wonnacott—. Yo no tengo mucho que decir.

—No me creo eso ni por un minuto. Suele ser al contrario. Me gusta la gente callada porque, cuando consigues arrancárselas, cuentan las mejores historias. ¿Por qué las guardáis con tanto celo?

Solo me encojo de hombros, de modo que ella comprueba su teléfono otra vez y dice:

—Tengo que ir al baño un segundo, ¿me esperas?

Se levanta y coge el bolso antes de que me dé tiempo a contestar, y no puedo evitar observarla mientras se aleja.

Cómo camina. El modo en el que se aferra a las mangas de su americana a cuadros al abrirse paso entre la multitud.

«Creo que quiere hablar conmigo…»

Se ha ido antes de que pudiera hablarle de Virginia Wonnacott, y ahora es demasiado tarde para que me quede a esperarla. Jimmy Race, mi compañero de calamidades como camarero, surge detrás de mí y me da un golpecito en el hombro.

—Momo, preciosa mía, malas noticias.

Jimmy se convierte en una confusión muy enredada de piernas temblorosas e improperios cuando hay malas noticias de verdad, de modo que suelto un largo suspiro y pregunto:

—¿La máquina de *frappé*?

—La máquina de *frappé*. Hoy te toca limpiarla a ti. Créeme, tengo un recuerdo muy vívido de la última vez que me enfrenté a esa jodida máquina.

—¿Ayer mismo?

—Ni me lo menciones. Todavía tengo secuelas psicológicas graves. Esta misma noche, sin ir más lejos, he soñado que un ejército de hielo y crema batida…

La voz de Jimmy Race se va difuminando a medida que se aleja para servir a un grupito de chicas de instituto de mejillas coloradas y risitas nerviosas.

Antes de marcharme cojo una servilleta de la mesa de Ofelia y garabateo:

Tengo que irme ya; trabajo ineludible en la cocina. Mañana tengo algo que hacer en el hospital. Si no te importa, podemos quedar y me devuelves el libro.
Bisous,
Amoke

El tiempo que me llevaría escribir otra nota me haría tener que explicarle a Jimmy Race quién es Ofelia Bachman y por qué acabo de ponerme en ridículo con una estúpida nota con una palabra en francés, de modo que soporto la rojez que me tiñe las mejillas al releer ese «*bisous*» y me voy.

Al pasar al otro lado de la barra veo a Ofelia Bachman, que coge la servilleta y la lee. Lleva una peluca morena y ondulada que le otorga cierto parecido a Virginia Woolf.

-capítulo 5-
EL PRINCIPIO DE UN HÁBITO

Hay una hora del día que me gusta especialmente. Cuando miro por la ventana, el cielo violeta está cuajado de estrellas; apenas hay gente en la calle, y los pocos transeúntes que hay van despacio, sin prisas, como si volviesen a casa tras una larga jornada de trabajo. Las únicas luces encendidas son las de las farolas (entre amarillo y naranja, dependiendo de la intensidad), las de las tiendas abiertas las 24 horas (distintos colores de neón), las de los *pubs* (ídem de ídem) y las de las ventanas de los trasnochadores como yo (generalmente azuladas, unas pocas veces también blanquecinas).

A esta hora tan mágica, cuando en casa solo se oye cómo papá teclea su tesis doctoral, Ofelia me envía el primer mensaje.

Sé que es ella porque la reconozco en la foto. Está con un chico que se parece lo suficientemente a ella como para ser su hermano en lo que tiene toda la pinta de ser una maratón benéfica.

> Te he visto conectada y te he hablado
> ¡Espero que no te hayas quedado dormida en mitad
> de una conversación!

> No te preocupes 😄
> Soy un alma nocturna

> Como los búhos y los murciélagos, ¿eh?

> Y los gatos y los rockeros borrachos
> ¿Qué me dices de ti?

> Normalmente prefiero la luz del día
> Sin desmerecer a los gatos y a los rockeros
> borrachos, claro
> Pero hoy he tenido una cita... interesante

> ¿Para bien o para mal?

> Me temo que mal 😄
> Esther (la de la Hiraeth) insiste en organizar citas dobles
> Y es una situación de lo más incómoda
> Sobre todo cuando se nota que han arrastrado al chico
> a ir, jaja

> Finje que estás interesadísima en él
> Rollo "creo que eres el amor de mi vida, casémonos"
> Al menos te lo pasarás bien

Esa lleva siendo mi táctica de ataque desde que tenía catorce años, cuando me di cuenta de que los chicos me parecían tan apetecibles como las hojas de lechuga de las hamburguesas del McDonald's.

Es una buena táctica.

Para los chicos que no aceptan un no por respuesta.

Para los que comentan la forma de tus caderas a voz en grito en plena calle principal.

Para los que se sientan a tu lado en la biblioteca y te dicen lo bonita que te encuentran.

Para los que insisten incluso después de oír la palabra «lesbiana» de tus labios.

Para los que te echan en cara que tu ropa/tu maquillaje/ tu pelo/tu excesiva feminidad lanzan mensajes equivocados sobre tu orientación sexual.

> Creo que lo haré 😖
> Oye, vi tu nota
> Espero no haberte ahuyentado con tanto parloteo :/

> ¡Todo lo contrario!
> Pero el trabajo en el café es un horror
> Espero como agua de mayo la hora de sentarme
> en el tranvía y leer
> Sobre, ya sabes, Darwin y esas cosas 😄

> Me encantan Darwin y esas cosas, jaja
> Creo que son terriblemente necesarias
> Mi amigo Harlon todavía no acaba de creerse la teoría
> de la evolución

> ¿Es cuáquero o algo así?

> Algo así 😄
> Mañana tengo que ir al hospital a las once
> ¿Te apetece quedar un poco antes en la cafetería?
> Así te devuelvo tu libro

Compruebo la hora en el calendario de mi móvil antes de contestar. Tayo tiene rehabilitación de diez a doce, lo que significa que este lunes no asistiré a ninguna de mis clases, pero puedo escaquearme un par de minutos. De todos modos, aprovecho para estudiar mientras Tayo hace sus ejercicios.

> ¡Perfecto!
> Pero no pidas una crêpe en la cafetería del hospital
> Saben a rayos

> Oh, lo sé
> Por experiencia propia, jajaja
> Quedamos así, entonces

> Sí 😄
> Por cierto, ¿qué tal Miss Wonnacott?

Ofelia tarda un par de segundos más de lo acostumbrado en contestar. Debajo de su nombre (la he guardado como Ofelia Hiraeth en lugar de Ofelia Bachman, porque Ofelia Bachman sonaba demasiado personal) aparece «escribiendo…». Desaparece. Vuelve a aparecer, y Ofelia dice:

> Oh, al final no quiso verme

No sé si creerla pero, bien pensado, tampoco tengo una buena razón para pensar que quizás está ocultándome algo.

> En fin, creo que tengo que acostarme ya
> (En realidad ya estoy acostada, pero ya me entiendes)
> Buenas noches 😄

> Noches 😄

Ofelia se desconecta, pero me quedo mirando su foto y nuestra conversación hasta que la pantalla de mi móvil se apaga. Incluso entonces sigo con el teléfono entre las manos y los ojos clavados en esa negrura, como si en ella se pudiese leer algo más.

Ahí está otra vez ese sentimiento patético y lacerante que tan poco me gusta. Es una especie de culpa sucia cuando hablo con una chica heterosexual. Como si yo fuese tan mala como todos esos chicos que desconocen el significado de la palabra no.

Como si fuese una depredadora sexual.

Como si las cosificase.

Como si tuviese otra vez catorce años y mis gustos fuesen Algo Peligroso Y Horrible.

Aunque sé que está mal y que no es así.

-capítulo 6-
ROSEWOOD

Cuando era pequeña me gustaba jugar a que Tayo y yo pertenecíamos a familias diferentes. Por un lado estaban él y mamá, que estaban hechos de luna y de fantasmas y de toda la luz del mundo. Por otro lado estábamos papá y yo, que éramos África y barro y la palabra «exótico» repetida tantas veces que empieza a parecer bonita. Me gustaba pensar que mamá y Tayo pertenecían a una familia (una familia blanca) y que papá y yo pertenecíamos a otra familia (una familia negra), y que vivíamos juntos por culpa de algún tipo de enredo como los de las *sitcoms* norteamericanas que papá y mamá veían cuando Tayo y yo estábamos en la cama.

Sé que la gente piensa lo mismo cuando nos ve, Tayo con sus ojos azules y su piel color hueso, y yo con mis ojos de fuego y mi pelo de leona. A la gente le gusta describirte con palabras así, y a veces incluso te miran con desconfianza porque tu piel es oro y miel en lugar de ébano.

En Tayo, un nombre yoruba[7] suena progre y *new age* y distinto y encantador. En mí, un nombre yoruba es una especie de apología política.

Me encuentro con la señora Rosewood, la fundadora de la Asociación Hiraeth, mientras bajo las escaleras para ver a Ofelia. Quería llamarla (no iba en broma cuando decía que planeaba volver a ser voluntaria), de modo que me alegro muchísimo de verla.

Me saluda con una sonrisa de ojeras y arrugas pronunciadas. La señora Rosewood siempre camina como si llevase sobre los hombros el peso de la asociación que fundó cuarenta años atrás.

—En realidad, hace un par de días que quería hablar con usted —le digo, y ella me responde alzando las cejas—. Estaba pensando en volver, pero… he oído que Virginia Wonnacott ha vuelto a…

—Oh, sí —asiente, echándose a un lado para dejar pasar a un celador—; por suerte, al final no necesitó nuestros servicios.

—Me alegro. También he oído que está buscando una enfermera…

Me invento una historia construida a partir de lo que Ofelia me contó, esperando que mis rumores ficticios tengan algo que ver con la realidad.

La señora Rosewood cierra los ojos, como si fuese doloroso organizar sus pensamientos.

—Pretende abandonar el hospital, aunque carece de autonomía, y se le ha metido entre ceja y ceja que la pobre chica que la asistió la última vez se convierta en su asistente per-

7. Grupo etnolingüístico del oeste de África.

sonal. Todavía tengo que hablar con ella (con la voluntaria, quiero decir), pero la doctora DeMeis ya le ha asegurado a Miss Wonnacott que ocuparse de ella es mucho trabajo y mucha responsabilidad para una muchachita de dieciocho años, y que de todos modos no es en absoluto recomendable que abandone el hospital, teniendo en cuenta su estado.

—Lo comprendo.

La señora Rosewood me mira de arriba abajo, como sopesándome, y algo brilla en su ojo derecho.

—Si a ti te interesase algo así… eres muy joven, claro, pero con tus estudios y tu experiencia…

No la dejo terminar.

—Me encantaría, pero no tengo un horario muy flexible. Aunque dejase el trabajo en la cafetería, solo dispongo de las tardes. Además, en casa…

La señora Rosewood asiente dos veces.

—Claro, claro, ¿cómo os van las cosas?

—No muy bien, en el sentido de comprar-una-silla-de-ruedas-y-tramitar la-tarjeta-de-discapacidad. Aunque él quiere caminar todo lo que pueda.

—Comprendo.

—Pero sigo interesada en realizar algún tipo de voluntariado. Quizá no en la Hiraeth, aunque espero que usted pueda ayudarme… si conociese alguna asociación que me permitiese ayudar a enfermos de ataxia…

El suspiro de la señora Rosewood me detiene. Su mano cae sobre mi hombro como un animal disecado.

—¿Realmente crees que es la mejor opción? En tu caso…

—Estoy decidida. Trabajar en la Hiraeth fue muy duro, pero me siento… —es difícil condensarlo todo en una sola palabra— inquieta. Ahora mismo necesito estar ocupada todo el tiempo, no sé si me entiende.

—Desde luego que sí —dice, con una sonrisa que parece arrastrada por su propio pasado, y me doy cuenta de que nunca le he preguntado qué la empujó a organizar una asociación como la Hiraeth—. Haré un par de llamadas. Te avisaré si encuentro algo.

—Muchas gracias —digo, y bajo las escaleras de tres en tres para llegar más o menos puntual.

Ofelia ya está en la cafetería, tomando una manzanilla y hablando por el manos libres, cuando llego.

—Disculpa, estaba hablando con mi amigo Harlon —dice, quitándose el auricular, y me invita a sentarme frente a ella.

—Hablas mucho de él.

—Es difícil no hacerlo. Si lo conocieras, te darías cuenta.

—Me gustaría hacerlo —le digo por cortesía, y ella sonríe. Tiene una sonrisa de un único hoyuelo y ojos cristalinos.

—Intentaré presentártelo —dice, y en ella las palabras suenan como una promesa apasionante.

—Disculpa que haya llegado tarde, por cierto, es que me encontré con la señora Rosewood…

—¿Ah, sí? He quedado con ella más tarde. Quería hablar conmigo. ¿Quieres?

Señala el medio sándwich de mermelada que hay ante ella y que rechazo por educación.

—Tranquila, no lo compré aquí. La mermelada la hace mi padre.

—Ah.

—Bachman e Hijos, maestros confiteros. Puedes comprarla en su página web y en tiendas especializadas. Mi padre llamó a la marca así porque espera que mi hermano Lisandro o yo heredemos el negocio en el futuro.

Arrugo la nariz y doy un mordisco al sándwich. La mermelada es de arándanos, y sabe a infancia y a verano.

—¿Lisandro? Todos en tu familia tenéis nombres de Shakespeare.

—Solo mi generación. Es que mi padre, antes de volverse un poco *hippie* y convertirse en un maestro confitero, era catedrático de literatura inglesa en la Universidad de A Coruña. Le pirra Shakespeare. Cuando yo era pequeña, pensaba que Shakespeare era su amante y que por eso él y mi madre se habían divorciado.

Sonrío, porque en realidad tampoco sé muy bien qué decir. No me gusta cuando me quedo sin palabras y mi boca parece un desierto.

—Mi padre es profesor de historia en un instituto de por aquí —digo, observando la laca de uñas rosa que acaba de desprenderse de mi meñique derecho—. Ahora está escribiendo su tesis doctoral.

—¿Ah, sí? ¿Y de qué trata?

Ofelia me dirige una sonrisa de gajo de naranja y el par de ojos más brillantes que he visto jamás. Para ella todo suena curioso y nuevo y excitante, como si fuese una niña por primera vez en un parque de atracciones.

—No es muy interesante. Algo sobre la peste negra en Escocia.

Pobre papá. En realidad, nadie en la familia está demasiado interesado en su tesis doctoral, aunque él siempre trata de sacar el tema en las comidas familiares (lo cual, como mamá siempre le recuerda, es una asquerosidad). Una vez Tayo fingió que le apasionaba la llegada de la peste negra a Escocia. Fue una asquerosidad.

—Me gusta la historia —dice Ofelia, dándole un último sorbo a su manzanilla—. Quizá acabe estudiando eso, aunque también me interesan la física y las matemáticas y no sé cuántas cosas más. Odio tener que tomar una decisión tan importante tan pronto, ¿tú no? A lo mejor por eso suspendí la selectividad.

—A lo mejor fue por alguna razón. A lo mejor había algo esperándote.

—A lo mejor —concede, e introduce la mano en su bolso para depositar mi biografía de Darwin sobre la mesa—. Aquí tienes. Me gustaría quedarme más tiempo, pero tengo que irme ya.

—¿Un paciente?

Ofelia niega con la cabeza.

—No, esta vez la paciente soy yo. Ya nos veremos, ¿vale? ¿Vas a volver a la Hiraeth?

—Todavía no lo he decidido.

—Espero que sí. Si no, siempre puedes mandarme un WhatsApp de madrugada. Puede que esté volviendo de fingir que quiero casarme con un chico y lo necesite.

Cuando ya no está, me fijo en que ha dejado una servilleta doblada junto al platillo en el que había depositado el sándwich, y que en ella ha escrito mi nombre: Amoke.

Es una nota. Una nota para mí.

OFELIA

-capítulo 7-
LA CAZA DE LAS LIEBRES

—¿Cómo es tu nueva amiga? —me pregunta Harlon mientras volvemos a casa.

Estamos cruzando los campos de lilas entre el hospital y nuestro barrio porque Harlon es demasiado excitable para viajar en transporte público tan a menudo y porque, al fin y al cabo, andar es saludable. Además, quiero ver las liebres.

—Es muy guapa —digo, porque es la mejor manera de describir a Amoke.

Tiene uno de esos rostros alargados y muy armoniosos que esperarías ver en un retrato del Renacimiento, como la *Mona Lisa* o *El nacimiento de Venus*, y sus ojos y su pelo tienen retazos rojizos y dorados que hacen que parezcan en llamas. Estoy segura de que todo el mundo, cuando la ve, piensa: «ahí va una chica muy guapa». Aunque no se sientan atraídos hacia ella. Aunque no sea su tipo. Aunque no les guste su cuerpo o su ropa o algo así. Tiene una de esas caras.

—¿Y qué más?

—Estoy muy muy segura de que cree en la teoría de la evolución de Darwin —digo, dando saltitos para revolverle el pelo a Harlon (no es fácil, porque él es muy alto y largui-rucho, y yo soy bajita y torpe).

—¡Bah! A mí todo eso me suena a pamplinas. ¿Qué más?

—Veamos… huele muy bien, como este campo, y tiene una voz muy suave y muy agradable, como si siempre hablase en susurros. Creo que no le gusta Miss Wonnacott.

—No quiero hablar de Virginia Wonnacott.

—Vale, sigamos… es un poco rara. Pero no me importa. Me gusta la gente rara. Por eso somos amigas.

Harlon se detiene para tirarme a la cara un puñado de tierra, que brilla como polvillo de hadas. Está convencido de que él es la persona más normal del mundo y que son los demás los que hacen cosas raras y difíciles de explicar.

—Tú sí eres rara. ¿Por qué te vistes como un chico?

—Es cómodo.

—Es raro. —Contrae el rostro al pronunciar esa palabra, y su voz se crispa como si se viese obligado a hablar de un tema especialmente escabroso—. ¿Qué te ha dicho hoy el médico?

—No es un médico, es un psicólogo.

—O, en mi idioma, un loquero. ¿Qué te ha dicho?

—No mucho… tengo que mantener las manos ocupadas en algo más que no sea mi cabeza. —Me dejo caer de espal-das sobre las lilas, porque me gusta que me hagan cosquillas en los tobillos, y me gusta ver el cielo malva y rosa desde esta posición—. Supongo que tendré que empezar a mastur-barme como una loca.

—¡No digas esa clase de guarradas!

—¿Por qué? ¿Hay otra clase de guarradas que te resulte más conveniente? Dímelo, por favor.

—Cállate —dice él, dándose la vuelta como si yo estuviese persiguiéndolo desnuda por el campo.

Desde donde estoy puedo ver su oreja y su pómulo derechos, y ambos están teñidos de un fuerte carmesí.

—¿Por qué no quieres hablar de guarradas? ¿Nunca has hecho dedos a una chica?

—¡Claro que sí! —exclama, alzando la voz dos octavas.

Cuando se enfada, su acento galés se vuelve tan denso e impenetrable que apenas soy capaz de entender lo que dice.

—¡He debido de hacérselo a unas cinco o seis chicas, si no se lo he hecho a ninguna! ¿Por qué? ¿Tú nunca lo has hecho?

Me encojo de hombros. Harlon está inclinado sobre mí y me tapa la luz; los rayos del sol se amontonan detrás de él como el halo de un santo católico.

—Nunca se lo he hecho a una chica. Aunque tampoco se puede decir que se lo haya hecho a un chico. Soy tan virgen como el papa.

Harlon contesta con un «¡Hum!» que da por finalizada la conversación.

Cuando era pequeña, recuerdo haber visto la escena de *Titanic* en la que Leo DiCaprio (que en realidad es el director, James Cameron, porque el verdadero Leo DiCaprio no es un artista) dibuja a Kate Winslet, y pensar que no podía haber nada más bonito en el mundo que el cuerpo desnudo de una mujer. De verdad. Me pasé un par de semanas obsesionada con las mujeres desnudas, y mataba el tiempo dibujándolas (aunque tengo tanto de artista como Leo DiCaprio) y mirándome al espejo, preguntándome cuándo me crecerían las tetas y cuándo me cambiarían de forma las caderas, y básicamente cuándo me parecería a Kate Winslet desnuda. Me asusté muchísimo, porque pensaba que eso significaba que me gustaban las mujeres, y eso cuando tienes siete años se traduce en no poder ser la mamá cuando juegas a mamás y papás y en convertirte en el bicho raro de la clase que quiere besar a sus amigas en la boca.

Después Lisandro traía a sus amigos a casa, y me acuerdo de que me quedaba mirándoles las manos (que eran muy morenas y olían a salitre y a verano) y los ojos (brillantes y lo suficientemente pícaros), y se me olvidaban de golpe Kate Winslet, *Titanic* y todas las mujeres desnudas del mundo, porque lo único que quería era dejar de ser tan fea para poder tener un novio tan guapo como alguno de esos chicos.

Todavía no he salido con ninguno de los amigos de Lisandro, porque ahora la mayoría de ellos están casados, y de todos modos Lisandro, aunque bromeaba respecto a las amputaciones, dice que una chica de dieciocho años no puede salir con un hombre de treinta, porque eso es prácticamente pederastia y roza la ilegalidad.

Lisandro me lleva doce años. El plan era que fuese hijo único, pero entonces a mis padres los invitaron a una boda, y su relación ya estaba haciendo aguas, porque se emborracharon muchísimo, lo hicieron sin ningún tipo de protección (para ser honestos, mi madre ya pensaba que biológicamente no podría volver a quedarse embarazada) y... ¡pum! Se les vino encima un bebé cuando ya casi tenían criado a su hijo preadolescente.

A Lisandro sigue gustándole más la otra versión de la historia, que es que encontraron un huevo extraterrestre en el *parking* de un supermercado y que de él nací yo.

A mí también me gusta más esa historia.

—Vamos a cazar liebres —dice Harlon, cuyo récord de tiempo sin que nadie le haga caso son seis minutos y medio.

Harlon en realidad no caza liebres; las hechiza, como esos

tipos hindúes que hechizan a las serpientes y las hacen bailar para quitarles el dinero a los turistas norteamericanos. No sé cómo lo hace, pero se acuclilla entre la hierba alta y se queda muy quieto, cubierto de verde y violeta. Entonces algo se remueve entre el brezo, como si una mano invisible removiese la tierra, y si te concentras lo suficiente puedes ver primero un par de orejas marrones y peludas, y después unos diminutos ojos negros como los de Miss Lark, y finalmente unos bigotitos blancos y muy largos haciéndole cosquillas a Harlon en la mejilla.

—Eres un encantador de liebres, Harlon Brae —le digo, extendiendo un brazo para acariciar a una de las dos liebres que le han saltado al regazo—. Sí, eso es lo que eres, un encantador de liebres de categoría.

Harlon se encoge de hombros. Su cara adopta de nuevo el color de los pomelos.

—Mi madre también podía hacerlo. Y mi abuelo. Y creo que un primo mío de Swansea también… ¡Presumido! —Harlon odia categóricamente a toda la gente de Swansea, y a cualquier persona que viva en una ciudad de más de veinte mil habitantes—. Puedo enseñarte, si quieres.

—Si tú puedes, yo también —digo, y Harlon deposita sobre mis manos a la liebre que estaba acariciando y que ahora está tan tranquila como un cachorrillo de perro.

No se parece en absoluto a esas liebres que pasan rapidísimo a tu lado y se convierten en una mancha castaña antes de que puedas reaccionar.

—Es fácil —dice, y luego añade—: Creo que no le gusto a tu padre. Esta mañana lo he oído quejarse. Dice que lo dejo todo revuelto y que ojalá tu abuela estuviera aquí, porque sabría lidiar con la situación.

—Yo sé lidiar con la situación —respondo suavemente.

Harlon mira al suelo y no a mí, y parece muy interesado en las uñas de su mano izquierda. Encaja muy mal el rechazo.

—Es mi habitación, por Cristo crucificado. —Me observa con los ojos entornados—. Yavé.

Niego con la cabeza.

—No decimos su nombre. Sé que es tu habitación, pero la casa es nuestra. Mía y de papá. Venga, ya hemos hablado de esto.

Harlon no dice nada, pero deja escapar a la liebre que tenía entre los brazos.

—Te contaré un cotilleo interesante —le aseguro—. Miss Wonnacott…

—No quiero hablar de Virginia Wonnacott.

—Miss Wonnacott —insisto— quiere que trabaje para ella. Va a abandonar el hospital. La doctora DeMeis ha encontrado dos enfermeras cualificadas que cuidarán de ella, pero aun así Miss Wonnacott quiere que trabaje en su casa. Quiere que escriba su primera biografía autorizada.

Harlon me mira de arriba abajo. La aleta derecha de su nariz tiembla.

—No eres escritora —dice.

—Podría serlo —replico—. Podría ser mi propósito en el mundo.

La aleta izquierda de la nariz de Harlon empieza a temblar también.

—Tienes dieciocho.

—¿Y qué? Virginia Wonnacott tenía dieciocho cuando empezó a escribir la Trilogía de la Guerra.

—Virginia Wonnacott es una vieja bruja —barbota Harlon, y en eso no podríamos estar más de acuerdo—. Anda, vamos a casa. Es jueves. Es noche de *Expediente X* en Netflix.

—De acuerdo —concedo, poniéndome en pie—. Pero prométeme que por lo menos harás menos ruido. Y arreglarás tu cama un poco.

—Prometido. —Harlon masca la palabra como un niño al que obligan a comer brócoli—. Pero prométeme tú a mí que no te pondrás en plan fan obsesionada con Virginia Wonnacott, ¿de acuerdo?

—De acuerdo. ¡Ven, te echo una carrera!

Y echamos a correr a través de los campos de lilas, sin mencionar una vez más la habitación de Harlon, mi abuela, Amoke Enilo o mi nuevo trabajo como biógrafa de Virginia Wonnacott.

-capítulo 8-
UN PEQUEÑO DETALLE

En cuanto llego a casa, lo primerísimo que hago después de quitarme las botas es llamar a mi hermano. Lisandro siempre es el primero en enterarse de las noticias (buenas o malas), incluso antes que papá o mamá, porque no juzga a nadie. Jamás. A él le conté que la selectividad había sido un caos cósmico nada más salir de los exámenes, y fue él el que vino conmigo a ver las notas y descubrir cómo de cósmico había sido realmente ese caos (os fastidio el final: obscenamente cósmico).

Como Lisandro es la persona con la vida social más ajetreada que conozco después de Esther, la mitad de las veces que lo llamas su teléfono está comunicando. La otra mitad ya tiene el móvil en la mano, como si le extrañase que nadie sintiese la urgencia de hablar con él enseguida. Hoy es una de esas veces.

—Adivina quién tiene trabajo —canturreo antes de que le dé tiempo a contestar.

—¿Quién tiene trabajo? —dice. La voz de mi hermano siempre suena aguda y algo rasgada, como si se hubiese pasado toda la noche en un concierto de *rock* y aún estuviese un poco pedo—. ¿Yo tengo trabajo? No me digas más, me han escogido para hacer de James Bond a pesar de que solo tengo un brazo y cero piernas.

—Caliente, pero no —digo, sentándome en el alféizar de la ventana de mi habitación.

Desde el otro lado de la línea, Lisandro contiene la respiración.

—¡Tú tienes un trabajo! No me digas más, te han escogido para hacer de James Bond a pesar de que eres una chica.

Me río. Me gustaría que Lisandro estuviera aquí, en Gales, porque con él todos los días parecen Una Gran Aventura. Supongo que es un efecto secundario de haber estado tan cerca de la muerte que puedes saborearla en tu lengua. (El sabor de la muerte es a arena y cenizas, según Lisandro, y te deja la boca un poco seca.)

—Por desgracia, tiene muy poco que ver con James Bond.

—¡Oh!

—¿Sabes quién es Virginia Wonnacott?

—Esa escritora tan rara que tanto te gusta. La del pelo por las caderas y cara de mala uva.

—Esa. Pues voy a ser su biógrafa.

Silencio. Oigo al otro lado las respiraciones calmadas de Lisandro y esa música *retro* al estilo de Billy Cash que tanto le gusta. Sé que está ahí.

—Repite eso otra vez —dice al fin—, porque creo que ha habido una interferencia. ¿Me estás diciendo que tú, mi hermana pequeña, de dieciocho años de edad…?

—¡Sí! ¿Y por qué todo el mundo le da tanta importancia a lo de la edad?

Andrea Tomé

Pero como es Lisandro y Lisandro lo entiende todo, le cuento la historia paso por paso. La asociación (aunque ya sabe todo sobre ella). El falso tercer lecho de muerte de Virginia Wonnacott. Amoke Enilo (no sé por qué menciono a Amoke Enilo). La señora Rosewood y la doctora DeMeis. Las dos enfermeras que se encargarán de Miss Wonnacott a partir de ahora. La PROPOSICIÓN con mayúsculas de Miss Wonnacott.

Cuando termino, estoy un poco fatigada y sudorosa.

A Lisandro le ha entrado la risa tonta.

—No me lo creo… ¡Enhorabuena, pequeñaja! ¿Lo sabe ya el viejo?

—Claro que no. Tú eres el primero en enterarte de todo, como siempre. ¿Cómo está mamá, por cierto?

—Divinamente. El negocio va bastante bien.

La familia de mamá es dueña de una relojería en el casco histórico de A Coruña desde antes de la guerra. Cuando yo era pequeña y no entendía mucho el funcionamiento de un reloj, pensaba que mamá (con sus diminutas gafas y un sinfín de engranajes y ruedecillas ante ella) era la encargada del Tiempo, y que si algún día faltaba a su trabajo, algo horrible ocurriría y los días se volverían noches y desaparecerían de golpe el verano y los fines de semana.

De haber sido capaz de controlar el tiempo, claro, mamá nunca habría dejado que Lisandro fuese a Irak. La abuela Rita, que según sus propias palabras es un poco meiga, tuvo un sueño rarísimo la noche que Lisandro le dijo que iba a alistarse. Soñó que trece monjas vestidas de negro llamaban trece veces a la puerta de su habitación para despertarla; cuando lo hizo, la monja más mayor (la madre superiora) la miró muy fijamente con sus ojos ciegos, cubiertos por una partícula blanca muy fina, como la de la leche que se cuaja.

64

La abuela Rita nunca quiso que Lisandro fuese a Irak.

Se lo recuerdo a Lisandro, y casi puedo ver cómo sacude la cabeza desde su casa de Ferrol (Ferrol tiene mejores playas que A Coruña, y Lisandro no ha dejado de surfear desde que consiguió unas prótesis especiales para la tabla).

—Si no hubiese ido a Irak, seguro que no habría ganado tantas maratones como ahora. Corro mucho más rápido desde que tengo estas prótesis nuevas de fibra de carbono, hermanita. Eso es lo que pasa en la vida, que las cosas siempre van a tomar cierto rumbo, hagas lo que hagas. Todo ocurre por un motivo, estoy seguro, pero es mucho más divertido olvidar ese motivo y dejarse llevar sabiendo que nos esperan Grandes Cosas en el futuro.

Esto se parece mucho a la charla motivacional que me dio cuando suspendí la selectividad, así que le pregunto si ya ha escrito un libro de autoayuda. Las editoriales se pelearían por cualquier cosa más o menos positiva cuyo autor tiene una sola extremidad.

—Cuando despeje un poco mi lista de cosas que hacer. Verás, tengo que cortarme las uñas, comprarme unas chanclas nuevas, aprender a hacer flexiones con una sola mano… ¿Qué tal Harlon?

A Lisandro le cae bien Harlon. Claro que, en realidad, no lo conoce, pero le hablo tanto de él que es como si lo conociera.

Me muerdo el labio inferior.

—¿Papá te ha contado las quejas?

—Algo mencionó de la habitación hecha un desastre y los estrépitos a las dos de la madrugada… ¿Harlon sigue inquieto?

—Todavía no se ha… adaptado al ritmo de vida familiar —digo, principalmente porque Harlon está en el piso inferior y podría oírme.

—¡Ya lo creo que no! Papá me ha dejado caer la posibilidad de llamar a un exorcista.

Tuerzo el gesto.

—Exageras. Papá no puede llamar a un exorcista. ¡Es judío!

—Ya, pero ve mucho la tele por cable.

Dejo escapar un gruñido que suena exactamente igual que el motor de nuestro Ford Fiesta.

—Harlon no se porta tan mal, de verdad. Ya es mayorcito.

—¿Cuántos años tiene?

—Técnicamente, dieciocho.

—¿Conserva todas las extremidades?

—Todas. ¿Por qué siempre preguntas lo mismo?

—¡Eh, soy tu hermano! No puedes esperar que sea muy normal.

—Es curioso, porque yo pensaba que había nacido de un huevo extraterrestre…

Lisandro estalla en una carcajada. Me gusta su risa, porque es segura y suena como un verdadero hogar. Como si todas las cosas feas y desagradables de este mundo desapareciesen en un segundo y solo hubiese playas y salitre y tablas de surf en el futuro.

Cuando cuelgo el teléfono, me siento como si brillara, que es exactamente como Lisandro hace sentir a todo el mundo la mayor parte del tiempo. Harlon está en la escalera, y muy ocupado siendo un poco más estrepitoso que de costumbre, así que subo el volumen a mi móvil y busco hasta encontrar una canción de la orquesta de Fats Waller.

Jazz suave. Harlon deja de hacer ruido, se acerca de puntillas a mi habitación y asoma la cabeza por la puerta. Puedo ver la confusión alborotada y otoñal que es su pelo, y cuento hasta ocho de sus pecas.

Escuchar música de su época siempre lo relaja.

-capítulo 9-
LO QUE QUEDA DETRÁS

Pero ya lo habías adivinado, ¿verdad? Siempre hay pistas. Pequeños detalles, uno detrás de otro, que puestos en fila o amontonados los unos sobre los otros cuentan historias.

Yo también tardé un poco en darme cuenta. Al principio Harlon era muy astuto. Nunca se dejaba ver en la casa. Me saludaba en la parada del bus y hablaba conmigo desde el otro lado de la acera cuando yo salía por las mañanas a recoger la botella que el lechero había dejado en la puerta. Harlon siempre está saludando a la gente, por si acaso ocurre que alguien como yo puede verlo, porque estar muerto es algo muy solitario.

Después reparas en ello. Pequeños detalles, en realidad: cómo el aire parece más denso a su alrededor; cómo el polvo se amontona a ambos lados de su cuerpo, queriendo huir de él; cómo la gente se quita las chaquetas y los abrigos a su paso, preguntándose: «¿No hace mucho calor aquí?».

Una pequeña charla que Harlon y yo tuvimos después de que yo cayese en la cuenta:

Yo: ¿Has conocido a otra gente como yo?

Harlon: Sí... tres.

Yo: ¿Ah, sí?

Harlon (de pronto animado): Sí. Lucy, Sophie y Glen. Lucy y Sophie ya están muertas, creo, y Glen vive con su mujer en Swansea. Es director de instituto retirado. Lo conocí cuando me colé en el campo de fútbol para ver jugar a los críos. Creyó que era un pederasta o un delincuente juvenil (se encoge de hombros). Es agradable.

Yo: ¿Los echas de menos?

Harlon: Un poco. Estar muerto es algo muy solitario.

Yo: ¿No hay más fantasmas por ahí?

Harlon: Unos cuantos. No muchos.

Yo: Entonces, ¿no todo el mundo se hace fantasma?

Harlon (mirando el suelo): ... ¿Por qué no vamos a ver la tele? Hay partido de *hockey*.

Exceptuando el hecho de que casi nadie puede verlo y de que su sentido de la moda es un poco anticuado, Harlon es exactamente igual que todas las personas que conozco.

Con días buenos y malos.

Cambios de humor.

Pequeñas rarezas.

La justa cabezonería.

Y un punto egoísta.

La mayoría de las veces es consciente de que está muerto, pero, para ser honesta, he de admitir que ha habido un par de ocasiones en las que se le ha olvidado. No importa. Como él dice, lleva muerto mucho más tiempo del que pasó vivo.

Harlon Brae, el chico que acecha la habitación de invitados, murió el 19 de febrero de 1941 en el bombardeo aéreo de Swansea a los dieciocho años de edad. Tardó un poco en darse cuenta de que estaba muerto, lo cual es perfectamente comprensible. Durante esa noche y las dos siguientes murieron 230 personas, así que tuvo ocasión de ver bastantes fantasmas.

Cuando papá llega a casa le cuento todo lo referente a Virginia Wonnacott y a mi nuevo trabajo como su primera biógrafa oficial. Al principio no se lo toma demasiado bien. En realidad, decir que no se lo toma demasiado bien es adornar un poco la verdad, porque su primera reacción es de enfado y su segunda, de sospecha.

«¿Quién es esa mujer? (Sinceramente, papá, ves su foto cada vez que vamos a comprar libros a Waterstones.) ¿Es de fiar? (Todo lo de fiar que puede ser una novelista nonagenaria.) ¿Esto tiene algo que ver con la Asociación Hiraeth? (Honestamente, un poco sí.) ¿De verdad están dispuestos a pagarte? (Eso parece.) ¿Saben que tienes dieciocho años y ninguna experiencia profesional? (Estoy segura, y deja de insistir en lo de la edad.) ¿Lo sabe tu madre? (Lo sabe Lisandro, así que a estas alturas lo sabrá también mamá.)»

Seguimos así durante una buena media hora, en la que Harlon se entretiene haciendo girar el columpio del jardín. Al final, como siempre, el gruñón de papá cede, no sin antes llamar a la señora Rosewood, a la doctora DeMeis y a la propia Virginia Wonnacott (ella no coge el teléfono, naturalmente, sino su secretaria).

Pasa otra media hora. Papá se encierra en la cocina a hacer la cena. Otra media hora. Cuando papá deposita los dos platos con hamburguesas de atún, dice:

—De acuerdo. Tu primer trabajo. Sé responsable y no hagas quedar mal a la familia.

Como si mamá y él fuesen lord y lady Bachman, aristócratas refinados.

AMOKE

-capítulo 10-
LA VOZ DEL OTRO LADO

—Así que quieres saber cómo es.

La voz de Virginia Wonnacott suena ahogada, como si proviniese del otro lado de un panel de cristal, y me hace dar un respingo. No esperaba encontrarla aquí.

El ala de neurología está en el cuarto piso. Aquí se encuentran las habitaciones de los pacientes de ataxia, que en este momento son solo tres (contando a Virginia Wonnacott, que todavía no se ha ido). Estuve aquí cuando asistí a Miss Wonnacott en su lecho de muerte (que luego resultó no serlo), en la cuatro cero cuatro, y el verano pasado, cuando hospitalizaron a Tayo tras una caída a la salida del *pub* Seventy Nine.

—Así que quieres saber cómo es.

Las palabras son venenosas y afiladas como los silbidos de una serpiente. El celador que empuja la silla de Virginia Wonnacott se disculpa alzando cejas.

—Sé cómo es.

No quería sonar tan desagradable, pero esta mujer es horrible, y ni su edad ni su enfermedad la excusan.

Pero tiene razón. Sé cómo es el principio (la pérdida gradual de coordinación, las caídas cada vez más frecuentes, los primeros metros en silla de ruedas), pero no tengo ni idea de cómo podría ser el final. Por eso estoy aquí, observando a estas tres personas que llevan a sus espaldas algo más de un par de metros en silla de ruedas, que hablan en balbuceos muy lentos y que necesitan asistencia incluso para comer e ir al baño.

—Me acuerdo de ti —dice Virginia Wonnacott, y las sílabas salen a trompicones de su boca—. Muy formal, muy arreglada, con un ojo en mi cama y otro en tu teléfono, como si esperases una llamada urgente. Apenas dijiste nada; no habías leído mis libros (siempre sé cuándo alguien lee mis libros). Me cogiste la mano y lloraste cuando creíste que me había ido.

Me doy la vuelta. No quiero escuchar una sola palabra más de lo que tenga que decir esta mujer y, por el modo en el que ahoga un suspiro, sé que el celador tampoco. Sin embargo, hay algo que me detiene cuando ya estoy llegando al ascensor. Una única frase.

—Estuviste aquí el sábado.

Miro a Virginia Wonnacott, cuyo rostro se deforma en una mueca burlona que podría o no podría ser causada por su enfermedad.

—Viniste en cuanto supiste que había requerido los servicios de otra voluntaria. Honestamente, casi esperaba que fueses tú. Pensé que tenías coraje. Vino una niñita, muy poca cosa, con más experiencia de la que demostraba y el amor por las palabras oculto detrás de una risita nerviosa.

Ofelia Bachman. Todavía tengo su nota en el bolso.

¡Espero que vengas antes de cinco minutos!

No es que quiera hacerte sentir culpable por llegar tarde ni nada por el estilo, pero tengo que ir a un sitio y me gustaría poder entregarte el libro en mano.

Si vienes y no estoy, he dejado la biografía de Darwin detrás de la planta de la ventana. Espero que no te importe que haya empezado a leerlo (me ha gustado mucho el capítulo 8).

Ojalá nos veamos otra vez ♥
O. Bachman

—Entonces, ¿por qué quiere que trabaje para usted?

No puedo creerme que realmente haya dicho eso. En cuanto las palabras empiezan a salir de mi boca, firmes como los soldados de un ejército orgulloso, las rodillas comienzan a temblarme, y siento cómo mis mejillas y mis pómulos se tiñen de un brillante carmesí.

Virginia Wonnacott solo sonríe.

—El secreto de las mejores historias está en el misterio. Nunca desveles mucho demasiado pronto.

«Pero esto no es una historia. Esto es la vida real.»

—Quieres saber cómo es el Final. —Esta vez Virginia Wonnacott no formula una pregunta, y casi puedo ver la efe mayúscula de «final» saliendo de sus labios arrugados—. Dime, Amoke Enilo, ¿puedes coger un teléfono cuando suena? ¿Contestar *emails*? ¿Decir a los periodistas que lo sientes, pero que Miss Wonnacott está demasiado enferma para responder a las mismas preguntas una y otra vez? Mi secretaria necesita un descanso; cree que una media jornada le permitirá pasar más tiempo con sus hijos. Sin embargo, las responsabilidades de las que lamentablemente no puedo ocuparme no trabajan a media jornada.

—Tengo que irme —farfullo.

Presiono el botón del ascensor —rápido— pero no consigo que las puertas se abran.

—No es caridad —dice Miss Wonnacott a mis espaldas—. Algunos tipos de ataxia son hereditarios. Fueron mi padre y mi hermano antes que yo. Al primero se lo diagnosticaron cuando yo era una niña, y se aferró a la vida tanto como pudo; mi hermano tenía veintisiete años cuando mostró los primeros síntomas y murió casi una década después. Puedes encontrar ambas esquelas fácilmente, si no me crees, o puedes contactar con mi actual secretaria, que te despejará cualquier duda que tengas. Faye Kelleher, que estará encantada de compartir algunas de sus responsabilidades contigo. Puedes preguntarle a la doctora Imogene DeMeis por ella, o también encontrar sus datos de contacto en mi página web. No es caridad, señorita Enilo, te lo aseguro; es empatía.

OFELIA

-capítulo II-
LEGIONES DE LIBROS
Y UN PAR DE NORMAS BÁSICAS

Si se observase desde lejos, y desconociendo la identidad de su dueña, cualquiera diría que la casa de Miss Wonnacott es un simple vestigio de aquella época en la que Holyhead no era más que una pequeña aldea bulliciosa.

La casa es diminuta, casi escondida entre las hojas doradas de los fresnos y las rocas blancas del acantilado. La parada más cercana es la del tranvía, y aun así es necesario atravesar el bosque para llegar al hogar de Miss Wonnacott. Cuando finalmente lo hago, tengo hojas en el pelo y arañazos en las piernas, y la cara salpicada de lluvia y agua de mar.

Ocurre de un segundo a otro. Con solo un paso, en mitad de todo lo que antes era oro emerge una casa muy blanca con la pintura de las contraventanas (verde) desconchada y el tejado cubierto de moho.

Para ser sincera, no parece un lugar habitado, y desde luego no por la novelista más rica de Gran Bretaña después de J. K. Rowling. Doy un paso adelante, dos, comprobando la ubicación en mi móvil y tratando de parecer lo más limpia y profesional posible.

Cuando oigo un par de pasos en mi dirección alzo la vista al instante. Una niña con un cárdigan feo y gris y el pelo más rojo y alborotado que he visto nunca corre en mi dirección, de modo que me agacho ante ella y le pregunto:

—¿Sabes si esta es la casa de Virginia Wonnacott?

Parpadea. Sus ojos, de un castaño muy cálido, parecen rojos junto a su pelo.

—¿La escritora? —intento otra vez, pero la niña se encoge de hombros y echa a correr. Lo último que veo de ella son sus piernas, que parecen inmensamente delgadas con las pesadas botas de goma que cubren sus pies.

Cuando por fin me atrevo a llamar a la puerta, me abre una mujer alta y paliducha que me recuerda ligeramente a las damas lánguidas de los cuadros victorianos.

—Llegas tarde —me dice—. Miss Wonnacott te está esperando en la biblioteca.

Desde luego que lo está. Al adentrarme en la sala, tras atravesar un pasillo estrecho y muy largo rebosante de retratos de los que parecen ser los antiguos señores y señoras Wonnacott, me la encuentro de cara a la ventana que da al jardín.

—Lo siento muchísimo, Miss Wonnacott, el tranvía…

Miss Wonnacott hace girar su silla de ruedas para mirarme, y de nuevo me sorprenden la frialdad y la pesadez de sus ojos grises.

—Te limitarás a teclear y a no hacer preguntas —asevera—. No me interrumpirás, no harás comentarios estúpidos y no me pedirás que te repita las cosas. Como habrás podido comprobar, hablo con bastante lentitud, por lo que no te resultará difícil escribir a un ritmo apropiado. ¿De acuerdo?

Aunque está envuelta en varias capas —todas considerablemente gruesas— de ropa, y aunque la movilidad que le otorga su silla de ruedas es limitada, Miss Wonnacott no es una persona a la que uno se atrevería a contradecir, de modo que asiento mientras me dejo caer en el sillón del escritorio.

Miss Wonnacott tiene un Mac de lo más corriente, y una montañita de libretas perfectamente apiladas junto al teléfono inalámbrico. No sé por qué, siempre me había imaginado que todos los grandes novelistas utilizaban máquinas de escribir y bebían *bourbon* o cualquier otro licor mientras daban vida a sus historias.

—Veamos, cómo empezar…

Miss Wonnacott se acaricia el mentón.

Su biblioteca es colosal, repleta de novelas y del olor añejo a los hongos que tan lentamente consumen las páginas de los libros. Hay volúmenes antiguos y volúmenes tan nuevos que parecen no haber sido leídos, desde el suelo hasta el techo, además de una confusión de cajas llenas de ejemplares de las diez últimas novelas que Virginia Wonnacott ha publicado en los diez últimos años.

No puedo creerme que yo vaya a ser la primera persona en escuchar la que probablemente sea su última historia.

—Oh, sí, ya está, me gusta. Veamos…

Y arquea una despeinada ceja gris que me hace colocar las manos sobre el teclado.

La voz de los muertos

Una vez conocí a un chico que temía el fuego. Su pelo era del color de las llamas, y sus ojos refulgían, naranjas, como si los rayos de todos los soles del mundo lo iluminasen directamente a él. Siempre olía a tierra y a lodo, y ceceaba al hablar. Cuando llegaba la Noche de Guy Fawkes, él, sencillamente, desaparecía para no tener que ver las hogueras.

Algunos vecinos aseguraban haberlo avistado cerca de la estación de tren, y otros en el puerto, desde el cual se podía observar una nube roja sobre la ciudad, como si esta estuviese en llamas, y unos pocos estaban segurísimos de que se escondía en el cementerio tras la iglesia de Saint Mary's. Le tenía un miedo atroz, primario y casi inquietante al fuego...

Una vez conocí a una chica que había hecho de su hogar el cielo y que una vez, solo una vez, cayó con estrépito sobre mi jardín. Sus cabellos, una enredadera que jamás había conocido un cepillo, eran de un oro tan ardiente que instintivamente supe que mi amigo la habría temido.

Su voz no pidió permiso para salir. Aquella era una muchacha que no acostumbraba a pedir permiso nunca. Dijo tres palabras, únicamente tres palabras que parecieron adueñarse de la tierra y el lodo.

—¿Esto es Francia?

Una vez conocí a un hombre que hablaba el lenguaje de los muertos. Cada noche, de madrugada, cuando incluso las lámparas de aceite se apagaban y las estrellas parecían abrasar el firmamento, él bajaba a la biblioteca, prendía una vela y hablaba con los muertos. Lo vi de hurtadillas incontables veces, siempre de noche, siempre envuelto en la penumbra, hasta que murió y se convirtió en una de esas voces.

Saul era su nombre. Solía pronunciarlo sibilante, casi en susurros, sopesándolo como uno de tantos cigarrillos que se consumían entre sus dedos.

Saul. De madrugada, con su espalda encorvada y vagamente iluminada por la lámpara de pie, daba la sensación de que su nombre —todo él, en realidad— estuviese hecho de medianoche.

En su vida, una persona tiene muchos primeros recuerdos. La mayoría son banales, retazos de imágenes familiares que con suma facilidad pueden encontrarse en películas y novelas; unos pocos (felices pocos, como puntualizaría Shakespeare) son auténticos, reales, nuestros. Como escritora creo que es mi deber precisar que el primero de mis recuerdos dentro de esta categoría tan especial es precisamente ese: la medianoche, la biblioteca de nuestro caserón victoriano de Cardiff iluminada por un único foco de luz y la espalda de mi hermano Saul encorvada ante una polvorienta montaña de libros.

–Pero si es Ginnie Wonnacott, la reina de la casa. ¡Al fin! Creí que no volvería a verte jamás.

Sus saludos siempre eran idénticos y podían resumirse en tres pequeñas acciones:

1. El toquecito que le daba al filtro de su cigarrillo.
2. El ligero temblor de unas cejas pobladas por encima de su legión de novelas.
3. La palmadita sobre su rodilla derecha, invitándome a sentarme y unirme a su espléndida sesión de espiritismo.

–¿Qué haces? –dije la primera vez.

La respuesta era obvia: leer. Me había faltado precisar la segunda parte de aquella pregunta: «¿Qué haces a estas horas?». Saul, sin embargo, no cambió su expresión al responder:

–Bueno, pensé que no ibas a preguntármelo nunca. Verás, Ginnie Wonnacott, reina de la casa, lamento tener que decírtelo, pero estoy hablando con los muertos.

–Pero ¡si solo estás leyendo!

Saul no levantó la vista de su pesado volumen.

–¡Leyendo, dice! Verás, quizá de día, con todo ese ruido y todos esos estorbos (toda esa vida que se empeña en interrumpirte a cada segundo), estaría simplemente leyendo. Pero de madrugada, cuando solo estoy yo (y ahora tú, pero confío en que sepas guardar silencio como una señorita), estos respetables señores difuntos tienen la amabilidad de contarme algo.

Me senté sobre su rodilla huesuda, envuelta por un perceptible olor a tabaco, polvo y cera de vela. El libro que teníamos ante nosotros, de hecho, parecía extremadamente antiguo, como si sus tapas hubiesen sido encuadernadas siglos atrás, y el hecho de que nosotros (precisamente nosotros) lo poseyésemos se tratase de una casualidad espantosa.

–¿Y qué te cuenta?

–¿El señor Gorgias de Leontinos? No mucho. Me estaba hablando del miedo.

–¿El miedo?

–En efecto. Un sentimiento apabullantemente poderoso, el miedo, ¿no te parece? Posiblemente el más apabullantemente poderoso de todos.

Y comenzó a recitar con una severidad casi religiosa:

–«Algunas personas en el pasado, al ser testigos de hechos espantosos, han perdido su entereza al instante. El miedo extingue y destierra la mente. Muchos han sucumbido por un estrés sin fundamento, una terrible dolencia, y una locura incurable, pues la visión graba tan profundamente en la mente las imágenes de las acciones presenciadas».

Al finalizar se volvió hacia mí y sonrió, y en ese momento recuerdo que sus dientes me parecieron grandes y del color de la luna.

–Se esconden muchos fantasmas en las páginas y en las palabras, Ginnie, no lo olvides jamás.

No lo olvidé. Durante años me senté en aquella biblioteca en compañía de los fantasmas de tantos hombres que sabían apreciar las pequeñas cosas que daban forma a nuestro Todo. Mi propia tranquilidad solo se veía perturbada por una pregunta acuciante: puesto que solo los fantasmas de los hombres se escondían en los libros, ¿cómo lograban las mujeres escapar a la inevitabilidad de la muerte y el olvido? ¿Había para ellas algún lugar, desconocido para mí, en el que pudiese perdurar su recuerdo?

A pesar de sus muchos esfuerzos, Saul nunca logró conjurar más que el tintineo agradable, el repiquetear de tacones y el aroma misterioso a jazmín que precedían la entrada de mi hermana Phoebe en la habitación.

–Venga, hombre, ¿todavía estás aquí? Los Jenkis –el apellido de la familia, naturalmente, era distinto cada noche, y Phoebe lo susurraba acariciando el cuello de Saul con sus labios– llevan horas esperándonos. ¡Horas! Oh, Ginnie, estás aquí…

–Solo estábamos leyendo –decía entonces Saul, y finalizaba su frase con un guiño que significaba mucho más para mí que un simple punto final.

Es curioso que, siendo ese mi primer recuerdo en general, fuese una escena similar mi último recuerdo de Saul en Cardiff.

Otra noche de verano. Otro escritor muerto. Otro cigarrillo consumido y otra vela llenando la habitación de grises nubes rizadas.

Otra vez el agradable tintineo y el repiqueteo de unos tacones y el misterioso aroma a jazmín. Otra vez la misma pregunta:

–Venga, hombre, ¿todavía estás aquí? Los Driscoll llevan horas esperándonos. ¡Horas!

–Hoy no voy a ir –había respondido Saul, levantando la vista del único elemento extraño de la sala: un periódico abierto–. Tengo cosas que hacer.

Sin embargo, no tardé en saber (y con una certeza incalculable) que al final había dejado a un lado todas esas cosas que tenía que hacer. Porque en esa fiesta conoció a una norteamericana, y porque se fue con ella, y porque a partir de entonces ya no volví a pasar las madrugadas comunicándome con los muertos a la luz de una vela.

Las palabras de Miss Wonnacott flotan en el aire como si fuesen muy livianas, y se convierten en manchitas negras en la pantalla del Mac y en imágenes difuminadas en mi cabeza.

Veo cartas de un hermano que vive en Delaware y que se amontonan sobre la mesa de la cocina, cubiertas de la nieve y el frío del norte de Estados Unidos.

Voces graves y un poco temblorosas de padres a los que la Depresión ha dejado con una mujer y dos hijas que alimentar y un solo traje elegante con el que guardar las apariencias.

Caserones victorianos en Cardiff con el cartel de «se vende» en la ventana del ático, y modestas casitas de Holyhead decoradas con los muebles de la que un día había sido una familia adinerada.

Veo aviadores que llevan el sol a sus espaldas y el misterio del cielo escondido en el bolsillo derecho del pantalón.

Veo granjeros desgarbados acuclillados detrás de una caja de comida para la caridad, las llamaradas de las hogueras de Guy Fawkes tiñendo las vidrieras de la estación de tren de granate y de dorado.

Y veo chicas demasiado altas para su edad, con las piernas zambas y esqueléticas, y un rostro tan peculiar y aquilino que los muchachos de la aldea han empezado a llamarla Cuervo.

Aldeanos que creen en fantasmas y en duendes y en los temibles *gwyllgi*, que son enormes perros negros —presagios de muerte— que acechan a los humanos en las carreteras solitarias.

Durante *Ysbrydnos*, la noche de los espíritus, los vecinos se encierran en sus casas, y casi puedo oír los cánticos católicos y el sonido que hacen las cuentas del rosario al chocar unas contra otras.

Miss Wonnacott y yo escribimos tres capítulos enteros hasta que ella se cansa y su voz se convierte en un trabalenguas fatigado e incomprensible. En ese momento una de las dos enfermeras (la del turno de mañana) se inclina ante ella y le dice que es suficiente. Miss Wonnacott, que está pálida y tiene los labios secos y acartonados, no opone resistencia.

Cuando salgo de la casa, siento la historia de Miss Wonnacott palpitando dentro de mí, y el olor de las hogueras de la Noche de Guy Fawkes haciéndome cosquillas en la nariz.

Estoy tan concentrada en ambas cosas (y en cómo se lo contaré a Harlon cuando vayamos a cazar liebres esta tarde) que no me fijo en la chica que sale del tranvía hasta que la tengo prácticamente encima.

—¿Amoke?

Es ella, indudablemente, con su pelo como una nube castaña, su olor a lilas, su cara de retrato renacentista y un vestido largo estampado con todas las flores del mundo.

—¡Ofelia!

Sonríe al verme. Por un momento fugaz, pienso que su sonrisa es la cosa más bonita que he visto en todo el día.

—¿Tienes clase por aquí cerca? —le pregunto, lo cual es un tanto estúpido, porque la Universidad de Bangor está a unas cuantas paradas de tranvía de distancia.

Amoke niega con la cabeza.

—Bueno, sí, pero hoy no empiezo hasta las cuatro. Ahora tengo una entrevista de trabajo.

—¿Ah, sí? ¿Dejas el Café Milano? Bueno, ¿y dónde? ¿En una cafetería guay o en una tienda Lush? La mayoría de las chicas que conozco acaban trabajando en Lush, y luego siempre huelen a jabones caros y a algodón de azúcar y a cera de abeja y a un montón de perfumes más.

Parpadea. Tiene esas pestañas tan largas que no necesitan rizador ni rímel, y los párpados cubiertos de una sombra brillante que parece polvo de hadas.

—En realidad, en casa de Miss Wonnacott.

—¿¡Qué!? ¿Por eso estabas en el hospital el otro día?

Suena mucho más acusador de lo que parecía en mi cabeza, como si Miss Wonnacott fuese mi esposa y yo sospechase que Amoke y ella son amantes.

Las mejillas de Amoke se vuelven rojas y brillantes.

—Pues no…

—¿Entonces?

—Fue algo que pasó… —responde, y ahora sí que parece que Miss Wonnacott sea mi mujer y su amante—. Quiere que sea su secretaria.

—Ya tiene secretaria —digo.

Amoke se encoge de hombros. Enterrando la cara (ahora más rosa que nunca) en el cuello de su vestido, se despide de mí con un gesto.

Inmediatamente siento la culpa caer sobre mí como algo pegajoso y febril, porque a fin de cuentas ella no ha pedido que Miss Wonnacott le proponga nada, y desde luego no ha pedido que Miss Wonnacott la considere tan digna de trabajar para ella como yo.

—¡En fin, entonces supongo que nos veremos mañana! —le grito mientras me subo al tranvía.

Ella me mira haciendo visera con las manos, toda repleta de flores y rubor.

—¡Todavía no sé si voy a aceptar!

—¡Más te vale hacerlo! —No se rechaza a Virginia Wonnacott, la novelista más célebre en habla inglesa de los últimos cincuenta años.

No sé si oye esto último, porque las puertas metálicas del tranvía empiezan a cerrarse mientras lo digo. Cuando este arranca, y mientras observo a Amoke caminar en dirección a la mansión de Miss Wonnacott, una única pregunta flota en mi cabeza.

«Entonces, ¿qué hacías en el hospital el martes pasado?»

AMOKE

-capítulo 12-
UNA CARTA Y UN VESTIDO DE FUNERAL

El *email* estaba en mi bandeja de entrada, en negrita, junto al correo *spam* y a las fotografías del verano que mi tía se había dignado a mandar más de seis meses después. Habría preferido que se hubiese tratado de una carta en papel, porque entonces todo el asunto habría sido mucho más personal.

«Estimada señorita Enilo, el equipo académico de la Universidad de Bangor lamenta comunicarle que su beca de estudios para el curso 2016-2017 ha sido denegada. Cordiales saludos, Martha G. Hart, decana.»

Así, sin más. Hasta hacía un minuto mi mayor preocupación era mi biografía de Darwin y el deplorable estado en el que Ofelia me la había devuelto, con párrafos enteros subrayados (el capítulo ocho realmente debía de haberle gustado muchísimo), hojas dobladas en los bordes y pequeñas arruguitas en el lomo. Si hubiese ocurrido cuando tenía quince años, lo habría calificado de «violación literaria», y Tayo se habría reído tan fuerte que todos en la casa (incluso el gato) habrían corrido a ver qué era tan divertido.

Ahora ya no parece tan importante.

Leí la carta tres veces más. Quizá si lo hacía una cuarta entraría en una especie de agujero espaciotemporal que me llevaría a una realidad alternativa en la que no faltaba a más clases de las que iba y por lo tanto no existía ninguna razón para denegarme la beca (no funcionó). Me pellizqué el antebrazo derecho (el correo seguía estando ahí). Llamé a mi madre.

Se organizó una reunión familiar a la hora de la cena. Papá, mamá y Tayo discutían maneras (cada vez más descabelladas, aunque todas dentro de la legalidad) de conseguir financiación para mis estudios. Yo no dije nada, y tampoco toqué mi plato de *tikka masala*. Las palabras de Miss Wonnacott flotaban en mi cabeza como un mantra hindú.

«Quieres saber cómo es el Final...»

—No necesitamos una silla. Puedo caminar.

Mamá había arrugado la nariz al oír eso. Tiene una de esas narices muy pequeñas que parece que van a desaparecer cuando se arrugan.

—No, no puedes. No puedes subir las escaleras.

—La mitad de mis cosas están abajo, en el despacho de papá.

—Tardas más de diez minutos en cruzar la calle para ir al supermercado.

—Lo que digas, pero no necesitamos una silla tan cara. Una silla manual es mucho más conveniente y económica. Así haré ejercicio en los brazos. A todo el mundo le gusta un chico que esté bien cachas a la altura de los bíceps.

Mamá evidentemente no estaba de acuerdo con «todo el mundo», porque negó con la cabeza y dijo:

—Puedo trabajar más horas. Han abierto un salón de uñas donde antes estaba el videoclub Blockbuster. Se me dan bien las uñas. Podría compaginar los turnos con los de la peluquería.

Papá hizo girar su cigarrillo en la mano. Nunca fuma delante de Tayo y de mí, pero sigue jugueteando con los cigarrillos por costumbre; según él, haría lo mismo en clase si estuviera permitido.

—Mirad, estáis enfocando esto mal. Si yo trabajase como profesor particular cuando volviese del instituto en vez de pelearme con esa maldita tesis…

Tayo dejó caer su vaso tan ruidosamente sobre la mesa que el resto de los cubiertos saltaron y temblaron.

—¿La tesis? ¡No! ¿Cómo podrá vivir el mundo sin conocer todos y cada uno de los detalles de la llegada de la peste negra a Escocia? No, no, no, no, no. Veréis, yo trabajaré… ¡No me miréis así, hay muchos trabajos que puedo desempeñar! Puedo ser gurú de belleza en YouTube. Apuesto a que no hay muchos chicos que se dediquen a eso. Además, solo tienes que sentarte delante de una cámara y decir cosas como «el tono de maquillaje que mejor asimila mi piel es el Café con Leche Número 6».

Papá y mamá replicaron tan rápidamente y con tanto ahínco que la voz de Tayo quedó oculta bajo un murmullo informe. Parecía que estábamos en un *pub* a las dos de la madrugada en vez de en la cocina de nuestra casa a las seis de la tarde.

—Tengo un trabajo.

Mis palabras sobresalieron por encima de las suyas como una gota de tinta en un papel en blanco. Tres pares de ojos (dos azules y rasgados, uno castaño y muy redondo) se posaron sobre mí.

—Tengo un trabajo. Uno mucho mejor pagado que el de camarera —repetí—. Bueno, todavía tengo que aceptar la oferta, pero es prácticamente mío. Lo conseguí a través de la señora Rosewood.

Lo cual no era una alteración tan grave de la verdad.

Mamá sonrió y me cogió de la mano. Sus uñas postizas (largas y picudas) me hicieron cosquillas en la palma.

—¿De qué, cariño?

—De secretaria —dije—. De Virginia Wonnacott.

A Tayo le dio un ataque de risa tan fuerte que le salió la espuma de su cerveza de diente de león por la nariz.

Así que aquí estoy, en el tranvía rumbo a mi primer trabajo después de una larga y fructífera carrera como camarera, repasando los apuntes de la clase a la que debería estar asistiendo ahora, cuando la veo. En realidad, todo el vagón la ve. Es difícil pasarla por alto.

Ofelia Bachman.

Hoy ha decidido ponerse un gigantesco sombrero de ala que oculta su pelo tan corto, además de un vestido negro y holgado que parece estar hecho de retales de muchas otras piezas, cada una más fea que la anterior y todas apropiadas para un funeral victoriano.

«*Franken*-vestido», habría dicho Tayo al verla, y papá habría sacudido la cabeza para murmurar algo que sonaría muy parecido a «gente blanca», a pesar de que él está casado con la persona más blanca que puede haber.

—Así que has decidido venir —dice Ofelia, dejándose caer a mi lado.

Es la primera vez que la veo con un vestido. Tiene unas

piernas bonitas, aunque muy pálidas y de tobillos delgaduchos. No debería estar mirando sus piernas.

—Al final has aceptado el trabajo de Miss Wonnacott, ¿no?

—Hum, sí.

Sonríe, y por un momento los pocos mechones que se salvan de la opresión del sombrero parecen más rubios, su rostro más dorado bajo la luz del sol.

—Guay. ¿Qué estás leyendo?

Bajo la vista a mis piernas. Hay una montaña perfectamente apilada de papeles de colores que habían pertenecido a una alumna de tercero que creyó que podría darles buen uso. Debajo de ella, prácticamente oculto, está el libro que me devolvió Ofelia.

—Notas. Solo apuntes de clase.

—Ah. Has dejado a un lado al bueno de Darwin, ¿eh?

—Sí —afirmo, y siento mis mejillas arder y brillar porque Algo No Está Bien—. No suelo escribir en mis libros, ¿sabes?

—¿Eh?

—Ni doblo las páginas para marcar dónde me he quedado.

Las comisuras de Ofelia tiemblan. Solo un poquito.

Siento como si caminase por el desierto a las dos de la tarde con su enorme, estúpido sombrero sobre la cabeza.

—Lo siento, no… no tenía ningún marcapáginas a mano. Es divertido, normalmente Harlon… —Niega con la cabeza, como si su cerebro fuese una de esas bolas de ocho que borran sus mensajes con tan solo zarandearlas un poco—. ¿Está muy estropeado?

«Irreparablemente.»

Suena dramático y exagerado incluso en mi cabeza.

—Son frágiles. Los libros. Especialmente los de otra persona. No puedes…

—Lo siento —susurra ella; al inclinarse más sobre mí, su

meñique roza mi mano, y me pregunto cuántas terminaciones nerviosas podemos tener en solo un par de centímetros de piel–. No... se me olvidó. Esta tarde podemos ir a Waterstones y te compro otro.

—Ese no es el problema. Todavía puede leerse. Es solo que... cada cosa tiene un sitio, ¿vale? Y me gusta que siga siendo así, y me gusta que los libros permanezcan... –impolutos– en su estado original. Y creo que si alguien te presta un libro, es tu obligación tratarlo con el mayor respeto posible.

Ofelia no dice nada. Solo me mira, y sus ojos son tan oscuros y tan redondos que me recuerdan a esa película de Tim Burton, *Coraline.* Sí, eso es, Ofelia Bachman tiene ojos de botón.

—Lo siento muchísimo –susurra otra vez–. Como ya era de segunda mano...

—Eso no lo excusa.

—Lo siento.

Silencio.

En el trayecto hasta la siguiente parada no despego los labios. Me quedo mirando nuestro reflejo distorsionado en la ventanilla de enfrente, notando los ojos de botón de Ofelia en mi nuca y los de todos los demás en diversas partes de mi cuerpo. No sé si nos miran porque acabamos de ponernos a discutir por un libro o porque el atuendo de Ofelia sigue siendo barroco y peculiar, pero no es agradable.

Vuelvo a sumergirme en las páginas de los apuntes de Ciencias Humanas 2, pero de pronto la letra de mi compañera me resulta ininteligible.

Cuando el tranvía vuelve a arrancar, siento algo en mi oreja. Es la mano derecha de Ofelia, suave y con un peculiar olor a vainilla, que está poniéndome un auricular.

Me vuelvo hacia ella. Tiene los labios arqueados y los pómulos espolvoreados de rosa, y reconozco ese gesto enseguida: es una señal de bienvenida.

Pulsa el botón de *play* en su móvil.

En una fracción de segundo, todo el ruido de fondo (los niños que lloran porque aún no han llegado a su parada, los universitarios que sorben su café, los hombres de mediana edad que leen el periódico, el grupo de estudiantes que comentan con estrépito la última fiesta de una tal Jessica White) se difumina. Queda cubierto por el tipo de música *indie* francesa que hace que te sientas en una película de Sofia Coppola o en un anuncio de perfume.

Suave, preciosa, etérea y onírica, como si fuese a desaparecer en cualquier momento, o como si se tratase de una nana cantada desde un lugar muy lejano, como el Nunca Jamás de *Peter Pan*.

Ofelia me da un codazo en el brazo.

—Creo que ese hombre se parece a Johnny Rotten, ese tipo tan raro de pelo naranja que tocaba en los Sex Pistols.

El hombre al que se refiere tiene, de hecho, el pelo naranja (solo que muy claro, como si se lo hubiese teñido hace meses) y aplastado contra el cráneo, repleto de verrugas y marcas de vejez. Tiene, además, la piel grasienta y un ligero problema de higiene personal.

—Se parece a Johnny Rotten, si Johnny Rotten fuese hincha del Nottingham Forest y pesase tanto como una cría de ballena.

Ofelia se tapa la boca para contener una risotada.

—¿Te gustan los Sex Pistols? —le pregunto, porque no podría haber nada más distinto a esta música mágica y tranquila que la afición por desgañitarse de los cantantes de los grupos de la primera ola punk.

—Me gusta Johnny Rotten. Es divertido. Hizo un anuncio de mantequilla, y siempre está en la tele diciendo cosas como «eres una mancha de pis» y «el sexo es mierda *hippie*».

—Y «actúas como un delincuente senil», no te olvides. Mi madre tiene una pila así —levanto mi mano un par de centímetros por encima de mis rodillas— de VHS de cuando Johnny Rotten era jurado de esos programas de talentos tipo *Factor X*. Era terrible, pero muy divertido, y hasta los demás miembros del jurado le tenían miedo. Prácticamente esos fueron mis dibujos animados cuando tenía siete años.

—¿De verdad? —dice Ofelia, acercando su cara a la mía como si pudiese leer alguna mentira tatuada en mi piel—. Mis padres siempre fueron más de, ya sabes, *Barrio Sésamo* y *El autobús mágico* y *Art Attack* y cosas así. Programas educativos.

—¡Educación convencional, pfff! —digo, y suena bastante más prepotente de lo que había planeado, de modo que señalo con la cabeza a la mujer sentada tres asientos más allá y digo—: Si aquel hombre era Johnny Rotten, esa señora es la protagonista de *Dallas*, esa que estaba siempre borracha y le tiraba cosas a su marido. Fíjate en el pelo.

Lleva el tipo de peinado de quien tiene su peluquería de confianza desde 1982, y un traje chaqueta azul eléctrico que podría haber aparecido perfectamente en *Los ángeles de Charlie*. La serie, no la película con Lucy Liu.

—Apuesto a que es una viajera del tiempo —murmura Ofelia, y tan cerca de mi oreja que su nariz acaricia mis rizos.

—Apuesto a que es una alienígena que está espiando a la raza humana.

—¡Sí! Y viste así porque estudió nuestras costumbres mediante programas de televisión cutres.

Esta vez no puedo contener una carcajada, y todos los pasajeros del vagón se vuelven para mirarnos.

Nos pasamos los siguientes quince minutos de trayecto escuchando la música del móvil de Ofelia e inventándonos historias para las personas que viajan con nosotras.

OFELIA

-capítulo 13-
LO QUE ENCONTRÉ EN EL JARDÍN

Cuando Amoke y yo nos separamos (ella entra por la puerta principal y yo a través de la portezuela del jardín, que da directamente a la biblioteca), me topo de nuevo con la niña pelirroja. Lleva otra vez esas pesadas botas de agua, y un vestido azul raído. Juega con las flores del jardín (que está sorprendentemente bien cuidado) y no parece haberse percatado de mi presencia, porque da un respingo cuando alzo la voz.

—Otra vez nos vemos, ¿eh?

La niña no dice nada, pero me mira con sus grandes ojos castaños, como un animalillo asustado, y parpadea.

—No tengas miedo, no se lo diré a nadie —añado, y ella se muerde el labio inferior—. ¿Vives por aquí?

Parece sopesarlo durante un par de segundos. Luego se levanta, se sacude la tierra de las rodillas y las manos, se encoge de hombros y dice:

—Pues claro.

—¿Sabe Miss Wonnacott que estás en el jardín?

La niña da un paso atrás. Todo parece temblar en su rostro pálido y salpicado de barro.

—¿Está la señora Wonnacott en casa?

—Eso me temo.

—¡Oh, mamá va a estar furiosa!

Y, recogiendo su cubo del suelo, echa a correr en la dirección contraria sin darme tiempo a detenerla.

Cuando entro, cuidándome yo también de sacudirme la tierra del vestido, Miss Wonnacott me recibe con un seco «llegas tarde», que inmediatamente va seguido de un cortante:

—¿Acostumbras a ser impuntual, Ofelia Bachman?

—Lo siento —me disculpo, tomando asiento frente al Mac—. Me he entretenido.

—Oh, ¿y eso ocurre a menudo? Porque te recuerdo, Ofelia Bachman, que el tiempo pasa para todos, y a algunos se nos agota más rápido que a otros. No lo olvides.

—Lo siento muchísimo. No volverá a ocurrir.

—Eso espero. ¡Y por favor, niña, deja de disculparte por cosas de las que no te arrepientes! Me provocas dolor de cabeza. ¿Dónde nos habíamos quedado? Veamos… ¡Ah, sí!

Los Williams

Cuando lo conocí, Birdy Williams llevaba un mono de trabajo y la camisa más roñosa y deshilachada que había visto jamás. Sé que esto es cierto porque acabábamos de mudarnos a Holyhead, y porque mi madre arrugó la nariz al posar los ojos sobre él, y porque Birdy Williams estaba poniendo a punto el ascensor que conectaría la planta baja (donde nos encontrábamos) con el piso superior. Sin embargo, cada vez que recuerdo a Birdy, no puedo evitar verlo con su uniforme pardo de aviador, su casco y aquellas enormes gafas que le otorgaban cierto parecido con un insecto.

Como lector no te pido exactamente que te imagines a un apuesto aviador inglés instalando un ascensor en una casa demasiado pequeña, solo que tengas en cuenta que, si Birdy hubiese podido elegir, sin duda habría escogido semejante indumentaria incluso para trabajar en el ascensor. Y es que Birdy Williams era una persona a la que le gustaba causar una buena impresión.

—Menudo aparatejo tiene aquí, jefe —dijo, cerrando la verja dorada—. Los Kone son los mejores ascensores del mercado, sí, señor.

Papá, sentado en la silla del recibidor y con las manos firmemente aferradas a su bastón, asintió sin decir nada.

Yo, acuclillada a su lado, observaba la escena en silencio, sintiendo las puntas de los dedos de mis pies cosquilleando como cuando estaba a punto de ver un espectáculo en el cine.

—Le mostraré lo rápido que es, jefe —insistió Birdy, y de algún lugar detrás de la montaña de cajas de herramientas emergió, como una sombra, un muchacho sucio y andrajoso—. Mi hermano subirá al piso superior y volverá aquí en menos de medio minuto. ¿Preparado, Cricket?

—¡Preparado, Birdy! —dijo el niño, como el extraño ayudante de un mago muy humilde, adentrándose en el ascensor—. ¡Por el rey Jorge, por la patria y por la libertad!

Y, tras pulsar uno de los dos botones, las puertas se cerraron y el chico desapareció tras ellas.

Desde el hueco de la escalera oí una risita débil y cantarina. Mi hermana Phoebe reía por primera vez desde que Saul se había marchado (Saul, su gemelo, siempre dos, siempre juntos), y lo hacía mirando muy fijamente a Birdy a los ojos.

Birdy, pasándose una mano morena y sudorosa por el pelo rojizo, se ruborizó y dijo:

—No sé de dónde saca esas cosas. Está un poco tocado del ala, mi hermano. Pero las mejores personas lo están, ¿no?

Mi padre, a quien un hermano «un poco tocado del ala» le parecía una vergüenza que había que ocultar enseguida y no un orgullo, torció los labios y dijo:

—Quince segundos. Ya debe de estar arriba.

Birdy asintió, y luego se dirigió, por primera vez, a mí.

—Me gustan esos pantalones que llevas, señorita. Son unos pantalones estupendos.

—Gracias. Los cogí del armario de mi hermano. Él es bajito y yo soy alta, así que me quedan bien.

Birdy sonrió. Phoebe, que dio un paso hacia él, se mordió el labio inferior y susurró con su voz melosa:

—No sé de dónde saca esas cosas. Está un poco tocada del ala, mi hermana. Pero las mejores personas lo están, ¿no?

—Siempre —asintió Birdy, jugando con el cinturón del vestido de mi hermana.

En aquel momento, cuando pensé que papá se levantaría con toda la fuerza de su bastón, las puertas del ascensor se abrieron y Cricket Williams, dándole dos golpecitos a su reloj de pulsera, bramó:

—¡Veintinueve segundos y medio, señor! Lo he comprobado con mi propio reloj. ¿Puedo ayudarte en algo más, Birdy?

Birdy dejó de mirar a mi hermana para clavar sus cálidos ojos castaños en Cricket.

—Bueno, no. No creo, campeón.

—¡Bien! —graznó Cricket mientras papá, que había pasado más tiempo con «esos niños inmundos» del que estaba dispuesto a admitir, se tambaleaba hacia su estudio—. Al señor Brown acaba de llegarle un Bristol Type 138, ¿puedo verlo?

Birdy apoyó las palmas de las manos en sus rodillas para quedar a la altura de Cricket.

—¿Un Bristol?

—Ajá.

—Bueno, pues puedes mirarlo hasta que te quedes ciego, pero ni se te ocurra volar sin mí.

—¿Por qué? —gritó el muchacho, que estaba en el umbral de la puerta—. ¿Es que necesitas un par de clases?

—¡Cricket, hablo en serio! —chilló Birdy, pero Cricket ya se había ido—. ¡Muy bien, si te rompes algo no seré yo quien te lleve al hospital!

Mi hermana volvió a reír.

—Hace un día muy claro para volar, ¿verdad?

—Excepcional —la secundó Birdy.

Phoebe dio un paso más (el último) hacia él.

—Eres piloto, ¿verdad? Por eso te llaman así. Birdy. Pajarillo.

Birdy dio una sonora palmada al aire.

–¡Ah, quién sabe! Todos tenemos nuestros secretos, señorita Wonnacott.

Mi hermana no era una persona acostumbrada a que no satisficiesen su curiosidad. Con un mohín, se desató el cinturón y se quitó el vestido hasta quedar en su combinación de seda (de haber estado presente, mamá se habría desmayado).

–Yo creo que hace un día estupendo –recalcó–. Me voy a nadar. Quizá nos veamos más tarde, Birdy Williams.

–Como quieras, señorita Wonnacott, pero hace frío, y tampoco voy a arrastrarte a ti hasta el hospital si te enfermas.

Mi hermana solo rio (su risa era deliciosa, y ella lo sabía mejor que nadie), y echó a correr en la misma dirección en la que había desaparecido Cricket.

Birdy se agachó ante mí y me preguntó:

–¿Y tú qué, señorita? ¿No vas a nadar?

–Estamos a diez grados –siseé–. Phoebe sí que está tocada del ala.

–Como las mejores personas, ¿eh? ¿Y volar? ¿Te gustaría ir a volar? Podría llevarte en mi avión cuando termine el trabajo.

Asentí con un gesto de la cabeza. Creo que en aquel momento ya estaba un poco enamorada de Birdy Williams, que estaba hecho de luz y de aventuras, y que no pensaba que yo era demasiado fea, o demasiado zamba, o demasiado sabelotodo para considerarme digna de su tiempo.

Claro que yo tenía doce años y él veinticuatro, y a partir de aquel día no solo me llevó a mí a volar en su avión, sino que también empezó a pasar mucho tiempo en la playa con Phoebe. Un día tras otro, todos ellos salpicados de salitre y agua y carcajadas, hasta que mamá se llevó las manos a la cabeza y la señora Williams (que parecía muy vieja y arrugada) abordó a Birdy delante de mí para recordarle que él era un obrero y mi hermana una señorita, y que lo único que conseguiría mezclándose con una chica que no era de su clase sería arruinarse la vida.

AMOKE

capítulo 14

LA CASA DE MISS WONNACOTT

Ofelia se sienta a mi lado en el tranvía de vuelta al centro. Tiene las mejillas encendidas y la frente perlada de sudor, como si acabase de llegar tras una larga carrera, y señala con un gesto de la cabeza mi biografía sobre Darwin antes de saludarme.

Puesto que sobre la biografía está mi bloc de notas, y puesto que estaba escribiendo en él, mi acto reflejo es tapar tanto el libro como el bloc con el antebrazo. Ofelia se percata de ello (¿cómo no iba a hacerlo?), pero no dice nada, lo que le agradezco muchísimo. En su lugar, solo ladea un poco la cabeza y pregunta:

—¿Por qué Darwin?

—¿Eh?

Su pregunta me coge por sorpresa, de modo que no sé cómo responder. Ofelia, enroscándose un mechón del flequillo en el índice, se limita a repetir:

—¿Por qué Darwin? De todas las personas que han dejado

su marca en el mundo, ¿por qué te interesa tanto Darwin? ¿Por qué no Winston Churchill o Marie Curie o Audrey Hepburn? ¿Por qué Darwin?

Siento mis mejillas arder y enrojecerse. Los ojos de botón de Ofelia son demasiado brillantes y se clavan en mí con tanta intensidad que parecen ocupar toda mi mirada periférica.

¿Por qué Darwin? Podría escribir párrafos enteros sobre ello. Novelas. Páginas y páginas de todas las razones por las cuales Darwin me parece un ser excepcional, pero soy incapaz de hablar de ello. Todas mis palabras —mis ideas, mis pensamientos— se entrelazan entre sí y se desordenan antes de llegar a mi boca.

—Oh, no lo sé.

La odio. Esta separación entre las demás personas y yo. Si pudiese reorganizar mis pensamientos (los grandes primero y los pequeños después, como libros en una estantería), le explicaría a Ofelia muchas cosas. Que no siempre soy tan aburrida, de verdad. Puedo ser agradable, simpática incluso. Interesante, en mis mejores días. Pero, por favor, que no me pida hablar. No cuando todavía no tenemos confianza. No cuando hay tanto ruido y cuando tengo tantas cosas que decir que mi mente se bloquea y crece, de nuevo, este muro de separación entre los demás y yo.

Ofelia, sin embargo, sigue hablando como si mi aportación hubiese sido realmente relevante. Habla y gesticula y ríe, y durante un momento fugaz parece incluso brillar y flotar. ¿Cómo puede haber gente tan viva? Estoy segura de que cualquiera que nos vea, la una junto a la otra, podrá identificar las diferencias enseguida. Ella es vibrante y colorida, viva en el sentido más amplio de la palabra, como un cuadro de Van Gogh; yo, por mi parte, no puedo evitar sentirme gris, una cosita pobre y desnutrida, como uno de esos cuadros inacabados que el pintor prefiere relegar al rincón más oscuro de su estudio.

—Así que siempre has vivido aquí, ¿no? —dice Ofelia, sin molestarse en enlazar su pregunta con otro tema en particular.

—Sí… sí. Bueno, en realidad nunca he salido de Gales.

—Hay mucho que ver, ¿eh? Tenía un paciente, Jamie Lucas, que estaba haciendo turismo por la isla cuando… —Niega con la cabeza—. En fin, hablo demasiado. Yo apenas conozco nada de Anglesey. Estaba pensando en visitar algunos de los lugares que Miss Wonnacott menciona en su biografía. Es absolutamente fascinante, todo lo que escribe. Podría pasarme horas escuchándola sin ni siquiera notar el paso del tiempo. Pero, en fin, ya estoy parloteando otra vez. Debes de estar cansada de mí, así que al grano. ¿Sabes si hay alguna pista de vuelo por aquí?

—¿Pista de vuelo? —repito—. Bueno, está el Valley. Es una estación de la RAF.[8]

—¿De la RAF? ¿En serio?

—Bueno, sí. Fui una vez con la escuela, en primaria. No estoy segura de que siga en funcionamiento. La construyeron durante la Segunda Guerra Mundial.

Ofelia aprieta los labios. Los dedos de su mano derecha (que cuelga flácida como un animal muerto) empiezan a moverse uno a uno. Está contando.

—Entonces creo que no es a lo que me refiero. —Sonríe; su rostro parece capturar toda la luz del sol cuando lo hace—. Pero le echaré un vistazo de todas formas. Muchas gracias, Amoke.

---

8. Siglas de Royal Air Force, las Fuerzas Aéreas británicas.

Me gusta cómo lo pronuncia, cómo mi nombre se desprende tan fácilmente de sus labios. Suena a bienvenida.

Ofelia se baja en la siguiente parada. Me dice adiós con un movimiento de cabeza, enarbolando en el aire el trozo de papel en el que acabo de escribirle las indicaciones para llegar al Valley.

En cuanto las puertas se cierran y el tranvía retoma la marcha, compruebo lo ruidoso que puede llegar a ser un vagón. Los niños. El traqueteo. El viento contra las ventanillas. Las hojas de los periódicos.

Lo ruidosa que era la casa de Miss Wonnacott.

Lo ruidosos que pueden ser mis pensamientos.

Abro mi bloc de notas de nuevo.

¿Que por qué Darwin? Muy sencillo: es posiblemente la primera persona (al menos en la edad moderna) que nos ha comprendido. A los humanos. No somos peculiares. No somos ni tan siquiera un poco importantes, realmente. Comparados con el universo, no somos más que un minúsculo borrón en la historia. Todas las guerras, todos los reyes de la antigüedad, todos los grandes pensadores... todos forman parte del mismo proceso evolutivo, y todos caerán en el olvido tarde o temprano. Cleopatra y Shakespeare, a pesar de lo excepcionales que fueron en vida, sufren la misma suerte que el resto de la humanidad en la muerte.

Algunos considerarían esto terrible, pero para mí es un refugio. No somos importantes, pero estamos conectados a una serie de leyes de la naturaleza que sí lo son. Estamos hechos de materia espacial. El carbono y el oxígeno de los astros componen nuestros huesos y fluyen por nuestras venas. Nuestros cuerpos, que son tan pequeños y tan poco relevantes, están formados por los mismos elementos esenciales que causan el nacimiento y la muerte de las estrellas.

Aunque somos efímeros comparados con una nebulosa, en el fondo, estamos hechos de la misma materia, y este es un pensamiento que me reconforta por las noches.

En realidad no sabemos mucho de otras áreas. Todo lo que desconocemos del cerebro es tan vasto que incluso podríamos decir que no sabemos nada en absoluto. No comprendemos todavía la consciencia, ni si existe una posibilidad —por pequeña que sea— de que esta sobreviva a la muerte. Pero tenemos la convicción (y para mí es muy muy importante) de que, cuando ya no estemos vivos, los elementos que componían nuestro cuerpo retornarán, muy lentamente, al universo.

De algún modo, volvemos a casa, al lugar al que pertenecemos. Y, aunque a muchos les parece una sentencia temible, a mí me tranquiliza saber que es así.

OFELIA

-capítulo 15-
EL VALLE DE ACERO Y HORMIGÓN

Lo han convertido en un aeropuerto cualquiera. Extremadamente diminuto, solo vuelos nacionales, un mero símbolo que recuerda a los isleños que no solo se puede acceder a tierra mediante el mar.

Parte del Valley sigue siendo propiedad de la RAF, desde luego, y todavía se pueden encontrar algunas instalaciones cuyo acceso está vetado a los civiles. Pero es solo un aeropuerto cualquiera. Moderno, un auténtico valle de acero y hormigón que muy poco tiene que ver con la estación construida en plena guerra.

—Ese va a Londres —asegura Harlon, señalando el avión que acaba de despegar.

Estamos sentados en el muro del aparcamiento, él y yo, viendo los aviones pasar. Aunque he seguido las indicaciones que me dio ayer Amoke, hemos tardado más de lo previsto, por lo que el cielo está empezando a cambiar y a oscurecerse.

—No, a Swansea.

—A Londres. Lo sé por la dirección que ha tomado.

—Todos van en la misma dirección —le recuerdo—. Si no, acabarían en Groenlandia.

—O en Irlanda. Nunca he estado allí. ¿Alguna vez has...?

Se interrumpe porque algo acaba de captar repentinamente su atención. Por el aparcamiento, justo debajo de nuestros pies, pasa un grupo de viajeros. Personas. Personas que podrían o no podrían verlo.

No me da tiempo a detenerlo, claro. Harlon salta del muro a la rampa y baja corriendo en su dirección, probablemente ensayando una buena excusa en su cabeza, porque hoy podría ser el día. Podría haber alguien más como yo, y él debería estar preparado para tener algo relevante que decir.

—¡Eh, espera! —digo, corriendo detrás de él—. ¡Harlon Brae, tontorrón, no puedes ir a hacer amigos sin mí y...!

Algo cae del bolsillo izquierdo de mi bolso y me hace detenerme. Es un papel, y está repleto de la caligrafía redonda y esmerada de Amoke. Ha debido de guardarlo ahí cuando estábamos en el tranvía.

Para mí, siempre, ver es leer, de modo que cuando lo desdoblo no puedo evitar volver a sentarme en el muro y comenzar la lectura.

El cielo pasa de naranja a dorado, y de dorado a rosa, y de rosa a malva y a añil. El papel (blanco, sin un solo tachón) se oscurece hasta que tengo que apretar mucho los ojos para seguir leyendo, pero no me detengo. Veo a Harlon en mi mirada periférica, alicaído y jugueteando con las piedrecillas del suelo, y sigo leyendo.

Cuando termino me siento extraña, como si acabasen de desvelarme algo muy preciado y frágil. Y es un privilegio que Amoke me haya considerado lo suficientemente importante para confesarme por qué Darwin y para contarme que estamos hechos de estrellas.

—Harlon, ¿no tendrás por casualidad un poco de papel por ahí, verdad?

Harlon rebusca en su bolsillo derecho y de él saca algo que se parece mucho a una de las etiquetas de los frascos de mermelada de mi padre. Puesto que el anverso está completamente en blanco, cojo mi bolígrafo del bolso y empiezo a escribir una respuesta mientras Harlon lee mis palabras por encima de mi hombro y hace ruiditos de desagrado o aprobación.

¿Ves como tenía razón? Lo supe desde un principio. ¿Por qué las personas como tú guardáis con tanto celo todas vuestras palabras?

Yo en realidad no tengo demasiado que decir, pero hablo mucho igualmente. A lo mejor es para ver si, de pura chiripa, en algún momento digo algo realmente importante o relevante o qué sé yo.

En mi familia, mi hermano y yo hablamos, y mamá y papá escuchan.

Mi hermano habla y parece que ejércitos enteros vayan a congregarse a escucharlo. Tiene una de esas voces. Y cuando habla, además, puedes notar cómo el ambiente de la habitación cambia y cómo todos los que lo escuchan sonríen con más facilidad. «Más, más», parecen decir. «Cuéntanos más.»

Yo solo hablo. En español o en inglés o en gallego o en hebreo. A veces un poco de galés, incluso, y unas pinceladas de francés cuando me siento lo suficientemente pretenciosa. Puedo hablar muchos idiomas, pero nunca digo demasiado en ninguno de ellos.

Muchas gracias por contarme lo de las estrellas. No me importa demasiado el olvido, pero es agradable saber que tenemos tanto en común con algo tan magnífico como las estrellas (¡aunque solo seamos drop outs charlatanes sin un propósito en la vida!).

p. d.: Harlon y yo hemos ido al Valley (de hecho, podría estar o no estar escribiendo esta carta en el aparcamiento ahora mismo). Lo han transformado en un aeropuerto corriente y moliente, ¡horror! Pero hemos visto pasar los aviones, y ahora que ha anochecido y esto está desierto, parece uno de los decorados de Expediente X.

p. p. d.: ¿Te gusta Expediente X? ¡Espero que sí! Quiero saber todas las cosas que te gustan, porque a fin de cuentas vamos a compartir muchos viajes en tranvía, ¿no? Podemos hacerlo por carta, si quieres. ¡Será una buena excusa para mejorar mi caligrafía!

Bisous,
Ofelia Bachman

AMOKE

-capítulo 16-
PALABRAS

Ofelia me entrega una etiqueta de mermelada de moras nada más sentarse en el tranvía. Al principio frunzo el ceño, aturdida, pero luego reparo en su letra, tan pequeña y apretada en el anverso, como si las letras se estuviesen dando empujones para entrar.

Ella no dice nada, pero me coloca un casco en la oreja mientras leo. *Jazzman*, de Carole King.

Cuando termino (para ser honestos, he releído la carta dos veces, solo para estar segura de haberlo entendido todo) me giro hacia Ofelia. Está dándose palmaditas en la rodilla y cantando en voz baja.

—*When the Jazzman's testifyin' a faithless man believes... he can sing you into paradise or bring you to your knees...*

Me gustaría decirle muchas cosas, pero en realidad todas ellas se resumen en una única palabra: gracias. Gracias por no pensar que estoy loca. Gracias por no juzgarme. Gracias por no cansarte o poner los ojos en blanco.

Querría decírselo, de verdad, pero me topo de nuevo con ese muro entre los demás y yo (aunque esta vez algo más débil). Me siento tentada de sacar mi bloc de notas y escribir algo, pero no.

Le doy un toquecito en el hombro. Ella se quita el casco de la oreja y deja de cantar.

—Yo no creo que no tengas nada que decir —le aseguro—. Y *Expediente X* me encanta. Sobre todo Scully.

Ofelia sonríe.

—¡Pobre Mulder! Todo el mundo piensa que es un chiflado. Incluso mi amigo Harlon. ¿Alguna vez te he contado cómo lo conocí? Verás...

OFELIA

-capítulo 17-
EN EL VAGÓN

Amoke y yo nos pasamos la hora del viaje en tranvía escuchando la música de su móvil y hablando de los Sex Pistols. Decir que le encantan sería simplificar mucho la verdad. Es como si Amoke, con sus vestidos de flores y su pelo de nube, inspirase y espirase rabia y punk en vez de oxígeno y dióxido de carbono.

Llevamos un mes turnándonos para escuchar música y hablando en el tranvía. Hablando hasta que nos mareamos y se nos queda la boca seca. Hablando como si todas las palabras del mundo fuesen a extinguirse enseguida y tuviésemos que aprovecharlas.

El color favorito de Amoke es el rosa (salta a la vista).

Le gusta tenerlo todo perfectamente ordenado (eso también salta a la vista) y la música muy alta (eso no salta tanto a la vista).

Vive en Tower Gardens, que es famoso por sus tasas de criminalidad y por aparecer en las primeras páginas de los periódicos locales día sí y día también.

No tiene un animal favorito, «porque eso sería ofender a todos los demás animales».

Su madre, que es «la persona más típicamente blanca del planeta Tierra», fue una cantante *grunge* relativamente famosa en los noventa.

—¡De verdad te gustan los Pistols! —le digo, y tengo que alzar mucho la voz para que me oiga por encima de los gritos y los *riffs* de guitarra.

El vagón queda convertido en una bola muy apretada de música, voces rasgadas y el tipo de palabras que la abuela Rita jamás diría.

—¿Creías que estaba de broma? Ya te dije que mis padres nos ponían programas de Johnny Rotten cuando éramos pequeños.

—¿Nos?

—Mi hermano y yo.

—¿Tienes un hermano? —pregunto, aunque, bueno, acaba de decírmelo.

Amoke entierra la cara en la chaqueta antes de contestar.

—Sí, Tayo.

—¿Tayo? Me gusta. ¿Hermano mayor o pequeño?

—Mayor. Me lleva dos años.

Asiento.

—Como el mío, entonces. Solo que Lisandro me lleva doce años, no dos… fui un imprevisto.

Cuando se ríe, Amoke entierra más la cara en la chaqueta, y sus pómulos se tiñen de un rosa muy claro que hace que sus pecas parezcan las primeras estrellitas del atardecer.

—Yo también —dice—. Mis padres aún no habían terminado de pagar el coche cuando yo nací. De hecho, nací en ese coche. Te lo cuento porque a lo mejor un día conoces a mi padre, y le encanta recordar esa historia.

—Me gusta escuchar historias de partos —le aseguro, y Amoke vuelve a reír.

De cerca no es como esos cuadros impresionistas que se transforman en un caos de colores pastel cuando inclinas tu cara hacia ellos. De cerca es como si alguien acabase de subir el volumen.

Puedes jugar a encontrar retazos de verde y dorado en sus ojos. O unir las pecas de su nariz para formar constelaciones. Contar los distintos tonos de marrón de sus rizos.

De cerca es como si alguien acabase de subir el volumen a una canción punk, de modo que aparto la vista y señalo con la cabeza al hombre frente a nosotras.

—Ese es Enrique VIII. Tiene la cara tan rechoncha y colorada debido a sus problemas de salud. ¿Y te has fijado en cómo mueve los ojos? Es la sensación de culpabilidad. Acaba de mandar decapitar a Ana Bolena.

-capítulo 18-
CRICKET

La biblioteca de Miss Wonnacott está envuelta en el olor
dulzón de la cera de vela y en otro, mucho más difícil de
identificar, que es seco y amargo. Miss Wonnacott está ante
mí, el fantasma de una historia flotando en sus ojos plateados.

En los últimos días hemos escrito sobre muchas cosas.
Sobre ella («una muchacha esquelética, muy poca cosa, que
parecía temblar y encogerse ante las primeras nevadas») y
su familia («habían sido ricos, y el pueblo había aprendido a
temerlos, pero ahora su antigua riqueza caía sobre sus hombros como un apolillado abrigo de visón»). Sobre cómo la
Depresión los había obligado a abandonar Cardiff y asentarse
en una granja de Holyhead («donde la tierra olía siempre a
mar y el aire parecía estar habitado por fantasmas y criatu-
ras misteriosas»). Sobre el hermano mayor, que había dejado
Gales atrás por una norteamericana a la que había conocido
en una fiesta. Y sobre la familia de la casa de al lado, que era
muy numerosa, muy pobre y muy estrepitosa.

Miss Wonnacott se aclara la garganta, lo que significa que va a empezar a hablar. Desde la habitación contigua oigo el teléfono sonar y la voz pausada de Amoke, que dice:

—No, lo siento, Miss Wonnacott no está disponible...

O bien:

—No, lo siento, Miss Wonnacott se encuentra indispuesta...

O incluso:

—No, lo siento, Miss Wonnacott no atiende llamadas...

Otro carraspeo. Los labios secos de Virginia Wonnacott se separan y entonces...

—¿Ya tiene título?

La pregunta se escapa de mi boca antes de que termine de formularla en mi cerebro.

Una despeinada ceja gris se alza.

—¿Tengo que recordarte las normas?

—Bueno, no... —me defiendo, sintiendo que mis mejillas arden y se vuelven de fuego, pero Miss Wonnacott no se da cuenta.

Ha clavado la vista en la ventana.

—*La coleccionista de almas*. Ese es el título. ¿Ahora podemos continuar?

No me da tiempo a asentir. La biblioteca se llena de palabras y de historias y de magia.

Cricket

Faltaban dos años para que el chico que temía al fuego fuese bautizado como tal. Por aquel entonces, en invierno de 1937, era solo un muchachito de doce años escuálido, pecoso y sumamente nervioso al que llamaban Cricket.[9]

No poseía un nombre propio como el resto de las personas, al menos por lo que yo sabía, pues todos en el pueblo se referían a él

---

9. Grillo.

como Cricket. Para ser honestos, nadie en su familia contaba con un nombre a la usanza.

Los padres de Cricket tenían cinco hijos vivos y dos muertos, y los siete eran conocidos por sus apodos. Incluso los nombres de los dos que ya no pertenecían a este mundo se habían olvidado.

Si el tiempo no las ha hecho pedazos, todavía pueden encontrarse sus tumbas en el cementerio. Si uno se acerca lo suficiente a ellas podrá leer que existió una vez una niña a la que llamaban Bluebell,[10] que nació en 1930 en Holyhead y que se marchó sin despedirse antes de cumplir los diez años, y que tenía un hermano conocido como Weasel[11] que fue robado a sus padres por la fiebre tifoidea pocos días antes de recibir la primera comunión.

Cricket no pensaba mucho en sus hermanos muertos. A decir verdad, no pensaba mucho en ninguna cosa. Cuando no estábamos en la pista de vuelo del señor Brown, le gustaba acercarse a mí mientras leía, y le gustaba silbarme al oído, y ante todo le gustaba taparme los ojos con el pelo hasta que me veía obligada a cerrar el libro.

–¿Qué estás haciendo? –me preguntaba siempre.

Y yo siempre respondía con un bufido y alzando las cejas.

–Ahora mismo, aguantar a un imbécil.

Cricket no era una persona a la que la palabra «imbécil» causase una gran impresión. Llevaba escuchándola, y resignándose ante ella, desde que había empezado el colegio. Hacían falta insultos mucho mucho más fuertes para ofenderlo. ¡Diablos! Hacía falta una palabra realmente obscena y grosera (del tipo que haría desmayar al reverendo Samuels) para que Cricket alzase solo las cejas.

–¿De qué va ese libro?

Chasqueé la lengua.

–Si tú también supieses leer, lo sabrías.

–¡Yo sé leer!

–¿Ah, sí? Entonces, ¿por qué estás en la clase de los tontos?

¿He dicho que hacía falta una palabra realmente obscena y grosera para que Cricket alzase solo las cejas? He mentido. Para ser más exactos, me he equivocado. He pasado por alto un pequeño detalle.

10. Campanita.
11. Comadreja.

En realidad hacía falta una palabra muy muy pequeña (pronunciada con la honestidad precisa) para causar en Cricket una reacción épica, puesta de manifiesto por:

Las mejillas, del color y la textura de las uvas muy maduras.

El sudor, que se perlaba en su frente y la hacía brillar.

Los dientes (incluidos los dos de leche que le quedaban) apretados y chirriantes.

–¡Estoy en la clase de los tontos para no tener que verte la cara, bruja!

Cerré el libro sobre las rodillas (hizo un sonoro plas, y llenó el aire de polvo y olor a biblioteca), me puse en pie y empujé a Cricket. Era casi tan alta como él (es decir, más que la media de los niños de trece años), y lo hice tambalear contra el granero.

–¿¡Cómo me has llamado!?

Levanto la vista del Mac. Los labios de Virginia Wonnacott se curvan en una mueca que es total, completa y absolutamente imposible que se trate de un efecto secundario de su enfermedad.

—¿De verdad dijo «bruja»?

—Oh, sí, Cricket estaba demasiado bien educado para utilizar cualquier palabra que llamase la atención del reverendo Samuels. ¿Por dónde íbamos? Ah, sí…

–¿¡Cómo me has llamado!?

El suelo tembló. Todos los días de su vida hasta que murió, Cricket juró y perjuró que el suelo tembló. Sin embargo, eso no lo amilanó. Cuando eres un chico y tienes trece años, muy pocas cosas pueden amilanarte.

–¡Bruja! B-R-U...

–¡Ni siquiera sabes deletrearlo!

Oh, aquella fue una acusación venenosa. La palabra «tonto» flotaba en ella, Cricket podía sentirla, y lo obligó a hacer algo... algo que solo años después llamaría por su nombre: una soberana tontería.

–¡P-U-T-A!

–¿¡Qué!?

–¡P-U...

La segunda vez no le dio tiempo a terminar. Salté sobre él. Durante meses, en el pueblo no se habló de otra cosa: la hija de los Wonnacott, que era tan alta como su padre y no podía pesar más de treinta y cinco kilos, tiró a Cricket al suelo de un solo empujón. Y le puse un pie sobre el pecho. Solo por si acaso.

–¡No vuelvas a decirle eso a una chica en tu vida!

Cricket se retorció.

Me vi obligada a repetirlo, esta vez alzando el puño.

–¡No lo haré! No lo haré, ¿vale? ¿Te has vuelto loca?

–¿¡Qué me has dicho!?

Mi puño estaba a un palmo de la nariz húmeda y colorada de Cricket.

–Si me pegas así, te romperás los dedos –jadeó el muchacho–. Tienes que dar con los nudillos.

–¿¡Tú eres tonto!? ¿Para qué me lo dices?

Cricket escupió. Como todo niño de trece años que se precie, pasaba mucho tiempo escupiendo y haciéndose el machito.

–¡Deja de decir eso! No volveré a llamar bruja a una chica en mi vida, pero deja de decir eso.

Le dirigí mi arqueamiento de cejas característico.

–¿Bruja?

–Lo otro tampoco, pero ¡deja de decir que soy tonto!

–Está bien –acepté, y devolví mi pie izquierdo a la tierra.

Un trato es un trato.

—¡Sabía que no había dicho bruja!

Virginia Wonnacott me dirige una sonrisa acartonada e increíblemente pesada.

—Pues claro que no dijo bruja. No había pisado una iglesia desde su primera comunión. ¿De verdad esperabas que le preocupase la opinión del reverendo Samuels?

—¿Hace mucho que murió? Cricket, quiero decir.

Virginia baja la mirada. Parece muy muy interesada en sus manos y en cómo se aferran a sus rodillas descarnadas.

—Nada de preguntas, Ofelia Bachman.

Ofelia Bachman. Mi nombre suena afilado y acusatorio en la boca de la novelista.

En la otra habitación, el teléfono sigue sonando y Amoke sigue levantándolo para repetir que no, que Virginia Wonnacott sigue muriéndose y que por lo tanto no puede atender a la prensa.

—¿De verdad pone Bluebell y Weasel en las tumbas de los hermanos de Cricket?

Miss Wonnacott no me contesta, pero me dirige el carraspeo áspero que indica que nuestra sesión ha finalizado, así que guardo el documento, apago el Mac y me levanto.

El teléfono vuelve a sonar.

No puedo contenerme. Mientras Virginia Wonnacott mueve su silla de ruedas hacia el pasillo, yo descuelgo el inalámbrico del escritorio y digo:

—Lo siento muchísimo, pero Miss Wonnacott ha experimentado una repentina y milagrosa recuperación y ahora mismo se encuentra de expedición en la Antártida. ¿Quiere dejarle algún mensaje?

Cuando descuelgo, me parece oír una carcajada muy muy vieja y muy muy pausada haciendo eco en el pasillo.

☆ ☆ ☆

—¿¡Cómo se te ocurre decir eso!?

Amoke me aborda en la cocina, mientras comemos, y alza la voz tan inesperadamente que hace que me atragante con una de mis patatas fritas.

—Bueno, tú no ibas a hacerlo.

—¡Pues claro que no! —chilla, pero su comisura derecha tiembla.

Solo un poco. Luego la izquierda también, como si un par de pequeñas manos invisibles quisieran convertir sus labios fruncidos en una sonrisa.

—Esos reporteros se lo merecían. Miss Wonnacott está gravemente enferma. Hace años que se sabe.

—¡No tenías ningún derecho! Es mi trabajo. ¿Estás loca?

—Te estás riendo —le recuerdo, señalándola con un pedazo de pescado frito.

Eso solo la hace reír más.

—¡Estás loca!

Me encojo de hombros.

—Eso es solo parte de mi encanto. ¿Quieres una muestra de mermelada de pomelo? Mi padre está perfeccionando su última receta.

Amoke pone los ojos en blanco y se aparta un largo mechón rizado de la frente.

—¡Eres un caso perdido!

—Sí, pero ahora soy tu caso perdido. Tu responsabilidad —preciso.

En cuanto lo digo sé que mi piel se ha teñido del color exacto de la mermelada de pomelo de papá, de modo que finjo estar muy concentrada en mis mensajes de JSwipe mientras Amoke ríe y ríe y ríe.

—¿Tu novio? —me pregunta, su voz todavía llena de risa.

Le echo un vistazo al chico con el que estoy hablando. Es un actor de teatro londinense llamado Nikolai Sotnikov que me cae bastante bien porque:

No es demasiado salido.

También le gustan *Expediente X* y los programas científicos de madrugada.

Y...

No es demasiado salido.

Es muy mono. No, mono no, atractivo, como los modelos de las revistas de moda y los cantantes de *rock*. Y sexi. Tan sexi que Esther sigue presionándome para que quede con él (aunque a él parece atraerle mucho más la idea de hablar de *Expediente X*).

¿Mi novio? ¡Ja!

—¿Mi novio? Más o menos.

Ahora mis mejillas están tan rojas como la mermelada de cerezas que tan bien se vendió el verano pasado, de modo que dejo a un lado el móvil y trato de concentrarme en los apuntes de la selectividad.

Siento la mirada de Amoke sobre mí y mis mejillas coloradas.

—¿Tú tienes novio? —le pregunto de pasada, aunque ya sé la respuesta.

Las chicas como Amoke siempre tienen novios (que son monos y atractivos y sexis) prácticamente desde que les crecen las tetas, y las chicas como yo tienen novios (que son monos, pero probablemente no atractivos ni sexis) en la universidad.

—No, corté con mi novia en agosto.

—Oh.

Mi cabeza solo repite novianovianovianovianovianovia-novia.

Amoke asiente, mordiendo la goma de su lápiz. No puedo dejar de mirar sus labios, que son carnosos y brillantes, como los de las mujeres que anuncian cosméticos.

Soy una guarra. Soy una guarra que acosa a sus amigas.

—Bueno, ella se lo pierde.

Ha pasado demasiado tiempo y es raro que lo diga, pero Amoke finge no darse cuenta.

—Él también se lo pierde —afirma, señalando la foto del chico de JSwipe—. Por ser tu novio más o menos y no tu novio al cien por cien.

AMOKE

-capítulo 19-
LO QUE ME PIDIÓ MISS WONNACOTT

Oscurece a trompicones. Las lápidas del cementerio están cubiertas de noche, como si alguien se hubiese dedicado a soplar oscuridad y sombras sobre ellas.

La parte antigua no es bonita, pero sí lo suficientemente pintoresca para aparecer en las guías turísticas y en los blogs de misterio. Aquí las tumbas están rotas o cubiertas de hierba, y el pan de oro de los nombres se ha difuminado. Apenas hay flores o recuerdos, porque las personas que están enterradas aquí murieron hace tanto tiempo que ya no tienen a nadie que las llore.

«Es como el cementerio de un cementerio», pienso mientras me arrodillo ante las lápidas blancas de Florence y Eugene Wonnacott. Ambos nacieron en 1889 y murieron con solo cuatro años de diferencia. Aunque vivieron en primera persona la llegada del nuevo siglo, el hundimiento del Titanic, las dos guerras mundiales y el comienzo de las tensiones entre Estados Unidos y la Unión Soviética, ninguno de los dos alcanzó (ni por asomo) los noventa y un años de su hija.

Retiro las flores secas ante cada una de las lápidas, que en la noche parecen los esqueletos consumidos de algún animal pequeño, y compruebo la nota que me dejó Miss Wonnacott.

Lavanda, que huele un poco a muerte y olvido y de la que me desprendo enseguida, para Florence; magnolias, que son blancas y delicadas y que parecen descomponerse en mi mano, para Eugene.

Vuelvo a mirar la lista de Miss Wonnacott.

Yo también tengo una lista, mucho más numerosa, que no suelo releer con asiduidad. En ella figuran mis antiguos pacientes (todas esas vidas que he tocado por un instante), con sus fechas de nacimiento y muerte y la enfermedad que se los llevó. Puesto que no es precisamente agradable, solo vuelvo a ella cuando me siento muy muy sola, para asegurarme de que al menos yo los recuerdo.

Enseguida encuentro el siguiente nombre de la lista en una tumba muy pequeña y casi olvidada cubierta de maleza.

«Nuestro Cricket, que bendijo esta Tierra hasta que el Salvador lo llamó de nuevo a su lado.»

No figura en ella ningún apellido, como tampoco figuraba en la lista de Miss Wonnacott.

Me muerdo la cara interior de las mejillas y retiro el *bouquet* de flores secas.

No me gustan las cosas incompletas.

Otro vistazo a la lista, aunque en realidad ya no es necesario. Claveles rosas para Cricket. Cuando los deposito ante la tumba, me fijo en algo en lo que no había reparado antes. En el tallo de una de las flores secas está prendida una nota, que bajo la luz de la luna ondea en el aire como un pequeño fantasma.

La cojo. Es un pasaje del Libro de Ruth de la Biblia.

«Donde tú mueras, allí moriré yo, y allí seré sepultada: así haga el Señor conmigo, y aún peor, si algo, excepto la muerte, nos separa.»

Ya estoy colocando de nuevo la nota junto a la lápida cuando oigo una voz a lo lejos, entre los nichos que coronan la entrada. Una voz que reconocería en cualquier sitio.

En efecto. Cuando alzo la vista, ahí está Ofelia, con sus pantalones de tirantes y su camisa a cuadros, cruzando el portalón de la entrada y caminando en mi dirección.

OFELIA

-capítulo 20-
DESCUBRIENDO EL SECRETO

—No me gustan los cementerios.

Harlon arrastra los pies a mi lado, levantando un haz de polvillo rojo, y me aprieta la mano. Está temblando, y con cada temblor su cuerpo parece más larguirucho y desgarbado.

—¿Por qué? Quiero decir, estás muerto. ¿No deberían ser como tu hábitat natural? —Harlon solo traga saliva—. ¿Nunca se te ha ocurrido esconderte por ahí, detrás de las lápidas, y asustar a los adolescentes borrachos y cosas así?

—No me gustan los cementerios —repite Harlon, esta vez mordiéndose el pulgar—. Son deprimentes. Además, no me haría falta esconderme. La gente, ya sabes, normalmente no puede verme.

Doy un paso adelante. La hierba está enredada con los espinos, y estos me arañan los tobillos desnudos. Esto está tan oscuro que mis manos son solo una figura desdibujada en el horizonte azul cobalto.

—¿Dónde está tu cuerpo? —le pregunto—. Me gustaría ir a visitarlo. ¿A ti te gustaría?

A pesar de que es primavera y no hace frío (y aunque lo hiciese, él no podría sentirlo), Harlon se abraza a sí mismo como si quisiese darse calor. Sus ojos van de unas lápidas a otras. Si hubiese otros fantasmas aquí, supongo que yo también podría verlos, pero esto está desierto. Claro que Harlon es el primer fantasma que se dirige a mí, lo que hace que me pregunte si algunas de las personas con las que me encuentro por la calle están muertas y sencillamente no las acecha tanto la soledad como a mi amigo.

—Harlon…

—No está —dice, tan rápido que parece que las palabras se escapan de su boca—. No está en ninguna parte.

Arrugo la nariz.

—¿Qué quieres decir con que no está en ninguna parte?

Chas. Chas. Chas.

Harlon da zancadas hacia delante, pisando ramitas y hojas secas y alejándose de mí. Tengo que saltar sobre un par de lápidas y rodear otras tantas para alcanzarlo.

Chas. Chas. Chas.

Chas. Chas. Chas.

—¡Eh, Harlon! ¿Qué quieres decir con que no está en ninguna parte? ¿Por eso estás aquí?

—¡No-lo-sé! —Se deja caer sobre una tumba abierta, como si hubiese agotado todas sus fuerzas con ese chillido—. No sé por qué estoy aquí, ¿vale?

—Pero…

Harlon se sorbe los mocos.

Cuando me siento a su lado y lo abrazo por detrás, siento su cuerpo inconmensurablemente cálido.

—No quedó mucho detrás. —Hipa—. Eso es lo que le dijeron a mi padre. Lo oí. La bomba destrozó la casa y a todas las personas que estábamos dentro de ella, y a mi padre no podían entregarle mis restos porque solo había polvo rosa, y no sabían si era de los ladrillos o de la carne.

—Lo siento —susurro, acercando mi nariz a la suya—. ¿Quieres que vayamos a casa?

Niega con la cabeza.

—Tenías algo que hacer aquí, ¿no?

—Bueno…

—¡Bah! —Se pone en pie—. Me apuesto dos meses de barritas Mars a que Virginia Wonnacott no te mintió.

—¿Dos meses? ¡Eso es trampa! —le grito, pero él ya ha echado a correr a través de las lápidas y los caminos desdibujados y la tierra mojada.

Desde luego, Harlon las encuentra primero. Una al lado de la otra, tan juntas como las cuentas de un rosario. Campanitas, de un azul tan intenso que es imposible no fijarse en él incluso en la oscuridad, para Bluebell; peonías de un amarillo que parece sacado de un cuadro de Van Gogh para Weasel.

—Dos meses de barritas Mars —dice Harlon, que baja la voz mientras acaricia uno de los pétalos turquesa de las campanitas de Bluebell.

Me agacho y enciendo la linterna de mi móvil, que irradia un chorro de luz color hueso que lo cubre todo. Aparto las flores para comprobar las fechas de nacimiento y muerte de Bluebell y Weasel cuando lo oigo.

Un sollozo bajo pero muy claro en algún lugar a mi izquierda. Me pongo en pie otra vez, barriendo el cementerio con la luz de la linterna, hasta que encuentro algo en la zona nueva de los nichos. Una figura agazapada que se esconde detrás de la fuente al reparar en nosotros.

—¿Has visto eso? —le pregunto a Harlon, que ahora juguetea con una de las peonías de Weasel.

—Yo lo veo todo —asegura, deteniéndose a observar las lápidas junto a las de Bluebell y Weasel—. Vivos y muertos. Sois vosotros los que no nos veis.

—¿Y notas alguna diferencia…? —empiezo, pero me interrumpo.

Tres hipidos y el sonido de una nariz que moquea.

Dejo a Harlon junto a Weasel y Bluebell.

Puesto que el cementerio es pequeño, llego enseguida al punto en el que he visto a la figura agazapada. Conteniendo la respiración, doy una vuelta alrededor de la fuente.

Primero veo el pelo de nube. Después, los ojos de cervatillo (mucho más brillantes que nunca). Por último, los labios carnosos y el cuello de una camisa de flores.

—¿Amoke? —susurro, sentándome a su lado.

Ella baja la cara. Con las palmas de las manos, que parecen increíblemente blancas en la penumbra, se seca los ojos.

—Qué vergüenza, qué vergüenza… —repite—. Madre mía, qué vergüenza…

—Eh, ¿estás bien? —le pregunto, aunque es evidente que no es así, y le acaricio la espalda como he hecho con Harlon. Su cuerpo tiembla, igual que el de él, pero la piel es mucho mucho más fría al tacto.

—¿Qué estás haciendo aquí?

Las dos formulamos la pregunta al mismo tiempo, y las dos nos reímos también al mismo tiempo.

Vuelvo a barrer el cementerio con la linterna del móvil. Al hacerlo, reparo en el nicho frente a nosotras.

«Familia Enilo.»

—¿Has venido a ver…?

Amoke niega con la cabeza antes de que termine.

—En realidad, he venido a hacerle un recado a Virginia Wonnacott.

Sé enseguida a lo que se refiere. Las campanitas en la tumba de Bluebell. Las peonías en la tumba de Weasel. Si ellos están aquí, Cricket no debería andar lejos.

—Yo he venido a comprobar un par de cosas… ver si Virginia Wonnacott no me mentía.

—¿Y al final qué? ¿Mintió? Porque no me extrañaría que fuese una embustera…

Bajo la luz plateada de la luna, las mejillas de Amoke, llenas de lágrimas, brillan como si alguien hubiese soplado sobre ellas polvo de hadas.

—Dijo la verdad. ¿Quieres que te acompañe a casa?

Amoke se suena los mocos en un pañuelo de papel.

—No, es solo… no me gustan los cementerios. Venir aquí es una lata. ¿Ves ese nicho?

Lo señala con un dedo tembloroso.

—Es de tu familia.

—De mis abuelos paternos. No llegué a conocerlos. ¿El nicho que está más abajo? También es nuestro.

Lo ilumino con la linterna. Por mucho que fuerce la vista, soy incapaz de leer ningún nombre en él. La piedra es muy muy lisa y parece nueva.

—Está vacío.

—Lo compramos hace dos meses —sisea, y su voz se camufla con el ulular del viento y el crujido de las hojas—. Es para mi hermano. Tiene la misma enfermedad que Virginia Wonnacott.

Cuando me dice eso, la abrazo más fuerte. Es un acto reflejo, como cuando ves a un niño cruzando en rojo y lo empujas hacia ti antes de que un coche se lo lleve por delante.

Como cuando extiendes el brazo para cogerle la mano a un paciente.

«Lo sé», quiero decirle. «Sé cómo es.»

Pero mi voz también queda oculta bajo los numerosos sonidos que pueblan el cementerio; parece evaporarse al salir de mis labios.

—A mi hermano le estalló una mina en Irak. Yo tenía seis años. Llamaron a mis padres desde el hospital militar para que fueran a despedirse. Los médicos dijeron que probablemente no sobreviviría y que, aunque lo hiciese, no tendría una vida digna porque habían tenido que amputarle el brazo izquierdo y las dos piernas. Pero al final vivió y aprendió a caminar con sus piernas robóticas y todo lo demás. Esa solo fue la primera vez que casi muere.

—¿Hubo más veces? —susurra Amoke, la voz nasal y pastosa.

Asiento.

Estoy tan cerca de ella que puedo sentir su pelo contra mis pómulos. El olor de su perfume de lilas me envuelve como un manto.

—En junio pasado. Tuvo una sobredosis, aunque mis padres no quisieron decirme de qué. Su novia llamó a mi casa a las dos de la madrugada, y mi madre y yo fuimos al hospital a despedirnos de nuevo, pero tampoco murió. Todo el viaje en coche desde mi casa al hospital no pude parar de pensar que Lisandro estaba muerto y que probablemente yo tendría que cuidar de mis padres, aunque no tuviese ni idea de cómo empezar. —Trago aire—. Lo siento muchísimo, Amoke. De verdad.

Se muerde el labio inferior, que se vuelve del color de la leche agria.

La beso en la mejilla. No sé por qué lo hago, pero enseguida me doy cuenta de que es lo correcto. Hay un vacío que ni todas las palabras de todas las novelas de Virginia Wonna-cott del mundo podrían llenar, pero que parece mucho más pequeño con un beso.

La piel de Amoke es suave y huele a crema hidratante y a maquillaje. Después de besarla en la mejilla, la beso en el pómulo y junto a la oreja. (Me gustaría besarla en todos los lugares posibles de su cara.)

Ella solo me mira y me aprieta la mano, como si temiera que pudiese irme. Sin soltarla, me pongo en pie de un salto y digo:

—¡Ven, conozco un sitio!

Echo a correr. Como todavía la tengo cogida de la mano, Amoke corre detrás de mí, sorbiéndose los mocos y tirándome tierra a las pantorrillas con las puntas de sus zapatos tipo Oxford.

—¡Ofelia! ¿Estás loca? ¿Adónde me llevas? ¡Ofelia!

AMOKE

-capítulo 21-
EL COBERTIZO

—¡Ofelia! Ofelia, ¿adónde vamos? ¿Has perdido el juicio? ¡Ofelia!

Corremos a través del bosque, apartando las hojas de los árboles y salpicándonos las piernas de barro y polvo de tierra. La vegetación es oscura (gris plomizo) y espesa. No puedo ver a Ofelia, aunque la oigo reír delante de mí. Mis dedos todavía están aferrados a los suyos, como si ella fuese una cometa y yo temiese perderla con una ráfaga de viento.

¿Ofclia?

—¡Ya estamos llegando! ¡Cierra los ojos!

—¿¡Qué!? —chillo; algo áspero y muy afilado acaba de arañarme la rodilla derecha.

—¡Cierra los ojos! Vamos, ¿no confías en mí?

—¿Cómo quieres que confíe en ti si te estás comportando como una auténtica lunática?

Ofelia irrumpe en una risita.

—¡Me has preguntado si estoy loca tantas veces que ya ha empezado a perder todo su significado!

—¿Y qué esperabas? Tengo mis razones.

Para empezar…

1) La he pillado hablando sola en más de una ocasión, la última vez esta misma noche.

2) Comprobando datos o no, está en un cementerio a medianoche (aunque eso puede que sea tirar piedras contra mi propio tejado).

3) Su armario se compone no solo de *Franken*-vestidos, sino además del tipo de indumentaria que llevaría una aviadora de los años veinte, eso sin contar las múltiples pelucas.

—Venga, Amoke, ¿cuál fue la última vez que viviste una aventura?

Ahora mismo. Aquí.

Me muerdo el interior de los carrillos porque me niego a admitirlo delante de ella.

Cuando vuelvo a abrir los ojos (al final Ofelia me ha convencido), los árboles han desaparecido. Delante de nosotras veo un claro de flores amarillas y en una esquina, como si alguien simplemente la hubiese dejado olvidada allí, una caseta de madera.

—¿Esto es…?

—La caseta del guardabosques —responde Ofelia, poniéndose un poco de puntillas, como una niña orgullosa de poder contestar correctamente a su profesor de primaria.

—¿Por qué tengo la sensación de que ya has estado aquí antes?

—Porque eres muy perspicaz. —Ríe, y su cara está ahora tan cerca de la mía que incluso en la penumbra puedo ver sus mejillas y su nariz de un característico rojo rosáceo—. ¡Ven!

Me tira de nuevo de la mano. Aunque la suya está muy fría, es agradable, como sostener entre los dedos un colibrí o algún otro pequeño animal nervioso.

—Esto es allanamiento de morada —protesto, dudosa, y las palabras salen chirriantes entre mis dientes apretados.

Ofelia inclina la cabeza, de modo que sus pendientes en forma de *pizza* se balancean en el aire.

—No si la morada está abandonada. Vamos, ¿de qué tienes miedo, gallina?

—¿Gallina? ¡Ja! Llevo diecinueve años viviendo en Tower Gardens; si puedo echar a los pervertidos borrachos de mi puerta, puedo con todo.

Y separo la puerta, que chirría y me tiñe las yemas del verde del moho, antes de que Ofelia pueda decir nada más.

Dentro todo es negro como una gota de tinta china. El olor a cerrado y a humedad es tan intenso que por un momento sopeso salir, pero no pienso ni por un minuto darle esa satisfacción a Ofelia Bachman.

Introduzco la mano en el bolso para sacar el móvil y encender la linterna. Ofelia, que debe de olérselo, me lo impide apretándome la palma de la mano derecha.

—Bienvenida al planetario Bachman-Brae —me dice—, el más exclusivo y mejor escondido de toda la isla de Anglesey.

Doy una vuelta a mi alrededor. Ahora que mis ojos se han habituado a la negrura, reconozco la silueta de Ofelia como una masa gris de contornos difuminados.

—¿Qué? Esto no es un planetario.

Sonríe (sus dientes blancos se distinguen entre las sombras) y se sienta al estilo indio sobre el suelo cubierto de musgo. Yo lo hago de rodillas, porque a estas alturas mis medias ya estarán destrozadas, y la observo.

Su mano pálida da palmadas a tientas por las tablillas de madera hasta encontrar algo. Otra sonrisa. Oigo un sonoro «clonc» y…

Y estamos en el espacio.

Todo lo que antes estaba cubierto de distintos tonos de gris ahora es plata y azul cobalto y verde hielo y naranja y amarillo y muchos otros colores brillantes que hasta ahora solo había visto en las láminas del sistema solar de mi clase de ciencias.

—Es asombroso —susurro.

Ofelia, que no me ha soltado la mano, me acaricia los nudillos con el pulgar.

En el centro de la caseta hay uno de esos planetarios portátiles que a simple vista parecen focos de teatro, pero no se trata de esos baratos, como el que teníamos Tayo y yo de pequeños, que se limitan a dibujar infantiles estrellas blancas sobre la pared. Con este, los planetas tienen forma de planetas, y reconozco las nubes verde pálido de Urano y los majestuosos anillos tecnicolor de Saturno y la gran tormenta roja en la base de Júpiter.

Todos tan cerca de nosotras que parecen bailar y saltar.

—¿Cómo…? —empiezo, volviéndome hacia Ofelia.

Su rostro ahora está iluminado con todos los colores del universo, y el brillo de sus ojos también parece bailar y saltar.

—Un regalo de Navidad de mi madre.

—¿Navidad? ¿Los judíos celebráis la Navidad?

—Es que cuando tu padre es judío y tu madre católica, te puedes permitir pequeños lujos como celebrar la Navidad y el Janucá.

—Es asombroso —repito, alzando el brazo para acariciar la superficie de Venus, solo que, claro, no se trata de Venus en realidad, y mi mano atraviesa la figura de luz—. Es como flotar… ¿Cómo encontraste este sitio?

—Yo no lo hice. Fue cosa de Harlon. Le gusta ir a explorar cuando yo no estoy en casa…

—¿Harlon vive contigo?

—Sí, en la habitación de invitados.

Neptuno y Plutón danzan tan cerca de nosotras que parecen querer jugar con mi pelo y con el sombrero de *flapper* de Ofelia.

—¿Como uno de esos estudiantes que alquilan habitación? Ofelia arruga la nariz.

—En realidad, es un poquito más complicado…

—¿Sabes? Me gustaría conocerlo —afirmo, aunque solo para chincharla—. A Harlon, digo. Parece un tipo misterioso.

—No se le ve mucho el pelo… —concede, acostándose de espaldas—. Pero ya le he hablado de ti.

—¿Ah, sí? ¿Y qué le has dicho?

Me tumbo junto a ella. Que le haya hablado a su amigo de mí me produce una sensación cálida y muy agradable en la boca del estómago, como si no fuese el personaje secundario de una historia o como si hiciese algo más que ocupar espacio vacío. Como si importase.

—Le he dicho… le he dicho que vistes muy bien y que hueles muy bien, como una de esas mujeres que van de puerta en puerta diciendo «¡Avon llama!», y que tienes un montón de normas que no aprenderé jamás.

Contengo una carcajada.

El dorso de la mano de Ofelia está sobre mi palma. Ahora estamos tan juntas que, cuando gira la cara para hablarme, la punta helada de su nariz acaricia mi pómulo.

Pienso en que me gustaría besarla y en que la constelación de Orión está reflejada en su mejilla izquierda como un tatuaje blanco. Y pienso que, si yo huelo como una señorita de Avon, ella huele a sueño y a bosque y a medianoche y a mermelada de arándanos y al *latte* de caramelo del Café Milano.

—Y que me gusta hablar contigo por las mañanas —dice, en voz muy baja, mientras la Estrella Polar ilumina su cara.

OFELIA

-capítulo 22-
DESAYUNO EN JÚPITER

«Y pienso que eres muy guapa, como los retratos de las diosas griegas del Renacimiento.»

No le digo eso, por fortuna. Pensaría que soy muy rara. O, peor aún, una acosadora. O que estoy ligando con ella, y eso la pondría a ella en la incómoda situación de tener que rechazarme, y a mí en la incómoda situación de tener que explicarle que no soy lesbiana.

Que me parece preciosa, y que el cuerpo desnudo de Kate Winslet en *Titanic* sigue obsesionándome y que en *Expediente X* Dana Scully me resulta mucho más sensual que Fox Mulder, pero que no soy lesbiana. Porque si hago una lista mental de todas las personas que me han gustado (todos los amigos de Lisandro, Nikolai-Sotnikov-el-actor-de-JSwipe, los dos chicos más populares de mi clase de bachillerato, el camarero de la cafetería del hospital, Dana Scully, Kate Winslet y ella), el número de chicos supera con creces al de chicas.

Además, no es gustar gustar. No puede serlo. Lo que me atrae de ella y de Dana Scully y de Kate Winslet es muy diferente a lo que me atrae de todos los chicos de los que me he encaprichado.

Está mirándome. Mierda.

—¿Ves esa manchita blanca de ahí? —le pregunto, dándole un codazo, en parte para dejar de pensar y en parte para que deje de mirarme—. Es la galaxia de Andrómeda. Según prevén los científicos de la NASA, un día dentro de casi seis mil millones de años colisionará con la Vía Láctea. Y, verás, Andrómeda es un pelín más grande que nosotros, así que, cuando eso pase, el agujero negro de Andrómeda consumirá a nuestro agujero negro en un acto perverso de canibalismo galáctico.

Amoke ríe, y su mejilla acaricia accidentalmente la mía.

Huele a lilas y a rosas y a rayos de sol y a luz.

—Canibalismo galáctico.

—Ajá. Al parecer, es un término científico serio utilizado por científicos serios.

—Suena a grupo postpunk.

—Suena a una de esas películas malas de terror de los años cincuenta.

—Suena a esos documentales sobre la industria de la comida rápida que ponen en los institutos públicos, como *Supersize me*.

—Suena a restaurante de tortitas. De esos de estilo *retro*, con camareras que van en patines y esos batidos enormes de colores.

Amoke sonríe. Sus ojos de cervatillo, que me recuerdan a Audrey Hepburn y a Eartha Kitt, parecen incluso más grandes bajo las luces del planetario.

—Y estaría decorado con murales muy cuquis del universo, y el parque infantil de los niños sería una simulación de gravedad cero —dice ella.

—Los platos tendrían nombres del espacio —digo yo—. Por ejemplo, los *munchkins* del Dunkin' Donuts se llamarían Cinturón de Asteroides.

—Y los dónuts, Anillos de Saturno —dice ella.

—Desayunaría allí todos los días —aseguro, y ella cierra los ojos.

—Un desayuno en Júpiter —afirma—. Suena bien.

Hablamos con los ojos cerrados, como si estuviésemos en el tranvía, pero de temas que no trataríamos delante de una multitud muy ruidosa de desconocidos.

De su hermano y del mío.

De su universidad y de mis exámenes de selectividad.

De su ex (que estudiaba Bellas Artes y tenía el pelo muy corto de color rosa chicle) y de mi medio novio de mentirijillas (solo que ella no sabe que es de mentirijillas).

Del miedo al vacío que Tayo y Lisandro podrían dejar atrás, y que sería como un agujero negro que ni ella ni yo podríamos contener.

-capítulo 23-
CORONAS DE FLORES

Un grito me despierta. Con un ojo abierto y otro en el sueño, veo a Harlon detrás de Amoke, que tiene una corona de campanitas y peonías en la cabeza. Ella es la que grita, llevándose una mano al pelo. Harlon, que sabe que no puede verlo, se ríe.

—Muy graciosa, Bachman —masculla Amoke, recobrando el aliento—. Tienes un sentido del humor espléndido.

Aunque no puede decirse que el cobertizo esté lleno de luz, entra la claridad suficiente por el ventanuco para que me alarme. Es por la mañana. Nos hemos quedado dormidas mientras hablábamos de restaurantes *retro* y de miedos y del futuro, y ya es por la mañana.

—¡Mi padre! —exclamamos a la vez.

Mi móvil se ha quedado sin batería, pero, conociendo a papá, a estas alturas debo de tener al menos una docena de llamadas perdidas suyas. A estas alturas, seguro que la policía está al tanto de mi desaparición. O la Interpol. Todos y cada uno de los miembros de mi familia, incluso aquellos con los que no tenemos una relación demasiado estrecha.

—Tenía el móvil en silencio… me he quedado dormida… con una amiga… sí, con una amiga…

Amoke, por supuesto, ya se ha hecho cargo de la situación. Debe de notar el pavor en mi cara (o en la manera en la que se agitan mis manos), porque, mientras habla con sus padres, hurga en su bolso hasta encontrar una de esas fundas de móvil que te cargan la batería.

Sonrío. Desde luego que Amoke tiene algo semejante ahí dentro. Su bolso es como el de Mary Poppins, si Mary Poppins fuese una chica del siglo XXI con el estilo de Kate Middleton.

En cuanto mi teléfono vuelve a la vida, empieza a sonar. Lo cojo sin comprobar el número, practicando mentalmente el discurso que le soltaré a papá, así que me sorprende oír la voz de Lisandro al otro lado de la línea.

—¡Pequeñaja! —Oigo cómo se separa el teléfono de la oreja, porque de pronto la señal me llega más lejana—. ¡Mamá, estoy hablando con Ofelia! No, no puedes ponerte, vamos a tener una conversación fraternal íntima. ¡Pequeñaja! ¿Ha pasado algo?

Respira pesadamente; lo noto incluso a través del móvil.

—Claro que no. Me… me he quedado dormida.

Suena tan ridículo en voz alta que noto mis orejas arder.

—¿Dor-mi-da? ¿Dónde?

—En… es una larga historia.

—¿Una larga historia que termina meando en un palito?

—¿Qué? ¡Pues claro que no! No estaba con un chico, salido de mierda.

Lisandro ríe, lo cual es buena señal. De fondo oigo a mamá quejándose por lo bajini, lo cual no es tan buena señal.

—Da igual. Mira, no soy precisamente un experto en sexo lésbico, pero tienes que utilizar protección igual. Guantes, creo. Una vez Nat cogió una infección terrible porque se acostó con una peluquera que tenía los dedos llenos de químicos y…

Nat es la novia de Lisandro desde los quince. En serio. Han estado juntos casi la mitad de sus vidas, exceptuando un período de tres años en el que Lisandro empezó y terminó su carrera militar y Nat empezó y terminó su carrera universitaria (un período que aprovechó, por lo que veo, para experimentar con peluqueras).

—¿Qué? —Bajo la voz porque, aunque sigue hablando con sus padres, Amoke podría escucharnos—. No me he acostado con nadie.

—Ah. Bueno, por si acaso. En fin, lo que importa es que estés bien. ¿Estás bien?

—Perfectamente. De verdad, ha sido una tontería. Estaba en el planetario con una amiga y empezamos a hablar y… nos dormimos. Vale, así suena a trola, pero te aseguro que es lo que pasó. Y —vuelvo a bajar la voz— no ha habido absolutamente nada de sexo.

—Vale, vale, lo pillo. Mira, a estas alturas ya deben de estar imprimiendo tu foto en los cartones de leche, así que ve a casa enseguida. Voy a convencer a mamá de que todo está bien y no hay motivo para llamarte, y me pongo en contacto con papá, ¿OK? Lo ablandaré un poco. Sobre todo está asustado porque… —porque cuando tú no llegabas a casa por la noche solía significar que estabas en el hospital con un coma etílico—, bueno, que sabe que eres una buena chica. Hablamos luego, pequeñaja.

Amoke y yo colgamos al mismo tiempo. Tras comprobar las llamadas perdidas de papá (un total de treinta y seis), levanto la vista hacia ella, que estira los labios.

—¿Te ha caído una bronca muy grande? —me pregunta.

—Me caerá cuando llegue a casa. Mi padre es como esos padres de las *sitcoms* norteamericanas, que piensa que si no llego a casa a la hora es porque me he unido a un grupo punk en su gira por Europa o que me he fugado con un tipo con tatuajes o cosas así. ¿A ti?

—No muy grande. Mis padres son más bien como esos padres guais y relajados que ponen de los nervios al cabeza de familia de las *sitcoms* norteamericanas. Pero he tenido que calmar a mi madre, que estaba prácticamente hiperventilando. Al parecer estaban a punto de ir a la policía. Ya habían llamado a los hospitales.

—Mi padre a estas alturas habrá hecho lo mismo... ¡Como mínimo!

Amoke sonríe. Incluso así, con el pelo revuelto, el maquillaje corrido y la ropa arrugada, sigue pareciendo una actriz de la época dorada de Hollywood.

—Me lo he pasado muy bien. Gracias.

—¿Gracias por qué?

—Por esto. Por todo —dice, alisándose los pliegues de la chaqueta con las palmas—. Creo que lo necesitaba.

—Quizá es algo que podamos hacer más veces —digo mientras salimos a la luz—. Ir a los lugares que aparezcan en la biografía de Virginia Wonnacott.

Amoke parpadea.

—¿De verdad?

—Claro. ¿Te gustaría?

No puedo leer su expresión, porque tiene la cabeza gacha y los ojos clavados en las puntas brillantes de charol de sus Oxfords.

—Sí —dice al fin, y sus pecas quedan ocultas bajo el rubor—. Sí, creo que estaría bien.

☆ ☆ ☆

Cuando Amoke coge el autobús a Tower Gardens y ya no puede vernos ni oírnos, corro detrás de Harlon a través del campo de las liebres.

—¡Estabas ahí! ¿Por qué no nos has despertado?

Harlon acelera la marcha, su espalda confundiéndose con el azul y el rosa pálido del amanecer.

—¡Espera! ¿Por qué te has ido?

—Bueno, ella no podía verme, ¿no? —dice, manchitas rojas creciendo en sus pómulos y sus mejillas.

No se ha detenido, pero al menos va a un paso que puedo seguir.

—Pero yo sí.

—¿Y? Tu amiga habría pensado que estás loca, hablando sola en voz alta.

Se para y escupe al suelo.

—Harlon —susurro, cogiéndole la mano; está ardiendo—. Siempre eres bienvenido. Siempre.

—Ella te gusta más que yo —dice con los dientes apretados—, y no intentes negarlo, grulla. Se te nota.

Niego con la cabeza. Hemos echado a correr de nuevo, y el sudor que me cubre la frente y la espalda me impide pensar con claridad.

—No me llames así, por favor —le pido a Harlon—. Es estúpido. Y esta discusión es estúpida.

—Eres la única persona con la que puedo hablar…

—Eres mi amigo, Harlon, y eso nunca va a cambiar. Debiste haberme despertado.

—¿Ah, sí? ¿Por qué? Parecías perfectamente a gusto, grulla.

El sol sale por encima de los tejados de los edificios de la ciudad. Van a dar las seis y media. Mierda.

—Por papá. Papá debe de estar asustado.

Harlon no dice nada.

☆　☆　☆

Papá me recibe colgando el teléfono enérgicamente y dándome uno de esos abrazos que te revuelven todo el pelo y la ropa y que parecen querer dividirte en dos.

—Tu hermano me lo ha contado todo —dice, y en su voz noto que está esforzándose mucho por no alzar el tono más de lo estrictamente necesario—. Estoy…

Temo que vaya a decir «decepcionado». Una parte de mí querría decirle que eso es injusto, y que yo nunca le he dado motivos para desconfiar de mí. Otra parte, sin embargo, recuerda ese pinchazo lacerante en el estómago cuando estás en el coche de camino al hospital. Por eso no digo nada, lo que es una fortuna, porque papá ni siquiera pronuncia esa palabra.

Mierda.

—Estoy confundido, Ofelia. Sé que este último año no ha sido fácil para ti, pero esperaba que, después de todo lo que ha tenido que soportar esta familia, fueses un poco más responsable.

—Lo sé. —Suspiro, dándole un mordisco al *bagel* con mermelada de manzana que me tiende papá—. Debí haberte avisado, pero me quedé…

—No me repitas la misma historia que tu hermano —rezonga papá, sentándose a escribir tarjetas en la mesa de la cocina—. No sé en qué nos equivocamos tu madre y yo. No sé, quizá tuvimos que haber sido más estrictos con vosotros…

El *bagel* se me escapa de las manos, llenando el suelo de semillas y de mermelada pegajosa.

—Venga, papá, ¿cuántos años tengo?

Él me mira por encima de sus gafas de carey.

—¿Cuántos años tengo? —repito, extendiendo los brazos—. Si estuviese en la universidad, podría pasar todas las noches fuera de casa y ni siquiera te darías cuenta.

—Pero no estás en la universidad —responde él pausadamente, como si sopesase cada palabra en una balanza antes de pronunciarla.

Tiene razón. Él tiene razón y yo no, y eso solo me hace sentir peor.

Me pongo en pie, haciendo el mayor ruido posible, limpio los restos del *bagel* y le dirijo un mohín.

—Tengo que irme a trabajar —digo, y, como él no agrega nada, echo a andar airosa hacia la puerta mientras Harlon me mira con una expresión de incredulidad desde las escaleras.

Puede que no esté en la universidad, pero estoy construyendo mi propio futuro. Y soy mayor de edad. Y nunca, ni en el instituto ni cuando Lisandro vivía en casa, nunca, pero nunca...

—¿Quién es tu amiga?

La pregunta de papá me coge desprevenida y con una mano en el pomo de la puerta.

—Lisandro me ha dicho que estabas con una amiga —insiste cuando no le contesto—. ¿La conozco?

Por una fracción de segundo pienso en darle el nombre de Esther, pero sé que papá es lo suficientemente alarmista como para contactar con todos mis amigos en el caso de que yo no esté en casa a una hora «decente», así que le digo la verdad.

—No lo creo. Trabaja en casa de Miss Wonnacott. Es su secretaria.

—¿Y cómo se llama?

—Amoke. Amoke Enilo —digo, sintiéndome un poco estúpida porque nos estamos hablando a gritos, él desde la cocina y yo desde el rellano.

—¿Enilo? —repite—. ¿Es del barrio?

Papá es uno de esos hombres que apoyan los derechos de las personas de color (no los llama negros) y que celebraron la presidencia de Obama, pero que de vez en cuando se dejan llevar por los tópicos racistas y dicen cosas como que los gitanos no son de fiar o que los chinos son todos unos falsos o que los musulmanes son unos retrógrados que golpean a sus mujeres.

En ocasiones normales sería lo bastante inteligente como para no mencionar que Amoke vive en la zona más conflictiva de la ciudad, pero esta no es una ocasión normal.

—Pues no. Vive en, ya sabes, Tower Gardens.

Y cierro la puerta tras de mí, disfrutando del portazo y de todas y cada una de mis palabras.

-capítulo 24-
UNA NEBULOSA DE VOCES

Amoke me envía un mensaje cuando estoy esperando el tranvía.

¿Cómo se lo tomó tu padre?

> Más o menos.
> Creo que Lisandro lo ha ablandado un poco.
> Pero sigue siendo un padre chapado a la antigua
> ¿Tus padres?

Creo que si mi madre me hubiese abrazado más fuerte…
Estaría ingresada en un hospital por asfixia

> ¿Tu hermano?

¿Tayo?
Estupendamente
Dice que un día en el que me suelto la melena
es un buen día

> ¿Lisandro?

> Aprovechó para darme una clase de sexo seguro

Releo el mensaje. Me entra la risa tonta. Si Esther estuviese aquí, me diría que estoy flirteando.

Pero no lo estoy.

Borro el mensaje antes de enviarlo y digo:

> Se lo tomó bien 😄
> Siempre se lo toma todo bien

☆ ☆ ☆

Cuando me subo al vagón, Amoke me recibe con una sonrisa (radiante), un vaso de café para llevar y una bolsa de *munchkins* del Dunkin' Donuts.

—Su pedido de Cinturón de Asteroides del Canibalismo Galáctico está listo, señorita —dice, pasándome la bolsa, que todavía está caliente y algo grasienta.

Mi estómago responde con un gruñido. Ñam.

—Desayuno en el Apolo XII, ¿eh? —digo, dándole un trago a mi café.

Es *latte* de caramelo. No sé cómo ha podido acordarse de eso.

—No entiendo por qué no coges el *munchkin* de chocolate —le digo a Amoke, que hasta ahora se ha conformado con los de canela.

Alza una ceja.

—¿Por qué, porque soy negra?

No sé si está bromeando o no, de modo que le doy un mordisco a mi *munchkin* y afirmo:

—No, porque el chocolate es como el mejor invento que ha tenido la humanidad después de conseguir dominar el fuego y las ruedas. A todo el mundo le gusta el chocolate.

—A mí no.

Muevo la cabeza de lado a lado.

—Eres peor que el Grinch. ¿Tampoco te gusta la Navidad?

—¿Un viejo blanco colándose en las casas de los niñitos para seducirlos con juguetes? Es la mayor apología del capitalismo desde San Valentín.

—Para ser justos, también lo es Dunkin' Donuts.

Amoke ríe mordiéndose el labio inferior.

—Ya, pero venden un café fabuloso. Negro y amargo, como mi alma.

Y vuelve a reír, esparciendo su constelación de pecas por su piel.

—Vale, Mao Zedung —le digo, conectando los auriculares a mi móvil; hoy me toca a mí elegir la banda sonora.

Amoke niega con la cabeza.

—Malcolm X. Mao Zedung era chino.

Le pongo un auricular en la oreja derecha, pensando que su pelo huele a miel y que lo de Malcolm X debió habérseme ocurrido a mí.

Escuchamos *Blue spotted tail* de los Fleet Foxes mientras el tranvía baja la calle hasta la casa de Miss Wonnacott.

Hace frío.

La mano de Amoke está muy cerca de la mía y tengo la sensación de que estoy sudando más de la cuenta, lo cual es bastante estúpido.

Hablamos del universo y de nuestros padres y del Vacío con mayúsculas y del libro de Miss Wonnacott y de Harlon y de los lugares a los que iremos, y cuando nos damos cuenta la canción ha terminado y ya hemos llegado a nuestra parada.

☆　☆　☆

Eliza, la enfermera de las mañanas de Virginia Wonnacott, me recibe en la biblioteca con el pelo revuelto y una sonrisa ojerosa.

—Me temo que Miss Wonnacott se encuentra indispuesta y no podrá acudir a vuestra… cita hoy —dice, tirando de los puños de su rebeca.

Amoke, que camina hacia el despacho, nos mira antes de desaparecer tras el umbral de la puerta.

—¿Está enferma? —pregunto.

Eliza niega con la cabeza.

—Físicamente está como siempre. Pero…

Un fuerte castañeteo desde el piso superior completa la explicación de Eliza. Oigo vasos que se rompen y bandejas que caen al suelo con un sonido explosivo. Apuesto a que, si Miss Wonnacott pudiese alzar la voz realmente alto, también habría gritos.

Eliza se disculpa con la mirada.

—Lo siento, creo que subiré a ver si…

—¿Yo también puedo ir? —pregunto, acariciando las puntas de mi peluca; Amoke la ha trenzado durante el viaje y, aunque es bonita, ahora no puedo evitar ser muy consciente de ella y de la cantidad de pelos individuales que tiene—. Quizá consiga que Miss Wonnacott cambie de opinión.

—No es agradable.

—Fui voluntaria de la Hiraeth. Estoy acostumbrada a que las cosas no sean agradables.

Eliza frunce los labios de un modo que me recuerda mucho a Esther, pero al final acepta.

Es la primera vez que estoy en el dormitorio de Miss Wonnacott. Es amplio, luminoso y muy rosa. No me esperaba que fuese rosa.

—Miss Wonnacott...

El tono de voz de Eliza es conciliador, pero Miss Wonnacott, que se ha convertido en una figura de huesos y pelo de alambre, le lanza un gruñido de todas maneras.

—Ni se te ocurra acercarte a mí con una taza de valeriana, niña.

Aunque la voz de Miss Wonnacott es pausada, inexpresiva y balbuceante, se puede percibir el odio y la tensión en el aire.

—Y tú, Ofelia Bachman —los ojos gris plomizo (como balas) caen sobre mí—, no tengo trabajo para ti. Por lo que a mí respecta, puedes irte a casa con tus mamarrachadas *vintage* y tu ropa de obrero de...

—¡Miss Wonnacott! —grita Eliza, y tengo que admirar que haya interrumpido a esa mujer en mitad de un comentario mordaz—. Miss Wonnacott, no hay ningún motivo para ser grosera. Entiendo que está cansada y necesita descansar, pero Ofelia y yo solo intentamos hacer nuestro trabajo.

La pierna derecha de Miss Wonnacott tiene un espasmo por debajo de las sábanas. Eliza, dejando a un lado los reproches, se acerca a ella con su medicina.

La habitación es no solo rosa, sino también gris. Fotografías sepia, decenas de ellas: de una aviadora de la Segunda Guerra Mundial (la supuesta amante de Miss Wonnacott), de una muchacha de rostro anodino y aguileño (la propia Miss Wonnacott), de un joven atractivo de nariz torcida y ojos plomizos (el hermano que se fue a América), niños de pelo alborotado y ropas andrajosas (¿la familia de Cricket?), el Holyhead de los años treinta, la iglesia de Saint Mary's, el viejo instituto femenino...

Me detengo cuando mi labio superior empieza a temblar. Siento la sangre arder en mis venas, tiñendo mis mejillas de un poderoso rojo.

—Todavía quedan historias —le recuerdo, mordiéndome el interior de los carrillos para no descargar demasiado mi ira sobre esa pobre mujer enferma—. Sus historias. Escriba. Se lo debe a sus lectores, y me lo debe a mí por venir aquí cada mañana, y se lo debe a Eliza y a Amoke y a Alice —Alice es la enfermera de las tardes—, y se lo debe a sí misma y sobre todo se lo debe a ellos. —Señalo las fotografías con un gesto de la cabeza—. También son sus historias. ¿Qué habrían contado ellos si hubiesen tenido su don?

Miss Wonnacott me mira (muy directamente, como una enorme ave de rapiña) y, con una mano torpe y temblorosa, se retira las gafas de media luna.

—Cariño —responde con una mueca—, ellos están muertos, y mis historias ya no van a salvarlos. ¿Qué habrían dicho? Probablemente se habrían alegrado de estar vivos un día más. Ahora vete.

No me muevo. Eliza, arrodillada ante la cama de Miss Wonnacott, me dirige una mirada significativa.

—Váyase, Ofelia Bachman —insiste la novelista, y me doy cuenta de que ya no me está tuteando.

No sé si tomarme eso como una victoria.

Eliza, que se pone en pie, me indica la puerta.

—Por favor, Ofelia.

—Está bien —digo—. Está bien, me iré. Pero piense en Cricket, Miss Wonnacott. ¿Qué habría dicho él al ver que usted ha perdido su coraje? ¿Y su hermano Saul? ¿Y Birdy?

Y cierro la puerta tras de mí antes de que a Miss Wonnacott le dé tiempo a decirme que ellos también están muertos.

Lo oigo por primera vez aquí mismo, al pie de la escalera, con un zapato todavía en el último escalón y una mano resbalando por la barandilla.

Son voces, pero al mismo tiempo no parecen decir nada en particular. Decenas de ellas, puede que más, todas susurrantes y quedas y todas al mismo tiempo, como una nebulosa de palabras.

Los sonidos resultan familiares, aunque sea incapaz de asignarles un significado. Eses líquidas y kas y jotas que cortan la respiración. Un segundo. Dos. Entonces lo comprendo: es hebreo.

Cierro los ojos. La nebulosa de palabras se oye más alta, pero no por ello más clara. Baila y golpea y me hace cosquillas en la nariz. Y, entonces, una sola cosa, algo que puedo descifrar.

Nephesh.

¿Cómo traducirlo? No es el alma, pero tampoco es la vida. Es Todo con mayúsculas, nuestra esencia. Es lo que nos hace movernos y amar y sentir y contener todo el infinito que está dentro de nosotros. Es el aliento que, según recoge la Torá, insufló el Señor en el hombre para que dejase de ser inerte.

Nephesh.

Oigo la palabra de nuevo. Primero la ene y la e, la caricia suave de la efe y el ulular de viento que parecen la ese y la hache. *Nephesh*, como un único hilo que se desprende de una madeja. *Nephesh,* oigo.

Y.

Entonces.

Todo.

Queda.

En.

Silencio.

Aunque permanezco un poco más allí, al pie de la escalera, la nebulosa desaparece y solo me llegan los sonidos del piso de arriba.

Como no ha terminado mi jornada de trabajo, no me apetece enfrentarme a papá y todavía guardo una ligera ligerísima esperanza de que Miss Wonnacott cambie de parecer, bajo a la biblioteca, me siento lo más alejada posible del Mac y abro mis apuntes de selectividad.

Leo una sola página (algo sobre la Guerra Civil) antes de que la curiosidad me consuma. Enciendo el Mac.

Echo un vistazo a todo lo que hemos escrito hasta ahora (la infancia de Miss Wonnacott, la peculiar familia de Cricket, las cartas más bien escasas del hermano de Delaware) y después, aunque sé que está mal y estoy aprovechándome de mi trabajo, compruebo los documentos en las carpetas de Miss Wonnacott.

No hay nada. Solo sus dos últimas novelas (que escribió cuando todavía podía controlar sus manos con naturalidad) y un par de documentos legales que, desde luego, no abro. Ni historias ni notas ni una pista de los próximos capítulos de *La coleccionista de almas* ni nada de nada.

Apago el Mac y leo otra hoja (sigue siendo sobre la Guerra Civil) hasta que me doy cuenta de que estoy masacrándome las cejas. Pequeños pelillos rubios se disponen desordenadamente sobre el escritorio de Miss Wonnacott, y siento tanta vergüenza de mí misma que empiezo a deambular por la biblioteca, escudriñando los libros que mi escritora favorita leyó.

Jane Eyre está ahí, así como *Ancho mar de los Sargazos*. *Cumbres borrascosas* comparte estante con *La señora Dalloway*, *El gran Gatsby* (Miss Wonnacott ha colocado una etiqueta que reza

«Zelda Fitzgerald» sobre el nombre del autor, lo cual es muy típico de ella) y *Sus ojos miraban a Dios*, además de la colección entera de *Las crónicas de Narnia*, lo que me hace sonreír.

En la siguiente estantería (blanca y dorada, como todas las demás, con un estilo decididamente victoriano que desentona con la austeridad de la casa) están todas las ediciones de la Trilogía de la Guerra escritas en todos los idiomas que me vienen a la cabeza. Al coger lo que me parece un ejemplar en galés de *El mirlo de papel*, una fotografía cae al suelo.

La recojo.

Se trata de un avión de la Segunda Guerra Mundial. Pintado de camuflaje, con las letras EBOB impresas en el cuerpo junto a un diminuto número de serie que no consigo descifrar. Frente a él hay un muchacho de espaldas que se señala con ambos pulgares la parte trasera del uniforme, en el que ha escrito con pintura blanca «*Where you go, I will go. Where you stay, I will stay*».[12]

En el anverso hay una nota, escrita en caligrafía enorme y temblorosa como la de un niño y que, a simple vista, parece un jeroglífico. De hecho, tardo un par de segundos en reconocer que está en inglés y no en galés.

La charla descuidada cuesta vidas, Cuervo.
CRICKET

Cricket. Es como si se tratase de uno de esos grafitis estúpidos («Cricket estuvo aquí»). Trago saliva y devuelvo el libro a su lugar en el estante.

La fotografía de Cricket sigue en mi mano.

---

12. Donde tú vayas, yo iré. Donde tú mores, yo moraré.

AMOKE

-capítulo 25-
LA INVITACIÓN

«Tu amiga parece simpática. Deberías invitarla a cenar algún día.»

Eso es lo que me han dicho mis padres, que consideran maravillosa a cualquier persona que «me haga salir del cascarón» (palabras suyas, no mías).

No sé qué pensar acerca de que hayan considerado más plausibles una avería en el transporte público, un accidente o asalto sexual, antes que la posibilidad de que haya pasado la noche con alguien, pero no puedo reprochárselo.

Siempre fui la hija seria, callada y responsable dentro de una familia de rockeros frustrados que parecen salidos de una película de Tim Burton o de un circo, pero nunca he tenido tendencia a la reclusión. Te lo creas o no, en el instituto me sentaba a la mesa guay y me invitaban a más fiestas de las que quería asistir, porque cuando todos tus compañeros y tú sois de una cloaca como Tower Gardens y cuando te vistes a la moda (aunque con ropa de segunda mano) y cuando eres convencionalmente atractiva y tienes un hermano convencionalmente atractivo que toca el bajo en el grupo punk por excelencia del barrio… en fin, ya te imaginas por dónde voy.

Pero ahora todos mis viejos amigos están demasiado ocupados trabajando o cuidando de sus hijos o compaginando dos formaciones profesionales a la vez como para quedar a tomar un café. Hace un año y medio (seis menos del diagnóstico de Tayo) que el grupo punk por excelencia del barrio dio su último concierto. Y, puesto que yo fui una de las dos personas de mi clase en ir a la universidad, nadie de mi facultad ha oído hablar realmente de Tower Gardens.

Estoy pensando en esto y pasando a limpio las respuestas de Virginia Wonnacott a las cartas de sus lectores cuando la propia Ofelia Bachman entra en el despacho con su bolso a cuestas, las mejillas encendidas y una sonrisa temblorosa.

—¿Puedo estudiar aquí? —me pregunta, alzando sobre su cabeza un libro de texto que, a juzgar por su portada, parece ser de matemáticas.

—¿Virginia Wonnacott está enferma? —le digo, pero señalo la silla a mi lado para que se sienta bienvenida.

—Lunática, diría yo —bufa, cuidándose de ocupar el menor espacio posible de mesa con sus cosas.

—Eh, no te preocupes. Solo estoy contestando el correo de Miss Wonnacott. Además, me he aprendido los números importantes de memoria. Si llama la prensa, cuelgo el teléfono directamente.

Ofelia solo escucha la primera parte de todo lo que he dicho, porque enseguida se pone cómoda y, acercándose más a mí, salta:

—¿Correo?

—Sí, ya sabes, cartas de lectores. En realidad solo tengo que pasarlas a limpio para que resulten legibles. Mira. —Le enseño los papeles llenos de garabatos (no pueden ser descritos de otra manera) que la otra secretaria, Imogene, ha dejado sobre el escritorio—. Miss Wonnacott encuentra un momento para contestarlas.

Ofelia niega con la cabeza.

—Justo cuando ya casi me habías convencido de que era una mujer horrible. —Ríe y hunde la cabeza en su libro de matemáticas.

Pasan minutos (muchos minutos), en los que Ofelia resuelve sus ecuaciones y yo escribo mis cartas. De vez en cuando la miro, y me doy cuenta de que su «cara de pensar» incluye alzar ligeramente el labio superior y fijar mucho la vista en la hoja frente a ella; otras veces es ella la que me mira a mí, y en esos momentos, por mucho que intente concentrarme, solo soy capaz de copiar las cartas sin ser consciente de lo que dicen.

Cuando veo que Ofelia lleva casi cinco minutos delante del mismo problema, cojo uno de los *post-its* con los que Imogene y yo nos comunicamos y escribo:

¿Necesitas ayuda? ☺

Lo doblo y lo coloco sobre su estuche de Casper el fantasma. Sonríe, robándome otro *post-it* (amarillo, no rosa).

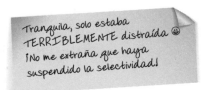

Tranquila, solo estaba TERRIBLEMENTE distraída ☺ ¡No me extraña que haya suspendido la selectividad!

Yo también sonrío, cogiendo un *post-it* (rosa, no amarillo).
«Tu amiga parece simpática. Deberías invitarla a cenar algún día.»

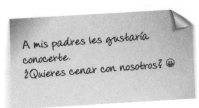

A mis padres les gustaría conocerte.
¿Quieres cenar con nosotros? 😊

Siento calor en las mejillas al pensar en Ofelia yendo a mi casa y comiendo con mis padres, pero de todos modos ella ya me ha visto escribir la nota, así que tengo que pasársela.

Ofelia sonríe. Su sonrisa es inmensa, luminosa y amarilla.

—Me encantaría —dice—. ¿Esta noche?

—Esta noche es perfecto. Déjame que avise a mi padre. Es que es un poco cocinillas y seguramente le daría un ataque si encuentra a una invitada en casa y solo tiene lasaña precocinada que ofrecerle.

—Me encanta la lasaña precocinada. Sobre todo esa supergrasienta con un extra de queso y salsa de tomate.

—Se lo diré, pero no creo que lo tenga en cuenta.

Desde luego, no lo tiene en cuenta. El mensaje de papá me llega exactamente dos minutos y medio después. Si ha leído la parte de la lasaña, finge muy bien que no es así.

¡Horror de horrores!
¿Crees que mis hamburguesas de pavo son kósher?

Papá, no creo que Ofelia sea kósher
¿Quién es kósher hoy en día?

¿Pizza de pimiento y brécol?
Nunca te puedes equivocar con la verdura.
Excepto porque a casi nadie le gusta.

¿Y si haces lasaña casera?

No parece mala idea.
Pero no es kósher, ¿verdad?

capítulo 26

LUCES DE COLORES

En el trayecto de vuelta a casa (que parece mucho más largo, porque las dos nos bajamos en Tower Gardens) nos comportamos como el primer día: Ofelia incansablemente charlatana y yo incluso más callada que de costumbre.

Estoy escuchando por segunda vez cómo su amigo Harlon caza liebres (aunque no creo que la palabra «cazar» sea la más adecuada en este caso) cuando llegamos a nuestra parada. Cuando el tranvía se detiene, le indico la puerta a Ofelia y la dejo pasar primero, lo que es una de las cosas más estúpidas e incómodas que he hecho en mucho tiempo.

Solo cinco minutos andando nos separan de mi casa. Cuando llegamos a ella reparo de pronto en lo pequeña que es, en la de grietas que tiene y en lo sucias que parecen las escaleras, y en que todavía huele un poco al pis del borracho que tuvimos que echar a patadas esta mañana.

Ofelia, sin embargo, no parece reparar en nada de eso, porque solo señala nuestro felpudo y dice:

—Me encantan los búhos gorditos.

—Mi madre lo compró en Poundland. Está enamorada de Poundland. Siempre está comprando chorradas a treinta peniques.

Solo cuando entramos me doy cuenta de que nuestra casa huele a los productos de belleza de mamá y a los antiquísimos libros de papá, así como a todas las especias de nuestra cocina, que te dejan un cosquilleo picante en la nariz.

—¡Estamos en casa! —chillo, dejando las llaves en el recibidor.

—¡Jardín! —canturrea una voz rasposa que no pertenece ni a Tayo ni a mi padre ni, desde luego, a mi madre.

—Jimmy Race Wint, ¿sigues sin tener una casa a la que ir? —Río, cogiendo a Ofelia de la mano para conducirla a nuestro jardín trasero.

No sé por qué lo hago, pero de repente parece algo muy natural, muy íntimo y muy agradable. Sus dedos me acarician levemente la palma, como si en realidad estuviese sosteniendo un animal muy pequeño y muy vivo.

—Prepárate, porque estás a punto de conocer a una celebridad de Tower Gardens. Todas las chicas de mi curso de secundaria estaban enamoradas de Jimmy Race Wint. De hecho, creo que algunas todavía lo están.

Abro la puerta corredera que da a nuestro pequeño jardín trasero. Con el rabillo del ojo veo cómo Ofelia sonríe. Nuestra casa nunca ha sido nada fuera de lo común, de modo que el jardín se convirtió en nuestro lugar seguro.

Desde que tengo memoria, nos turnamos para cuidar de las campánulas, las petunias, las caléndulas y las margaritas, y también para dar de comer a los pájaros que se resguardan en el palomar.

El año pasado plantamos un melocotonero, y desde estas Navidades está encendido con un sinfín de lucecitas de colores. Eso es lo primero que veo. Después reparo en el humo y, dando un par de pasos que me alejan de Ofelia, el pelo rojo y brillante de Jimmy Race.

—Todavía tocas mejor que yo —le dice Jimmy Race a Tayo.

Este le da una calada a su pitillo antes de rezongar:

—Eso no es difícil. El problema es que estoy perdiendo la sensibilidad en las manos. Lo siguiente será, no sé, hablar como esas mujeres operadas…

—Eso no es un problema. Siempre te entendí muy bien cuando estabas borracho. Solo tienes que gruñir y señalar.

E ilustra su propuesta con una demostración que hace que Ofelia ría y que tanto Tayo como él se vuelvan hacia nosotras.

Jimmy se pone en pie para saludar a Ofelia, pero yo soy más rápida. Vuelvo a sentarlo en el banco de forja de un empujón, y después me acerco a Tayo para arrancarle el cigarrillo de las manos.

—¿Qué haces? ¿Estás loco o qué?

Pone los ojos en blanco.

—Bueno, no es como si fuese a darle cáncer a mi cáncer.

—Tú no tienes cáncer —preciso con los dientes apretados.

—Ya sabes a lo que me refiero. Tayo, por cierto. —Estira la cabeza para dirigirse a Ofelia, que lo saluda con una sonrisa y un gesto de la cabeza—. Disculpa que no me levante. Me llevaría mucho tiempo, y el tiempo es oro.

—No hay problema. Yo soy Ofelia, aunque probablemente ya lo sabes.

Cuando se inclina para estrecharle la mano a Tayo, Ofelia no es más que un borrón amarillo en mi campo de vista periférico, pues ya me he vuelto hacia Jimmy Race de nuevo.

—¿Y tú qué? ¿No tienes más sentido común?

—Honestamente, Momo, como fumadores pasivos ya nos estamos intoxicando como con doce cigarrillos al minuto solo viviendo aquí. No se va a morir por terminarse uno él solito. ¡Jimmy Race Wint, Rapunzel! —exclama, levantándose para darle dos besos (en serio) a Ofelia—. Me gustan estas costumbres españolas. Puedes llamarme Jimmy, aunque Jimmy Race es más molón, y también puedes llamarme Chucky el muñeco diabólico.

Se señala el pelo y la cicatriz que levanta ligeramente el lado izquierdo de su labio superior.

—Pero no flirtees con Jimmy, te romperá el corazón —le digo a Ofelia y los cuatro nos acomodamos como podemos en el estrecho banco.

—¿Estuvisteis juntos o algo así? —nos pregunta Ofelia.

Su pierna derecha está prácticamente sobre mi rodilla izquierda, y nuestros brazos están tan pegados que siento su calor corporal y el olor a vainilla de su perfume.

Jimmy le guiña un ojo verde.

—¿Momo y yo? Ya me habría gustado, pero es cien por cien lesbiana.

—Ser lesbiana no es un porcentaje —bufo—. O eres gay o eres hetero.

—O bisexual —precisa Tayo, que saca de la nevera portátil dos cervezas de diente de león para Ofelia y para mí.

Bufo otra vez.

—Obvio.

Jimmy Race se inclina sobre la oreja de Ofelia para susurrarle algo, pero estamos todos tan pegados que lo oigo igualmente.

—Momo tiene un problema personal con la bisexualidad. Su ex decidió que no le gustaban las mujeres después de que llevaran siete meses saliendo…

Jimmy debe de leer algo en mi expresión, porque enseguida da una palmada al aire y dice:

—¡Bueno, chavales, adivinad quién se va a Londres!

Por el modo en el que Tayo masculla «por favor, dinos quién se va a Londres» deduzco que las noticias que nos va a dar Jimmy ya son viejas para él.

—¿Qué vas a hacer con el trabajo? El cincuenta por ciento de los clientes del Café Milano son colegialas que se han colado por ti.

Jimmy Race me mira.

—Bueno, ya no tengo trabajo porque el otro día cometí el error de remangarme en mitad de mi turno y el jefe ha decidido que no doy buena imagen a la cafetería.

Bajo la vista a sus brazos. Comprendo.

OFELIA

-capítulo 27-
NOCHE DE LILAS

«Es una tipa dura.»

Eso es lo que pensé cuando Amoke le quitó el cigarrillo de las manos a Tayo. Y después:

«Es cien por cien lesbiana.»

Y por último:

«No me gustaría irme nunca de aquí. Ojalá Harlon estuviera para verlo.»

Es como encontrarse en el interior de una gruta de hadas. Ahora que ha anochecido y el cielo cae como un manto lila sobre el césped y las flores, las lucecitas de colores del árbol nos iluminan. Parecemos un cuadro de Van Gogh. O de Matisse. Klimt, incluso.

Amarillo sobre azul sobre violeta sobre rojo sobre naranja sobre verde.

Tayo, Amoke y yo estamos tumbados de espaldas sobre la hierba, observando cómo cambian las bombillitas. Jimmy Race se ha arrellanado sobre el banco de forja y está tocando a Blondie con la guitarra acústica, solo que no suena como Blondie en absoluto. Es suave y ligero y como un pedacito de sueño.

—Así que le dije: «No, tío, de ninguna manera, antes orino en el vino; tú te disfrazas de perrito caliente y yo seré Blancanieves».Y por eso el programa de desintoxicación *One day at a time* es lo puto mejor del planeta Tierra.

Jimmy Race nos cuenta su experiencia como animador en un asilo (parte de su programa de reinserción en la sociedad).

Desde la cocina, el señor y la señora Enilo (que son casi inexplicablemente guais para tratarse de una pareja de cincuenta años) mantienen una animada discusión sobre quién debería ocuparse de la salsa bechamel y quién de la salsa de tomate.

—Mi hermano también está en el programa *One day at a time* —digo, y siento los ojos de Amoke tan cerca de mí que parecen acariciarme—. Tiene una aplicación en el móvil y todo que cuenta los días que lleva sobrio, y cuando son bastantes meses seguidos, sube una captura de pantalla a Facebook y toda la familia se reúne y cenamos juntos y todo eso.

—¿Y cuánto tiempo lleva? —me pregunta Tayo, que tiene el mismo rostro que Amoke, solo que la piel y los ojos más claros y muchas menos pecas.

—Este junio hará un año.

Jimmy Race deja de tocar. Bajo la luz de la luna, las venas de sus brazos parecen incluso más marcadas y bulbosas, punteadas de pequeñas cicatrices como lunares azul violáceo.

—Rapunzel, eso sí que se merece una jodida celebración. Desde junio, ¿no? ¡Eso hace cinco meses! Mi madre se desmayaría, la pobre. Deberíamos hacer algo. Os invito a todos a mi futura choza de Londres.

—¿Por qué me llamas Rapunzel? —le pregunto, y Amoke y yo nos dirigimos una mirada de complicidad.

Jimmy Race no piensa demasiado la respuesta.

—Porque tienes una trenza larga y rubia, como la de Rapunzel. ¡Coño, si no he visto esa película mil veces con mi sobrina, no la he visto ninguna!

Amoke ríe tan cerca de mí que siento su aliento sobre mi nariz. Ambas nos hemos descalzado, porque no hay nada como sentir la hierba fría bajo las plantas desnudas, y hemos entrelazado los pies.

Me siento como una cría de sexto de primaria con su primer novio, pero es agradable. Es muy muy muy agradable.

—Ofelia no es Rapunzel —dice Amoke, y su pulgar recorre los dedos de mi pie derecho como las teclas de un piano—. Ofelia es Twiggy.

Y me quito la peluca para demostrárselo.

Tayo irrumpe en una carcajada tan fuerte e inesperada que tiene que hundir el rostro en el hombro de su hermana para contenerla.

Jimmy deja la guitarra a un lado.

—¡Perra santísima! ¡Eres Twiggy!

—Solo que cada una de mis cachas es tan gorda como el culo entero de Twiggy. —Río, pero Jimmy no me hace caso.

Acaba de recoger la peluca del suelo y la observa como si se tratase de un raro espécimen que necesitase una inspección exhaustiva.

—¿Puedo probármela, Twiggy? Te juro que no tengo piojos.

Cuando lo dice ya prácticamente la tiene sobre la cabeza, pero de todos modos no me importa. Parece una estrella de *rock* de los años ochenta.

—¡Mirad todos, soy Olivia Newton-John! —chilla, y empieza a cantar los temas de *Grease* con tanto entusiasmo que los vecinos de al lado comienzan a protestar.

Tayo tiene la mirada clavada en el cielo. Una sombra azul pálido cubre su frente y el puente de su nariz.

—Twiggy —repite—. Twiggy. Twiggy. Twiggy. Tengo problemas con la te y la ge. Es como si tuviese la lengua dormida. No salen con fuerza. Twiggy. Twiggy. Twiggy.

—Twiggy acaba de perder todo su significado —le asegura Amoke, apretándole la mano—. En la rehabilitación de voz vas a tener que repetir nombres raros de modelos en vez de trabalenguas.

El efecto que esa simple frase tiene en Jimmy Race es extraordinario. Se quita la peluca de golpe, deja de cantar, se detiene y se acuclilla frente a nosotros. Todo ocurre tan rápido que tengo que procesarlo individualmente: se quita la peluca; deja de cantar; se detiene; se acuclilla.

—¿Alguien ha dicho trabalenguas?

Tayo se tapa la cara con la mano derecha.

—No, por favor, otra vez no.

Jimmy Race, desde luego, no le hace el menor caso.

—¿Cuál queréis escuchar? ¿El de las brujas travestis? El de las brujas travestis es mi favorito. Puedo decir tres veces muy rápido cualquier trabalenguas que se os ocurra.

—¡No, Jimmy, no! —protestan Tayo y Amoke.

—¡Sí, Jimmy, sí! —chillo yo—. Nunca he oído el de las brujas travestis.

—Oh, pues es fabuloso, fabuloso de verdad. Cuando tenía nueve años me senté en el salón y no dejé de repetirlo hasta que me salió bien. Es muy muy muy complicado.

—¿Y qué pasó después? —le digo.

Amoke y Tayo siguen negando y dando vueltas sobre la

hierba con un dramatismo digno de una clase de teatro de primaria.

Jimmy Race estira los labios.

—Que mi hermano me tiró el mando a distancia a la frente y me pidió que, por la Virgen bendita y todos los dichosos santos, cerrase el pico de una vez.

Y se señala una cicatriz delgada y muy blanca que divide su ceja izquierda en dos.

¿Has experimentado alguna vez esa sensación maravillosa de estar flotando en una nube cuando de repente, y sin ninguna explicación lógica, haces clic con una persona? ¿La has sentido alguna vez con una familia entera?

Podría hacer una lista de todas las cosas que me gustan y me hacen sentir bienvenida de los Enilo, pero me temo que me quedaría sin papel aunque asaltase una tienda de artículos de oficina.

Me gustan las gafitas redondas del señor Enilo, y me gusta que su voz sea grave pero calmada, y me gusta que bese a su mujer en la mejilla, y que me hable como si fuese una mujer adulta y no una niña que ni siquiera sabe qué hacer con su futuro.

Me gustan los ojos de gato de la señora Enilo-Clark y el hecho de que haya decidido mantener su apellido de soltera, y me gusta que hable de la pérdida de mi cabello sin ningún ápice de condescendencia, y que sienta verdadero interés por la tricotilomanía y esa ansia irrefrenable e irracional de mutilar cada pelo de tu cuerpo.

Me gusta que Tayo sea calmado y divertido, y que no se disculpe por las cosas que no puede controlar, y que tenga el sentido del humor seco y vagamente intelectual de Amoke, y que se esfuerce por que todos en la mesa nos sintamos interesantes.

Me gustan las cicatrices de Jimmy Race, porque son como puntos en un mapa, y me gusta que sea arrollador e incansable, y que ría tan fuerte que los vasos y los platos parezcan temblar, y me gusta que me escuche hablar de Lisandro como si lo que yo tuviese que decir fuese realmente apasionante.

Y ante todo me gusta Amoke. Me gusta que se haya sentado a mi lado y que haga bromas y que ponga los ojos en blanco y que sea la persona más inteligente y más divertida que conozco, y me gusta que me presente y hable de mí como si fuese el tipo de persona que todo el mundo ardería en deseos de conocer.

Me gusta sentir que esto es una familia y que de alguna manera yo podría pertenecer a este lugar.

Cuando el señor Enilo se levanta para traer el postre (una tarta de queso y jengibre que sabe a Navidad y a noches de invierno) y Jimmy se ofrece a recoger los platos, siento algo muy oscuro y pegajoso en la boca del estómago. Hemos hablado tanto tiempo que apenas falta media hora para mi toque de queda de las diez. A papá le daría un ataque al corazón si me quedase más tarde en un lugar como Tower Gardens. En la calle ya se oyen gritos y a un par de borrachos cantando, y unos sonidos explosivos que podrían ser o no ser disparos, pero solo yo parezco alertarme por ello.

—¿Sabes qué me gusta, Lekan? —dice la regordeta señora Enilo-Clark, dándole un último trago a su copa de vino—. Que Tayo y Amoke, con lo callados que son, hayan conseguido unos novios tan alegres y vivarachos como Jimmy y Ofelia.

Ha dicho «vivarachos» de verdad.

Y que soy la novia de Amoke.

Ojalá pudiera hundir la cara en la tarta de queso y esconderme allí hasta las diez.

—Igual que nosotros —dice el señor Enilo, que no ha bebido porque insiste en conducir hasta mi casa—. Mis padres siempre me decían que tenía que conocer a una buena mujer que me hiciera sacar la nariz de los libros. Y, mira por dónde, una noche fui a un concierto *grunge* y vi a la cantante más preciosa del mundo.

—¡Sí, pero no conseguí sacarte la nariz de los libros!

Todos ríen, y la señora Enilo-Clark vacía la botella de vino en su copa.

No sé si debería decir algo.

Amoke está muy seria, con la mirada clavada en la esquina del mantel y la comisura derecha de su labio temblando sin parar.

—Ofelia no es mi novia —responde lentamente, y en la mesa se hace el silencio.

Aunque es inequívocamente verdad, me siento mal al oírlo. Como si ni siquiera Amoke, que parece ser capaz de ver todas las cosas bonitas del mundo, pudiera sentirse atraída por mí.

—Pues debería serlo —insiste su madre, señalándonos con la cucharilla de postre—. Cariño, sé que lo de Zannah fue duro, pero no le has dado una sola oportunidad a nadie desde entonces.

Los labios de Amoke se vuelven del color de la leche agria. Sigue mirando la esquina del mantel.

—Lo de Zannah no fue duro, fue una mierda. Llevábamos juntas siete meses. Puede que no sea mucho, pero fueron siete meses de mi vida que dediqué a una relación para que luego ella decidiese, de la noche a la mañana, que ni siquiera le gustan las mujeres.

—No creo que fuese de la noche a la mañana —susurra Tayo, pero Amoke no le hace caso.

—Me parece muy bien que os preocupéis por mí, pero estáis poniendo a Ofelia en una situación muy incómoda. Ya tiene novio.

El ambiente es bastante tenso, especialmente ahora que todos se han vuelto para mirarme, así que no digo nada.

Cuando el señor Enilo sube a buscar su chaqueta, Amoke y yo nos quedamos solas, rodeadas de un cúmulo de ruidos:

a) Los del grifo de la cocina, donde la señora Enilo-Clark friega los platos.

b) Las conversaciones ahogadas de Tayo y Jimmy desde el salón.

c) El cricrí de los grillos en la calle, y las canciones de los borrachos, y esas pequeñas explosiones que siguen pudiendo ser disparos.

Amoke sonríe, colocándome bien la peluca.

—Gracias por no asustarte antes —dice—. Ya sabes, en la cena. Siento todo ese numerito de «vamos a ser la Celestina de Amoke».

—Mi padre es igual. Siempre está dándome la lata para que encuentre un buen novio judío. Creo que tiene una especie de amnesia selectiva que le impide recordar que él estuvo casado con una católica casi diecinueve años.

Aquello que era tan oscuro y pegajoso en la boca de mi estómago se ha convertido en un globo de helio. Siento que me hincho y me hincho y me hincho y que en cualquier momento explotaré.

—En realidad no tengo novio.

Suelto las palabras muy rápido para no tener que analizarlas por separado.

No. Tengo. Novio.

Amoke alza las cejas.

—Ah.

—Ese chico de JSwipe… solo estaba tonteando con él, pero en realidad no me gusta. Es un poco soso. Además, estoy bastante segura de que yo tampoco le gusto a él (no como algo más que una amiga, al menos), así que…

Amoke sonríe y asiente, y su mano se mueve nerviosamente por el aparador de la entrada.

—Me alegro de que no estés con un chico soso —dice.

—Yo también.

Nos quedamos calladas y asintiendo y jugueteando con las figuritas del aparador hasta que nuestros dedos chocan y apartamos las manos.

Pum. Pum. Pum. Pum.

Los pasos del señor Enilo bajando las escaleras retumban en toda la casa como una manada de caballos desbocada.

Supongo que nos veremos mañana —dice Amoke.

—Supongo que sí. Me iré preparando para tu repertorio punk.

Y le doy un beso de despedida en la mejilla derecha.

Me siento muy muy bien.

AMOKE

capítulo 28

EL HÁBITO SE ASIENTA

Llevo dos horas tumbada de espaldas en la cama, pensando en lo roja y caliente que parece mi mejilla derecha, y en el color amarillo y en Júpiter.

Oigo a Tayo y a Jimmy charlar en el piso de abajo, y a papá tecleando su tesis en su habitación.

Es esa hora tan especial que me gusta tanto, pero hoy parece que el mundo se ha olvidado de dormirse.

Compruebo la última conexión de Ofelia en el móvil. Fue hace tres minutos. Me pongo de pie y tiro el teléfono sobre la colcha.

No estaba flirteando con ella. No estaba flirteando con ella. No estaba flirteando con ella.

«En realidad no tengo novio.»

Las palabras de Ofelia se repiten en mi cabeza como el eco de un tambor, pero no cambian nada.

No voy a flirtear con ella. No voy a flirtear con ella. No voy a flirtear con ella.

Un zumbido. La pantalla de mi viejo Samsung dibuja un rectángulo blanco sobre el techo. Acaba de llegarme un mensaje de Ofelia.

> Tu familia es guay

Me detengo a considerarlo unos segundos antes de comprender que no necesito a más Zannahs en mi vida. Ni una. Pero lo que no puedo (ni quiero) imaginarme es un mundo en el que Ofelia ya no sea mi amiga.

> Lo sé
> ¿Llegaste a tiempo a casa?
> Por muy guay que sea, papá no es…
> Precisamente rápido

> Llegué justo a tiempo
> Mi padre acababa de sentarse en el banco de la ventana
> Para fingir que leía, jaja
> Creo que se cayeron bien
> Tienen el amor/obsesión por una época histórica en común

> Genial

> Genial

Me quedo con el móvil entre las manos hasta que se apaga la pantalla. Tayo y Jimmy se han quedado dormidos; oigo los ronquidos de Jimmy y la respiración profunda de Tayo desde abajo. La musiquilla de apagado del Windows 2007 me indica que papá ha terminado su trabajo por hoy.

Ya ha llegado, un poco más tarde que de costumbre, esa hora mágica y especial, y por primera vez me siento inconmensurable e irremediablemente sola. Quizá porque Ofelia, que hasta hace un mes solo era una desconocida saliendo de la habitación de Virginia Wonnacott, se ha convertido en la mejor amiga que he tenido en mucho tiempo.

OFELIA

-capítulo 29-
LA LUZ AZULADA DEL TELEVISOR

—Deja de flirtear —me dice Harlon, enterrando el puño en el bol de las palomitas.

Todavía tengo el móvil entre las manos. Siendo generosos en el cálculo, he debido releer unas diez o doce veces el último «genial» de Amoke, y ni siquiera Harlon, que por lo general se queda hipnotizado ante el televisor, ha podido dejar de notarlo.

—No estoy flirteando.

El blanco de los ojos de Harlon se vuelve azul bajo la influencia de la luz de la pantalla. Estamos viendo una grabación del concierto del décimo aniversario del musical de *Los miserables*. Le gustan los musicales, a Harlon. Por lo general, le gustan las cosas que hacen mucho ruido.

—Ya. Si tú no estás flirteando con esa chica, yo soy la reina Isabel II.

—Entonces voy a tener que comprarte unos cuantos trajes con gorritos a juego, porque no...

—Te gusta —dice, tirándome palomitas y restos de sal en el pelo.

—No digas tonterías. Es mi amiga. Una buena amiga, además. ¿Cómo iba a…?

—Hasta las trancas. ¿Y qué? No es una sorpresa. Siempre me lo imaginé. Vistes como un chico. Vistes como esa.

Y señala a Lea Salonga como Éponine, que camina entre las calles de París de cartón piedra con las manos en los bolsillos de su amplia gabardina de hombre.

—Que me vista como un chico no me convierte en lesbiana —respondo con los dientes apretados.

Pero lo cierto es que siempre me he sentido identificada con heroínas como Éponine Thénardier, que se disfrazó de obrero para luchar en las barricadas durante la revolución de estudiantes de junio; Jo March, también, que en *Mujercitas* se cortó su larga melena rizada y se convirtió en una afamada novelista en una época en la que se suponía que las mujeres habían venido al mundo para casarse y tener hijos. ¿Y cómo podría olvidarme de Ana de las Tejas Verdes, rechazando cualquier convención social, y de Juana de Arco, combatiendo contra los ingleses, y de Concepción Arenal, que se disfrazaba de hombre para poder asistir a la universidad? También estaba mi querida Idgie Threadgoode de *Tomates verdes fritos*, que se pasaba los días fumando y jugando al póquer y robándole los pantalones a su hermano Julian.

Todas eran masculinas, como yo, y a todas (excepto a Idgie Threadgoode, pero ese es un detalle que la película de Hollywood decidió obviar), como a mí, les gustaban los hombres.

Éponine incluso había muerto por el estúpido de Marius Pontmercy, del que estaba locamente enamorada, y el resto (menos la pobre Juana de Arco, a la que quemaron en la hoguera) acabaron casándose y siendo más o menos felices.

Me gustan los hombres. Me gustan sus manos morenas, y me gusta la fuerza de sus mandíbulas, y esas sonrisas de medio lado y las barbas de tres días y los abdominales lo suficientemente marcados.

—Grulla —Harlon me da un codazo en el hombro—, se te está olvidando respirar.

Cojo una enorme bocanada de aire.

Me gustan los hombres. Me gustan los hombres. Me gustan los hombres.

A Harlon le entra la risa tonta.

—Oye, Grulla, que no pasa nada. Una vez conocí a una… —baja la voz, como si las palabras pudiesen cobrar vida y atacarnos de ser pronunciadas con la firmeza precisa— una, ya sabes, una invertida.

—Homosexual.

—¿Qué más da? Estaba casada, pero ella y su marido dormían en habitaciones distintas y todo. Creo que él también era… —Y mueve la cabeza de una manera, cuando menos, cómica—. Me caía bien, la chica. Era mayor que yo. Divertida. Valiente. Y también muy lista, aunque a mí casi todo el mundo me parece listo. Supongo que hará ya no sé cuántos años que murió.

Sonrío. Incluso bajo la luz azulada del televisor, las rojeces en torno a los pómulos y la nariz de Harlon son perfectamente visibles. Le sudan las manos y le tiembla la comisura derecha del labio.

—Estabas enamorado de ella, ¿verdad?

Harlon baja la mirada. Ahora su cara está tan roja que, en la penumbra, parece añil y violeta.

—Un poquito. Pero era mucho mayor que yo, unos diez

años o así. Tenía una hermana de mi edad. —Se le escapa un ruidito que podría ser una carcajada o lo opuesto a ella—. De ella sí que estaba enamorado hasta las trancas.

—¿Era tu novia?

—A veces. Siempre discutíamos, pero yo no podía estar enfadado con ella más de un día o dos. No era bonita, y ella sabía que no era bonita, pero ocurría algo cuando hablaba… era como si toda su cara se iluminase, desde los ojos a la sonrisa, pasando por todo lo demás. Y era la persona más inteligente que he conocido; siempre pensé que tenía respuestas para todo, y cuando no tenía una respuesta, no paraba de buscar hasta que la encontraba. No me cansaba de estar con ella, aunque solo nos quedásemos mirándonos el uno al otro sin hacer nada…

Los ojos de Harlon pasan de sus rodillas huesudas a algún lugar que no está en este salón ni en este momento en el tiempo, sino en algún rincón oculto de su pasado.

Aunque me quedo callada, me gustaría decirle muchas cosas. Que sé cómo es esa sensación cuando encuentras una chispa en otra persona y luego no puedes dejar de buscarla en todas las demás. Cuando incluso la Nada parece una aventura apasionante. Cuando las respuestas a todas las preguntas del universo parecen estar escondidas en alguien con nombre y apellidos.

—Me gusta Amoke —afirmo sin separar la vista de la pantalla—, pero eso no importa porque yo nunca le gustaré a ella.

Me gusta Amoke. Puedo saborear las palabras como la miel. Me gusta Amoke, y Kate Winslet y Dana Scully son dos de las personas más sexis que he visto nunca. Lea Salonga. He visto muy pocos rostros tan armoniosos como el suyo.

Me gusta Amoke. Hasta ahora había reparado en la belleza de las mujeres pensando que las envidiaba, pero no es así. Reparo en la belleza de las mujeres porque las mujeres son bonitas, y no puedo evitar sentirme atraída hacia ellas incluso cuando parece no estar bien.

Me gusta Amoke, y no sé cómo actuar porque hasta ahora me había sentido muy cómoda disfrazándome de Jo March y Éponine Thénardier, cuando en realidad siempre he sido toda una Idgie Threadgoode.

INVIERNO

«No podemos esperar a los ángeles.
Somos nuestros propios dioses ahora.»
Nancy Reddy

«Ella permaneció allí: escuchó.
Oyó los nombres de las estrellas.»
Virginia Woolf

OFELIA

-capítulo 30-
UNA SEÑORITA COMO DIOS MANDA

Ventajas de tener un amigo fantasma:

1) Cuando vais al cine, solo uno de vosotros tiene que pagar entrada.
2) Ídem de ídem con el transporte público.
3) Sentir la tensión cuando mete con mucho cuidado la mano en la bolsa de Cinturón de Asteroides sin que Amoke se entere es, para ser honesta, muy divertido.
4) También cuando se cansa de fingir que no existe y causa una ligera distracción al ponerse el sombrero de una señora (resultado: el pánico de un vagón de tranvía al ver un sombrero flotante y los treinta minutos de retraso con los que Amoke y yo llegamos a casa de Miss Wonnacott).
5) Que te enseñe historia una persona que ha vivido físicamente los hechos que podrían o no podrían caer en un examen de selectividad es, cuando menos, fascinante.

6) Internet en manos de una persona que lleva más de cincuenta años muerta. Punto.

Desventajas de tener un amigo fantasma:

1) No puedes presentárselo a tus amigos vivos (en principio).
2) No podéis ir a tomar un café juntos (porque nadie quiere ver cómo una taza de café se vacía sola o cómo un dónut se volatiliza en el aire).
3) Si hablas en público con él, tienes que fingir que utilizas el manos libres del móvil.
4) Puede ser ruidoso e interferir con los horarios de sueño (nota: los muertos no necesitan dormir).
5) Recordatorio: que los demás no puedan verlo no significa que no puedan sentir su presencia.
6) Internet en manos de una persona que lleva más de cincuenta años muerta. Punto.

Ilustración de los puntos cinco y seis (tener un amigo fantasma, desventajas de): Harlon no para de mandarme mensajes desde el móvil de papá (lo sé porque siempre le salta el autocorrector) mientras tecleo, y estoy casi segura de que Miss Wonnacott ha debido de leer el estrés en mi cara.

—¿Alguna emergencia familiar, señorita Bachman?
—En absoluto.
—¿Continuamos, pues?

Los fantasmas de la playa

El hombre de sombrero calado y mirada opaca llegó con el doblar de las campanas y el rugido del agua, y en la penumbra, con su traje raído y sus mejillas consumidas, parecía una aparición de ultratumba.

Supongo que, si yo hubiese sido una señorita como Dios manda, nos habríamos topado de otro modo. Pero no lo era. Un par de sucesos ordinarios me convirtieron en todo lo que horrorizaba a mi padre y me permitieron encontrarme con el hombre de sombrero calado. A saber:

1. El trabajo de obrero de Cricket en Mármoles Wonnacott.
2. La nueva confianza (y las nuevas responsabilidades) que mi padre depositaba en mí.
3. La Liga Escarlata.

Lo primero había ocurrido, naturalmente, cuando Cricket cumplió quince años, dos meses después de que Birdy se hubiese alistado en el Ejército, en febrero de 1939. Lo segundo un poco más tarde, cuando mi amigo llevaba ya un par de semanas en la fábrica. Lo tercero, una mañana calurosa de verano.

Cricket y sus compañeros apuraban sus bocadillos, acuclillados en la cuneta frente a la fábrica y cubiertos de un sudor negruzco y espeso. Yo, como dictaban mis nuevas responsabilidades, llevaba una montaña de documentos importantes al despacho de mi padre.

Los muchachos y yo ya estábamos casi a la misma altura cuando las vi.

–¡Tiorras! –las llamó un obrero, aunque lo único que las diferenciaba de mí y del resto de las mujeres eran los pañuelos rojos atados al cuello.

Ellas hablaron. Eso es lo que recuerdo, que hablaron, y que en sus palabras pude saborear futuro y libertad y esperanza. Lo que decían me parecía tan lejano e improbable como la llegada del hombre a la Luna.

Igualdad de hombres y mujeres. Universidad no solo para las señoritas, sino también para las estudiantes de a pie, con posibilidad de estudiar cualquier ciencia y oficio tradicionalmente vetados para ellas. Caminar por la calle sin ir acompañadas y sin sufrir los cuchicheos de los vecinos. Capacidad de convertirse en artistas sin que nadie nos juzgase por nuestro sexo.

Cosas que ocurrían, claro que sí, pero en las páginas de las obras de Virginia Woolf y Margaret Sanger, no en Holyhead. Nunca en Holyhead, donde las chicas eran buenas y se casaban jóvenes, y los hombres, trabajadores, sudaban día a día para que nadie pudiese reprocharles que saliesen de los bares con una señorita que no fuese su mujer.

–Guarras, ¿por qué no os vais a limpiar? –dijo el obrero número dos, mientras Cricket miraba en silencio, toda su atención sobre mí y no sobre ellos.

Y ellas volvieron a hablar, y yo sentí el impulso de hacerlo también, pero tenía la boca seca y los dientes apretados, encarcelando mis palabras.

–¿Y vosotros qué? –decía una, la más joven, la más pequeña–. ¿Acaso no queréis tener el derecho a comer en la fábrica y no aquí, en la calle, con el polvo y el calor?

Se formó un pequeño revuelo. Se habló de amos y de trabajadores, y de una guerra en ciernes en Europa.

–La emancipación de la mujer debe llegar con la paz –dijo otra, la más alta–, porque cuando venga la guerra vosotros partiréis al frente y nosotras nos encargaremos de las fábricas y os proporcionaremos la pólvora. Si nuestro trabajo es tan preciado cuando hay muerte, ¿por qué no ahora?

Aquella pregunta se quedó flotando en mi cabeza mucho después de que las muchachas se hubiesen ido, cantando y gritando «libertad» mientras los chicos silbaban y aplaudían. Temí no volver a verlas jamás, así que le pregunté a Cricket por ellas.

–Son la Liga Escarlata o algo parecido. –Bajó la voz–. Comunistas.

–¡Peor! –dijo un compañero–. Los comunistas a veces dicen cosas razonables. Pero ¿estas? ¡Trabajo a las mujeres en la fábrica! Como si regalasen los empleos, no te digo. Si los empresarios como tu padre –me miró– empiezan a entregarles monos azules a las mujeres, los hombres nos quedaremos sin trabajo.

–¿Por qué? ¿Temes que una mujer haga mejor tu trabajo que tú?

Aquel hombre me dirigió una mirada ponzoñosa y dañina que parecía arañar.

–No te mezcles con esas fulanas. Aun siendo fea todavía puedes encontrar un hombre que te quite las castañas del fuego. Deja de ir a pilotar los aviones del señor Brown.

–¿Y eso por qué? –repliqué–. Vuelo mejor que Cricket. Vuelo casi tan bien como Birdy.

–Ya es bastante malo que parezcas una marimacho para que

además te comportes como una. Si también empiezas a dejarte ver con esas feministas...

Nunca llegué a saber el final de su frase. Cricket acababa de apagarle el cigarrillo sobre la mano. Todavía faltaba un año para que su temor al fuego comenzase.

–Yo creo que es una idea estupenda. Que trabajen las mujeres, sí. Pueden hacer la mitad de mi turno, si quieren. Y, desde luego, mi bocadillo sabría mucho mejor dentro de la fábrica, claro que sí.

Hizo sus averiguaciones en secreto y, tres días después, se acercó a mí y me dijo simplemente:

–Aberdovey. Ahí es la siguiente reunión.

Fuimos en tren. Un viaje de tres horas que le costó a Cricket el sueldo de un mes. Cuando llegamos, tardamos más de una hora en encontrar la pequeña casa particular en la que se reunía la Liga Escarlata. Cricket no quiso entrar. Dijo que no se le había perdido nada ahí («mi padre asegura que todas las de la Liga Escarlata son unas pu... puñeteras») y que, además, quería ir a dar un paseo por la playa.

–Está embrujado, el mar –dijo–. Hay una ciudad entera sumergida ahí abajo, y si te concentras lo suficiente, puedes oír las campanas de la iglesia.

Intenté disuadirlo.

–Está lloviendo a cántaros.

–Tengo paraguas.

Y cada uno siguió su camino, él a su ciudad sumergida y yo a la primera de muchas reuniones. Años después, durante la guerra, llegaría a ser subsecretaria de la Liga. Por el momento solo era Virginia «Ginnie» Wonnacott, quince años, hija de un empresario venido a menos, orgullosa de compartir nombre con Virginia Woolf.

Cuando abrí la puerta las sorprendí en una de las frases que ardería más en mi memoria.

–No podemos llorar. Nuestras condiciones son durísimas, pero no podemos llorar. Tenemos que luchar.

No reconocí a la mujer que hablaba como una de las del grupo de la fábrica, pero aun así ella me miró como si me conociese. Y sonrió. Nunca me he sentido más bienvenida que con esa sonrisa.

Una por una hablaron, y yo tomaba notas. Cualquier aportación era necesaria y hermosa, y yo la escuchaba como si fuese un tipo especial de poesía, como si al salir de la sala yo fuese una persona distinta, desconcertada, maravillada y valiente.

La puerta se abrió de nuevo cuando ya casi había llegado mi turno. Cricket jadeaba y sudaba en el umbral.

–¡Ginnie, tienes que venir enseguida! ¡No vas a creerte...! ¡No puedes perder un minuto! ¡Es imposible, pero estoy seguro...!

Fui incapaz de pedirle a Cricket que se fuese a otra parte con sus historias de fantasmas. Tiró de mí hacia la salida con demasiada insistencia, de modo que apenas pude ver cómo la mujer que me había sonreído se levantaba y nos miraba con las cejas bajadas, como preguntándose algo...

Cricket me llevó a la playa. Y en la playa (o, más concretamente, en la orilla) había un hombre de sombrero calado y mirada opaca, llegado con el doblar de las campanas y el rugido del agua. En la penumbra, con su traje raído y sus mejillas consumidas, se asemejaba a una aparición de ultratumba.

Reconocí enseguida a aquel hombre, aunque hacía años que no lo veía. Tenía la nariz de mi padre y los labios de mi madre, y se llamaba Saul. Saul Horace Wonnacott, mi hermano mayor de Delaware, Estados Unidos, que se había casado con una norteamericana, que en otra vida solía hablar con los muertos y del que no habíamos recibido una sola carta desde hacía semanas.

Sonrió. Solo un poco. Una sonrisa nerviosa. De haber ocurrido ahora, le habría preguntado enseguida: «¿Qué estás haciendo aquí?», pero entonces, con quince años, no encontré el coraje. Solo me quedé mirándolo en silencio mientras él decía:

–Mírate, estás tan mayor... No esperaba verte aquí. Tengo tantas cosas que contarte... Ven, después quiero que conozcas a mi mujer y a mi hija.

Asentí. No sabía que tuviese una hija.

Saul me cogió de la mano.

Y entonces estalló la guerra.

Los ruidos empiezan esta misma mañana, cuando Miss Wonnacott, finalizado el capítulo, vuelve a su habitación. Puedo oír el murmullo ahogado de su silla recorriendo la alfombra, y después...

Pum. Pum.

Pum-pum-pum.

Como si alguien caminase entre las estanterías, aunque no hay nadie en la biblioteca, aparte de mí.

Un fuerte estruendo. Cuando me giro, ya es demasiado tarde. Los libros de una de las estanterías han sido volcados sobre el suelo, y cuando los recojo para colocarlos en su sitio, reconozco la edición en galés de *El mirlo blanco* que guardaba la fotografía de Cricket.

Un crujido. La puerta del fondo, que no da al pasillo ni (debido a la disposición de la casa) al jardín, se cierra. Trago saliva. Me pongo en pie. Voy hacia ella.

Solo me da tiempo a ver unas paredes blancas y doradas (como las de la biblioteca, pero repletas de cuadros modernistas) antes de que alguien coloque sobre mí una sábana blanca. Cuando la retiro, la sala está desierta, y solo los ojos de las estatuas caen sobre mí.

AMOKE

-capítulo 31-
DOBLAR DE CAMPANAS

—Creo que nos hemos perdido… —digo, comprobando de nuevo el mapa.

He conducido durante dos horas y media por los campos verdes y dorados de Gales, abandonando la isla de Anglesey y pasando pueblos y granjas, hasta llegar al punto que el mapa que le cogí a papá marca como Aberdovey, pero aquí no hay nada.

Ofelia le da un sorbo a su café.

—A ver, déjame mirar a mí. Se me dan bien los mapas, ¿sabes?

Me quita el papel de las manos, y una arruguita se dibuja entre sus cejas cuando lo lee.

Hace tres semanas que lo hacemos. Visitar lugares de la autobiografía de Virginia Wonnacott, quiero decir. Pero hasta ahora no nos habían hecho salir de Holyhead. Se trataban simplemente de pequeños lugares más o menos desconocidos, como la iglesia de Saint Mary's o el *pub* The Cinnamon

Bear, que resultó haber cerrado en el 82 para convertirse en un McDonald's.

—Sí, estamos en Aberdovey —afirma Ofelia, inclinándose ante mí—. Pero mira… —señala un punto del mapa— tenemos que conducir un poco más para llegar a la costa. No mucho más. Unos cinco minutos.

Asiento y pongo en marcha el coche.

Resulta evidente cuando llegamos. El olor a mar y salitre es tenue, pero claro. Ofelia sale del coche de un salto, como si no hubiese estado al aire libre en semanas. Cuando yo también salgo y me guardo el mapa y las llaves del coche en el bolso, me coge de la mano y dice:

—¡Ven! ¡Te echo una carrera!

—¿¡Qué!? —chillo, pero ya es demasiado tarde, porque Ofelia está tirando de mí y me caería si no corro tras ella—. ¡Espera, Ofelia, nadie ha dicho nada de carreras!

—¡Solo dices eso porque te voy ganando, cobardica!

Me río. El viento fresco me mete el pelo en la boca y en los ojos, pero puedo ver muy claramente a Ofelia como una manchita verde y amarilla abriéndose paso entre la multitud desconcertada, atravesando estrechas callejuelas de piedra.

—¡Eso todavía está por ver, Bachman! —grito, y me quito los tacones para alcanzarla.

Hoy es uno de los pocos días en que ha decidido ponerse un vestido (en este caso, uno vaporoso estilo años cuarenta que le viene un poco grande), y puedo ver sus muslos blancos y musculosos.

—¡Todavía no te veo ganar, Enilo! —me reta, alzando sus brazos larguiruchos al aire.

¿Me había dicho que su amigo Harlon la llama grulla? Tiene todo el sentido. Así, en pleno movimiento, con sus piernas largas y sus bracitos, parece estar a punto de echar a volar.

Llegamos al puerto a un tiempo, sonrojadas y sudorosas, y riendo tanto y tan fuerte que prácticamente nos hemos convertido en una atracción turística. Las familias del pueblo que han decidido pasar el domingo frente al mar y los pocos turistas que salen de las tiendas de recuerdos nos miran, algunos con medias sonrisas y otros con las cejas en alto.

—Te dije que te ganaría —jadeo, revolviéndole el pelo a Ofelia; está un poco más largo y brillante desde que mamá le recomendó un par de productos a base de vinagre de sidra de manzana.

—No me has ganado, tramposa, hemos empatado.

—Has salido con ventaja, así que he ganado. Me debes un helado bien grande. De nata. Y cereza.

—¡Lo que te debo es una revancha! —exclama, echando a correr de nuevo.

Podría haberle dicho que se trata de una idea terrible, pero habría tenido que ser muy muy rápida. Para cuando estoy separando los labios, Ofelia ya se ha dado de bruces con el guardia de seguridad, que sonríe por debajo de su poblado bigote entrecano.

—¿Algún problema, señoritas?

—Venimos a ver fantasmas, agente. ¿Ha visto alguno por aquí? —responde Ofelia, y me entra la risa tonta.

Por fortuna, el hombre también parece encontrarlo divertido.

—La ciudad fantasma, ¿eh? Mi abuelo me contó que él en persona la vio desaparecer aquí mismo —señala el puerto con un movimiento de la cabeza—, en estas aguas. Claro que con tanto alboroto no creo que vayáis a oír las campanas de la iglesia. Pero ahí, un poco más abajo, pasando la dulcería, hay una pequeña playa... es posible que si os concentráis mucho y sabéis escuchar...

☆ ☆ ☆

La playa es rocosa y gris, y está un poco abandonada. Hay un par de barcas rotas en la orilla, y la entrada está repleta de esas casetas coloridas (aunque ahora la pintura ha empezado a desconcharse) que se utilizaban en los años veinte como cambiadores.

No hay una sola alma, aparte de nosotras dos, y desde la roca en la que nos hemos sentado podemos oír el romper de las olas y el rugir del viento y el crujido de la madera de las barcas y los gritos de las gaviotas.

Observo nuestros pies, que en el agua han adoptado un enfermizo tono verdoso.

—A ver... halógenos. Por orden.

Ofelia se muerde el labio inferior.

—Flúor, cloro, bromo, yodo, astato. Esa ha sido fácil. Mi turno... —Coge mi libro de enfermería y pone su cara de pensar, que consiste en torcer las comisuras y arrugar la frente—. Ah, sí. Determinantes sociales de la salud.

Lo recito de memoria.

—El desarrollo de la primera infancia, la educación, el empleo o la falta de él, la calidad y la cantidad de los alimentos, la accesibilidad a los servicios sanitarios y la calidad de estos, la vivienda, la renta, la discriminación y el apoyo social.

—Muy bien, enfermera Jackie —susurra Ofelia, dándome un golpecito con el libro en la cabeza—. ¿Crees que vas a aprobar?

—Me sorprendería mucho no hacerlo, sí —digo, y ella musita algo que suena a «¡Presumida!»—. ¿Y tú? ¿Crees que aprobarás?

Vuelve a morderse el labio inferior, pero no fingiendo no saber la respuesta, como antes, sino con verdadera preocupación. Ha clavado los ojos en el agua, y el efecto de esta y de la luz del atardecer hacen que su piel parezca más pálida.

—No lo sé. Todavía me quedan seis meses.

—Ya, ya.

Todavía no parece muy convencida, así que le doy un codazo.

—Bordarás el examen. Te sabes las respuestas. Además, este año Lisandro está bien, ¿no?

Ofelia descarga sobre mí una mirada temblorosa que es toda vulnerabilidad. Me encojo de hombros.

—Me di cuenta de que las fechas de examen coincidían con… bueno…

—Con su no muerte número dos, sí. Eres una chica lista, Enilo.

Y se agacha para salpicarme agua a la cara.

—¡Oye! —chillo, devolviéndole el salpicón.

Ofelia ríe y ríe y ríe.

—Jugándotela por mí, ¿eh? ¿Y si un fantasma tirase de tu mano y te llevase a su reino submarino de ultratumba?

—Los fantasmas no existen —digo, pero Ofelia no me oye porque ya se ha quitado el vestido y el sombrero y se ha tirado de cabeza al agua—. ¿Estás loca? Vas a coger una pulmonía, y estarás convaleciente tanto tiempo que ni siquiera podrás presentarte al examen.

—Pero ¡si está muy buena! Ven, no seas cobarde.

Me muerdo la cara interna de los carrillos. Todavía no hay nadie, y el cielo rosa y dorado tiñe el agua y a Ofelia.

—Nunca me llames cobarde —siseo, y, dejando mi falda y mi camisa a un lado, salto a su lado.

Una carcajada. Cientos de ellas, hasta que el agua parece dividirse en dos con el ruido.

—A lo mejor un fantasma nos secuestra —dice Ofelia, flotando boca arriba.

—Los fantasmas no existen —repito, pero ella se reincorpora y me guiña un ojo.

—Claro que existen. Yo conozco a uno.

—¿Ah, sí?

—Sí. Es mi amigo.

—¿Un amigo fantasma?

—Ajá.

—¿Y lleva sábana y cadenas?

—No, es un chico normal.

—¿Es un chico?

—Ah, ajá. Más o menos de tu altura, ojos castaños. No le gusta hablar de que está muerto. Te lo presentaré. Hoy no, porque no ha venido, pero cuando volvamos a Holyhead te lo presentaré. Te caerá bien.

Niego con la cabeza.

—Estás completamente loca, Ofelia Bachman, de verdad que lo estás —digo, y me sumerjo en el agua para tirar de su pie y ahogarla.

Al volver a la superficie, con el pelo aplastado y la cara cubierta de gotitas que centellean, Ofelia nada hacia mí y me chapotea en la cara.

—Y tú eres una tramposa. ¿Me echarás terriblemente de menos en Janucá? Este año coincide con la Navidad.

—Terriblemente —digo, los ojos en blanco y la voz deformada en mi mejor imitación de Kenneth Branagh.

Ofelia sonríe, salitre y agua de mar en sus mejillas.

—Ven —me coge de la mano—, ¿no lo oyes?

—¿Oír el qué? —digo, acercándome a ella.

Solo nos llegan el golpeteo de las olas y el ulular del viento y el batir de las alas de los pájaros y, si uno se concentra mucho, pero mucho mucho mucho, el ronroneo del motor de algún coche y algo que podría ser el retazo de una conversación muy lejana.

—Las campanas, por supuesto —susurra Ofelia, y, antes de que me dé tiempo a reaccionar, me tapa los ojos con la mano—. Tienes que aprender a escuchar… y olvidarte de todo lo demás.

Siento su aliento cálido en mi nuca, y el tacto frío y rugoso de sus dedos sobre mis párpados. Inspiro.

Las olas. El viento. Los pájaros. El ruido amortiguado de los coches y las personas.

Y entonces, entre todo eso, algo más. Algo armonioso y ordenado y ligeramente musical.

To-lón. To-lón. To-lón. To-lón.

Debe de tratarse de la iglesia del pueblo, pero suena como si proviniese de algún lugar recóndito bajo nuestros pies.

To-lón. To-lón. To-lón. To-lón.

—Quizá veamos a un fantasma hoy —dice Ofelia, tan cerca de mí que la punta de su nariz me hace cosquillas.

—Quizá —accedo, y me doy la vuelta para salpicarla otra vez.

-capítulo 32-
ESPERANDO

08/06/16

<u>Avance Virginia Wonnacott (ataxia espinocerebelosa tipo 6)</u>
* 20 años desde el diagnóstico; esperanza de vida: enfermedad no fatal.
* Pérdida grave de la actividad motora en brazos y piernas.
* Dificultad para pronunciar las consonantes débiles.
* Dificultad para deglutir.
* Incontinencia.

<u>Avance Tayo Enilo (ataxia espinocerebelosa tipo 2)</u>
* 2 años desde el diagnóstico; esperanza de vida: 10-20 años.
* Pérdida de moderada a grave de la actividad motora en piernas (puede caminar distancias cortas con apoyos y pesas en los tobillos; incapacidad de subir escaleras, etc.).

* Falta de coordinación general.
* Dificultad para pronunciar <u>ciertas</u> consonantes débiles (ge y be).
* ¿Inicio dificultad para deglutir?

Repaso mis notas. Dos columnas perfectamente alineadas en mi pequeño bloc, tapando la contestación de Virginia Wonnacott a la carta de Roger Phillips, doce años, Nottingham. Así, sobre el papel, donde puedo controlarlos, los datos no me hacen daño.

Le doy un sorbo a mi café (solo, con dos azucarillos), trago el comprimido de modafinilo y cojo mis apuntes. Puesto que no puedo irme antes aunque termine mi trabajo, aprovecho la hora libre para estudiar. Mañana tengo la recuperación de una asignatura cuya asistencia a clase contaba el cincuenta por ciento de la nota. No puedo dormir. Me termino el café.

En cuanto abro la carpeta, mis apuntes de Atención Sanitaria 2 salen volando por los aires y caen sobre la alfombra. Con un gruñido me agacho y los recojo, con cuidado de no alterar el orden de los temas, y mientras estoy así, acuclillada, oigo un ruido muy característico en la mesa. El crujido rápido e inequívoco de mi pluma rasgando el papel, lo que no puede ser, porque la única persona en la habitación soy yo.

Suspiro y guardo las hojas cuadriculadas de nuevo en su fichero, cuando lo veo. Mi bloc de notas, abierto en una página al azar, y unos garabatos que tardo en reconocer como palabras:

JOHN MICHAEL WILLIAMS ESTUVO AQUÍ
JOHN MICHAEL WILLIAMS ESTUVO AQUÍ

JOHN MICHAEL WILLIAMS ESTUVO AQUÍ
JOHN MICHAEL WILLIAMS ESTUVO AQUÍ
JOHN MICHAEL WILLIAMS ESTUVO AQUÍ
JOHN MICHAEL WILLIAMS ESTUVO AQUÍ

Cierro la libreta de un golpe, recojo mis cosas y compruebo la hora. Cincuenta y cinco minutos para irme.

Oigo la silla de Virginia Wonnacott en la biblioteca, y la voz alegre y ligeramente cantarina de Eliza, la enfermera de las mañanas.

Si Ofelia estuviese aquí, me habría hecho reír con una historia de fantasmas.

Tengo que dormir. Voy a pedirle a Miss Wonnacott que me deje salir una hora antes para poder ir a casa y dormir antes de que pierda el juicio por completo.

Las dos mujeres se vuelven hacia mí cuando cruzo el umbral de la puerta.

—He terminado mis tareas —explico—. Si no hay nada más que pueda hacer…

Virginia Wonnacott me interrumpe alzando una mano temblorosa, que luego utiliza para quitarse las gafas.

—Eliza, ¿podrías traerme una taza de té? Tengo la boca seca. La señorita Enilo te relevará mientras tanto.

Miss Wonnacott no puede quedarse sola porque, técnicamente, una infinidad de pequeños accidentes podrían matarla.

Cuando Eliza se va, con una sonrisa y su coleta pajiza agitándose arriba y abajo, Virginia Wonnacott clava sus ojos plateados sobre mí.

—Una semana es mucho tiempo… —susurra despacio.

—Ofelia volverá pronto —respondo, pero ella no me hace caso—. Janucá termina el día uno.

—Hay historias…

—Si necesita escribir, todavía tenemos una hora antes de que me vaya —digo, porque sé reconocer la urgencia de la escritura (entre otras cosas, es la razón por la cual papá suele abandonar las cenas familiares antes de que acaben)—. Y estoy segura de que Eliza estaría encantada de…

Miss Wonnacott me despacha con un movimiento de cabeza.

—No. La necesito a ella —afirma enérgicamente, y gira la silla hacia la ventana para no tener que dirigirse a mí de nuevo.

Me quedo mirándome las puntas de los zapatos, esperando que Eliza llegue con esa taza de té para saber si puedo irme, y pensando. Pensando en mi lista ordenada y (este pensamiento se cuela sin pedir permiso) en los garabatos que se convirtieron en palabras en una página al azar.

—¿Conoce usted a alguien llamado John Michael Williams?

La pregunta se escapa de mis labios antes de que me dé tiempo a analizarla y procesarla en la cabeza. El efecto que tiene sobre Virginia Wonnacott es exquisito: hace que cambie la silla de posición para mirarme, y sus labios delineados de granate se abren formando una O perfecta.

—¿Lo has visto? —musita.

—¿Ver? Yo, bueno…

Otra firme sacudida de la cabeza.

—No, claro que no. Tú no —dice Miss Wonnacott, y se niega a mirarme o a dirigirme la palabra hasta que Eliza llega con su taza de *earl grey*.

capítulo 33

CERTEZA

—¿Conoces a alguien llamado John Michael Williams? —susurro, y Tayo baja un poco las cejas.

—¿John Michael Williams? —repite—. ¿No es un compositor?

Niego con la cabeza.

—No. No lo sé. No es el John Michael Williams al que me refiero. No es alguien famoso.

Tayo me dirige una mirada muy significativa antes de agacharse a recoger la pequeña pelota de plástico (muy parecida a las que yo usaba cuando se me dio por la gimnasia rítmica) que yace en el suelo, entre sus pies. Completar el ejercicio le toma varios segundos, y para cuando se reincorpora en su taburete, con la frente algo brillante y sudorosa, jadea:

—¿Un acosador de Tinder? Creí que habíamos comprobado que no era la mejor aplicación para una lesbiana. Si necesitas mi ayuda... físicamente no estoy en condiciones de interpretar el papel de hermano sobreprotector, pero conozco a un par de tíos.

Ahogo una carcajada.

—Sobreprotector. Tú. Vale.

Tayo, volviendo a agacharse (esta vez para colocar la pelota de nuevo en su sitio), me responde arqueando levemente las comisuras.

—No es Tinder —le explico—. Pero no descarto que sea un acosador. Mira...

Cuando se sienta de nuevo, con las mejillas teñidas de rosa y los ojos fervorosos, le muestro la página garabateada de mi bloc de notas.

Frunce el ceño y estira un brazo húmedo y sumamente tembloroso hacia mí. Al cerrar la mano, erra la primera vez y agarra el aire; al segundo intento, logra hacerse con mi libreta, que ahora se acerca a los ojos.

—John Michael Williams... —lee—. ¿A lo mejor es un chico de tu clase? Un graciosillo. ¿No te suena el nombre? ¿Ni un poquitín?

—No mucho —digo, mientras Tayo hojea el bloc—. De todos modos, no creo que sea alguien de clase. Las aulas están organizadas por orden alfabético, ¿recuerdas? Un Williams no coincidiría en ninguna hora conmigo.

Trent, nuestro enfermero preferido, llega con su cresta multicolor y su sonrisa de medio lado, cortando de golpe nuestra conversación.

—¿Cómo lo llevas, tío? —le pregunta a Tayo, y le da un pequeño, suave puñetazo bajo el hombro, porque así es como nos saludamos todos en el barrio, y aunque hace casi cinco años que Trent no vive allí, uno no deja atrás Tower Gardens con tanta facilidad.

—Lo llevo. ¿Tú qué? Me han dicho que la vida de burgués te sienta divinamente.

—De maravilla. Nada como ser un empleado público. ¿Cinco repeticiones más?

Tayo hace un movimiento abrupto con la cabeza.

—No creo que esté en condiciones de regatear, ¿no?

—Yo diría que no. —Trent se vuelve hacia mí—. ¿Le echarás un ojito mientras atiendo a la señora Argall?

Y saluda con un gesto a una octogenaria de pelo plateado y ojos hundidos que le responde agitando su bastón en el aire. Personas como ella conforman la inmensa mayoría de los pacientes del ala de rehabilitación. Puesto que los jóvenes suelen ser víctimas de accidente de tráfico o atletas lesionados, y por lo tanto no pasan mucho tiempo aquí, Tayo es prácticamente el nieto honorario de todas estas abuelitas, por lo que la señora Argall le pregunta a gritos qué tal se encuentra.

—¡Muy bien! —replica Tayo todo lo alto que puede, y en el momento en el que tanto Trent como la señora Argall dejan de prestarnos atención, agrega—: Entonces, y por razones obvias, no es un chalado de Tinder. Y tampoco un tío de tu clase. Veamos… ¿Quién ha podido cogerte la libreta?

—Solo cualquier persona. —Suspiro—. Ya sabes que la llevo a todas partes. Estaba pensando… ¿Quizá alguien del tren?

—Puede ser… —musita, aunque no demasiado convencido—. ¿Qué me dices de un niño? Parecía letra de niño.

Algo debe de leer Tayo en mi rostro cuando dice esto, pues enseguida ríe y, flexionando el torso para completar el ejercicio, añade:

—Yo no me preocuparía demasiado. Es una tontería. Vigila un poco a la gente del tranvía y, si ves a alguien raro, métete en una cafetería y pídele a papá o a alguno de los chicos del barrio que vaya a buscarte.

Bufo, bajando la mirada a las puntas brillantes de mis mocasines, que parecen fuera de lugar en esa sala repleta de material de rehabilitación y personas enfermas.

—No me gusta mucho cómo suena eso.

—Todo irá bien. Seguro que no es nada.

Siento mi labio inferior temblar, pero consigo disimularlo con una sonrisa.

—Estoy exagerando otra vez, ¿verdad?

—Solo un pelín.

—Ya sabes cómo me pongo cuando toquetean mis cosas...

Tayo contiene una risotada. Se alisa las arrugas del chándal. Inspira, espira y vuelve a intentarlo. Tres repeticiones más para terminar.

Como estamos acostumbrados ya a estas alturas, el día termina con los sonidos bajos y débiles (gemidos, en su mayor parte) de los pacientes que finalizan sus ejercicios, con el golpeteo de las zapatillas de los enfermeros sobre el linóleo y con la luz algo más tenue, más parca, del atardecer.

El proceso de abandonar la sala de rehabilitación y meter a Tayo y a su silla en el coche es laborioso, y normalmente requiere la ayuda de Trent o de cualquier otro enfermero de guardia. Con frecuencia, cuando ya estamos ambos abrochados y listos para arrancar, es casi la hora de cenar.

Hoy también ocurre de ese modo. Mientras atravesamos las carreteras solitarias, rodeadas de campos verdes y dorados y un par de huertos pequeños, solo se oyen las ruedas rozando contra el pavimento, los gruñidos de nuestros estómagos y la música de los Sex Pistols.

Cuando ya nos adentramos en la ciudad, Tayo, que bajo la luz blanquecina de las farolas parece muy pálido y ojeroso, se vuelve hacia mí y me dice:

—La doctora Roberts me ha hablado de este sitio... lo cubre el NHS,[13] así que no tendríamos que pagar nada. Es una

13. NHS: Servicio Nacional de Salud del Reino Unido.

especie de... bueno, es una clínica para pacientes de ataxia en Sheffield.

Quiero parar. Necesito parar. Todos los semáforos arrojan chorros de luz verde sobre nosotros, de modo que intento concentrarme en otras cosas. Los escaparates de las tiendas. Los niños que caminan de las manos de sus madres. Las señales de tráfico. Los coches.

No quiero escuchar.

—Ofrecen fisioterapia, además de un foniatra y terapia ocupacional. Todos los pacientes tienen ataxia, así que estaría bien atendido. Ya sabes, por especialistas, y podría venir a casa los fines de semana.

—Sheffield está a tres horas y media —es todo lo que consigo mascullar.

Tayo, que ahora tiene la mirada fija en las farolas que vamos dejando atrás, tuerce el labio.

—Sé a cuánto está Sheffield. Pero será mucho más sencillo para todos. Tú podrás ir a todas tus clases, y aprobarás todas a la primera, y papá podrá terminar su tesis y, bueno, la vida seguirá rodando.

—Pero me gusta la vida que llevamos ahora —protesto, notando cómo me arden la nariz y la garganta—. Es una buena vida.

Las lágrimas crean una película borrosa que me impide ver el tráfico con precisión. Parpadeo. Tayo, con suma lentitud, extiende su mano hasta alcanzar la mía, que se aferra a la palanca de cambio de marchas con fuerza.

—Sí, esto está bien, pero no va a ser siempre sí. Las cosas empeorarán progresivamente.

—Pero de momento podemos manejarlo. Podría pasar mucho tiempo hasta que... podríamos planteárnoslo entonces, pero ahora nos va bien.

El índice de Tayo recorre mis nudillos uno a uno hasta que relajo los músculos de la mano.

—Vamos, Momo, tú siempre has sido la de los planes y las listas… siempre diréis que podéis manejarlo, incluso cuando no sea así. Venga, es lo mejor.

—¿Lo mejor para quién? ¿A qué viene todo esto? ¿Es por mí? ¿Es por…?

—Es por mí —afirma Tayo antes de que yo pueda seguir—. Es una de las pocas cosas que puedo controlar y decidir ahora. Venga, todavía falta un poco para que papá y mamá lleguen a casa. ¿Por qué no vas al Blockbuster y alquilas una peli? Somos dos de sus… ¿Cinco, diez clientes? Tenemos que mantener el negocio. Mientras, yo pediré una *pizza*, ¿qué te parece? ¿Extra de *pepperoni*?

No digo nada, pero será así, como él quiera. Todo será así, aunque ansíe quitar el poder a los hechos y las certezas incalculables, todo será como Tayo quiera.

☆ ☆ ☆

La noche cae despacio. Hablamos frente al televisor apagado y los restos de *pizza* fría. O, más en concreto, son mamá y papá los que hablan. Papá es el que llora, y mamá la que ofrece soluciones (que no se diferencian mucho de las mías, porque tampoco hay demasiado que hacer en esta situación).

—Podemos contratar una enfermera.

Tayo responde al momento de manera automática y casi impersonal:

—¿Con qué dinero? Esas cosas no las cubre el NHS.

—¿Qué me dices de Trent? Es del barrio.

—Ya no. Además, tiene trabajo.

—¿Y el hermano de Jimmy? Podría cuidar de ti hasta que encontremos otra cosa. Está buscando trabajo.

Siento mi móvil vibrar en el bolsillo delantero izquierdo de mis pantalones, pero lo ignoro. Clavo los ojos en mamá, que juguetea con la cruz que le pende del cuello.

—Mamá, Brandon Wint es un alcohólico.

—Se está rehabilitando. Me lo ha contado su madre. Va a reuniones todos los martes y hace trabajo comunitario. Hace meses que no bebe.

—Qué raro, porque juraría que fue él el que meó en nuestra entrada hace no mucho.

—Bueno, pues entonces…

Un crujido. Papá se levanta, haciendo chirriar las patas de su taburete contra las tablillas del suelo, y tantea el escritorio hasta encontrar una cajetilla de cigarrillos casi intacta.

—No es algo que tengamos que pensar ahora —dice suavemente, sosteniendo un pitillo apagado entre los dedos, y después lo repite más alto—. No es algo que tengamos que pensar ahora. El instituto y la universidad están de vacaciones. Yo tengo todo el día libre, y Amoke podrá ayudarme de vez en cuando.

—Tengo las tardes libres —aseguro, y mis palabras se solapan con las de papá.

Tayo, sin embargo, niega con la cabeza de manera rápida y concisa.

—Tienes que salir. No puedes vivir entre nuestra casa y la de Miss Wonnacott.

—¿Por qué no? Salgo los domingos. Es suficiente. Para mí es suficiente.

☆ ☆ ☆

La conversación continúa, entre mamá y papá y mediante susurros sibilantes, mucho después de que Tayo y yo nos hayamos ido a la cama. La hora mágica viene y va. Las paredes de mi habitación pasan del violeta al azul cobalto y al negro hasta que la oscuridad parece contener también las preocupaciones de mis padres.

Compruebo la hora en mi móvil. Van a dar las cuatro menos cuarto de la madrugada. Tengo varios mensajes de Ofelia.

No quiero responderle ahora y despertarla, pero abro sus mensajes de todos modos. El primero es una foto de ella y de su hermano en el aeropuerto de Heathrow.

> Adivina quién ha venido por Janucá 😄
> ¿Puede sobrevivir Miss Wonnacott sin mí?

¿Y yo?

La pregunta resuena una, dos, tres, un centenar de veces en mi cabeza. ¿Y yo? ¿He podido sobrevivir sin ti?

«Por favor, no te canses de mí», me gustaría decirle. Es algo que pasa a menudo. Las conversaciones se hacen más cortas. Las salidas, menos frecuentes. El cariño palidece hasta convertirse en un animalito pobre y desnutrido. La gente no permanece en mi vida, y no sé si es culpa mía, así que, por favor, no te canses de mí.

OFELIA

-capítulo 34-
PARA BELLUM

El dormitorio de Harlon ha vuelto a convertirse en la habitación de invitados. En el día que hemos pasado en Londres para buscar a Lisandro al aeropuerto, Harlon se ha ido, simple y llanamente, como un huésped que finaliza su estancia en una pensión.

Mientras papá y Lisandro se dirigen al piso superior, envueltos en el estruendo de las maletas y el crujido de los escalones, llamo a Harlon en voz alta.

Silencio. Mi propia voz me responde con un eco fantasmal.

Busco en cada rincón de su cuarto (ahora habitación de invitados), y en el baño y en la cocina, e incluso en el pequeño armario de las toallas, como si fuésemos dos niños jugando al escondite. Solo que Harlon no está aquí, y me doy cuenta enseguida, porque allá donde él va hay ruido y ahora solo puedo oír a papá y a Lisandro en el salón, hablando por teléfono con mamá, diciéndole que hemos llegado a casa y estamos bien.

Aprovechando la distracción, salgo al jardín trasero, pero este, desde luego, está desierto. Con una ráfaga de viento, la pelota de *swingball* gira alrededor del poste al que está atada, y hace un sonidito que por un momento me recuerda a la risa boba de Harlon.

El tontorrón de Harlon Brae.

Con ojos y pelo de otoño.

Muerto.

Me siento en el banco y apoyo el mentón en las rodillas, observando cómo la pelota amarilla gira y gira y gira, y calculando los minutos (menos de cinco) que faltan para que Lisandro repare en mi silencio. (Papá nunca lo haría, ¿verdad? Para papá un minuto en el que no parloteo es un minuto dorado.)

Harlon y yo nunca hablamos de lo que pasaría cuando tuviera que marcharse. A decir verdad, nunca consideramos siquiera la idea de que tuviera que irse. Me lo había explicado muchas veces. Había muerto tan repentina y violentamente que su alma se despegó de su cuerpo de cuajo, sin darle tiempo a procesar lo que había pasado (una bomba, su carne convertida en una bruma de polvo rosa), y por eso nunca dejó de considerar la Tierra como el lugar al que pertenece. Claro que podría haber mentido. Harlon era (es) un embustero de primera.

«A lo mejor ya no me necesita. A lo mejor ha pensado que no volvería y ha ido a buscar otra persona que pueda hablar con él.»

Por la mañana, antes de que vayamos al templo, me ofrezco a llevar los botes de mermelada a la oficina de Correos y aprovecho para buscar a Harlon en el campo de las liebres.

Siempre pensé que podría encontrarlo allí, rodeado de lilas y con liebres entre las manos, pero me doy de bruces con la nada. Solo el cielo rosa que empieza a cambiar de color está ahí para darme la bienvenida.

AMOKE

capítulo 35

LO QUE JIMMY DIJO

Aunque intento acallar sus voces con la música de los Sex Pistols, no puedo evitar oír a Jimmy y a Tayo hablar en el jardín. En realidad, a Tayo apenas puede oírsele. Es la voz de Jimmy la que se alza.

Si estiro el cuello puedo verlos, a Tayo sentado en el banco y a Jimmy en pie, hecho un ovillo de nervios y desesperación, dando vueltas en círculos y fumando un cigarrillo tras otro.

—¡Estás tocado del ala, eso es lo que pasa! —grita—. ¿Qué se te ha perdido a ti en Sheffield?

La voz de Tayo es suave, calmada, como una brisa ante la tempestad de Jimmy.

—Más o menos lo que se te ha perdido a ti en Londres.

—¡A la mierda! A otro perro con ese hueso. Tú sabes que yo no tenía una sola oportunidad aquí. Mi madre le consiente a Brandon todas sus gilipolleces, pero como yo me pase un poco de la raya... ¡Un día más en esa casa y me habrían echado a patadas! Ya ves que ni siquiera me han querido en Navidad.

—Tenías otra oportunidad. Podías haberte quedado. Aquí.

No sé qué es lo que ocurre porque no quiero mirar, pero oigo un estruendo que me recuerda mucho al sonido de un contenedor que se desploma.

—¡Ni de coña! ¿Aquí? ¿Sin trabajo y con mi padre a la vuelta de la esquina?

—¿Y qué clase de trabajo tienes en Londres? Esa ciudad es cara de la hostia, ¿cómo puedes pagar un piso allí?

No se oye nada. Las palabras flotan y se desvanecen en las páginas de mi libro de texto cuando poso los ojos sobre él, de modo que trato de concentrarme en la pantalla de mi móvil. Los nombres de los artistas. Las carátulas de los discos. Buscando la canción más ruidosa.

—Eso no es cosa tuya —dice Jimmy finalmente—. Si que tú te vayas a Sheffield no es cosa mía, entonces lo que yo haga en Londres no es cosa tuya. Siempre fuimos iguales. Siempre juntos. Tú con lo tuyo y yo con lo mío. Y mira, Tayo, yo no soy muy listo, pero aquí el que se está separando eres tú. Nos estás dando a todos de lado.

Al alzar la cabeza veo a Jimmy, que entra de nuevo en casa, y a Tayo, que intenta detenerlo agarrándolo de la muñeca.

—Vamos, tío, sabes que no puedo seguirte.

—Yo tampoco puedo seguirte a ti.

Y lo veo desaparecer tras el umbral de la puerta.

No puedo seguir aquí. No puedo seguir aquí.

Me levanto, tratando de poner mis cosas en orden, cuando lo veo. Está ahí, en mi libro de texto, justo debajo del título del capítulo quince.

John Michael Williams
John Michael Williams
John Michael Williams es mi nombre

Tiro la caja de modafinilo a la papelera.
Tengo que dormir.
Tengo que hablar con Ofelia enseguida.

☆ ☆ ☆

Reconozco a Lisandro Bachman al instante debido a las prótesis de su brazo izquierdo y de sus piernas. Está sentado en el bordillo frente a la sinagoga, jugando a la peonza con un par de niños.

—¡Oh, no, mi garfio! —exclama mientras se quita la prótesis del brazo—. ¿Qué voy a hacer sin mi garfio? Veamos, ¿quién de vosotros es lo suficientemente pirata para derrotar a Peter Pan por mí?

Pienso en acercarme a él y preguntarle por su hermana cuando las puertas del templo se abren y sale Ofelia, con las mejillas encendidas y la frente perlada de sudor.

Corre. Corre y no nos dirige una mirada ni a Lisandro ni a mí.

Lisandro se pone en pie y la llama, pero ella no contesta.

—Y por eso mi padre dice que nunca encontrará marido. —Suspira y se sienta, con gran dificultad, de nuevo entre los niños.

OFELIA

-capítulo 36-
EL AVIADOR

Esther, sentada a mi lado en el templo, me abanica con su mano derecha mientras recitamos la oración de la primera noche de Janucá. El único foco de luz, además de las ventanas, proviene de la vela encendida de la menorá, por lo que estamos rezando en una penumbra de sombras naranjas.

Todo el mundo está abrigado con sus chaquetones y sus gruesos jerséis de cuello alto, pero yo siento un calor inexplicable que solo puedo atribuir a Harlon, pero Harlon no está aquí.

—*Baruch Atah Adonai Elohenu Melech Haolam sheasa nisim laavotenu bayamim hahem bizman hazeh…*[14]

Las últimas sílabas del segundo verso de la oración todavía no han abandonado mis labios cuando lo veo. Hay un chico al otro lado de la ventana que parece llevar las postre-

---

14. Bendito eres Tú, Señor nuestro Dios, Rey del Universo, quien obró milagros para nuestros antepasados en aquellos tiempos, por esta época.

ras hojas de otoño en su pelo y que camina, desgarbado y sin rumbo, calle abajo. Junto a él la luz parece concentrarse de forma distinta... ¿Harlon?

—Tengo que salir un momento afuera —le susurro a Esther, que me responde alzando las cejas y asintiendo levemente.

Siento la pesada mirada de papá sobre mí mientras salgo, pero echo a correr de todos modos. Atravieso las puertas del templo y Lisandro, que había sacado a los hermanos de Esther para entretenerlos durante la ceremonia, me llama. No me vuelvo. Harlon se aleja, y su silueta cada vez se parece más a un montoncito de cenizas en el horizonte.

Corro. Solo sé que corro, atravesando calles que desconozco y luchando por respirar con normalidad. De vez en cuando veo una brizna de amarillo rojizo (como las últimas hojas de otoño) o el perfil recortado de un muchacho delgaducho, y sé que Harlon está aquí y que debo continuar.

—¡Harlon! ¡Harlon Brae! ¡Espérame, tontorrón!

Lo pierdo por un momento. La calle ante mí es gris y en ella la luz entra a raudales con facilidad. Pero entonces, en una esquina, arrinconado y casi olvidado, veo algo. Otoño.

¡Harlon!

Entro en el parque de la avenida principal. Aunque ya ha anochecido, todavía hay gente (familias que vuelven a sus casas, niños en una última pelea de bolas de nieve, parejas apurando sus bebidas calientes para llevar). Sin embargo, la sombra de Harlon me lleva a una parte algo más retirada del parque, cerca del mirador, donde la espesa vegetación (ahora espolvoreada de blanco) nos oculta.

—Harlon... —jadeo, pasándome una mano por el pelo.

El muchacho se da la vuelta y parpadea.

No es Harlon.

Tiene el pelo de hojas y los andares desgarbados, pero sus ojos son noche y no otoño. Es más alto y tiene los labios más gruesos. La piel más morena. La nariz más grande.

No es Harlon, pero la luz se concentra de una manera especial a su alrededor. Lleva un sombrero y un uniforme de piloto, y parece asustado y perdido.

—¿Cricket?

La pregunta se esfuma de mis labios como el vaho. El joven piloto alza las cejas, y su cuerpo enjuto se ve sacudido por un temblor.

—¿Conoces a mi hermano?

Su voz parece llegar desde muy muy lejos.

—¿Birdy? ¿Birdy Williams?

Todo el cuerpo del piloto parece descender y empequeñecerse al oírme, y entonces reparo en lo sucia que está su cara. En lo viejo y harapiento que tiene el uniforme. En cómo todo él se vuelve más traslúcido a cada segundo, como si amenazase con desaparecer.

—Hacía mucho tiempo que no oía ese nombre. Vas a tener que disculparme, pero no te recuerdo. La guerra… hay cosas que no… que no… —Niega con la cabeza—. ¿Eres uno de los muchachos de la fábrica? ¿O de mi compañía? Me resultas familiar…

Se deja caer sobre la nieve, la cabeza contra las rodillas y las palmas en el cuello. Me siento a su lado. Al pasar una mano por su espalda noto que su piel es tan cálida al tacto como la de Harlon.

—Creo que no nos conocemos, pero he oído hablar de ti y de Cricket. Me llamo Ofelia.

—Ofelia… —repite, y sus ojos cenagosos se posan en los míos—. Es tu mirada. La he visto muchas veces en otra persona, pero el caso es que no logro recordar… —Otra sacudida de cabeza—. ¿Eres de Holyhead?

—Vivo en Holyhead.

—¿Conoces a mi hermano Cricket? Es más o menos de tu edad. Trabaja en la fábrica del señor Wonnacott. Es repartidor...

—No lo conozco personalmente —le digo con suavidad.

Quiero explicarme, hablar con él, pero ¿qué podría decirle? Estáis muertos, Cricket y tú. Han pasado muchos muchos años. La guerra ha terminado, ¿ves? Y de la fábrica del señor Wonnacott ya no queda nada...

—Tengo que encontrar a Cricket —dice de pronto, y sus palabras parecen empujarse las unas a las otras para salir—. Tengo que hablar con él. Va a cometer un error terrible. Voy a cometer un error terrible... Cricket...

Se ha puesto en pie y da vueltas en círculos, los puños golpeando sus pantorrillas y su piel más roja y sudorosa que nunca.

Él no sabe que está muerto. ¿Y qué diferencia habría si lo supiese? Me levanto despacio, doy un par de pasos hacia él (sus pies no dejan huellas en la nieve) y le toco levemente el hombro.

—Birdy, Cricket estará bien —le aseguro—. Conozco a Ginnie Wonnacott. Ella le dirá a tu hermano lo que quieras. Él estará a salvo.

—Ginnie Wonnacott... —Birdy se humedece los labios—. Sí, dile a Ginnie... dile que no le permita que lo haga.

—¿El qué?

—Dile que no... que no puede hacerlo.

—Pero ¿hacer el qué, Birdy?

El muchacho niega con la cabeza. Sus ojos, de un ardiente castaño, brillan con las lágrimas.

—Dile que todo lo que he visto... todo lo que he vivido...

hay monstruos ahí fuera.

Puedo ver la nieve a través de su cuerpo, y los árboles y los últimos pájaros del invierno. Se está desvaneciendo, consumiéndose como una vela que se apaga.

—Ruido… —susurra, y su voz se camufla con el ulular del viento y el rugido de los coches—. No se puede dormir. El cielo blanco se tiñe de sangre. Imágenes… que no… —Tuerce el gesto—. No puede irse. He visto tanta muerte… empieza con fuego y termina con hielo. No puede irse…

Lo único que logro ver ya es una sombra rojiza (su pelo), la huella borrosa de su cuerpo y sus ojos, tan negros y brillantes como dos gotas de tinta china.

—Se lo diré —afirmo—. Te lo prometo.

Creo que sonríe. No podría decirlo. La luz a su alrededor es del plateado de la luna y el amarillo de las farolas, y ya no hay nada que pueda detenerla, porque Birdy Williams ha desaparecido.

Monstruos.

Ruido.

Sangre.

Muerte.

Fuego y hielo.

La guerra.

Creo que ya sé cómo terminará esta historia.

En los ojos de barro de Birdy, en el momento inmediatamente anterior a que desaparecieran junto a todo lo demás, vi muchas cosas, que se reducen a una:

Una fractura en el centro del mundo.

Por ella se desploman las personas.

Las que viven.

Las que mueren.

Y las llamas.

Las balas.
Cenizas.
La guerra.

AMOKE

-capítulo 37-
JOHN MICHAEL WILLIAMS

Encuentro a Ofelia en el parque de la avenida principal, sentada en el respaldo de un banco espolvoreado de nieve, con un ojo en sus zapatos y otro en la nada. Creo que no me ve, así que la llamo.

Levanta la cabeza. Tiembla y se muerde el labio inferior y, finalmente, sonríe.

—¡Amoke! Precisamente quería hablar contigo.

No sé por qué, todas sus palabras parecen una bienvenida.

—Y yo contigo —digo, dejándome caer a su lado—. Vamos a tener que hacerlo por turnos, ¿eh?

Pero Ofelia no me contesta. Tiene los labios arqueados en algo muy parecido a una sonrisa y los ojos oscuros y fijos en ningún punto en particular del horizonte blanco. Mueve las manos. Está nerviosa.

—Amoke, ¿tú confías en mí?

La miro. Tiene las mejillas del color de las manzanas maduras, y un brillo peligroso en la mirada.

—Ya sabes que sí. Eres mi mejor amiga.

«Mejor amiga.» Suena infantil y ñoño incluso en mi cabeza, como esas fiestas de cumpleaños rosas con gorritos de papel y confeti. Pero Ofelia se vuelve y dice:

—Tú también eres mi mejor amiga ahora. Si te cuento algo y te juro que no miento, ¿me creerás?

—S... sí.

—¿Aunque sea una locura?

—A estas alturas estoy acostumbrada a las locuras.

Ofelia asiente con la cabeza.

—Bien —dice, hurgando en su bolso de mensajero—. Te mostraré algo.

Cuando abre la palma, en ella hay un chico. Un avión. Una cita del Libro de Ruth de la Biblia.

—Había una vez un piloto —comienza, y su voz suena a fantasía y a sueño— que murió en una guerra. Ese piloto tenía un hermano, al que todos llamaban Cricket...

Cuando Ofelia habla, sus palabras son brujería y hechizo. Veo imágenes inconexas de Virginia Wonnacott, tan escuálida y débil, susurrando historias con extrema parsimonia; muchachos que cazan liebres y a quienes la luz del sol no se atreve a tocar; jóvenes pilotos que sangran y buscan y mueren cada segundo de cada día desde que terminó la guerra.

Fantasmas.

Sombras.

Muerte.

Cuando Ofelia termina, me sorprendo de lo pesado que es el silencio. De cómo cae sobre nosotras como la nieve y nos impide respirar.

—¿Crees que estoy loca?

Su voz es un hilo muy fino.

Pienso en la caja de neuroestimulantes que he tirado esta misma tarde a la basura, pero también en los garabatos en mi bloc de notas y en mi libro de texto, que

(no puedo negarlo)

están escritos con la misma letra que la fotografía de Ofelia.

—No —digo al fin, y yo hablo también.

De la melancolía de Virginia Wonnacott, y de los ruidos, y de un mismo nombre repetido millares de veces: John Michael Williams.

—Sé dónde está Cricket. Quizá podríamos ir a verlo hoy.

Ofelia sonríe.

—Me encantaría.

☆ ☆ ☆

La tumba sigue allí mismo, donde la dejé la última vez, tan pequeña, maltrecha y olvidada como en otoño. Bajo la nieve apenas se la ve, y son estos mismos copos los que tapan el nombre de Cricket. Las flores, que yacen al pie de la lápida, parecen el esqueleto de algún animal salvaje.

—Al fin nos vemos, Cricket —susurra Ofelia, que limpia la piedra con el antebrazo.

Me doy cuenta enseguida. Veréis, puedo notar con suma facilidad cuándo algo no está en su sitio, o cuándo algo se ha roto (aunque no lo parezca a simple vista), o cuándo, como en este caso, algo ha sido añadido. Porque ahora en la lápida hay algo que no estaba antes. Un nombre.

«John Michael Williams, nuestro Cricket, que bendijo esta Tierra hasta que el Salvador lo llamó de nuevo a su lado.»

—No hay fechas —dice Ofelia, moviendo la cabeza con mucha pena—. ¿Y esto? —Saca una notita de entre las flores cubiertas de blanco—. Mira, Amoke, es… es otra cita del Libro de Ruth: «No me llaméis más Noemí (mi dulzura), llamadme Mará (amargura), porque de amargura me ha llenado el Señor».

Se sienta en la nieve, la espalda contra la tumba de Cricket y la página de la Biblia temblando entre sus dedos. Me siento a su lado, observando el cielo oscuro oscuro oscuro que cae sobre nosotras como un manto.

—Se cambió el nombre —musita Ofelia, y no parece que esté hablando conmigo—. Antes a Virginia Wonnacott la llamaban Ginnie. Siempre creí que había sido solo un diminutivo cariñoso, pero ¿y si se negó a que nadie más la llamase así después de que Cricket muriese?

—Pero no sabemos cuándo murió…

—¡Claro que sí! Birdy dijo que iba a cometer un error. Y ya has visto la fotografía. Debió de morir en la guerra…

☆　☆　☆

Subimos al monte Mynydd Twr, donde todo está tan oscuro y quieto, y hablamos. En realidad, es Ofelia la que habla, y después se disculpa por hablar tanto, pero enseguida se le olvida (o deja de importarle) y vuelve a hablar. Yo contemplo la espesura negra y las estrellas y los planetas, que parecen colisionar por encima de nosotras, y dudo.

¿Qué vamos a hacer ahora con toda esta información? ¿Cómo vamos a continuar con nuestras vidas normales, escuchando música y charlando en el tranvía y escribiéndonos *post-its* y cartitas en casa de Virginia Wonnacott, ahora que la locura se ha adueñado de nosotras?

Pero entonces miro a Ofelia y veo certeza en sus ojos y sé. Sé que todo, de una manera u otra, irá bien.

—Cuando era pequeña no me daba cuenta de lo que pasaba en casa —dice—, pero el año pasado, cuando nos llamaron del hospital, pensé que si Lisandro se moría mis padres perderían una pieza. Porque tenían dos hijos, los dos con nombres de Shakespeare. Una de *Hamlet* y otro de *Sueño de una noche de verano.* Y si les faltaba uno, pues perdían una pieza del juego. Y en ese momento pensé que probablemente sería la pieza más importante, porque yo no he hecho nada en la vida, y tampoco tengo un propósito ni un plan ni nada, y lo único que recordarían de mí si me moría era que hablaba en los momentos menos apropiados y que los avergonzaba con mis excentricidades. Pero, si perdían a Lisandro, la cosa era distinta.

—Lisandro tiene doce años más que tú. Te lleva ventaja.

Ofelia niega con la cabeza.

—Siempre ha sido así. Siempre da la sensación de que tiene un gran plan oculto, y de que en cualquier momento se irá a hacer cosas maravillosas…

Su voz se va apagando poco a poco, como si no supiese terminar la frase y optase por dejarla inconclusa. Está brillando. Bajo la luz plateada de la luna y las estrellas, parece brillar.

—Pues a mí esa descripción me ha sonado mucho a Ofelia.

—Gracias —dice, y siento su mano cálida y temblorosa apretar la mía—. Es la primera vez que tengo una mejor amiga, ¿sabes?

—¡Imposible! La gente como tú tiene millares.

—Claro que no.

—Pero si se te da de maravilla hablar con la gente y cosas así. Cada vez que yo lo intento, acabo sudando o sonrojándome o tartamudeando.

—Me había dado cuenta. —Sonríe, y su mano aprieta más la mía—. No lo sé, para mí es fácil, a fin de cuentas son tonterías, ¿no? Pero hablar de estas cosas, de Lisandro y de mis padres y de todo lo demás… normalmente me siento tonta e infantil cuando lo hago.

—¿Y ahora no?

—Por supuesto que no. Ahora estás tú. Por eso eres mi mejor amiga.

«Mejor amiga.» En ella no suena bobo y vergonzoso. En ella suena como una promesa.

«¿Por qué me has elegido?», me gustaría preguntarle.

—Si te sirve de consuelo —le digo—, yo tampoco había tenido una mejor amiga antes. Bueno, está Tayo…

La última sílaba se rompe. Por un momento extremadamente ridículo, pienso que Virginia Wonnacott habría dicho que «cayó al suelo». Creo que me sorprende tanto a mí como le sorprende a Ofelia, porque estoy llorando. No llorando simplemente, sino llorando como cuando eres una niña, hasta que la garganta se te queda rosa e hinchada, y te pican los ojos y la nariz.

No recuerdo haber llorado así desde que el médico nos confirmó el diagnóstico de Tayo.

Pero ahora está la clínica de Sheffield.

Jimmy, que nunca se rinde, viviendo en nuestro salón y rindiéndose.

El futuro que ya no tiene mucho sentido.

Ofelia me abraza. Su pelo huele a miel y a manzanas y a sueño, y sus manos parecen tan pequeñas; me hacen cosquillas en la espalda.

«Sé lo que es», podría haber dicho. O, tal vez, esas palabras maternales susurradas al borde de la cuna: «Ya está, ya pasó, todo irá bien». Pero no dice nada, y en un segundo el silencio deja de ser pesado. El silencio ahora es suave y dulce e íntimo; es verano y amarillo en lo más crudo del invierno.

—Estoy aquí —creo oír, pero tan bajito tan bajito que podrían haber sido solo el viento o mi imaginación—. Estoy aquí. Estamos aquí.

—Lo sé. Ojalá nos hubiéramos conocido antes.

Antes de la enfermedad de Tayo.

De la sobredosis de Lisandro.

Antes con mayúscula, cuando todavía existía algún refugio donde el dolor no se atrevía a entrar.

Creo que, de algún modo, Ofelia comprende lo que quiero decir.

Me da un beso. Es un beso pequeño en la mejilla, lo suficientemente alejado de la comisura de los labios para resultar inofensivo y lo suficientemente cerca para que las estrellas y la luna y la noche palidezcan y se vuelvan personajes secundarios. Cuando Ofelia me besa, y sus pestañas y la punta de su nariz me acarician, es como si una mariposa se posase en mi piel.

—Ven —le digo, apretando más su mano contra la mía—. Te mostraré algo.

OFELIA

-capítulo 38-
LO QUE AMOKE ME ENSEÑÓ

Siento cosquillas en los labios, del tipo que te atormentan tras una inyección de anestesia en el dentista, pero es agradable.

—Tú me has dado el planetario Bachman-Brae, y la playa de Aberdovey, y todos esos sitios de la biografía de Virginia Wonnacott —dice mientras caminamos, partiendo capas de oscuridad y frío con nuestros cuerpos—. Pero yo también tengo algo. Nos lo enseñó Jimmy Race a Tayo y a mí hace un par de años, un poco antes de que empezaran a salir...

Aunque Amoke no tiene, ni de lejos, el talento narrativo de Virginia Wonnacott, cuando habla puedo escuchar, por este orden:

1) La voz de Jimmy Race, rasgada y con un punto de entusiasmo chispeante, exclamando: «¡He aquí! Es la cripta. Me trajo mi hermano hace la polla de años. Solo tienes que forzar un poquito la reja... o, bueno, un muchito, y... ¡patapá!».

2) La réplica escéptica de Amoke, toda ceños fruncidos y ojos en blanco: «¿Estás seguro de que es una cripta? Porque no parece el lugar más apropiado para una. Creo que es un túnel subterráneo, como esos que se construyen en las guerras».

3) Tayo, conciliador, que se da una palmadita en las pantorrillas (por aquel entonces perfectamente sanas y sin rastro de las secuelas de la ataxia) y sisea: «¿Cuándo se libró la última guerra justo aquí, en Holyhead?».

Al final del día, da igual que sea una cripta, un túnel subterráneo o un escondite secreto, porque estamos aquí. Amoke fuerza un poquito (bueno, un muchito) la reja. Espeso olor a moho y a humedad, y luego... pasadizos y pasadizos de piedra y musgo, conectados entre sí mediante arcos y ventanucos.

Caminamos a través de ellos, la una cogiendo la mano de la otra, iluminadas por las linternas de nuestros móviles, y no paramos hasta llegar al centro. Un tenue foco de luz dibuja un círculo en el suelo de tierra. Puesto que el túnel está abierto en este punto, si levantamos la cabeza podemos ver un pedacito de cielo. Es como estar en el interior de un pozo muy amplio y muy profundo, y es aquí donde Amoke dice:

—Tayo se va. A una clínica para enfermos de ataxia en Sheffield.

Quiero decirle algo, muchas cosas, hasta que se me seque la boca y la lengua, rasposa, se me pegue al paladar, pero es ella la que habla. Las palabras salen una a una de sus labios como los soldados de un ejército orgulloso. Sin pausas. Sin titubeos. Adelante, adelante, adelante, a pesar del dolor.

—He pensado muchas veces en lo que pasaría cuando se fuera. Claro que esto no es definitivo, y sé que voy a poder seguir viéndolo, pero lo que no sé es qué quedará de mí cuando ya no tenga que cuidarlo. Voy a echar de menos tantas cosas… sus calcetines sucios; siempre anda en calcetines, en casa y en el jardín, e incluso ahora que no pasa mucho tiempo en pie tiene las suelas ennegrecidas. Y muchas otras cosas también. Escucharlo tocar el bajo y cantar, aunque ahora ya no lo haga muy a menudo. El modo en el que sus pecas, que solo se ven con la luz precisa, parecen arrugarse y juntarse unas con otras cuando sonríe. Encontrar huellas suyas por la casa (sus libros, sus discos, algún que otro bolígrafo), porque nunca recoge lo que revuelve en su vida. Y nuestras conversaciones. Y sus manos. Y el hecho de que sea mi hermano. Y Todo Él. Sé que esto no es definitivo, y sé que voy a poder seguir viéndolo, pero no quiero despertarme en una casa en la que no duerma Tayo. No sé qué voy a hacer con todo el tiempo que suelo llenar cuidando de Tayo y llevándolo a rehabilitación y estando con él. No me gusta cuando no puedo controlar las cosas y no sé qué hacer.

—Aventuras —susurro—. Puedes llenar todo ese tiempo de aventuras. Y podemos ir a visitarlo a Sheffield siempre que quieras.

Amoke baja la cabeza. Escondida entre la nube de pelo castaño y la constelación de pecas y el rubor de las mejillas hay una sonrisa.

El espacio entre nosotras parece estar cargado de electricidad estática.

—Cuando Lisandro se fue a Irak yo también lloré, pero mucho más. Es curioso, me hace pensar en una historia.

—¿Una historia?

—Ajá. La historia del día en que los relojes comenzaron a darse cuerda solos. Verás, había una vez una niña, que era pequeña y fea y no tenía nada de especial aparte de su hermano, que reía y saltaba y a los ojos de la niña era el Sol. Un día el hermano se fue a la guerra. La niña no sabía lo que era la guerra, pero sí que eso significaba que no volvería a ver a su hermano en mucho mucho tiempo, así que lloró. Y lloró y lloró y lloró hasta que se puso enferma, pero la guerra seguía sin devolverle a su hermano.

»La madre de la niña tenía una relojería. Allí, en el último estante (el más alto, el más olvidado, al que solo se podía acceder subiéndose a una escalera muy muy alta), se guardaban los relojes estropeados. Pues verás, cada día desde que su hermano se fue, la niña se subía a esa escalera tan tan alta y adelantaba todos los relojes parados un minuto. Y pasaron muchos muchos minutos. Uno tras otro, ante la sorpresa de la madre, hasta que la guerra se cansó de que jugasen con el tiempo y le devolvió su hermano a la niña. Claro que la guerra es tremendamente egoísta. Siempre se lleva algo, y en este caso se quedó con un poquito del hermano de la niña. En realidad, el hermano no volvió a casa entero. Volvieron tres cuartos de hermano, pero la niña había jugado tanto con el tiempo y había contado tantos minutos que sabía que, a veces, tres cuartos de hermano son mucho más maravillosos que un hermano entero.

AMOKE

-capítulo 39-
JÚPITER

Hablamos. Y hablamos y hablamos y hablamos. De cómo el mundo se colapsa y de cómo las constelaciones se abrazan las unas a las otras y de cómo los vacíos que los hermanos dejan atrás no pueden ser llenados ni con todas las palabras ni con todas las distracciones del universo.

—Ya me has mostrado otra cosa antes —me dice Ofelia—. Tu jardín. Tu familia. Son lo más fabuloso que he visto nunca.

Y:

—¿Cuándo es tu cumpleaños? Eres capricornio, ¿a qué sí?

—El diecinueve de enero.

—Así que el diecinueve, ¿eh? Lo sabía. Eso te hace un año y medio mayor que yo.

—¿Junio?

—El doce. Géminis.

«Soy casi tres años mayor que tú, ¿eh? ¿Debería sentirme rara por ello?», me había dicho Zannah. Me muerdo el labio inferior. Si los fantasmas realmente existen, solo los de los vivos tienen el poder de asustarme.

—No puedo creerme que creas en el horóscopo —le digo a Ofelia.

—No puedo creerme que tú no —replica ella, y su rodilla choca contra la mía.

Vemos a Júpiter aparecer y desaparecer rojo en el cielo y no decimos nada de ese beso en la mejilla porque el silencio habla por las dos.

OFELIA

-capítulo 40-
SACRILEGIO

«Amoke podría hacer arder Troya», pienso al darle otro beso de despedida en la mejilla. «Amoke podría hacer arder todas las Troyas del mundo y ni siquiera me importaría.»

Amoke podría convertirse en Helena de Troya, y podría ser Judith combatiendo contra generales para librar a su pueblo, y podría ser la sabia reina Cleopatra y Débora entre los jueces de Israel en el espacio de tiempo que dura un beso en la mejilla.

AMOKE

-capítulo 41-
EN EL INVERNADERO

Todavía pienso en Ofelia y Júpiter apareciendo y desapareciendo rojo en el cielo y en el beso lo suficientemente cerca de las comisuras mientras viajo en tranvía (sola) a casa de Virginia Wonnacott.

Un beso en la mejilla no es gran cosa. Un gesto completamente rutinario y natural. Le habrá dado cientos a Lisandro, y a sus padres también, y puede que también a Esther Loewy y al resto de sus amigos. Comparados con ellos, yo he recibido muchos menos besos de Ofelia. Las amigas, a fin de cuentas, se besan todo el tiempo, y sin embargo ese gesto que para ella es rutinario y natural para mí ha sido como un fogonazo de luz en la oscuridad.

Cuando llego a casa de Virginia Wonnacott, me siento ante mi escritorio y comienzo a pasar cartas a limpio y a contestar llamadas de teléfono y (esta es una nueva tarea) a contestar *emails*.

El ruido en casa de Virginia Wonnacott es constante y puede dividirse en distintas capas. Por orden de aparición:

1) Risas de niños, probablemente del pueblo.
2) Retazos de conversaciones (¿de Eliza?).
3) La silla de Virginia Wonnacott.
4) Golpeteos y silbidos (siempre van de la mano).

No creo en fantasmas ni en ningún tipo de aparición paranormal, pero creo en Ofelia, y si Ofelia me dicho que ha visto a Birdy Williams (que está muerto) es porque ha visto a Birdy Williams (aunque esté muerto).

Estoy pensando en esto cuando oigo un quinto ruido, tan familiar y común que al principio no le doy la más mínima importancia, pero entonces recuerdo un pequeño detalle: Ofelia no está aquí. Si Ofelia no está, no debería oír las teclas de un ordenador siendo pulsadas.

Al levantar la cabeza ahí lo veo, tan claro y real como mi propia mano o como la nieve que se amontona en la repisa de la ventana o como el fuego que arde en la chimenea. Seis palabras escritas en el cuerpo de un nuevo correo electrónico sin asunto ni remitente.

John Michael Williams es mi nombre

Veo cómo las teclas del portátil descienden, una a una, vacilantes, y cómo bajo esas seis palabras aparece otra más. Una sola, repetida cientos de veces. Una palabra que no está en inglés ni en galés y que yo no comprendo.

Nephesh
Nephesh

Nephesh
Nephesh
Nephesh
Nephesh
Nephesh
Nephesh
Nephesh
Nephesh
Nephesh

Cierro la tapa del portátil antes de que esa única palabra siga multiplicándose, pienso una excusa lo suficientemente buena y voy a buscar a Miss Wonnacott.

La encuentro en la parte de atrás, en el invernadero, cuidando las flores. A pesar de que está confinada a la silla de ruedas y a pesar de que sus movimientos son torpes e imprecisos, Miss Wonnacott atiende su jardín. Las flores. Las plantas. Del resto (del trabajo duro) debe de ocuparse un jardinero, aunque jamás lo he visto.

—Quieres saber cómo es el final —sentencia sin darse la vuelta. Ha debido de oír la puerta de cristal crujir cuando he entrado—. Esto es parte del final, Amoke Enilo. Las flores crecen y se marchitan. No somos mejores que ellas.

Podría hablarle de John Michael Williams (su Cricket) y de los ruidos y de Birdy Williams perdido en un parque de la avenida principal y de las teclas de su portátil bajando y de una sola palabra repetida millares de veces en un correo sin asunto ni remitente. Ya estoy formulando en mi cabeza cómo abordar el asunto, cuando de mis labios sale algo muy distinto. Algo que no había planeado.

—¿Cómo fue… en el hospital?

Hace girar la silla en mi dirección. En la distancia, con su largo pelo plateado y rodeada de rosas y orquídeas, Miss Wonnacott parece una reina Titania avejentada.

—Muy limpio. A ti te gustaría. Ordenado. Las medicinas, a una hora; los ejercicios, a otra. A mí también me gustaba. Conoces a enfermos con tu misma dolencia. Unos viven y otros mueren.

No sé qué lee Virginia Wonnacott en mi rostro, pero el suyo se contrae cuando agrega:

—Todos nos morimos, niña. No nos gusta pensar en ello, pero cientos, miles de cosas pueden acabar con nosotros. Somos animales frágiles. Cada día muere gente. Enfermedades, accidentes, pasiones. No pertenecemos a este lugar. A fin de cuentas, no se nos concede el lujo de decidir no irnos, ¿verdad?

Se baja las gafas de media luna. Su pecho silba y bufa.

—Pero siempre se nos olvida un pequeño detalle: siempre podemos decidir cuándo nos vamos. No nos gusta pensar en ello, naturalmente. La muerte es una cosa desagradable y putrefacta. O, al menos, eso es lo que dicen de ella. Para mí, y para todos los que vivieron en mi época, la muerte era una sombra conocida, casi amiga, que esperaba en los umbrales de las puertas. He visto muchas muertes, Amoke Enilo, y déjame que te diga que la muerte puede venir a por ti si la llamas. Todas las mañanas, todos los días, tomamos la decisión más valiente de todas: elegimos vivir.

»No me compadezcas. Y, ante todo, no compadezcas a tu hermano. Podríamos elegir morir si quisiéramos; hay muchas maneras. Pero elegimos estar aquí.

—Que tengamos la elección de morir no quita que no sea injusto que a unos les quede tan poco tiempo cuando a otros se les ha dado tanto.

Mi voz es débil; se dobla como una espiga bajo el viento. Sin embargo, el efecto de mis palabras en Virginia Wonnacott es notable. Primero parpadea, atónita, y luego, muy lentamente, entre temblores, sonríe.

—Todo se compensa —afirma secamente, volviendo la vista a sus rosas—. Yo vi a mi hermano morir a los treinta y siete años. Vi otras muertes, también. Vi cómo un amigo desaparecía en el fuego. Muchas vidas anónimas perdidas en la guerra. Vi cómo moría un muchachito no mucho mayor que tú, y vi cómo, a pesar de sus piernas temblorosas y sus ojos llorosos, saludó a la muerte como quien saluda a un viejo conocido. Tienes razón, todas esas muertes fueron injustas, pero hay un pequeño consuelo para todos los que nos quedamos aquí: es posible vivir con dolor, y es posible encontrar la felicidad en medio del dolor. Si no me crees, mírame: llevo más de setenta años dándome de bruces con ella en los lugares más insospechados.

☆ ☆ ☆

Mientras bajo la calle, veo a Ofelia en la puerta de mi casa. Bueno, para ser más precisos, sale de ella, y mi madre sonríe y les dice adiós a ella y a Lisandro, que tiene un pie en la calzada y otro en la carretera.

—¿Quieres ir a tomar un gofre? —dice Lisandro cuando mi madre cierra la puerta.

Ofelia, que hace equilibrismo en el pequeño muro que rodea los jardines de mi calle, responde:

—¿Eso es *kósher*?

A lo que Lisandro replica:

—¿Y tú eres *kósher*?

—Papá es *kósher*.

—Papá es *kósher* por recochineo. Es como si le dijese a mamá: «Mírame, me he quedado con mi religión judía y mis dos hijos judíos».

—Hijo y tres cuartos.

—Hijo y tres cuartos.

Me llevo dos dedos a la boca y silbo cuando Ofelia ya ha bajado del muro y no puede caerse.

—¿Qué haces por aquí? —le pregunto.

Ella se lleva las manos a los bolsillos de su peto vaquero.

—¿Y por qué no iba a venir por aquí? Estoy de vacaciones. He venido a ver a Tayo y a Jimmy. Y a tus padres, claro. Me caen bien.

—¿Has vuelto a ver a Harlon?

—No… —musita, y de pronto parece muy interesada en las gastadas puntas de sus zapatos tipo Oxford.

No me gusta verla así, y que todo lo que es en ella amarillo y vibrante y luminoso palidezca, de modo que pregunto:

—¿Os quedaréis a cenar?

Lisandro responde por ella.

—Segunda noche de Janucá.

—Ah, ya veo. Podéis quedaros un día a comer.

Ofelia sonríe. Se está enroscando un mechón del flequillo en el índice.

—Un día a comer suena fantástico. Hablamos, ¿vale?

—Claro —digo, y meto mi llave en la cerradura.

Antes de entrar oigo a Lisandro y a Ofelia gritar:

—¡Feliz Navidad!

Y mientras los veo bajar la calle (los dos con peto vaquero, los dos con gruesos jerséis de lana, los dos con abrigos de paño) pienso que, desde esta distancia, parecen los dos hijos de una familia normal y sin fisuras.

OFELIA

-capítulo 42-
PHOEBE

Miss Wonnacott no dice nada cuando llego a su casa el 3 de enero. No me pregunta por la Fiesta de las Luces[15] ni por mi hermano (que se abrazó a mí en el aeropuerto y me susurró al oído una sola palabra especial: «volveré») ni hace tampoco ninguna alusión al tiempo que ha pasado sin mí.

Me recibe con un seco:

—Tenemos mucho trabajo, señorita Bachman.

Y ni siquiera me da tiempo a hablarle de Cricket («John Michael Williams, John Michael Williams, John Michael Williams») o de Birdy, porque enseguida se coloca las gafas y comienza a perorar.

Phoebe

Phoebe era una muchacha extraña. Mi madre siempre lo había dicho, moviendo la cabeza con pesar, y mi padre siempre la había secun-

15. Janucá.

dado con un firme puñetazo a la mesa (o a cualquier otra superficie que estuviese a su alcance).

Phoebe era caprichosa. A Phoebe le gustaba hacer todo aquello que en el Holyhead de 1939 era considerado escandaloso (nadar desnuda con Birdy Williams era su mayor afición).

Phoebe tenía sus costumbres, que distaban singularmente de las costumbres de todos los demás, y todas ellas estaban encaminadas hacia un solo propósito: convertirla en el centro de atención.

Pero, ante todo, lo que hacía a Phoebe una muchacha realmente extraña era otra cosa. Algo prohibido, secreto, de lo que no estaba permitido hablar fuera de las paredes de nuestra casa. Phoebe sabía cosas, cosas que era imposible que llegase a deducir siquiera por sí misma, y Phoebe oía voces.

No eran voces conocidas las que Phoebe oía. Eran voces antiguas, venidas del pasado: fragmentos de conversaciones, algún que otro golpeteo, una risita.

–Suena como un enjambre de abejas –me dijo una vez sin mucho interés, pues Phoebe no era una persona a la que los hechos inusuales causasen una gran impresión–. Todas las voces a la vez, susurrando.

Casi todas las voces hablaban en inglés; unas pocas, en galés; las más raras, las más preciadas, en «el idioma de la Biblia», como había dicho Phoebe.

Solo una vez se le escapó a mi hermana una palabra en hebreo. Mi padre, que por entonces comenzaba a tener problemas para hablar, gritó y rugió como nunca antes había gritado y rugido.

Había un secreto. Un secreto que ni Phoebe ni yo ni nadie de fuera debía conocer. Algo que no estaba en su sitio. Un cuarto de nuestra sangre, aquel que correspondía a nuestra abuela materna, era sefardí.

Si bien mi padre no era una persona que aprobase el auge del nacionalsocialismo ni sus políticas racistas –de hecho, lo repudiaba–, era una persona rígida que pensaba que las familias británicas debían tener sangre británica y que las familias sefardíes debían tener sangre sefardí.

–¿Cómo puedes conocer tu sangre si no recuerdas a tus ancestros? –le había preguntado yo un día, pero él se había limitado a ignorarme.

Lo hacía a menudo.

Pero el caso es que llegó mi hermano y, con él, la actitud ya de por sí excéntrica de Phoebe cambió: Phoebe comenzó a ser cruel.

Durante los años en los que todo lo que quedaba de Saul eran sus cartas, Phoebe había actuado como si en realidad no hubiese tenido un mellizo. Aquellas valiosas cartas que mamá y yo leíamos con un fervor casi religioso le resultaban indiferentes. Con los años llegué a saber por qué. Phoebe no necesitaba las voces para intuir qué pasaba con Saul.

Y cuando Saul vino, con las campanas y las mareas, Phoebe volvió a ser una melliza de nuevo.

Mellizos. Siempre juntos. Siempre dos.

Pero ahora había algo más. Una mujer. Una hija. Phoebe era incapaz de imaginar que Saul pudiese mirar con más amor a otra mujer que no fuese ella, y de ahí brotó la raíz de su crueldad.

No dudo que Phoebe quisiese a Birdy (de hecho, sentía hacia él una pasión desenfrenada y casi primitiva), pero de lo que no estoy segura es de que Phoebe llegase a comprender alguna vez que las demás personas que poblaban su mundo también tenían sentimientos que podían ser dañados.

Dejó de verlo inmediatamente. De pronto quería pasar todas las horas, todos los minutos, todos los segundos con Saul.

Y si de vez en cuando se topaba con Birdy en las fiestas de sociedad (entre las excentricidades de mi hermana se encontraba colar a los muchachos del pueblo en las fiestas de sociedad), se burlaba de él. De su pelo. De sus ropas viejas. De su acento de aldeano.

Un instante después, cuando él se mostraba ofendido o herido, ella volvía con la mejor de sus sonrisas y lo besaba y abrazaba.

−Oh, ya sabes cómo soy −decía entonces−. Pero eres mi sueño. Y yo también soy tu sueño, ¿verdad? Ven, ven conmigo, vayamos a la playa...

Y entonces llegó la guerra.

Al pronunciar esta última frase, Miss Wonnacott se encoge en su silla de ruedas. Sus arrugas parecen más pronunciadas; los huesos de su pecho, que se ven a través de su camisa, más salientes. Aprieta los ojos. Traga saliva. Continúa.

Y entonces llegó la guerra.

Y, con la guerra, la compañía de Birdy marchó al frente.

Por aquel entonces Birdy y mi hermana llevaban casi una semana sin hablar, lo que un par de meses antes habría sido tomado como un milagro por la pobre y cansada señora Williams. Sin embargo, cuando el tren ya estaba a punto de ponerse en marcha, Phoebe apareció en la estación. Iba a buscar a su Birdy y, cuando lo encontró, lo besó y lo abrazó. Sabía qué decir. Era su magia.

–Vuelve a mí –le susurró, su pequeña nariz contra la del muchacho–. Vuelve a mí.

Y Birdy, el simplón, bueno y valiente de Birdy, se lo prometió. Birdy siempre volvía. Era su magia.

Sin embargo, la magia de Phoebe no incluía ser fiel. Lo intentó, no me cabe duda, pero la fidelidad, sencillamente, no se encontraba entre las virtudes de mi hermana.

Y el rechazo de Saul escocía, ya lo creo que sí.

Mellizos. Siempre juntos. Siempre dos. Pero ahora había una niña, y esa niña necesitaba cuidados.

Cada vez que Phoebe bajaba a ver a mi hermano con la excusa de ir a una fiesta o de jugar al tenis o de, simplemente, continuar con sus vidas donde las habían dejado, Saul tenía cosas más importantes que hacer. Enseñar a montar en bicicleta a su pequeña. Leerle cuentos a su pequeña. Ir a comprar vestidos y organizar pícnics y buscar los parques más bonitos y cuidados, todo para su pequeña.

Phoebe no pudo soportar el dolor, y lo que Phoebe hacía cuando las cosas no salían a su gusto era asegurarse de que nadie se olvidase de ella.

Comenzó a dejarse ver con hombres, en su mayor parte mucho mayores que ella y de la peor calaña. Fue de rata en rata, desde los simples advenedizos que buscaban su dinero a los simpatizantes confesos de los alemanes.

A Phoebe le ardía el silencio de Saul, pero, ante todo, lo que consumía por dentro a mi hermana era otra cosa. No podía comprender cómo Saul (su mellizo; siempre habían estado juntos; siempre habían sido dos) podía preferir la compañía de una niña con la que no com

Una figura en el rabillo de mi ojo izquierdo hace que mis manos queden inertes sobre el teclado del Mac. Porque al otro lado de la ventana, en el jardín trasero, hay dos personas jugando con la nieve. Una es pequeña y tiene la melena tan roja que parece una rosa entre tanta blancura. La otra, considerablemente más grande, tiene ojos y pelo de otoño… ¡Harlon!

—¿Te aburre mi historia, Ofelia Bachman? —pregunta Miss Wonnacott, arqueando su poblada ceja gris, mientras yo me pongo en pie.

Está muy claro, es él jugando con la niña del pueblo. Harlon. Harlon ha vuelto.

—Lo siento, Miss Wonnacott, pero va a tener que disculparme un momento —digo, y sin poner mucho cuidado corro hacia la puerta trasera.

Creo que tiro un jarrón al suelo, porque enseguida oigo el crac junto a las exclamaciones exasperadas de mi novelista favorita.

—¡Ofelia Bachman!

Están el uno junto al otro. La niña, con dos ramitas largas en la mano; Harlon, acuclillado, dándole los últimos retoques a un muñeco de nieve.

—Oh, no, querida, esos son muy largos —le dice Harlon a la niña—. ¿Quieres hacer un muñeco de nieve o una araña?

La pequeña ríe. Tiene el pelo espolvoreado de nieve y las manos y la punta de la nariz hinchados y enrojecidos.

—Oh, te he echado de menos, bobalicón.

—¡Yo también te he echado de menos! —grito, haciendo bocina con las manos, y me abalanzo sobre Harlon para abrazarlo.

Es él. Ha vuelto. Está cálido al tacto, y sus orejas se enrojecen, y es otoño y ruido y risa. Es Harlon.

—¿Dónde has estado? —le pregunto.

No me importa que Virginia Wonnacott pueda verme desde la biblioteca, ni que pueda oírme y pensar que estoy loca. Si quiere despedirme, adelante. Ni siquiera todas las palabras del mundo, tejidas con maestría por mi escritora predilecta, tienen más valor que encontrar a mi amigo.

Harlon se rasca la coronilla. Sus dedos están manchados de nieve.

—¿Qué quieres decir? He estado aquí mismo.

—¿Aquí? ¿En casa de Miss Wonnacott?

—No, aquí donde siempre. En Holyhead. En casa.

Doy un paso atrás. Oigo crujir la nieve.

—No. Llevas una semana fuera. Te he buscado por todas partes, incluso en el campo de las liebres, y no aparecías.

Harlon abre la boca. Cuando está confuso y no sabe qué decir, todos los músculos de su cara parecen poner-se de acuerdo para temblar. Mira a un lado. Al otro. Está asustado.

—¿Le pasa algo a tu amiga? —susurra la niña, tirando del deshilachado pantalón de Harlon.

—Oh, no. No, nada en absoluto. —Se arrodilla para que-dar a su altura—. ¿Por qué no vas al invernadero a coger un par de flores? Queremos que nuestro amigo —le da una pal-madita al muñeco de nieve— quede bien elegante, ¿verdad?

La niña le dedica un mohín.

—Ahora estás hablando como un adulto —bufa, pero se marcha igualmente, su pelo rojo meciéndose de izquierda a derecha con el viento.

—Puede verte —le digo a Harlon cuando la chiquilla ya ha desaparecido tras el umbral de la puerta de cristal.

El muchacho se encoge de hombros.

—Sí, y tú a ella.

Entonces lo comprendo. Esa niña no es como yo, sino como Harlon. Está muerta. Está muerta y no lo sabe.

Desde donde estamos, puedo verla como una sombra roja recogiendo las flores, y si me esfuerzo lo suficiente incluso puedo identificar de qué flores se trata. Azules y pequeñas, solo pueden ser campanillas.

Campanillas.

Cuando le pregunté si Miss Wonnacott estaba en casa, inmediatamente pensó en su madre y en lo enfadada que estaría.

Campanillas.

¿Y si ella, en vez de escuchar Miss Wonnacott, hubiese escuchado Mrs Wonnacott, es decir, la señora Wonnacott? ¿O si hubiese pensado en otra señorita Wonnacott?

Campanillas. Bluebell. Es Bluebell, que murió antes de cumplir diez años.

Harlon me saca de mi ensimismamiento.

—¿De verdad no me has visto en una semana? —inquiere con cautela.

—Bueno, sí... Pero ¡eso ahora no importa! ¡Estás aquí! Tengo tantas cosas que contarte... estarás en casa cuando yo llegue, ¿verdad?

—Sí. Sí, claro, siempre volveré.

—Bien —susurro, abrazándolo por última vez.

Mientras camino de vuelta a la biblioteca, me pregunto si Harlon habrá podido leer en mis ojos alguna súplica.

«Por favor, no desaparezcas más.»

-capítulo 43-
LA VERDAD

Miss Wonnacott no parece especialmente enfadada cuando regreso a la biblioteca, esparciendo por el suelo nieve y tierra. De hecho, apenas levanta una ceja. Está en la misma posición que la he dejado, con la diferencia de que ahora hay un libro en sus manos. No tardo en identificarlo, puesto que es mi favorito; es una primera edición en galés de *El mirlo de papel*, curiosamente el mismo ejemplar en el que encontré la fotografía de Cricket.

Cricket, que ahora tiene un nombre.

Trago saliva.

—Así que tú también los ves —comenta sin levantar los ojos de su libro—. Lo intuía.

Vuelvo a tragar saliva. Siento la boca seca y rasposa.

—¿Usted... usted también...?

Miss Wonnacott cierra el libro sobre sus piernas.

—Cariño, Phoebe no era la única rareza de nuestra familia. ¿Continuamos? Lamento tener que recordarte que mi tiempo se agota. Veamos, volvamos al punto donde nos habíamos quedado, estábamos hablando…

—La niña era Bluebell —afirmo; todavía estoy de pie y alejada del teclado—. ¿Y Harlon? ¿De qué lo conoce?

—No quieras llegar al final de una historia antes de tiempo, Ofelia Bachman. Un buen narrador jamás desvela demasiado cuando los nudos todavía están atados. ¿Continuamos, pues?

Me siento de nuevo en la silla, suspirando. En la pantalla del Mac veo mi reflejo, y es el de una muchacha enrojecida y sudorosa con el pelo, corto y enloquecido, pegado al cráneo.

—Sí, creo que ya sé —continúa Miss Wonnacott, más para ella que para mí—. Estaban Saul y su niña…

Nephesh.

La voz llega como un secreto susurrado a mi oído, y sé que Miss Wonnacott no puede oírla porque su expresión no se altera lo más mínimo.

Nephesh.

O bien no la oye o bien está muy muy acostumbrada a ella.

Nephesh.

—También he visto a Birdy. El otro día.

Con dos frases cortas, Miss Wonnacott deja caer su libro al suelo y me mira. De pronto parece muy muy muy vieja y cansada.

—¡Oh, Birdy! —exclama, tan alto que me da la sensación de que su pecho podría partirse en dos—. La guerra le rompió el corazón. Mi hermana solo terminó de hacer el trabajo. —Baja la cabeza—. Pero todavía no hemos llegado a esa parte de la historia, ¿verdad?

Y comienza de nuevo a narrar como si, en realidad, no hubiese pasado nada.

A Phoebe le ardía el silencio de Saul, pero, ante todo, lo que consumía por dentro a mi hermana era otra cosa. No podía comprender cómo Saul (su mellizo; siempre habían estado juntos; siempre habían sido dos) podía preferir la compañía de una niña con la que no compartía nada, ni siquiera la sangre, a la suya.

La niña no era de Saul. Todos lo supimos enseguida, porque, aunque flacucha y desnutrida, aquella era una pequeña de al menos seis años. Y Saul, que se había marchado en la oscura noche, solo había estado alejado de nosotros tres.

Para comprender mejor el modo en el que nuestras vidas se desarrollaron, es preciso introducir aquí un nuevo personaje. Espero que, como lector, no te moleste. En realidad ya hemos hablado de ella, incluso se ha dejado ver en alguna ocasión, pero nunca le hemos prestado la atención que se merece.

La mujer de mi hermano. Gus, la llamaba él, Gussy cuando se sentía especialmente juguetón. La reconocí enseguida cuando la vi: se trataba, sin duda alguna, de aquella muchacha que nos instó a luchar en la reunión de la Liga Escarlata.

Nada era normal en su presencia. Tenía la poderosa cualidad de alterar las rutinas de los demás. Veía belleza allí donde cualquier otro vería horrores, y sus ojos oscuros brillaban con el fantasma escurridizo del coraje.

Gussy no era norteamericana como habíamos creído. En la oscuridad, en silencio, me gustaba repetirme su nombre: Angustias. «¡Menuda maldición nada más nacer!», solía decir ella, riendo. Pero a mí, a pesar de su significado, me gustaba su nombre, y me gustaba cómo sonaba y cómo se deslizaba, esquivo, por nuestras bocas cuando intentábamos pronunciarlo. Angustias.

Con su rostro alargado y caballuno, sus labios demasiado finos, sus dientes grandes y su espalda corva, nadie podía afirmar que era una mujer hermosa. De hecho, todos teníamos que admitir (algunos con bastante pena) que se trataba de una persona excepcionalmente fea. Pero Gus, que lo sabía, llevaba su fealdad como una corona. Cualquiera que la observase diría que se sentía orgullosa de su cara y de la asimetría que la caracterizaba, y habría estado en lo cierto. La fealdad de Gus era la fuerza de Gus, su estandarte.

Viéndola pasar, con su largo pelo pajizo recogido en un moño prieto y ni un ápice de maquillaje, con sus pantalones masculinos y su mirada combatiente, lo comprendí. ¡Demonios! ¿Y quién necesita ser guapa? ¿De qué me servía a mí la belleza, que con los años se marchita y muere? Yo quería ser como Gus, con su fuego y su inteligencia y su gran corazón.

La adoré de inmediato.

Me enamoré de ella, aunque fuese una mujer (y, para más inri, la de mi hermano). Pero, en realidad, creo que todos estábamos un poco enamorados de ella.

Cricket solía quedarse ensimismado cuando ella pasaba. Si estábamos en la pista de vuelo del señor Brown (por ejemplo, poniendo a punto uno de los aviones de la RAF) y daba la casualidad de que Gus venía a traernos la comida, a Cricket se le caían las herramientas al suelo. Su rostro ardía, rojo. Su lengua, aturdida por la sorpresa, se enredaba y resultaba imposible entender nada de lo que decía.

Sentí celos, sí, pero también comprensión. Aquel era el efecto que Gus, inevitablemente, tenía sobre mí.

Y fue una noche muy clara, tras un largo día de vuelo, en la que le conté a Cricket la verdad. Sobre Saul. Sobre Gus. Y sobre la niña.

Estábamos tumbados sobre la hierba húmeda, mirando las nubes (que en la oscuridad parecían humo) moviéndose y tapando las estrellas. Solo nos quedaba un cigarrillo, de modo que nos turnábamos para darle caladas. Ahí estaba, incluso en la guerra podía haber paz.

–Gus no es norteamericana –le dije.

Cricket se volvió para mirarme.

–Me lo imaginaba. –Dio una calada–. Yo no conozco a muchos norteamericanos, pero el acento de Gus no es como el acento de los artistas de Hollywood. Es distinto.

–No es norteamericana –repetí–. Y... y... –me mordí el labio inferior– y Saul nunca vivió en Delaware. Ni siquiera cruzó el océano.

Todo el rostro de Cricket se contrajo y se relajó, pero no añadió nada. Solo me pasó el cigarrillo en el más fantasmal de los silencios.

–Y la niña no es hija de Saul.

–Entonces, Gus es... ya sabes –bajó la voz–, madre soltera.

–No. La niña tampoco es suya.

Y comencé a relatarle la historia tal como Saul primero y Gus después me la habían contado.

Saul nunca había pisado América. Él lo sabía y mi padre lo sabía y Phoebe, de una manera natural e instintiva, lo intuía. Saul se marchó en 1936. Saul, que había intercambiado sus libros por los periódicos diarios. Saul, que estaba al tanto de lo que pasaba en el mundo. Saul, mi hermano mayor, aquel que en una época hablaba con los muertos a la luz de una vela, fue voluntario a España.

Mi padre no quiso saber nada del asunto. Saul dejó de ser su hijo en el momento en el que comenzó a pensar por sí mismo. ¿Por qué no podía ser un buen muchacho británico? A fin de cuentas, todos esos voluntarios eran o bien una panda de comunistas o bien una panda de exaltados (o, en el peor de los casos, ambas cosas). ¿Por qué Saul, su primogénito, no podía encontrar un buen trabajo, casarse con una buena mujer y criar hijos fuertes como toros que llevasen el apellido Wonnacott? Después de todo, era su único hijo varón. El apellido se perdería con Phoebe y con Ginnie. Saul tenía que dar ejemplo, tenía que ser un hombre, olvidarse de sus idealismos y continuar con el legado familiar.

Papá le prohibió ir, pero Saul, que era mayor de edad, se negó. Papá lo desheredó, pero Saul se encogió de hombros. Finalmente, cansado y desesperado, papá le prohibió volver a vernos. Nadie podría saber jamás que Saul Horace Wonnacott, el intelectual afable que se sonrojaba en los bailes, combatía voluntario en el bando republicano de una guerra que a todos se les hacía foránea. De modo que papá se inventó una historia y Saul, a su manera, contribuyó a esa historia. Puesto que papá no recibiría cartas desde el frente, Saul mandaba todo lo que escribía a un buen amigo suyo de Delaware, que a su vez metía las palabras de Saul en un sobre nuevo que era el que llegaba a nuestra casa.

Por eso las cartas eran tan escasas. Y por eso, de algún modo incomprensible, Phoebe nunca quiso leerlas.

Saul era soldado con una convicción febril y casi religiosa, pero Saul no era un buen soldado. Solo había que ver sus manos. Tan cuidadas, sin un callo, sin un rasguño, tan suaves como las de un niño. Lo único que aquellas manos habían acariciado eran los lomos de sus novelas y las páginas de los periódicos. Saul había leído mucho sobre la guerra. Cientos de voces del pasado le habían susurrado al oído, a través de sus libros, los secretos de las batallas y cómo el miedo podía agarrotarte los músculos.

Pero una cosa es el conocimiento y otra muy distinta es la experiencia. Y lo que Saul experimentó en España fue la variedad más cruda y profunda del miedo.

A la guerra moderna la habían despojado del honor dorado que portaba, como una capa, en la Antigua Grecia de los libros que Saul tanto adoraba. Los soldados ahora no iban a batallar descansados, con el estómago lleno y con la promesa de ser convertidos en héroes al volver a casa. Los soldados ahora se despertaban en la madrugada fría con el rugido de las ametralladoras, y sus estómagos gruñían y se plegaban sobre sí mismos por el hambre, y solo podían ser héroes aquellos que morían, puesto que ningún soldado regresaba a casa entero, y un soldado que no regresaba entero era un soldado que nada podía aportar a la sociedad.

Lo que ahora se denomina síndrome de estrés postraumático antes era conocido como fatiga de combate. Los veteranos de la Gran Guerra lo llamaban *shock* de las trincheras; en esencia, es lo mismo. Nuestros cuerpos no han sido diseñados para soportar el ruido y la falta de sueño y el hambre, y ante todo no han sido diseñados para verle el rostro a la muerte todos los días, tan claro que cada rasgo te arañaba el cerebro por las noches.

La fatiga de combate no era bienvenida entre los civiles, pero sí entre los combatientes. La veían. La conocían. Eran casi amigos. Todos aquellos que no estaban locos antes de la guerra sucumbirían ante ella tarde o temprano.

Cuando Gus encontró a Saul, este llevaba siete meses en el frente. Siete meses o, lo que es lo mismo, doscientos diez días. Más tarde, durante la guerra de Europa, los generales y los psicólogos determinaron que a los noventa días de combate un soldado deja de ser útil. El ruido y el hambre y el sueño y el miedo pueden con él.

Cuando Gus encontró a Saul, este sufría de una condición denominada ceguera nerviosa. Sus ojos seguían siendo dorados y sanos, pero algo en su cerebro (un diseño defectuoso) le impedía ver.

Gus había sido rica, como él. Y Gus había sido una intelectual, como él. Y Gus era una idealista, como él. Y Gus, que con tanta dedicación cuidó de Saul en las trincheras, era soldado.

Angustias Velázquez era miliciana. Tras un año combatiendo (y sufriendo el escepticismo de sus camaradas hombres), se había endurecido. Pasaba miedo y frío y hambre y sueño, como Saul, pero no podía permitirse el lujo de que ellos acabasen con ella. Necesitaba su fuerza y necesitaba su cordura para sobrevivir a la guerra.

Con el tiempo, Saul y Gus se hicieron amigos. Los dos tenían una cosa más en común: eran los rechazados; él como extranjero y ella como mujer.

Y, con el tiempo, descubrieron que tenían una última cosa en común, la más preciada: el modo en el que ambos amaban estaba prohibido. No sé si lo decidieron entonces o cuando encontraron a la huérfana, pero al terminar la guerra Saul se trajo a Gus a Gales y se casó con ella. Presentaron a la niña, que había perdido a sus padres en un bombardeo, como suya. Gus, que no podía volver a su patria, retomó sus actividades políticas en la Liga Escarlata. Saul retomó sus estudios y sus antiguas amistades.

Aquella era la verdad.

AMOKE

-capítulo 44-
HARLON

Es curioso el silencio en este lado de la ciudad. El ruido, de haberlo, proviene del interior de la casa de los Bachman y no de los jardines de los vecinos o de la carretera. No se oyen sirenas de coches de policía, ni improperios tan naturales que suenan como saludos a voz en grito, ni la combinación del ladrido de los perros con el llanto de los niños, ni tampoco las canciones absurdas de los borrachos como Brandon Wint. Aquí el ruido es suave, delicado y casi familiar: el grifo que gotea en la cocina de los Bachman, las puertas que se cierran cuando las familias del vecindario entran en sus casas, los sorbos que Ofelia y yo damos a nuestros chocolates calientes y el silbido de la bola de *swingball*, que se mueve a una velocidad inusitada para la brisa que corre.

—Me gusta tu casa —le digo a Ofelia, y es verdad.

Me gusta lo blancas que son las paredes, y la simetría casi calculada con la que el señor Bachman ha colgado los cuadros (todos en blanco y negro, excepto por la foto del ejército de Lisandro) en la pared contigua a la escalera. Me gusta que todo sea limpio y esté ordenado, y que las habitaciones huelan a sábanas nuevas y a la fruta confitada de la mermelada de Bachman e Hijos. No me gustan tanto el silencio del señor Bachman y la arruga que se forma entre sus cejas, y desde luego no me gusta el hecho de que sirva pescado blanco hervido y sin condimentos o salsas para cenar («gente blanca», casi puedo oír decir a papá). Pero, en general, la casa de los Bachman es agradable. Es segura.

—Yo creo que es aburrida —bufa Ofelia, y cuando baja su taza veo que tiene un bigote de chocolate; quiero besar ese bigote de chocolate ahora mismo—. Parece una de esas casas piloto de las inmobiliarias. Pero me gusta la pelota de *swingball*.

Como secundando su afirmación, la pelota amarilla gira sobre su poste. A Ofelia, aunque hunde la barbilla todo lo posible en el cuello de su jersey *vintage*, se le escapa una risita.

—Oh, y también me gusta el cobertizo —agrega—. Una vez Harlon robó un enanito del jardín de no se quién y lo puso en nuestra entrada. A mi padre casi le dio un ataque, porque era un enanito de lo más obsceno, con la pilila al aire y todo. Yo no quería deshacerme de él, así que lo guardé en el cobertizo. Puedes ir a verlo, si quieres.

Le dirijo el tipo de mirada que reservo para los chistes malos de Tayo y los trabalenguas estúpidos de Jimmy Race. Significa «¿en serio?». Ofelia, a su vez, responde con un arqueamiento de cejas muy característico que puede traducirse por «No lo harás, ¿verdad? ¡Gallina!».

—Estás loca si crees que no me atreveré —digo—. Loca de verdad.

Ofelia sonríe porque la he comprendido.

El cobertizo no tiene nada de especial. Es uno de esos de plástico verde que las familias de clase media utilizan para guardar el cortacésped y los pocos instrumentos de jardinería que poseen (y que rara vez utilizan). Cuando lo abro, es exactamente eso lo que encuentro, además del enanito obsceno con la pilila al aire. Cuando me agacho para cogerlo, oigo un clac. Un fogonazo de luz azul. Júpiter y Saturno y todas las estrellas del firmamento brillan, tenues, en las paredes y el techo del cobertizo. Bajo la vista a mis pies. Allí, medio escondido, está el planetario portátil Bachman-Brae.

—¡Feliz Navidad! —grita Ofelia detrás de mí—. ¿Creías que no te regalaría nada?

—Pero... el planetario...

—Está en mejores manos ahora. Canibalismo galáctico a domicilio.

Y se vuelve antes de que me dé tiempo a protestar. Algo en el azul cobalto de su jersey, y en el amarillo de la trenza rubia de su peluca y de la pelota de *swingball,* y el modo en el que las estrellas se agrupan y bailan en el cielo me hace pensar en Van Gogh, de modo que cojo la Polaroid de mi bolso y le saco una foto.

Clic.

Solo un segundo capturado en la lámina que, con tanta lentitud, se revela. Ofelia mira por encima de su hombro.

—¡Feliz Navidad a ti también, Bachman! —le digo, y le lanzo la instantánea que acaba de expulsar la Polaroid.

Cuando llego hasta ella, extiendo el brazo y deposito la cámara también entre sus manos.

—La vi el otro día en una tienda de segunda mano y me acordé de ti —digo, aunque me reservo para mí lo más importante.

Que las cosas de segunda mano, aunque rotas, han sido tan queridas, y eso me hace pensar en Ofelia. Que no se me ocurre nadie mejor que ella, que es capaz de ver la belleza en cualquier lugar, para ser dueña de una cámara instantánea.

—¿A ti qué te parece, Harlon? —pregunta Ofelia haciendo bocina con las manos.

Por supuesto, ni veo ni oigo nada, pero la pelota de *swingball* gira sobre su eje con tanta intensidad que por un momento pienso que se desprenderá del cordel que la sujeta.

Clic.

Ofelia se acerca el visor de la cámara a los ojos y presiona el botón. La fotografía, cuando se revela, solo muestra la parte del jardín trasero de los Bachman que podemos ver y la bola amarilla, borrosa, en pleno movimiento.

—Claro que no se ve gran cosa, ¿verdad? —suspira Ofelia.

—¿De verdad está aquí? Harlon, digo.

Harlon, que está muerto.

Harlon, que es imposible de ver.

Ofelia se encoge de hombros.

—Pues claro. Te lo demostraré. Harlon, abre la puerta del cobertizo. —La puerta del cobertizo se abre—. Harlon, haz girar la pelota de *swingball*. —La pelota de *swingball* gira—. Harlon, cógele la mano a Amoke.

Y mi mano derecha, de pronto, está extremadamente cálida y algo sudorosa.

OFELIA

-capítulo 45-
LO QUE DICEN LOS FANTASMAS

—De verdad está aquí —repite Amoke, aunque tan quedo que creo que ahora está afirmándolo en lugar de simplemente preguntando.

—Ya te lo dije. —Río, y luego, tomando un poco de aire, ignorando el rubor fervoroso de mis pómulos—. Dice que eres muy bonita.

Harlon, que se ha tumbado en la nieve frente a nosotras, arruga la nariz.

—De ningún modo. Yo ni siquiera he abierto la boca.

Al ver la huella del ángel de nieve que Harlon acaba de hacer, Amoke contiene la respiración y alza los párpados. Un segundo después niega con la cabeza y, como si acabase de presenciar un acontecimiento de lo más ordinario, susurra:

—Es muy amable.

Me muerdo el labio inferior.

—Y dice que le gusta tu pelo.

Harlon gruñe.

—Es demasiado rizado.

Amoke baja la cabeza.

—Es muy muy amable.

—Y también le gustan tus ojos —agrego, a lo que Harlon replica:

—¡No me gusta mucho este juego!

Y a lo que Amoke, mirándome a mí en lugar de a la nieve, responde:

—¿De qué color son sus ojos?

—Del color del otoño.

Le da un último sorbo a su chocolate caliente. Le queda un bigote dulce y chocolateado que me moriría por besar.

—Como los tuyos, entonces.

—No. No exactamente. Los míos son más oscuros, ¿ves? Solo castaños.

Amoke desvía la mirada.

—Me gustan los ojos castaños —dice, como hablando para el cuello de su camisa—. Y me gustan tus ojos. Son grandes. Por eso te queda tan bien el pelo corto.

Ahora soy yo la que baja la cabeza y la que parece suspirar para el cuello de su jersey.

A Amoke, que tiene un bigote de chocolate y pelo de nube castaña y rostro de cuadro renacentista, le gustan mis ojos. Y cree que mi pelo masacrado, con su flequillo irregular y sus zonas calvas en la coronilla y tras las orejas, me queda bien.

Siento un calorcito muy agradable al pensar en ello, de modo que me quito la peluca con una mano y la deposito sobre el alféizar nevado de la ventana.

En mi mirada periférica veo a Amoke sonreír.

—¿Ves? Preciosa.

-capítulo 46-
CONSIDERA

Virginia Wonnacott prosigue con su narración sin arquear ni una sola vez la ceja. Tampoco deja escapar su usual bufido de desaprobación cuando entro en la biblioteca, mis huellas dibujadas en nieve y tierra sobre las tablillas de madera. Solo extiende un poco las manos, tan viejas y consumidas, como diciéndome: «Mira, ¿acaso no comprendes que nos estamos quedando sin tiempo? Todas las buenas historias deben tener un final».

Considera

Todos los días, desde la llegada de Gus a su marcha, parecían anochecer a trompicones. De un modo u otro, incluso el sol parecía postrarse ante ella.

Lo cierto es que la mera presencia de Gus nos alteraba a todos sobremanera, pero nadie era tan sensible al hechizo como Cricket y yo.

Pronto empezamos a perder viejas costumbres y a adquirir otras nuevas (todas con el desencadenante de pasar más tiempo con Gussy), y sin darnos cuenta el caos comenzó a adueñarse de nuestras vidas. Sencillamente, habíamos dejado de prestar atención a lo que sucedía a nuestro alrededor.

Consideremos una escena típica en el hogar de los Wonnacott: Ginnie, la hija de dieciséis años, sentada en un sillón de la sala de estar (con las piernas demasiado abiertas, según su madre); tiene un cigarrillo entre los dedos y, al notar el calor de la llama en su piel, le da unos toquecitos para que las cenizas caigan al cenicero, solo que no hay un cenicero frente a ella sino un cuenco humeante de gachas de avena.

A la misma hora, en casa de los Williams: Cricket, el hijo de dieciséis años, corta el pan para el desayuno de sus hermanos pequeños; de pronto, una masa fría y arenosa cae sobre sus pies; no era el pan lo que estaba cortando, sino uno de los preciados sacos de harina.

Tal era el efecto que Angustias Velázquez tenía sobre nosotros.

Es curioso. Nos enamoramos de las virtudes que no podemos encontrar en nosotros. Incontables veces a lo largo de mi carrera me han acusado tanto de arrogancia como de modestia. Arrogancia, por defender mi talento; modestia, por negar mi bondad.

«Miss Wonnacott –he oído en cientos de ocasiones–, ¿cómo puede decir que es mala cuando ha donado tanto a causas benéficas?»

Tonterías. No sabría qué hacer con mi dinero. No creo en las medias tintas ni en la ceguera autoinfligida. Si he de ser honesta –y la gente que me conoce sabe que es una de mis más dudosas cualidades–, he de admitir que no soy buena persona. Luché durante toda mi infancia y durante gran parte de mi adolescencia por ser buena y dócil en vez de egoísta y desconsiderada, pero hace años que he desistido. No dudo que uno pueda ser bueno si realmente pone empeño en ello, pero la bondad, sencillamente, no está en mi naturaleza, y hace décadas que no encuentro una buena razón para forzarla a entrar en mí.

He encontrado la bondad en muchas personas. Ahora sé que fue ella (o un pálido reflejo de ella) lo que me hizo encapricharme de Birdy aquella tarde de mis doce años. La bondad, tan subestimada y escasa, fue lo que me enamoró de Cricket, y fue lo que me enamoró de Gus.

Gus. He conocido muchas personas buenas y he conocido muchas personas con talento, pero muy pocas que aunasen ambas virtudes. Aquellos que eran buenos no tenían necesidad de expiarse mediante el arte, y aquellos besados por las musas quedaban tan embelesados por su luz que se olvidaban de pronto de toda bondad. Gus no. Cuando Gus hablaba, todos nos sentábamos a su alrededor y escuchábamos, y a mis dieciséis años no había encontrado un discurso tan fluido ni unas palabras tan cautivadoras ni siquiera en mis queridas Virginia Woolf y Anne Brönte. Arrodillada ante Gus y oyendo lo que nos decía, pensaba que aquella sensación de paz y plenitud debía de ser muy similar a la que habrían sentido los discípulos al escuchar por primera vez las parábolas de Jesús.

Y fue aquel talento, tan oculto bajo una mirada fiera y unos rasgos anodinos, lo que hizo que Cricket se enamorase de Gus primero y de mí después.

Nos enamoramos de aquello que nos falta no porque nos sintamos incompletos, sino porque buscamos, sin descanso, un argumento que nos permita creer que la humanidad todavía merece la pena.

Tan enamorados estábamos Cricket y yo de Gus, en definitiva, que desatendimos todas las facetas de nuestras vidas. Ni siquiera reparamos en la enfermedad de Phoebe, ni en el hecho de que había dejado de acudir a sus citas, ni en cómo sus vestidos parecían quedarle cada vez más pequeños, ni en cómo mamá palidecía si alguna vecina la veía pasear por el jardín.

Y entonces la guerra llamó a nuestra puerta como un viejo amigo.

Birdy Williams, ausente desde hacía tanto tiempo, volvió con los ojos todavía puestos en el sur de Europa y las últimas palabras de Phoebe («vuelve a mí») ocultas en el interior de su oído.

Birdy había vuelto, sí, pero no del todo. Desde una distancia prudencial parecía el mismo, pero bastaba con acercarse bien para comprender la verdad. Que su pierna izquierda, tiesa, no se movía con la naturalidad de antaño; que aquello que parecían marcas del sol en su piel eran quemaduras tan profundas que su tórax y la cara interna de su brazo habían perdido toda sensibilidad; que aquellas mismas quemaduras, que trepaban por su cuello hasta acariciar la línea de su pelo, desdibujaban sus labios y la curva de su nariz.

Y lo peor de todo:

era

una especie muy rara

de mutilado.

Con el estallido de una granada (o tal vez muy lentamente, con el paso de los días), su alma se desprendió de su cuerpo y se extendió, como un trozo de piel muerta, sobre la tierra cenicienta de Europa.

Y creo que Cricket, inconscientemente, empezó a morir al ver en su hermano esa especie tan rara de mutilado.

En cierto modo, todos empezamos a marchitarnos y a morir, solo que algunos más rápido que otros. Yo todavía sigo en el proceso, y sé que moriré con la imagen de Birdy (y con muchas otras imágenes que acabé recolectando a lo largo de mi vida) ardiéndome en la retina.

Pero estamos adelantando acontecimientos. Volvamos más cerca, a casa. A mi padre, tal vez, a quien la enfermedad estaba empezando a hacerle mella en el humor.

Quizá fue el modo en el que el señor Williams recibió a Birdy (tan distinto del saludo seco con el que papá dejó entrar a Saul en casa), o quizá la idea llevaba semanas en su cabeza (desde que Phoebe enfermó y dejó de salir de casa), pero el caso es que papá habló. Y, cuando papá hablaba, incluso ahora que lo hacía entre titubeos, nada bueno podía ocurrir.

Saul, Gussy y la niña debían irse de su casa enseguida. A fin de cuentas, llevaban casi un año aprovechándose de su generosidad. Un hombre debe aportar techo y alimento a sus hijos, pero no cuando sus hijos son adultos con hijos propios (expósitos, para ser más precisos) a los que mantener. Y también estaba Phoebe, con esa enfermedad repentina que ni Cricket ni yo habíamos sabido desentrañar. Y Birdy, aquel hijo de obrero, que había vuelto (como una especie muy rara de mutilado).

Saul, Gussy y la niña se fueron en cuestión de semanas. La separación fue dolorosísima. No me permití llorar (no pensaba darle a mi padre ese tipo de satisfacción), pero a partir de entonces me persiguió la melancolía, que se posaba sobre mi hombro como un pajarillo pálido y desnutrido. Fuera donde fuese me acompañaba esa sombra triste. En todo momento.

He dicho que nos enamoramos de las virtudes que no podemos encontrar en nuestro interior. Debí añadir un matiz. Nos enamoramos también de los fantasmas que habitan en nuestro interior y que podemos reconocer en otras personas.

Cricket y yo habíamos perdido a un hermano. Cricket y yo habíamos perdido a Gussy. Cricket y yo, que siempre habíamos estado juntos, de repente comenzamos a ser muy conscientes de la presencia del otro.

Fue durante una de esas tardes aburridas (los dos solos, los dos sucios y sudorosos tras una tarde de vuelo, los dos tumbados en el suelo de mi salón leyendo las noticias) que despertamos de nuestro sueño. Para ser más precisos, nos sacó de cuajo un único grito femenino desde el piso superior.

¡Phoebe!

Phoebe en el suelo del baño, una mano aferrada a su vientre y un charco de agua a sus pies. Phoebe, que había sido la primera en apuntarse a gimnasia para cuidar su figura y que había engordado tanto ante mis ojos sin yo notarlo. Phoebe, encerrada en casa desde hacía

casi

un

año.

Mi respuesta natural, como la de todos los niños que se despiertan para comprobar que siguen encerrados en una pesadilla, fue gritar llamando a mis padres.

–¡Mamá! ¡Papá!

Pero, como en todas las pesadillas, mis padres no contestaron. No podrían haberlo hecho, ya que no estaban en casa. De no haber estado tan concentrada en mi pena, habría sabido que se encontraban en el médico y no habría perdido tantos valiosos minutos de habitación en habitación, abriendo puertas y llamándolos por su nombre.

–Tráeme toallas, agua y unas tijeras. Y después vete a buscar al doctor Lloyd.

Cricket. Nunca me habría imaginado que su voz pudiese contener tanta serenidad. Dio las instrucciones rápido y sin balbucear, pero sus manos, rojas e hinchadas a su espalda, no dejaban de sacudirse.

–¿Sabes lo que hay que hacer? –susurré. Una imprudencia imperdonable en presencia de mi hermana.

Cricket se mordió el labio inferior.

–Sí. Lo he visto otras veces. Cuando nacieron Bluebell y Weasel, y también cuando nació Hat.

De un modo estúpido e irracional, el hecho de que menciona-se primero a sus hermanos muertos (unidos por la conjunción «y», como si ni siquiera en el olvido pudiesen caminar solos) me infun-dió valor.

–Está bien –le dije–. Está bien, hazlo. Yo lo traeré todo e iré a buscar al doctor Lloyd.

«Pero no la mates.» ¿Llegué a decírselo, al oído, entre dientes, o sencillamente él interpretó mi mirada? No logro recordarlo. De una manera u otra, Cricket captó el mensaje. Muy lentamente asintió, mientras agarraba a mi hermana y le decía con cariño:

–Vamos, Miss Phoebe, vamos a la cama. Todo pasará rápido, ya verás. Será un niño precioso, Miss Phoebe. Espero que sea niño, ¿eh? Porque no creo que pueda soportar a otra chica Wonnacott…

Así que fui, y no guardo gran recuerdo de qué pasó o cómo. Aun-que he repasado en mi mente cada segundo de aquel día (del «des-pertar», como más tarde lo denominaríamos Cricket y yo), todavía soy incapaz de discernir con seguridad qué imágenes son verdade-ras y cuáles robé de películas que vi o libros que leí. Solo sé con certeza que una de esas imágenes es completamente mía, puesto que ha vuelto a mí en sueños en más de una ocasión:

Cricket, la cara colorada, perlada por el sudor. Las gotas que descendían por su frente parecían

sangre.

¿Qué decir del resto? Salí de la casa tras entregarle las toallas, el agua y las tijeras a Cricket. A veces, cuando vuelvo la vista atrás, recuerdo claramente que era un día desapacible y gris, y que lamen-taba internamente no haberme puesto la chaqueta; otras veces, veo a la perfección lo claro que estaba el cielo, y vuelvo a sentir den-tro de mí el calor que me hizo deshacerme de la chaqueta. A veces me acuerdo de que el doctor Lloyd entró conmigo en la casa, pero otras veces el doctor Lloyd no figura en absoluto en mis recuerdos. A veces el reverendo Samuels sale por la puerta principal y, debi-do al terror, se me caen las llaves al suelo; otras veces me adentro en la casa para darme de bruces con el eco que mis zapatos hacen contra el mármol.

Imposible decidir ahora qué hay de verdadero o falso en esas versiones. Quizá lo borré a propósito. Quizá no encontré al doctor Lloyd y volví a casa a tiempo para presenciar el parto en su totalidad (los gritos, la sangre, las garras del miedo clavándose en mis entrañas).

Lo cierto es que todo quedó oculto bajo una súbita neblina que me impide ver qué ocurrió realmente.

Entonces, ¡otra imagen! Es Cricket de nuevo, tan pálido, tan joven, apenas un niño con otro niño en brazos. Un bebé que no llora. Y Cricket, la camisa remangada y las manos rosadas por la sangre, me mira (sus ojos conteniendo

mucho más terror

del que muchos conocen

en toda

una

vida).

Un segundo. Dos. Un puñado de ellos. ¡El bebé llora! Phoebe, blanca y ojerosa, sonríe desde la cama de mis padres.

–Nos has salvado, Cricket Williams –dijo, y si no fue eso, algo parecido–. Deja que le ponga tu nombre a mi hijo.

Y Cricket, el niño agarrando a otro niño, respira de nuevo.

–No creo que puedas. ¡Es una chica!

Pero a Phoebe no le importó. Volvió a sonreír. Era una delicia cuando sonreía.

–¿Qué problema hay? La llamaré Joan, por John. ¿Te gusta?

Cricket, tras depositar a la criatura en brazos de su madre, se sorbió la nariz.

–Es un buen nombre –asintió.

En aquellos momentos, claro, cualquier nombre habría sido un buen nombre.

Y mientras Phoebe arrullaba a su hija, recuerdo haber observado a aquel bebé (ahora mi sobrina) con detenimiento. Tenía los ojos castaños de Phoebe, y el pelo negro de Phoebe, y la nariz pequeña de Phoebe, y la pequeña boquita de Phoebe, y la piel blanca de Phoebe, y los piececitos de Phoebe. Aquel bebé era todo Phoebe, como si, pese a todo, no tuviese padre.

Cricket debió de pensar lo mismo que yo, porque allí mismo (o puede que más tarde, a solas, en otra habitación) me dijo:

–¡Lo que no sé es si acabo de ayudar a traer al mundo a mi propia sobrina!

–¿Vas a contárselo a Birdy?

–Tiene que saberlo.

–Pero solo le hará sufrir.

–Tiene que saberlo. Además, se enterará igualmente. Esas cosas no se pueden esconder.

–Mañana no se acordará. Ya sabes que está en su mundo. ¿Por qué hacerlo sufrir?

–Tiene que saberlo. Tiene que saberlo.

Mientras Cricket (todavía colorado, todavía sudando) corrió a su casa a tratar de despertar a Birdy de su propio sueño febril, yo bajé a la oficina de Correos. Alguien debía enviarle un telegrama a Saul.

Veo a Bluebell mientras salgo a coger el tranvía. Tiene las flores de Miss Wonnacott en una mano y un puñadito de nieve en la otra.

—¿Hoy no ha venido Harlon a verte? —le pregunto.

Bluebell arruga la nariz y coge aire. Mucho mucho aire.

—Noooo —susurra, soltándolo, y se va antes de que pueda preguntarle nada más.

Mientras espero en la parada del tranvía, pienso. Pienso en muchas cosas, pero principalmente en la hija de Phoebe. Nunca había oído hablar de la sobrina de Miss Wonnacott (y he leído muchísimas biografías no autorizadas). ¿Tal vez la dieron en adopción? Siendo hija de una madre soltera... y Joan es un nombre de lo más corriente.

¿Y el padre? Podría ser Birdy, pero también cualquiera de los maleantes con los que se dejó ver Phoebe cuando Birdy se fue. O tal vez, tal vez...

Joan tenía los ojos de su madre y el pelo de su madre y la piel de su madre y los rasgos de su madre. Es totalmente posible, aunque no habitual. Tal vez, tal vez...

Es una idea sucia y retorcida, y me deja un sabor amargo en la lengua. Tal vez, tal vez...

Joan era exacta a su madre. Y Miss Wonnacott envió un

telegrama a Saul. Y el modo en el que Saul amaba estaba, según las palabras de la propia Miss Wonnacott, «prohibido». ¿Y si lo siguiese estando hoy? Tal vez, tal vez...

El tranvía llega y se lleva consigo (¡afortunadamente!) todos los quizás. Ya no noto ese sabor amargo en la lengua. ¡Qué tontería!

Amoke todavía no ha llegado, de modo que le escribo una nota y la dejo sobre el banco. Después coloco una piedra sobre ella, asegurándome de que no saldrá volando.

¡Me marcho ya!
Tengo una infinidad de cosas
que hacer (pero, créeme, merecerá
la pena).
Bisous,
O.

Salto al último vagón del tranvía y le envío un mensaje a Jimmy Race. Hay una fiesta de cumpleaños que organizar.

AMOKE

capítulo 47

JUEVES

Cuando me despierto es solo un jueves cualquiera. Algo frío (las ventanas están cubiertas de escarcha), con el cielo rosa (son las seis de la mañana) y los campos blancos de nieve.

En las escaleras me recibe el gato gordo, peludo y cascarrabias de los vecinos. Cuando me bufa me fijo en el cuadradito de luz que dibuja la puerta abierta del despacho de papá. Tayo está despierto.

—¿Qué hace Sugar otra vez en casa?

La voz de mi hermano me llega ahogada y algo somnolienta.

—Ha entrado por la gatera. Las sobras de mi sándwich de atún eran demasiado tentadoras.

—No deberías dejarle comida —gruño, pero al entrar en la cocina soy yo la que deja caer una loncha de jamón frente a las patas sucias y zambas del gordinflón de Sugar—. Es un gato tragón.

—Le dijo la sartén al cazo. Hoy vendrá Jimmy Race. Coge el tren de las doce.

Arrugo la nariz y miro la hora en el reloj de cocina. Seis y cuarto. El lechero ya ha debido de dejar la botella en nuestras escaleras, así que más me vale ir a recogerla antes de que alguien (Brandon Wint, por ejemplo) decida que ese es un buen lugar para mear.

—¿Jimmy Race? ¿Y eso? ¿Le han dado el día libre?

Oigo a Tayo suspirar y, aunque él está en el despacho y yo en el rellano, puedo ver perfectamente cómo pone los ojos en blanco.

¿Por qué? La respuesta está en la entrada, en el último escalón. Junto a la botella de leche hay una bolsa de papel y un bote de mermelada de fresa de Bachman e Hijos del que pende una nota manuscrita.

¡Felicidades!
Te habías olvidado, ¿a que sí? ¡Ya tienes 20 años!
¿No te sientes terriblemente mayor? Veamos, ¿qué diría Miss Wonnacott al respecto? ¡Oh, sí! ¿Acaso no sientes el fantasma de los días pasados sobre tu espalda?
¿Muy deprimente? Quizá deberías endulzarte la mañana con un delicioso pedido del Cinturón de Asteroides™ del Canibalismo Galáctico (véase la bolsa marrón).
¡Pasa un muy feliz día!
Besitos de
la parte femenina de Hijos de Bachman e Hijos
Harlon

Y por la parte de atrás:

A la atención de la señorita Amoke Enilo:
Ha sido usted cordialmente invitada a la primera reunión del club secreto de los cumpleaños no olvidados (asunto: el festejo de sus veinte años).

S'il vous plaît, reúnase con los restantes miembros del recién fundado club en Old Castle (Soldiers Point Quay, Holyhead, isla de Anglesey, Gales, Reino Unido, Europa, hemisferio norte, planeta Tierra, sistema solar, la Vía Láctea) a las dieciocho horas.

Firmado y ratificado,

los miembros fundadores del club secreto de los cumpleaños no olvidados

—¡Tayo! ¿Has tenido algo que ver con esto?

La risa de mi hermano es leve y está cargada de sueño. Lo oigo caminar detrás de mí, de modo que me vuelvo. Se apoya en los muebles de la entrada, la espalda encorvada y las piernas arqueadas y temblorosas.

—Ay, hermanita, ¿de verdad pensabas que nos olvidaríamos? Aunque llevas comportándote como tal desde los siete años, ahora eres oficialmente adulta. —Pasa un brazo flácido sobre mis hombros y me da un beso en la mejilla; instintivamente lo agarro por detrás, aunque sé que a él no le hace ninguna gracia—. Y ahora, ¿por qué no te das prisa con esa ración de Cinturón de Asteroides? Estoy famélico.

—¡Ja! Que te crees que voy a compartir mi desayuno de cumpleaños contigo, aprovechado.

Pero los dos nos encaminamos hacia la cocina (lentamente, a trompicones, ignorando por un minuto la necesidad cada vez más apremiante de la silla de ruedas) y, aunque yo ya tengo veinte y él veintidós, volvemos a ser niños. Los cumpleaños son siempre cumpleaños, desayunando chocolate caliente y dulces con papá y mamá, encendiendo las velas y abriendo regalos de la tienda de segunda mano. Me gustan los días así.

☆ ☆ ☆

Jimmy llega pasadas las cinco, cuando ya empieza a anochecer y el empedrado de las calles se tiñe de azul cobalto. Lo oigo llegar porque siempre lo precede un estrépito (sus saludos a voces, el abrazo de oso que le da a mi madre, sus botarras de motero haciendo crujir las escaleras). Inmediatamente, antes de felicitarme, me quita el libro de enfermería de las manos y asevera:

—¿También en tu cumpleaños? ¡Ya has estudiado bastante, Steve Urkel!

Y deposita sobre mis manos uno de los pequeños paquetes azules de la joyería Tiffany's.

—¡Jimmy Race Wint! —protesto—. ¿Y esto? ¡Ha debido de costarte una fortuna! ¿De dónde has sacado el dinero?

Jimmy chasca la lengua. Está algo más delgado, algo más pálido, con marcas violáceas bajo los ojos y alrededor de las comisuras de los labios, pero sigue siendo el chico más guapo de todo Tower Gardens.

—¡Bah, qué tontería! Atracando Buckingham Palace, ¿tú qué crees? ¡Pues con el sudor de mi frente! Anda, ven, cumpleañera.

Y, cogiéndome en brazos, me carga a sus espaldas. Todavía huele a Jimmy (a esa mezcla agradable de jabón, cigarrillos y menta), como si todo fuese igual que hace cinco años y Tayo no estuviese enfermo y él, en realidad, no se hubiese ido.

Aunque meter a mi hermano en el coche nos retrasa muchísimo, y aunque papá insiste en recordarme las normas básicas de seguridad vial antes de arrancar, llegamos al Old Castle de Soldiers Point Quay a las dieciocho horas en punto. Ofelia ya está allí, con el lado izquierdo de su cara tapado por su peluca rubia y las manos enterradas en los amplios bolsillos de su abrigo de piel de camello. Está sentada en lo alto del muro de piedra del castillo, que en su día fue un hotel pero que lleva abandonado desde los años sesenta, y apenas levanta la vista de su libro cuando Jimmy la llama.

—¡Eh! ¡Twiggy!

—Creí que solo era Twiggy cuando llevaba el pelo corto.

—¡Eh! ¡Twiggy! ¿Te han contratado de vigía?

Ofelia salta del muro como respuesta.

—De cazadora de bobos —responde, las manos todavía en los bolsillos—. Y de momento ya llevo uno. Está siendo una noche fructífera.

Me abraza. Huele a vainilla y a café y a tienda *vintage*, y sus manos son frías y suaves en mi cuello.

—Feliz cumpleaños, Amoke —dice.

Siento algo pesado en el bolsillo derecho de mi abrigo. Meto la mano: algo rugoso. ¡Su libro!

—El cuaderno de viaje de la gira de los Sex Pistols por América —dice, orgullosa—. Tuve que quitárselo de las manos a un perroflauta en la tienda de libros de segunda mano. Ah, y esto —extiende la mano; en su palma, blanca como la muerte, hay una piedra de forma triangular—. Lisandro siempre está encontrando piedras guais en la playa. Dijo que te daría suerte.

Jimmy se agacha y recoge una caja de cartón apoyada en el muro del Old Castle en la que no me había fijado antes.

—Romero y miel, ¿eh? —comenta tras olisquearla con la mayor teatralidad de que es capaz—. Miembros del club de los cumpleaños no olvidados, homenajeada, propongo un píicnic en el jardín de las figuras.

Es Tayo quien sujeta la caja de la tarta, y Jimmy quien empuja la silla de Tayo. Mientras, Ofelia y yo caminamos muy juntas hacia el jardín. Ahora que ha sacado las manos del bolsillo, sus nudillos y los míos chocan mientras andamos. Me pongo colorada. No sé por qué me pongo colorada.

—Hace una noche preciosa, ¿eh? —me dice, y me fijo en que a veces aprieta levemente los labios cuando sonríe.

—Desde luego. Muy clara. Quizá veamos un ovni hoy.

—Quizá veamos un fantasma hoy —replica, su voz cuarteada por la risa cantarina—. ¿Hacía una noche así cuando naciste en el coche de tu padre?

—En absoluto. Había tormenta de nieve.

—¡Oh, esa historia la sé yo! —exclama Tayo detrás de nosotras—. ¡Me acuerdo como si hubiese sido ayer!

—Pero ¡si tenías dos años! —protesto, y los cuatro nos adentramos en el jardín, atravesando legiones de oscuridad y nieve.

Es evidente que, aunque el estado del castillo es ruinoso, alguien debe de ocuparse del jardín de las figuras al menos durante algunos meses, pues en los arbustos todavía se pueden adivinar formas (de animales, de bailarinas y de patinadoras). Al fondo, muy alejado ya, hay un laberinto. Nos sentamos frente a él, con la caja de la tarta entre nuestros pies (Jimmy ayuda a Tayo a bajarse de la silla y a arrodillarse) y la luz de la luna cayendo por nuestros rostros.

—¡Yo propongo un brindis por Amoke! —ruge Jimmy, que saca una botella de champán y cuatro vasos de plástico de la caja.

Por un momento pienso en decirle que quizá no debería beber, pero ya sé lo que me diría: «Si el champán es como el agua, Momo, ¡relájate!». No le digo nada, y él, cuando me pasa mi vaso, parece agradecerlo. Bebo. Sabe a fiesta y a oportunidades.

—Y yo propongo contar historias de fantasmas —sisea Ofelia, que se agacha para cortar la tarta.

—¿Historias de fantasmas? —Jimmy se saca las velas y un mechero del bolsillo de la chupa de cuero—. Me sé las mejores.

—Tú no sabes una mierda —ríe Tayo.

Es una tarta de estilo antiguo, de tres pisos y con glaseado de mantequilla.

—La ha hecho mi padre —dice Ofelia, como excusándose, mientras Jimmy clava el dos y el cero sobre la cobertura dulce—. Se le da bien la cocina.

—Tú has organizado todo esto, ¿verdad? —le pregunto.

Cuando Jimmy enciende las velas, la cara de Ofelia se ilumina, roja. Veo sus pecas (tan tenues, casi escondidas) y los retazos de dorado de sus ojos y la sombra negra de sus pestañas con total claridad.

—Culpable —confiesa, encogiéndose de hombros—. Pensé que te gustaría.

—¿Gustarme? —siseo—. ¡Me encanta!

Es como entrar de cabeza en un sueño. O en una película *indie* de finales de los noventa. Es como entrar en un universo suave de nieve blanquísima y estrellas y castillos de cuento de hadas. Es como saborear la felicidad y sentir que ya no necesitas nada más.

—Tienes que pedir un deseo —me recuerda.

La cera de las velas está empezando a derretirse. El pelo de Jimmy, bajo el influjo de la luz, parece arder más que nunca. Tayo me sonríe.

¿Un deseo? Podría pedir millares, pero ninguno capaz de cumplirse. Un deseo…

«Que todos los días sean como hoy», pienso, y apago ambas velas de un solo soplo.

—¡A zampar! —cacarea Jimmy como un Peter Pan algo crecido.

Le doy un mordisco a la tarta y noto cómo los dedos se me quedan pegajosos del glaseado. Romero y miel, como había adivinado Jimmy. Es dulce y sabe a niñez y a hogar. Es el mejor regalo del mundo.

—¡Tenemos que cantar el *Cumpleaños feliz*! —dice Ofelia.

Y Jimmy, poniéndose en pie, empieza a entonar las primeras notas del «Es una muchacha excelente» con su mejor voz de cantante punk.

—Es una muchacha excelente, es una muchacha excelente, es una muchacha excelente… ¡Y siempre lo será!

OFELIA

capítulo 48

DENTRO DEL LABERINTO

Contamos historias de fantasmas, comiendo tarta y regalices y bebiendo champán, hasta que una nube tapa la luna y todo queda cubierto de oscuridad.

—Os reto a encontrar la salida del laberinto —dice Jimmy, o puede que sea Tayo.

Como para contestarle, la única luz encendida en la calle de enfrente (el ático de la segunda casa a la izquierda) se apaga. Extiendo una mano hacia él.

—Acepto el reto.

Y, cogiendo la mano pequeña y cálida de Amoke, corro hacia el laberinto. Harlon, que corre detrás de nosotras, deja escapar una risotada.

—¡No pienso ayudaros, tramposilla!

Para secundar su afirmación, nos adelanta y desaparece entre los matorrales teñidos de añil noche.

Amoke (que, naturalmente, no puede verlo) me aprieta más la mano.

—¡A la derecha! —dice, y tira de mí en esa dirección.

Así, corriendo y riendo como una niña, está más bonita que nunca. No solo por el tinte rosa de sus pómulos (debido no a la vergüenza, sino a la felicidad) y el brillo atrevido de sus ojos, sino también por todo lo demás. Toda ella es luminosa. Tan tan hermosa. Todo lo que hace es adorable, y me atrapa. No puedo dejar de mirarla.

—¡Ahora a la izquierda!

«Tú has organizado todo esto, ¿verdad?», me preguntó.

Desde luego. Lo haría todo por ella, porque es mi mejor amiga, y la quiero. Haría que todos los días fuesen su cumpleaños por ella. Pararía los relojes y los adelantaría cada día un segundo. Es mi mejor amiga, y la quiero.

—¡Derecha! —gritamos a la vez, y reímos.

A lo lejos veo el pelo de otoño de Harlon. Vamos por buen camino.

—¡Derecha! —De nuevo al unísono.

Corremos con la luna acariciando nuestra piel, con las ramitas de los matorrales arañándonos las piernas y la nieve cuajándose sobre nuestros hombros. Corremos y reímos, y solo oímos los pasos de Jimmy y las ruedas de la silla de Tayo y sus risas y las nuestras.

El ulular de un búho.

Los guiños de las estrellas.

Piscinas de luz.

—¡Derecha!

—¡No, no, no, izquierda!

—¡Izquierda!

—¡Vamos!

Las puntas de nuestros zapatos nos echan tierra y nieve a la cara. Reímos, reímos, reímos. Todo es tan brillante y tan puro y me siento tan tan tan pero tan liviana. Podría volar si quisiera.

—¡Izquierda!

—¡Todo recto!

Veo torres a lo lejos, alzándose por encima de las paredes de hojas, y también la silueta desgarbada de Harlon. ¡Es por aquí!

Amoke debe de leerlo en mi cara, porque entrelaza sus dedos con los míos y coge carrerilla. Una zancada, dos. Un minuto más y...

—¡Estamos fuera!

—¡Os hemos ganado!

Y volvemos a estallar en risas con tanta fuerza que me lloran los ojos, y Amoke, que se ha colgado de mis hombros, hunde la cara en mi pecho.

—Creías que eras más listo que nosotras, ¿eh, Jimmy? —hipa Amoke, llevándose la botella de champán a los labios.

Cuando me la pasa, hay un círculo morado en la boquilla. Bebo, y el champán de pronto sabe a las cerezas del pintalabios de Amoke. (Las cerezas son ahora mi nuevo sabor favorito.)

—¡Jimmy va a tener que morderse la lengua! —exclamo, y, entre risas, Amoke y yo caemos al suelo.

El cielo violeta, cuajado de estrellas, parece descender sobre nosotras como un manto. Amoke, que todavía no me ha soltado la mano, comienza a acariciar mi antebrazo con el índice.

—Aquí, en tus venas —dice—, fluye la hemoglobina. Su estructura contiene hasta cuatro átomos de hierro. ¿Sabes dónde se produce el hierro?

—No —susurro levemente.

Amoke, que alza ambas piernas hasta que su cuerpo forma un ángulo de noventa grados, precisa:

—Solo existe un lugar, y es el corazón de las estrellas que

mueren. Hemos sido creados, y somos mantenidos con vida, a partir del material con el que están hechos los astros.

Ella tiene razón. Puede que haya materia espacial en mis venas, pero ahora las únicas estrellas que veo están en sus pómulos y en sus pupilas.

De pronto se levanta y, puesto que todavía me tiene agarrada de la mano, me obliga a levantarme a mí también.

—¡Ven! Solía venir aquí cuando era pequeña. Debe de haber… sí, si no me equivoco no estará lejos…

—¿El qué? —pregunto, pero Amoke ya está tirando de mí para que la siga.

Me conduce a un parque a unos cuantos pasos de la entrada del Old Castle. No tiene nada de particular. Un columpio oxidado. Un balancín que probablemente no cumpla con los requisitos mínimos de seguridad. Un tobogán cubierto de aguanieve. Un elefante de barras de hierro.

—Solía venir aquí de niña —explica, sentándose en uno de los dos asientos del columpio.

Este parque no tiene nada de especial, pero Amoke sí. Aquí, con gotitas de champán en su rostro y su pelo ardiendo con todos los colores del mundo, es maravillosa y excepcional, completamente hecha de la materia que hace vivir y morir a las estrellas.

—Solía ser la mejor de mi calle columpiándome —continúa, y me siento en el columpio a su lado—. Es más difícil de lo que parece. No me refiero solo a balancearte adelante y atrás, sino a los saltos. Era capaz de coger impulso y saltar más lejos que nadie.

—Eso suena como Lisandro. —Río, y apoyando los pies en la arena hago girar la cadena que sujeta el asiento a la barra—. Siempre era él el que me llevaba al parque. Un día me retó a saltar del columpio al cajón de arena que había enfrente. Él lo hizo antes, claro, y me dijo que se jugaba un brazo a que no sería capaz de batir su récord. Eso fue antes de Irak.

—Eso espero. ¿Lo conseguiste?

—Bueno, llegué más lejos que él. Pero con la frente. Me caí de cara en la arena, ¡pum! Y mi nariz chocó contra el bordillo, ¡crac! Se rompió. Por eso está un poco torcida.

—Yo creo que es adorable. Me gustan las narices torcidas. Me gustan las imperfecciones. Y me gusta Picasso. Creo que nadie se lo imaginaría.

Separo los pies del suelo. La cadena de la que pende el columpio empieza a girar, girar, girar y ahora todo lo que veo de Amoke realmente parece una obra cubista. Los ojos donde no deberían estar. La nariz ligeramente a la izquierda. Todos los colores dando vueltas y mezclándose y bailando.

Belleza.

—Yo sí. En Picasso todo está en su sitio, ¿no?

—Exacto.

—Aunque parezca un caos.

—Eso es lo que más me gusta de todo.

—¿Como la música punk?

—Sí. Como la música punk. Como la música punk y tú.

«Y tú.»

Las palabras flotan un momento más en el espacio vacío entre nosotras.

«Y tú.»

Mi columpio ha dejado de girar y ahora estoy frente a Amoke, que me da golpecitos en la cadera con el asiento de su propio columpio. Tenemos los pies entrelazados.

«Y tú.»

Pienso en lo que dijo Miss Wonnacott (que nos enamoramos de aquellas cualidades que no podemos encontrar en nosotros mismos) y pienso que soy Picasso y música punk y pienso en laberintos y nieve y risas, pero ante todo no pienso en nada porque no puedo separar los ojos de las gotitas de champán que brillan en el labio inferior de Amoke.

Me moriría por besar esas gotitas de champán.

AMOKE

-capítulo 49-
CASI

Ofelia tiene un lunar justo encima de la comisura izquierda. Bajo el lunar hay una pequeña cicatriz (¿secuela del accidente del columpio?). Un lunar y una cicatriz como un punto y coma.

Querría besarla.

Querría besarla, pero pienso en Zannah (no quiero pensar en Zannah).

Fantasmas de vivos.

Rechazo.

Todo lo que está mal.

A ella no le gustan las mujeres, a ella no le gustan las mujeres, a ella no le gustan las mujeres.

Pero querría besarla en su punto y coma.

Me inclino hacia ella, pero no de un modo sensual o coqueto, sino como esas personas que mojan los pies en la orilla del mar a pesar de no saber nadar.

Me inclino hacia ella para verla de cerca e imaginarme Cómo Sería Besarla.

OFELIA

-capítulo 50-
ORO

Amoke se inclina hacia mí.

Ella. Se. Inclina. Hacia. Mí.

Pienso en la primera vez que me besaron (a los dieciséis años, en la noche de San Juan, con un chico que ni fu ni fa que también se inclinó hacia mí).

Pienso en aquella vez que mi vecina me dijo que no me atrevía a saltar desde la roca más alta de la playa. Y salté. Y me rompí una pierna y perdí la parte de arriba del biquini. Pero salté.

Amoke se inclina hacia mí, y huele a lilas, y las dos gotitas de champán brillan doradas en su labio inferior.

Dejo caer la mano y mi índice roza el suyo.

Pienso en todas las razones por las cuales ella no se sentiría atraída hacia mí, y aunque no encuentro ninguna por la cual yo podría gustarle, también me inclino hacia ella.

Y la beso. Aunque nunca he besado a nadie y a mí solo me han besado dos veces, aunque no estoy muy segura de qué estoy haciendo ni de si lo estoy haciendo bien, la beso.

Sus labios mojan los míos por un momento. Luego solo siento calor, afecto y las cosquillas de sus bailarinas, que suben por mi pierna hasta llegar a las rodillas.

Sabe a champán, a tarta y a cumpleaños.

AMOKE

-capítulo 51-
OFELIA

Los labios de Ofelia caen sobre los míos y dejo de pensar.

Olvido que Zannah ya no está, y olvido el terror a que se abran nuevas cicatrices. Los fantasmas de aquellos que no han muerto aún ya no pueden herirme.

Ofelia me besa.

Ofelia me besa a mí, y es agradable y dulce y suave como un pedacito de sueño.

Estamos a salvo.

Sabe a futuro, a aventuras y a nuevas oportunidades.

OFELIA

-capítulo 52-
FUEGO

Aunque Amoke y yo hemos dejado de besarnos y nuestros labios ya se han separado, todavía no abro los ojos. No abro los ojos porque el cosquilleo de mi boca todavía sabe a champán y a tarta y a cumpleaños, y porque no quiero que este momento se acabe nunca.

Algo frío (con un característico olor a lilas) me acaricia el labio inferior. Abro los ojos. Ahí está Amoke, algo distorsionada durante unos segundos, y es su pulgar derecho el que baja hasta llegar a mi mentón.

Me muerdo la cara interna de las mejillas. Juego a darle toquecitos a sus bailarinas con mis mocasines. Y río. Ambas reímos y reímos y reímos hasta que nos lloran los ojos y nuestras mejillas quedan espolvoreadas de rosa.

Amoke se inclina de nuevo hacia mí, pero esta vez no me hace falta saltar del acantilado. Me besa. Me besa una y otra y otra vez, hasta que siento que no puedo respirar y que sus manos arden sobre las mías.

—Me encanta esto —susurra, su voz algo más rasposa que antes.

—Me encanta esto —la secundo—. Me encanta, me encanta, me encanta.

¡Pum!

Una pequeña explosión. El cielo, que era tan negro y profundo, se ilumina de rojo. Naranja. Verde. Dorado.

Son fuegos artificiales, que dibujan flores y espirales en todo lo que antes era oscuro y que mueren dejando tras de sí polvillo de oro.

—¿Ha habido un partido de fútbol importante? —pregunta Amoke.

—¡No, boba! Es tu cumpleaños.

—¿Qué?

—Tayo pensó que te gustaría. Casi se me olvida. Deben de ser ya las once.

Amoke parpadea. Solo puede repetir:

—¿Qué?

—Contratamos a un tío. Un espectáculo de fuegos artificiales desde el puerto.

—¿Qué? ¡Oh, Dios mío! ¡Oh, Ofelia!

Su risa se fragmenta en mil pedazos, y todos se esconden en los rinconcitos más insospechados del parque.

«¡Oh, Ofelia!»

Y coge mi mano fuerte, y en una carrera nos reunimos en el Old Castle con Tayo y con Jimmy.

Los chicos están tumbados en el capó del coche en el que nació Amoke, con una gruesa manta tapándolos hasta las orejas, y los pómulos y la frente pintados del color de los fuegos artificiales.

—¡Tayo! —exclama Amoke, soltándome la mano—. ¡Tayo,

Dios mío, es precioso! ¿Cómo se te ha ocurrido? ¡Es tan bonito!

Doy un paso adelante para llegar a ellos (mis rodillas todavía chocan entre sí, y sigo teniendo ganas de estallar simplemente en unas carcajadas de la variedad más ruidosa), pero entonces veo algo. Algo oculto entre los matorrales del laberinto, temblando como un animalillo asustado. Algo del color del otoño.

Aprovecho que Jimmy intenta sonsacarle algo a Amoke para acercarme. Los segundos parecen apilarse los unos sobre los otros hasta que llego a él. Harlon. Harlon con la cabeza entre las rodillas y ambas manos sobre la coronilla. Harlon sobre la nieve, llorando. Harlon asustado.

—¿Harlon?

Trato de colocar una mano tras su espalda, pero arde más que nunca y me hace daño. Su pecho sube arriba y abajo, arriba y abajo, arriba y abajo, completamente rojo.

—Haz que pare —suplica con un hilillo de voz—. Por favor, haz que pare.

Una nueva explosión tiñe el cielo de azul turquesa. Harlon se encoge más, temblando y gritando y llorando.

—Haz que pare. Haz que pare, haz que pare, haz que pare…

Extiendo una mano para levantarle la cabeza y ver su rostro.

Trago saliva.

Tal vez…

—¿Cricket? —susurro muy muy levemente.

Harlon hipa. Su cuerpo, en constante tensión, se rinde ante un último temblor.

—¡No me llames así! —grita—. ¡Por favor, por favor, no me llames así!

Se va como una confusión amarilla y naranja, y puedo verlo entre la nieve, brillando y girando y corriendo.

—¡Harlon, espera! —Jadeo, abriéndome paso entre los arbustos para llegar hasta él.

El aspecto que el interior del Old Castle ofrece es desolador. Al abrir la puerta para seguir a Harlon, esperaba oír el eco de mis pasos, pero lo único que me llegó fue el crujido de la suela de mi mocasín izquierdo rompiendo una botella vacía de cerveza.

El Old Castle de Soldiers Point Quay es un esqueleto de vigas y hormigón. En las paredes hay sombras alargadas —cicatrices de humo— que dejó el incendio que destrozó el edificio en 2011. Olor a llamas y a madera quemada. La escalera, frente a mí, está repleta de escombros y da a un piso superior sin paredes, por lo que la luz de la luna cae sobre mí como una capa plateada.

—¿Harlon?

Su nombre desaparece en cuanto sale de mis labios, enterrado bajo

una

nube

muy

enredada

de voces.

Nephesh. Ruido, ruido, ruido, ruido. *Nephesh*. Ruido, ruido. *Nephesh*. Susurros. *Nephesh, nephesh, nephesh*.

Me tapo las orejas con las manos, pero la nube de voces sigue ahí, cada vez más desesperada y febril.

NepheshnepheshnepheshnepheshNEPHESHNEPHESHNEPHESHNE-
PHESHNEPHESHNEPHESHNEPHESHNEPHESHNEPHESHNE-

Andrea Tomé

PHESHNEPHESHNEPHESHNEPHESHNEPHESHNEPHES-
HNEPHESHNEPHESHNEPHESHNEPHESHNEPHESHNE-
PHESHNEPHESHNEPHESHNEPHESHNEPHESHNEPHES-
HNEPHESHNEPHESHNEPHESHNEPHESHNEPHESHNEPHESH-
NEPHESHNEPHESHNEPHESHNEPHESHNEPHESHNEPHES-
HNEPHESHNEPHESHNEPHESHNEPHESHNEPHESHNEPHESH-
NEPHESHNEPHESH.

AMOKE

-capítulo 53-
EL FANTASMA DE SOLDIERS POINT QUAY

Aprovecho la distracción de los fuegos artificiales para evadirme. Estoy muy muy segura de que esa manchita acelerada en mi mirada periférica es Ofelia y, en efecto, al girarme la veo entrar (jadeante y temblorosa) en el Old Castle.

Me acuerdo de Birdy y del anochecer en el parque de la avenida principal y de todos los Imposibles con mayúsculas, pero también de la vocecilla de Ofelia al preguntarme si la creería, y de la facilidad con la que las palabras «mejor amiga» se escaparon de sus labios.

Sigo creyendo en ti. Sigo creyendo en ti.

La pesada puerta de madera cede con un crujido. Inmediatamente me tapo la nariz y la boca con el cuello del abrigo. Huele a cenizas y a fuego y a humedad y a muerte y a caos.

De pronto, un respingo. ¡Alguien me ha tirado del pelo!

—¿Ofelia? —la llamo.

Al darme la vuelta, los escombros y la oscuridad giran conmigo. No ha sido Ofelia. No ha sido Ofelia principalmente porque vuelven a tirarme del pelo, y en ese momento la veo en la otra punta de la habitación, hecha un ovillo y con las manos en las orejas.

—¡Ofelia!

Trato de ir hacia ella. Cuando ya casi estoy (si estirase mucho mucho mucho mi brazo podría tocarla), una armadura cae a mis pies. Doy un salto. La cabeza rueda más allá de mis piernas, y durante un par de segundos no puedo ver nada debido a la nube de polvo que el estrépito levanta.

—¡Harlon, para! —grita Ofelia, y, aunque no puedo verlo a él, sé que está aquí. Podría señalar incluso el punto exacto donde se encuentra, puesto que siembra el caos a su alrededor.

Otra armadura que se desploma. Pedazos de roca volando por los aires. Papeles sacudiéndose y alzándose en el aire. Bolsas de plástico abriéndose como medusas en mitad del vuelo. Y calor. Un calor como del infierno.

Ofelia se pone en pie. Su nariz y sus labios, que no dejan de temblar, están cubiertos por una pesada rojez.

—Harlon, para —repite, sorbiéndose los mocos—. Por favor, esto no es necesario.

Le tiende la mano a la nada. Durante una fracción de segundo (lo que dura un parpadeo) veo algo. Un pequeñísimo foco de luz. Una pincelada de color. Un destello de ardiente oro. Una fracción de segundo más y se ha ido, su vacío ocupado por las ruinas y una profunda negrura.

—Lo siento muchísimo —susurra Ofelia.

Un hálito de calor me atraviesa la mano. La puerta se abre y se cierra dos segundos después. Harlon ya no está.

Miro a Ofelia a los ojos. Los iris resplandecen rojizos en la penumbra.

—Es Cricket —dice—. Estoy segura.

-capítulo 54-
LUZ

Me despierto inusualmente temprano, dadas las circunstancias. Puesto que no he bajado la persiana al llegar (no quería despertar a mis padres), un manto de luz rosácea cubre mi cama.

Al abrir los ojos, durante ese momento en el que tus pestañas lo cubren todo de dorado, imágenes borrosas se superponen como la película de una cámara fotográfica que se revela.

Ofelia, con su punto y coma sobre la comisura izquierda. Ofelia que me besa, todas las estrellas del universo cayendo sobre nosotras. Fuegos artificiales que tiñen el firmamento de tecnicolor. Soldiers Point Quay, el Old Castle como los restos de un animal en descomposición. Un microsegundo de ardiente dorado.

Quiero pensar en Harlon y en Cricket. Quiero desvelar el misterio, proponer teorías, mantener la cabeza fría y encontrar una respuesta lógica al caos desordenado de todo lo que ha ocurrido en las últimas semanas, pero mi mente vuelve una y otra vez a un único momento en el tiempo.

Casi las once de la noche. El viejo parque tras el Old Castle. Mis bailarinas bailando un vals con los mocasines de Ofelia. El punto y coma más hermoso del mundo. Ofelia respondiendo a mi inclinación con otra inclinación para besarme.

Preparo café y magdalenas. Mucho mucho café al estilo del Milano (una cafetera de *latte* de vainilla, otra de capuchino y dos de Jamaican Blue) y también legiones de dulces con los restos de fruta que encuentro en la cocina (una bandeja de manzana y canela, otra de arándanos y sirope de arce y una última de pera y jengibre).

Cuando toda la planta inferior huele exactamente como el Café Milano y yo ya he agotado mis reservas de harina y azúcar, los pensamientos florecen otra vez.

Zannah.

Fantasmas vivos.

Rechazo.

Champán.

Ella no te quiere.

Abro la nevera, tratando de recordar las cantidades exactas de plátano y huevos para preparar unas tortitas sin harina, cuando oigo una voz detrás de mí.

—Vale, ¿quién se ha muerto?

Es Tayo, claro, que se arrastra agarrándose a las encimeras hasta encontrar una silla en la que sentarse.

Finjo no comprenderle.

—Has preparado magdalenas para todo el vecindario —insiste, quitándole el envoltorio de papel a una de las de arándanos—. ¿Se ha muerto alguien?

—No se ha muerto nadie —respondo, tratando de concentrarme en mi laca de uñas rosa—. Me apetecía cocinar.

—¿Te apetecía cocinar?

—Eso he dicho.

—Pero ¡mira esto! —Extiende ambos brazos en un intento por abarcar toda la cocina, en la que pueden encontrarse magdalenas incluso en los rincones más insospechados—. La última vez que preparaste tanta comida fue cuando…

Se calla, pero yo completo su frase en mi cabeza. La última vez que preparé tanta comida fue cuando Zannah decidió que en realidad no le gustaban las mujeres y que prefería dedicarse por completo a su carrera en ciernes como artista, adiós muy buenas. Lo segundo lo entendí (incluso la habría animado, en otras circunstancias), pero lo primero…

—¿Ha pasado algo? —insiste Tayo suavemente, mientras da cuenta de una magdalena de pera y jengibre.

—Ofelia y yo nos hemos besado —digo muy rápido, porque así las palabras no duelen—. Bueno, Ofelia me besó a mí. Y después yo la besé a ella. Repetidas veces.

—Pero ¡eso no es algo malo! —farfulla, y abre la boca de nuevo para decir algo más, pero se atraganta.

Corro hacia él con una servilleta en la mano. Tayo (completamente rojo, tosiendo) niega con la cabeza.

—Todo bien —jadea—. Demasiado jengibre. Pica.

Analizo su expresión hasta que me decido por fingir que le creo.

—No estoy segura de que a Ofelia le gusten las mujeres —susurro.

—Le gustas tú —dice Tayo, y su respiración se calma poco a poco—. Eres una mujer.

—Creo que estaba borracha. Ya sabes cómo sigue la historia.

Tayo pone los ojos en blanco.

—¿Borracha de champán? ¡De ningún modo! Le gustas. No es Zannah.

—No. No es Zannah. —Le doy un mordisco a la mitad de magdalena que Tayo ha dejado—. Pero...

—Olvídate de los peros.

—No quiero que vuelvan a hacerme daño.

—¡Ah! ¿Y quién quiere? Piénsalo, ¿vas a renunciar a la absoluta felicidad de salir con la persona que te gusta (y sé que te gusta) por la posibilidad del dolor pasajero del rechazo?

Me muerdo el labio inferior.

Ofelia sabía a futuro, a aventuras y a nuevas oportunidades.

—Somos amigas. No quiero perder eso.

—Si de verdad sois tan amigas, no vas a perder nada. Si lo piensas de esta manera, solo puedes ganar.

—Pero me gustan las cosas como están ahora —digo, y me lo repito a mí misma dos, tres, cuatro, cinco veces.

Tayo niega con la cabeza. Su mano, tras errar dos veces, coge la mía.

—Arriésgate un poco, hermanita. Hay mucha vida ahí fuera. Tu vida es buena ahora, pero nunca sabrás si hay otra vida mejor esperándote si no sales de casa.

«Está bien», quiero decir, pero las palabras se quedan atascadas en mi garganta.

No quiero perder las mañanas de música y conversaciones en el tranvía, ni las cartas sorpresa, ni las excursiones a los lugares de la biografía de Miss Wonnacott, ni los WhatsApps de madrugada, ni las fotos de la Polaroid que le regalé a Ofelia, ni todos los desayunos en Júpiter del mundo.

Me pongo en pie.

—Te llevo a rehabilitación —digo.

Tayo vierte parte de la primera jarra de Jamaican Blue.

—¿A santo de qué? Me llevará papá de camino al instituto, y después me traerá Trent a casa. Como siempre.

—Por favor —insisto, limpiando las manchas de café del mantel con un paño húmedo—. Necesito hablar contigo, y necesito poner a los Sex Pistols a todo volumen, y necesito no ver a Ofelia aún. Tengo que pensar.

Tayo frunce los labios y se alisa las arrugas del pijama una, dos, tres veces antes de suspirar:

—De acuerdo. De acuerdo. Pero nada de Sex Pistols. Las Riot Grrrls.

OFELIA

-capítulo 55-
DISPUTA

Amoke no ha aparecido esta mañana en el tranvía. Me he pasado todo el trayecto escuchando música y cambiando de canción a la mitad (cuando mis grupos y mis artistas favoritos no conseguían apartar mis pensamientos de El Gran Beso y de Harlon/Cricket). De Carole King a Owl City, pasando por las Andrew Sisters, los 21 Pilots, Kodaline, la orquesta de Kay Kyser, Sufjan Stevens y Sleeping At Last.

Cuando llego, veo el coche de su padre aparcado en la entrada y siento la tentación de pasar por el despacho, pero Eliza me recibe con un seco:

—Ve, corre. Miss Wonnacott lleva diez minutos esperándote.

Lo que seguramente es una traducción del autoritario «¡Haz buscar a Ofelia Bachman!» de la novelista.

—Llegas tarde otra vez, señorita Bachman —dice Miss Wonnacott al oírme entrar, su voz vaciada de todo sentimiento—. Dime, ¿no estás contenta con el trabajo? ¿Qué quieres? ¿Un sueldo más alto? ¿Un horario distinto? ¿Acceso a los manuscritos de mis mejores obras? —Me mira de arriba abajo mientras me siento ante el Mac—. ¿Un pase privado a mi vestidor?

Instintivamente hago chocar las puntas de mis zapatos. Llevo unos Lilley & Skinner dorados que compré hace mucho tiempo en una tienda *vintage* y que nunca me había puesto porque no sé andar con tacones (ni siquiera con estos, que no deben de medir más de cinco centímetros).

—Lo siento —digo, tan inexpresiva como ella—. No volverá a ocurrir.

Aunque, en realidad, un pase privado al vestidor de Miss Wonnacott resultaría bastante terapéutico. Me siento segura cuando llevo puesta ropa *vintage*. Me hace pensar que, si las personas que vistieron estas prendas antes sobrevivieron incluso a sus peores días, yo también puedo.

Para ser honesta, hoy he revuelto en mi propio vestidor de segunda mano hasta encontrar unas gruesas medias de lana que pertenecieron a la abuela Jo, un vestido de los años treinta que me viene algo pequeño en la cintura y me aprieta, un jersey gigante y lleno de pelotillas que compré la Semana Santa pasada en un rastrillo, una boina que llevaba décadas olvidada en la caja de disfraces del grupo de teatro de mi instituto y un chaquetón de kamikaze que conseguí por bastante menos de lo que realmente vale en una subasta benéfica.

—Entonces seguimos —prorrumpe Miss Wonnacott, toda ella exasperación—. A no ser, claro, que tengas algo que objetar.

Creo que lo dice porque me he quedado paralizada, los dedos sobre el teclado y la vista fija en la pantalla bloqueada.

No he vuelto a ver a Harlon desde ayer por la noche en el Old Castle.

No quiero que desaparezca. No quiero que desaparezca. No quiero que desaparezca.

«Es culpa tuya.»

Esas tres palabras aparecen sin ser llamadas en mi cabeza cuando alzo el mentón para dirigirme a Miss Wonnacott.

«Es culpa tuya.»

No puedo más. Me levanto, apoyándome en la mesa y sintiendo cómo mis mejillas se vuelven más y más rojas.

—Harlon es Cricket —espeto, y las gafas de Miss Wonnacott caen al suelo provocando un pequeño estrépito—. Y usted lo sabía.

Miss Wonnacott parpadea. Sé que se esfuerza por mantener la calma (aunque ahora se aferra a su cruz de oro con tanta fuerza que sus nudillos se vuelven blancos), pero sus pupilas no dejan de moverse.

—Usted lo sabía —continúo—. Y no me dijo nada. Me ha utilizado. Lo siento, Miss Wonnacott, pero ya no me interesa este trabajo. No se preocupe, enseguida encontrará a otra persona ardiendo en deseos de escribir para usted. Yo leeré su libro cuando esté en las librerías, como debí decidir desde un principio.

Y comienzo a caminar hacia la puerta (mirando adelante, adelante, siempre adelante, concentrándome en los ejércitos de libros que se disponen a izquierda y derecha). Miss Wonnacott mueve su silla. Trata de agarrarme la muñeca, pero sus reflejos son débiles y falla.

—¿Nunca te has preguntado por qué te escogí a ti, señorita Bachman?

—Sí, muchas veces, pero no me importa. Es una mujer excéntrica y horrible, y debería hablar seriamente con su editora. *La coleccionista de almas* no es, ni por asomo, de la calidad de la Trilogía de la Guerra.

—¿Nunca te has preguntado por qué podías ver a Harlon cuando otros no poseían esa habilidad? —continúa Miss Wonnacott, ahora detrás de mí—. Por favor, señorita Bachman, llevo escribiendo esta historia desde hace décadas. Una y otra vez, desde que terminó la guerra hasta hoy, y siempre mentí llegado el final. Por favor, déjame desvelar la verdad antes de que esta muera conmigo.

La «verdad».

Esa única palabra, desde la uve hasta la de, flota entre nosotras como un extraño fantasma sin color.

La «verdad».

—Lo siento, Miss Wonnacott, pero puede contarle la verdad a otra persona. A mi amiga Amoke, por ejemplo. Le hace falta el dinero, y es mucho más profesional que yo.

—Tienes que ser tú. Lo sabes. ¡Ofelia!

Niego con un gesto. Mis manos ya están sobre el pomo, tan frío al tacto, cuando la escritora dice las palabras mágicas:

—La tumba de Cricket está a nombre de John Michael Williams. La fecha de la muerte es falsa. Yo me la inventé. Cricket no murió entonces.

—Yo no vi ninguna fecha en la tumba. En absoluto —digo sin volverme—. Y ya me enteraré de cómo John Michael Williams llegó a ser conocido como Harlon Brae más adelante, cuando su biografía esté publicada.

Giro el pomo. Una corriente de aire frío pone de punta los pelillos de mi nuca.

—Es una fecha falsa —insiste Miss Wonnacott—. Cricket no murió calcinado. Los padres de Cricket jamás supieron la verdad. Es una tumba con una mentira grabada, pero, de estar vivos, ninguno de los Williams lo sabría. Era un secreto que hasta ahora solo conocía yo.

Me doy la vuelta muy muy lentamente. Miss Wonnacott, al fin, respira.

—Por favor, Ofelia Bachman —implora—, déjame que te cuente una historia. Una buena historia. Una historia real.

Y, cuando me siento de nuevo ante el Mac, me doy de bruces con el salvapantallas, en el que una única palabra se repite hasta perder todo su sentido.

VERDADVERDADVERDADVERDADVERDADVERDADVERDADVER-DADVERDADVERDADVERDADVERDADVERDADVERDADVERDAD-VERDADVERDADVERDADVERDADVERDADVERDADVERDADVER-DADVERDADVERDADVERDADVERDADVERDADVERDADVERDAD-VERDADVERDADVERDADVERDADVERDADVERDADVERDADVER-DADVERDADVERDADVERDADVERDADVERDADVERDADVERDAD-VERDADVERDADVERDADVERDADVERDADVERDADVERDADVER-DADVERDADVERDADVERDADVERDADVERDADVERDADVERDAD-VERDADVERDADVERDADVERDADVERDAD.

capítulo 56

LA VERDAD

He aquí lo que Miss Wonnacott me dice
sobre Birdy
sobre Phoebe
sobre el miedo
de Cricket.

Lo que ocurrió el Día Terrible

Era un día pesado, sombrío, que caía sobre nuestros hombros como un feo animal disecado. Birdy Williams salió, por primera vez en semanas, de casa. Cricket y yo, que fumábamos en el jardín trasero la vieja pipa del señor Williams, lo seguimos a hurtadillas.

¿Había comprendido Birdy algo de lo que le había dicho Cricket sobre el bebé de Phoebe? ¿Lo había escuchado, siquiera? Incluso yo me había dado cuenta de que, cuando te dirigías a él, Birdy posaba sus ojos negros en algún punto más allá de tu cuerpo, como si pudiese ver a través de ti o como si una espesa neblina cubriese sus párpados.

Pero aquel día... desde el ángulo preciso... desde la posición adecuada... si uno se esforzaba lo suficiente... Birdy casi parecía el Birdy de antes de la guerra.

¿Cómo decirlo? La vida se escapaba por sus poros. Brillaba, aunque tenuemente. Su uniforme de la RAF estaba limpio de nuevo; sus botas, lustrosas; su pelo, engominado y con la raya en medio. Era completamente Birdy.

Cricket y yo lo seguimos a través de campos de cultivo, de jardines ajenos y de pequeñas parcelas privadas. Por un momento creímos que había tomado el camino más largo posible para llegar a mi casa, pero en el último momento giró (casi nos costó encontrarlo) y se encaminó a la pista de vuelo del señor Brown.

Silbaba. Todavía oigo esa melodía a veces, como si hubiese quedado adherida a mis tímpanos. Era *In the mood*, de la orquesta de Glenn Miller.

Cricket y yo nos sentamos en el tejado del barracón en el que guardaban los aviones, observando a Birdy volar como cuando éramos niños y la única guerra que conocíamos estaba al otro lado del canal de la Mancha, en España.

—¡Cricket va a volar! —dijo uno de los dos, llevándose la mano a los bolsillos para comprobar que, en nuestro regocijo, habíamos dejado el tabaco atrás.

No nos importó mucho. Birdy volaba como nunca. A nuestros ojos, su avión danzaba como si interpretase la pieza más complicada del *ballet*. Arriba, abajo, tirabuzón, tirabuzón. Pintaba el cielo utilizando la estela que los motores dejaban como pincel.

¡Oh, cuánto hablamos esa tarde! Hablamos hasta que nuestras bocas quedaron secas de sueños y planes y futuros irreverentes.

—Me alistaré en la RAF.

—Yo también. Si hace falta, me travestiré.

—¡Imposible! Te descubrirían en dos noches, máximo, y te llevarían presa.

—¿Por querer defender mi país?

—No, por marica travesti.

—Si tú vas a la RAF, yo también.

Lo había decidido. Cricket no podía volar sin mí y yo no podía volar sin él. Llevábamos haciéndolo desde que teníamos doce años, ¿por qué parar ahora que el mundo se derrumbaba? Sin Saul y sin Gus, nada me ataba a Holyhead, y nada me aterraba tanto como la posibilidad de quedarme en casa cuidando de los niños que venían a refugiarse al campo desde las ciudades.

–Si yo voy a la RAF, tú también –asintió Cricket–. Te ayudaré en lo que pueda. Si hace falta, te ayudaré a travestirte.

¿Qué era aquello, excepto las promesas ridículas de dos adolescentes? Dudo que nos lo creyéramos, ni siquiera entonces, bajo el hechizo del vuelo de Birdy, pero estoy segura de que cada uno fingió que así era solo para reconfortar al otro.

Birdy continuaba bailando su vals aéreo. Cada vez más temerario, cada vez más imprudente. Subía y bajaba y cuando el morro de su avión parecía querer tocar el suelo, ascendía en espiral como si todo aquello fuese un mero espectáculo circense.

No creo que pensásemos que algo iba mal. Era Birdy. Volvía a ser Birdy, y Birdy Williams era alguien a quien le gustaba causar una buena impresión.

–¡Hurra! –gritábamos con cada batida–. ¡Hurra! ¡Hurra!

Ahora dime, lector, ¿cuál es la diferencia entre un muchacho intrépido que disfruta comprobando cuánto le gusta vivir y un hombre vacío que llama a las puertas de la muerte a la espera de una respuesta? La diferencia estaba en un segundo. En un «hurra» ahogado a mitad de sílaba. En un rugido. En una explosión. En una densa espiral de humo negro reptando entre los árboles.

–¡Birdy!

Saltamos del tejado del barracón y corrimos en la dirección en la que se había estrellado el avión de Birdy. Claro que él no podía estar dentro, ¿verdad? No, por supuesto, debía de haber saltado antes de la colisión. Debía de haber ideado algo... oiríamos su risa pronto, sí. Birdy era un prestidigitador, un escapista, nuestro Harry Houdini particular.

¿Has notado el tiempo verbal? Era. Birdy Williams (nuestro Birdy Williams) no era Harry Houdini ni un escapista ni un prestidigitador. Birdy Williams era la figura negruzca que se consumía en el interior de su avión.

–¡Birdy!

Cricket trató de salvarlo. Se quemó las manos y los brazos, y resistió hasta que el humo, tan negro, tan espeso, tan mortífero, le hizo toser. Entonces lo saqué de allí.

De todos modos, ¿qué podría haber hecho por Birdy? Y cuánto

pude hacer por Cricket. Estaba vivo. Aunque llorando y temblando, su mundo hecho cenizas, estaba vivo.

Aquel fue un Día Terrible para todos, noche de lamento en todo Holyhead. El grito de la señora Williams se oyó en la otra punta de la isla. Cuando logré calmarla, oí otro grito, otra voz conocida: la de mi madre.

Llegué mientras el reverendo Samuels salía de casa. No dijo nada en un principio, pero instintivamente lo supe: Phoebe. La excéntrica Phoebe. Phoebe, con sus fiestas y su dulce perfume y el hechizo de su sonrisa.

¿Se habría enterado de la muerte de Birdy o se lo habrían dicho sus voces? Nunca llegué a saberlo. Bien pensado, no habría cambiado nada. Birdy había muerto, Phoebe había muerto. Era todo lo que debía saber.

-capítulo 57-
VALOR

Hago chocar las puntas doradas de mis Lilley & Skinner una vez más antes de entrar en el despacho. Cloc-cloc-cloc. ¡Y adentro! Tragando saliva y mordiéndome el labio inferior y jugueteando con las puntas quemadas de mi flequillo, pero adentro.

Amoke levanta la vista de la gigantesca montaña de cartas por pasar a limpio de Virginia Wonnacott.

—Ho… hola, Ofelia —dice.

Está rojarrojarroja (aunque no tanto como yo) y se seca el sudor de las manos en la falda compulsivamente.

Vuelvo a tragar saliva. Me saco la boina y empiezo a estrujarla entre los dedos, dando vueltas por la habitación y tratando deliberadamente de no mirar a Amoke a los ojos.

—Mira, en cuanto a lo que pasó ayer… no tienes que preocuparte por ello, ¿vale? No tienes que sentirte mal por mí ni nada por el estilo. Entiendo que… —ladeo la cabeza, tra-

tando de encontrar las palabras; no dejo de caminar en círculos ni de estrujar mi pobre boina *vintage*—, entiendo que no
lo hubieses hecho en otras circunstancias, así que no quiero
que te preocupes por mí. Todo está bien. Solo… solo quería
decirte que sé que probablemente nunca sentirás lo mismo
que yo, y que te estoy poniendo en un aprieto, pero que me
gustas muchísimo y que eres la mejor amiga que tengo en el
mundo y que no quiero perderte.

Me detengo. Las palabras salen de mi boca como balas,
una detrás de otra, rápidas, con la agresividad (no planeada)
de aquella mañana en la que le pregunté por qué iba a ser la
secretaria de Miss Wonnacott.

Amoke separa los labios, pero yo soy más rápida que ella.

—Así que sí… —continúo—, ya lo sabes. Y comprendo que
es un poco raro para ti, de modo que no tienes que decirme nada. Solo espero que mañana nos sentemos juntas en el
tranvía, como siempre, y que escuchemos música y que nos
inventemos historias raras sobre la gente aburrida que viaja
con nosotras. Y supongo que solo es eso.

Me doy la vuelta antes de darle tiempo a Amoke de contestar y hago chocar las puntas de mis zapatos una última
vez. Estiro los puños de mi jersey. Me quito las perlas de
sudor con la boina. Abro la puerta.

Tengo un pie fuera y otro en la sala cuando Amoke se
pone en pie.

—Espera, Ofelia —dice—. Tú… tú también me gustas.

AMOKE

-capítulo 58-
UNA NUEVA AVENTURA

—Espera, Ofelia. Tú... tú también me gustas —digo, pero en realidad mi cabeza solo repite: legustolegustolegustole-gustolegustolegustolegustolegusto.

Ofelia se detiene, dejando resbalar su mano por el brillante pomo de latón.

—¿QUÉ? —grita, y por un momento parece que vaya a pegarme, como reprochándome: «¿Por qué no me lo habías dicho antes?».

Naturalmente, no hace nada de eso, pero aun así nada podría prepararme para lo que ocurre a continuación.

Ofelia se abalanza sobre mí, abrazándome con un ansia tan repentina que doy un traspié que casi nos hace caer a ambas al suelo.

—¡Oh, joder! —chilla—. ¿En serio?

Giramos, giramos, giramos. Los papeles de mi mesa caen y los bolígrafos se desploman al suelo con un sonoro ¡plas!, pero no nos detenemos. Ofelia salta y baila y ríe y se lleva las manos a la cara.

—¿En serio? —repite.

Me encojo de hombros, notando mis mejillas arder.

—Pues... sí.

—¿Por qué?

—Podría preguntarte lo mismo.

Ofelia alza las cejas. Ha dejado de saltar y bailar y reír; su rostro, del color de las primeras manzanas del año, está húmedo y brillante.

—¿Por qué tú? ¡Vaya pregunta! ¿Y por qué no?

—Bueno... yo podría decirte lo mismo —insisto, aunque la respuesta es otra: «Porque me haces sentir como si mis silencios y mis miedos no fuesen Algo Feo Que Hay Que Arreglar Enseguida».

—Jo. Pero no me pidas que te bese otra vez, porque se me da fatal. Prefiero que me beses tú a mí.

Como si de pronto se hubiesen agotado sus reservas de energía, Ofelia se sienta sobre el escritorio y deja escapar una risita. Me coloco junto a ella, con cuidado de no tirar nada más, y la observo en silencio.

Cómo hace chocar las puntas de sus zapatos (cloc-cloc-cloc-cloc).

Cómo le tiemblan las comisuras de los labios, como tratando de esconder una sonrisa.

Cómo sus piernas (cubiertas por el tipo de medias reglamentarias de los colegios privados) se sacuden incesantemente.

OFELIA

-capítulo 59-
SÍ

—¿Por qué tú? —le había dicho, y añadí—. ¿Y por qué no? Era más fácil. Si hubiese querido hacer una lista de todos los porqués, Amoke habría pensado que he perdido la cabeza. En realidad, hay un porqué (el más importante) que debí haberle dicho: «Porque, cuando estás tú, no tengo que preocuparme de si soy demasiado ruidosa o demasiado parlanchina o, en general, una molestia; para ti nunca soy una molestia».

Ahora estamos las dos sentadas sobre su mesa, aguantándonos la risa y sin decir nada. No es incómodo. Ese es otro de los porqués más importantes. Cuando estoy con Amoke y ninguna de las dos habla, no siento la necesidad de forzar una conversación. Todo está bien así.

—El domingo por la mañana hay partido de fútbol —dice cuando yo ya estaba empezando a tirar de los pelillos de mi nuca—. Tayo y yo siempre vamos a ver a los niños jugar. ¿Te gustaría venir?

—Me encantaría. —Sonrío, cogiendo su mano derecha.

-capítulo 60-
EL PARTIDO

Me paso toda la noche pensando en Amoke y en el hecho de que yo también le gusto, a pesar de que no soy gran cosa y que no hay demasiado en mí para gustar. Pero es agradable. Me paso toda la noche pensando en Amoke y en sus ojos de cervatillo y en su chaqueta rojarrojarroja y en el modo en que su voz puede ser amable un segundo y decidida al siguiente. Me quedo dormida con la confortable calidez de la víspera de un cumpleaños, y lo único que puede manchar mi mañana de melancolía es la certeza de que Harlon no está.

No lo he visto (ni he oído el estrépito que lo precede) desde aquella noche en el Old Castle. «Harlon es en realidad Cricket», me recuerdo, aunque no soy capaz de adivinar por qué ya nadie lo llamaba John cuando murió y por qué pasó sus últimos momentos con vida en una casita de Swansea en lugar de en Holyhead.

«No me llaméis más Noemí (mi dulzura), llamadme Mará (amargura), porque de amargura me ha llenado el Señor.»

Las palabras del Libro de Ruth de la Torá resuenan dentro de mí (en mi estómago, parece, por la sensación de vacío) como un tambor.

Mientras me visto (he encontrado una combinación deportiva de los años veinte que parece muy apropiada), busco en Google el significado de los nombres John y Harlon.

John: la misericordia del Señor.
Harlon: nacido en la tierra de las liebres.

La tierra de las liebres... Pero ¿qué sabrá Harlon, mi ton torrón y entusiasta Harlon, del significado de los nombres? ¡Que se vayan al infierno Miss Wonnacott y sus historias! Para mí Harlon siempre será el mismo, siempre significará las mismas cosas.

La sonrisa infantil por las mañanas.

El otoño brillando en su pelo.

La luz huyendo de él, puesto que no puede luchar contra su luminosidad.

Las orejas del color de las ciruelas maduras.

Todas las tardes del mundo pintadas de esperanza.

La soledad de la muerte camuflada de amistad.

Puesto que este es mi Harlon, y puesto que no cambiará nunca, cojo todos los marcapáginas que dejó para mí y todos los regalitos que me hizo y los llevo a su habitación antes de marcharme. Preparo un altar en su ventana con las piedras y las conchas y las flores secas y los recortes de periódico y los *tickets* de autobús que él solía dejar en mi cama y le escribo una nota de disculpas. Para ser honesta, solo la firmo. La nota ya fue escrita hace siglos por un hombre infinitamente más capaz que yo; la nota la arranco de un maltratado ejemplar de segunda mano de *Romeo y Julieta*.

JULIETA: ¡Solo tu nombre es mi enemigo! ¡Porque tú eres tú mismo, seas o no Montesco! ¿Qué es Montesco? No es mano, ni pie, ni brazo, ni rostro, ni parte alguna que pertenezca a un hombre. ¡Oh, sea otro nombre! ¿Qué hay en un nombre? ¡Lo que llamamos rosa exhalaría el mismo grato perfume con cualquier otra denominación!

Por favor, perdona a esta torpe bocazas y vuelve a casa pronto.

Ofelia

☆ ☆ ☆

A pesar de que solo llego cuatro minutos tarde, la familia Enilo al completo ya está sentada en las gradas. No resulta difícil verlos, porque son cuatro de las siete personas que han madrugado lo suficiente para ver a los niños jugar. Puesto que Amoke me pidió que viniese sin desayunar, mi estómago los saluda con un rugido antes de que me dé tiempo a decir nada.

El señor Enilo ríe.

—Menos mal que hemos venido bien preparados, ¿eh?

Para ilustrar su observación, Amoke saca de debajo de las gradas tres cajas de magdalenas y una sonrisa para mí.

—¿Arándanos y sirope de arce, manzana y canela o pera y jengibre? —me pregunta.

Tengo tanta hambre que cojo una de cada.

—Toma —dice Amoke después, pasándome un termo de conejitos—. *Latte* de vainilla. Te gustará.

Lo hace. Es dulce y cremoso, y casi supera al *latte* de caramelo del Café Milano. Es el tipo de bebida azucarada que haría levantar a Miss Wonnacott su espesa ceja gris, como diciendo: «¿Eso es un café o un batido ligeramente amargo?».

—¡Esto sabe a gloria! —exclamo, pensando si será de mala educación servirme una cuarta magdalena, y si a los señores Enilo les importará que sea de manzana, aunque sea el sabor más solicitado—. ¿Por qué no me habías dicho que cocinabas tan bien? Yo solo sé hacer esos pasteles en polvo a los que simplemente hay que añadir leche y huevos.

Amoke se encoge de hombros.

—Solo cocino cuando estoy estresada.

—La adrenalina les da ese regustillo —apuntilla Tayo.

—Entonces deberías estar estresada más a menudo —digo, aunque es una grosería gigantesca y una desconsideración absoluta hacia la persona que podría ser mi novia.

(Me gusta cómo suena la palabra «novia» en mi cabeza.)

—No te preocupes —dice Amoke—, tú eres mi fuente de estrés favorita. Seguro que prepararé más cosas si te tengo revoloteando a mi alrededor. Anda, ven, tienes un bigote de leche condensada.

Me lo limpia con el índice, que queda repleto de dulce blanco. Cuando se lo lame para limpiarlo no resulta sexi, ni tampoco recuerda a esas madres que les limpian la cara con saliva a sus hijos, simplemente parece lo más natural que podría hacer Amoke ahora.

Aunque fui yo la que le dijo que no me pidiese besarla otra vez, me inclino ante ella, pero Amoke se da la vuelta y comenta que la estrella del equipo es un crío de doce años llamado Robert Malarkey.

—Ahora no —dice después en voz baja—. Aquí no.

—¿Por qué? Siempre he querido besar a alguien en mitad de un partido de fútbol, como esos norteamericanos de la SuperBowl que aparecen en la KissCam y luego tienen problemas con su mujer porque salieron por la tele besando a Cindy la de Recursos Humanos.

—Ya, pero aquí no hay una KissCam —me recuerda Amoke—, y esto no es fútbol americano, sino fútbol de verdad (que, no es por nada, pero es mucho mejor). Y, además, el setenta por ciento de la gente de este barrio vota al partido conservador. El simple hecho de que mi madre y tú estéis con tres negros ya rebosa su cupo de permisividad. Según ellos, el único lugar aceptable para que dos mujeres se besen es Sodoma y Gomorra.

—Sodoma y Gomorra son dos sitios distintos —preciso—. ¿Y sabías que durante años se ha malinterpretado ese verso de la Torá? El original hebreo decía que no podía yacerse con un hombre en la cama en la que se yace con una mujer. Básicamente condenaba que solo estuviesen permitidos los matrimonios heterosexuales y que por lo tanto los hombres gays acabasen teniendo aventuras con sus mejores amigos y sus cuñados. Si pudiesen casarse, ya no tendrían que recurrir a hacerlo en la cama que comparten con su esposa.

Amoke primero frunce el ceño y luego se ríe. Cuando lo hace, las pecas de sus pómulos se extienden y contraen como las respiraciones de un animal pequeño, formando constelaciones y estrellas que nacen y mueren.

—Eres increíble, Ofelia Bachman —dice—. Acabas de dar un argumento bíblico a favor del matrimonio homosexual.

—Y ni siquiera es la hora de comer. Además, estoy muy segura de que, desde esta distancia, parezco un chico muy bajito.

—Un chico muy guapo —me corrige ella, y me pongo tan colorada que tengo que hundir la cara en la caja de magdalenas de arándanos para que no se me note.

Amoke cree que soy guapa. O al menos que sería un chico muy guapo. Yo.

Como consuelo, me coge de la mano y entrelaza sus dedos con los míos. No digo nada, pero lo cierto es que podría pasarme horas así. Con Amoke, incluso cogerse de la mano como dos niñas sabe a intimidad y a afecto. Me gustaría pasarme el día entero viendo a los niños jugar y acariciando la palma de Amoke.

—¿Cuál es tu equipo de fútbol favorito, Ofelia? —me pregunta el señor Enilo.

Pienso en los dos equipos de fútbol más malos que conozco.

—Es un empate entre el Racing de Ferrol y el Nottingham Forest.

Tayo (que, a juzgar por su expresión, es el único que sabe lo suficiente de fútbol como para reconocer el nombre del primer equipo) arruga la nariz.

—¿Por qué?

—Porque los dos van de verde.

—Un argumento razonable —dice, y luego se gira para hacer bocina con las manos y chillarle al crío de doce años que es Robert Malarkey que ni se le ocurra dejar a su «glorioso equipo» (palabras suyas, no mías) en evidencia.

—¿Jugabas en este equipo, Tayo?

Amoke, que se lame el azúcar glas del labio superior, contesta por él.

—Se nota que no eres de por aquí. Tayo fue el mejor portero que Tower Gardens ha tenido en muchos muchos años.

—En toda su historia —apostilla el señor Enilo, a lo que su mujer añade:

—¡Tú más que nadie deberías saberlo! Ojalá hicieses esa dichosa tesis sobre fútbol y no sobre esa asquerosidad.

—La llegada de la peste negra a Escocia es un tema pionero.

—Es un tema pútrido. Escribe sobre el auge de la música punk en la comunidad negra.

—No voy a escribir sobre negros solo porque sea negro.

—No, vas a hacerlo porque te lo pide tu mujer.

No puedo aguantarme la risa un minuto más. Suelto una carcajada tan tan pero tan ruidosa que el *latte* de vainilla me sale por la nariz (asqueroso, lo sé, pero no tanto como la peste negra), y todas esas personas que votan al partido conservador y se escandalizarían por ver a dos chicas besarse posan sus ojos de sapo sobre mí.

—¿Tus padres también son así? —me pregunta Amoke mientras me quita los restos de café con un pañuelo de tela. No sabía que hubiese gente menor de cincuenta años que todavía usase pañuelos de tela, pero de pronto me doy cuenta: desde luego que Amoke utilizaría pañuelos de tela.

—Mis padres nunca fueron así.

La señora Enilo-Clark se vuelve hacia mí.

—Me gusta cómo vistes, nena. Tienes actitud. Mi Amoke es demasiado estirada.

—¡Mamá! —protesta Amoke—. Solo dices eso porque te dije que tu chaqueta de cuero con púas es hortera. Y lo es, además de peligrosa.

Tiro del cinturón de tela de mi conjunto *vintage* antes de que se desencadene una guerra maternofilial en mi presencia.

—Gracias, me salió a mitad de precio porque tenía un agujero en el trasero.

Me doy cuenta de la cosa tan estúpida que he dicho a mitad de frase, pero ya es demasiado tarde para retractarme. Intento esconderme detrás de la magdalena de pera y jengibre más grande de la caja y, cuando eso no funciona, agrego.

—Pero lo cosí, claro. Se me da bien coser. Mi padre dice que es un alivio, porque es la única tarea doméstica que domino y por lo tanto no soy completamente inútil.

—Yo no creo que seas inútil —asegura Amoke, y su voz pasa de agradable a decidida en un segundo.

El señor Enilo suelta una risita nerviosa.

—Es curioso, porque el otro día di a parar con una tarea de punto de cruz del siglo diecinueve. La pobre muchacha escribió a punto de cruz que había odiado cada punto que había dado.

Mientras Amoke se dirige a su padre para comprobar qué hay de verdad y qué de mentira en eso, Tayo me propina un codazo en el hombro.

—Eh, no tienes que estar nerviosa. Pasaste la prueba de los padres hace meses, ¿recuerdas?

—Sí, como amiga, no como novia.

Tayo pone los ojos en blanco.

—Mamá es vuestra mayor fan.

Fan. Me gusta cómo suena eso. Como si Amoke y yo fuésemos rockeras al estilo de Cherie Currie y Joan Jett.

AMOKE

-capítulo 61-
MÚSICA DE FIESTA

—¡Vamos a patinar sobre hielo! —me dice Ofelia esta tarde, al salir de casa de Virginia Wonnacott—. Es la mejor manera de darle la bienvenida al mes de febrero.

Y yo digo sí porque patinar sobre hielo es la mejor manera de no pensar. No pensar en Tayo y en las maletas en su puerta. No pensar en Harlon y en el hecho de que ya no está, a pesar de que Ofelia deja regalos en su ventana cada mañana.

Llegar a la pista de hielo nos lleva más de una hora, puesto que tenemos que coger varios tranvías hasta llegar a Bangor. Hay muy pocas cosas que merezca la pena ver en la isla, por lo que los viajes a Bangor son ya viejos conocidos. En Bangor está mi facultad, y en Bangor está también la sinagoga a la que Ofelia y su padre van cada *sabbat*.

Cuando al fin atravesamos las puertas de cristal, el muchacho de las entradas nos dice que solo tenemos una hora, porque el equipo de *hockey* femenino tiene la pista reservada desde las siete hasta la hora de cierre.

—Entendido, vaquero —dice Ofelia, que con sus pantalones de raya diplomática y su sombrero estilo años treinta parece un gánster de diecisiete años—. Un par del treinta y ocho y otro del cuarenta.

—Tengo pies de pato —dice después, mientras nos sentamos a calzarnos los patines. Ella lo hace con rapidez y naturalidad, como si se hubiese pasado la vida atando cordones y limpiando cuchillas.

—Tienes pies de Audrey Hepburn —digo—. Deberías haberla visto en *Cara de ángel*. Pies como barcas.

—¡*Cara de ángel* es mi película favorita! —chilla Ofelia, y tira de mí hacia la pista.

Solo hay dos gemelos pelirrojos patinando, y sus dos matas de pelo (tan rizadas, tan espesas) parecen increíblemente rojas contra todo ese blanco.

Ofelia se da toquecitos en la comisura de los labios con el índice.

—¿Cómo era el baile que hacía Audrey Hepburn en *Cara de ángel*? ¡Ah, sí!

Y levanta su pierna izquierda tanto como puede, agitando los brazos como si fuesen alas y poniendo a punto cada uno de sus músculos. Parece un mimo extraño y gracioso, bailando como una maníaca mientras suena música de Françoise Hardy.

Los gemelos pelirrojos aplauden y, cuando Ofelia pierde el equilibrio y se cae, se llevan dos pares de dedos gorditos a la boca y silban.

—Eres un caso perdido, Bachman —digo, extendiendo la mano ante ella para que se levante.

Claro que ella es Ofelia y Ofelia simplemente no toma la mano de una para levantarse. Tira de mí hasta que acabamos las dos de rodillas, claro que sí, con nuestros culos espolvoreados de hielo picado y las mejillas y la nariz teñidas de rosa.

—Hacerte bromas es demasiado fácil. —Ríe—. Siempre picas.

La hago callar iniciando una pelea de bolas de nieve al lanzarle un puñadito de hielo negruzco a la cara.

—¡Eso no vale! —exclama, persiguiéndome con un buen montón de hielo entre las manos enguantadas.

Los niños, que gritan y ríen y saltan, se nos unen enseguida y no paramos de patinar ni de pelearnos hasta que el pobre muchacho de las entradas se levanta y nos echa de la pista a patadas.

—Debería daros vergüenza —dice, a pesar de que solo es un estudiante de instituto más joven que nosotras.

Ofelia coloca ambos brazos frente a él, como ofreciéndole las muñecas para que la espose.

—Arréstanos, Sherlock. —Ríe, y la saco de la pista antes de que al muchacho se le ocurra llamar a sus superiores.

Como todavía es temprano y no nos apetece volver a casa aún, nos sentamos en un *diner* americano regentado por una señora muy delgada llamada Peggy.

—Vosotras diréis, chicas.

—Yo quiero tortitas de limón con miel —dice Ofelia, y su adorable arruga de lectura se mueve a medida que habla—. Y chocolate caliente. Adoro cenar comida de desayuno —me dice después, pasándome el menú.

—Yo una ración de patatas fritas con kétchup y mostaza. Y un perrito caliente, kétchup y mostaza también, por favor. Oh, y una Pepsi pequeña. —Me vuelvo a Ofelia mientras

Peggy apunta nuestro pedido—. Adoro tomar comida guarra en cualquier momento del día.

—¿Para desayunar también? —me reta Ofelia, y Peggy, a quien a estas alturas pocas cosas pueden sorprender ya, se aleja moviendo sus caderas esqueléticas.

—Especialmente para desayunar. Nada como *pizza* fría bien temprano por la mañana.

Diez minutos de espera y canciones ochenteras después llega nuestra cena. Comemos dulces y menús basura (a la vez, lo que es una guarrada que me recuerda a la adolescencia y a las noches de verano sin toque de queda) mientras hablamos de los fantasmas de vivos y muertos y del vacío y de los viajes interestelares y de todas las aventuras que viviremos juntas.

Al levantarnos a cambiar de canción en el *jukebox*, aprovechamos el rincón oscuro (y el hecho de que, con la distancia y la luz pobre, Ofelia parece un chico) para besarnos. Suenan canciones horteras como el *What's new pussycat* de Tom Jones y nos besamos, besamos, besamos como si al fin estuviésemos a salvo.

—Deberíamos hacer esto más a menudo —susurra Ofelia, que pasa sus labios muy suavemente por mi cuello.

—Podemos hacer sesión de pelis antiguas en mi casa y darnos el lote todo lo que quieras.

—No me gusta que siempre tengamos que esperar a llegar a tu casa para besarnos. O que tengamos que hacerlo en un rincón oscuro escuchando a Tom Jones cantar *What's new pussycat*.

—Tú escogiste la canción —le recuerdo, ignorando deliberadamente lo que quiere decirme.

Ya he tenido esta conversación otra vez.

Fantasmas de vivos.

Cuando tienes la opción de besar sin miedo, la obligación de besar a escondidas llega como un tipo de prisión especialmente dulce.

—Venga, Amoke, ¿qué más da? Puedo vestirme de chico. Tengo el pelo lo suficientemente corto.

—Quiero que te vistas como te dé la gana. Y no quiero que nos tiren una Coca-Cola encima (o algo peor) por besarnos en el tranvía.

—¡Que les den! Seré pequeña, pero también más fuerte de lo que parezco. Si alguien se atreve a tocarte un pelo, le daré una paliza. Formaré mi propia pandilla de delincuentes para patear en el culo a todos los homófobos de Gales.

Suelto una risita.

—Ahora estás siendo un poco tonta —digo, acariciándole el labio inferior con el pulgar—. Venga ya, ¿qué hay más sexi que besarse en un rincón oscuro y pegajoso con música de Tom Jones de fondo?

—El culo de Carlton Banks —dice ella, pero vuelve a besarme de todas maneras.

Nos besamos y nos besamos y nos besamos hasta que se nos duermen los labios y se terminan las siete repeticiones de *What's new pussycat* que Ofelia ha pagado.

OFELIA

-capítulo 62-
LO QUE OCURRIÓ

En las librerías ya hay carteles de la próxima publicación de la primera biografía autorizada de Virginia Wonnacott. Mi nombre no figura en ninguno de ellos, claro, puesto que Virginia Wonnacott prefiere mantener en secreto que está demasiado enferma y débil para escribir ella misma todos sus pensamientos. O que necesita a una joven como yo, de todas maneras.

Cuando se lo cuento, ni siquiera tiene el detalle de arquear una de sus cejas (que no han dejado de crecer desde que llegué hace casi cinco meses). Solo se limita a decir:

—Ya era hora. Esta historia lleva quemándome setenta años.

Y sigue narrando su historia (cada vez con más lentitud, cada vez más tambaleante, cada vez más débil), porque ese es su estilo.

Andrea Tomé

Santuario

Nosotros habíamos perdido a Birdy y a Phoebe (ambos en circunstancias extrañas, ambos debido a las circunstancias de la guerra y
a su propia voluntad, ambos olvidados por el reverendo Samuels en
sus oraciones), pero yo sabía que Saul, internamente, había perdido mucho más.

La confirmación nos llegó días después, en las páginas amarillas
y polvorientas de un periódico local.

El 14 de octubre, a las ocho y dos de la tarde, una bomba de
1.400 kilogramos cayó en una carretera sin importancia situada
sobre los túneles de la plataforma de metro Balham, creando un
gigantesco cráter por el que se estrelló un bus. La plataforma colapsó, agua fluyendo, brotando de cada rincón, salvaje, desconsiderada, mortal.

Sesenta y seis de las personas que se refugiaban de los bombardeos en la estación de metro de Balham perecieron, entre ellas
una tal Angustias Velázquez, enfermera de veintisiete años de edad.
Para los lectores del periódico, Gus quedó reducida a un nombre,
una edad y una profesión, pero para mí era mucho más.

Era la calma rabiosa de la Legión Escarlata, la que nos instaba
a luchar y no llorar jamás.

Era la sonrisa cálida que podía despertar cariño incluso en mi
padre.

Era las promesas del futuro y el espíritu combativo y todas las
cosas por las cuales yo me habría sacrificado en el verano de 1940.

Era un inabarcable infinito que se había apagado.

Como ves, la guerra y la muerte son hermanas. No obedecen a ningún tipo de ley justa o lógica. Unos viven y otros perecen, y no existe ningún tipo de explicación para comprender por qué un hombre
enfermo como mi padre sobrevivió al horror y a la guerra cuando tantos muchachos y muchachas jóvenes murieron sin honor y sin gloria.
Con todo, el Día del Juicio Final vino y se fue, y nosotros seguimos caminando porque incluso el mayor momento de oscuridad de
la vida de uno es preferible a la oscuridad eterna de la muerte. La
pérdida, había comprendido, no es más fuerte que nosotros. Siempre sobrevivimos a ella, a menudo transformados en personas más

nobles, más valientes y más compasivas. Tenemos que hacerlo por ellos, porque incluso personas como Birdy y como Phoebe habrían elegido vivir un minuto más de haber tenido la opción.

Así que el Día del Juicio Final vino y se fue, y dejé de prestar atención al fin de los tiempos, porque el fin de los tiempos había llamado muchas veces a mi puerta y mi casa todavía no se había derrumbado.

La rueda que mueve el universo siguió girando. Cricket, desoyendo las lágrimas y las plegarias de su madre, se alistó en la RAF. Yo, que no recibí tal oposición, me alisté en la WAAF, las Fuerzas Aéreas Auxiliares, la única facción del ejército del aire que me consideraría a pesar de mi condición de mujer.

Aquel fue el momento de pensar. Nuestra casa estaba cada vez más abarrotada de chiquillos que venían al campo huyendo de los bombardeos, pero mi madre rara vez se ocupaba de ellos y yo pasaba demasiado poco tiempo en casa para prestarles atención. Entre la pequeña Joan y los niños, nuestra única doncella, el ama de llaves, no daba abasto.

Traté de pensar en una solución, pero había algo que me lo impedía. Algo que susurraba y hablaba y a veces incluso chillaba. En inglés y en galés y en unas cuantas ocasiones también en hebreo. Tras la muerte de Phoebe, comencé a oír aquel enjambre de voces que ella oía. Desde entonces no me han abandonado.

En aquellos días solía sentarme por las noches, sudorosa y agotada, y trataba de descifrar lo que aquellas voces me decían. Al cabo de una semana di con algo, una cosa muy pequeña pero vital. Di con una dirección: la de la parte judía de mi familia.

No dejo de pensar en lo que hice entonces, aunque, con toda honestidad, no considero que fuese un acto de crueldad. Para la jovencita de diecisiete años que era, resultaba un acto de piedad y de amor.

Di con ellos. Les escribí cartas. Mantuve una asidua correspondencia con aquella familia olvidada, les expuse nuestra situación y les propuse algo a lo que no pudieron negarse. Les entregué a Joan. Les entregué a Joan y mi madre ni siquiera alzó una ceja, porque dudo que en ningún momento la hubiese considerado su propia nieta.

Yo la quería. Sé que la quería. Era la hija de Phoebe, la niña que Cricket había ayudado a traer al mundo, e inmediatamente la adoré. Por eso lo hice. La mandé con otra familia, a otra ciudad, al tutelaje de otra religión con otros valores, porque ni Cricket ni yo podíamos cuidar de ella y, si no nos tenía a nosotros, ¿qué opciones le quedaban? Nunca hablé con Joan, pero durante toda mi vida pude refugiarme en el pensamiento confortador de que Joan Wonnacott (ahora con otro apellido) era feliz con una familia que también supo adorarla inmediatamente.

Entonces Saul volvió a casa. Consumido, ojeroso y acartonado, con su niña (bien vestida y bien peinada, como si perteneciesen a familias distintas) en brazos.

—Tienes que cuidar de ella —me dijo, y después, la desesperación veló su rostro—. Por favor.

No supe qué decir. Saul me preguntó dónde estaba Cricket y, cuando se lo indiqué, fue corriendo a por él. Hablaron largo y tendido, a salvo tras la puerta cerrada del despacho de mi padre.

No oí lo que se dijeron. Tampoco intenté hacerlo a hurtadillas. Tenía plena confianza en Cricket y en su lealtad, de modo que cogí a la niña de Saul y me la llevé al jardín a jugar.

—Cazaremos hadas —le dije—. En todos los jardines de Gales habitan hadas.

Las horas pasaron, una detrás de otra y cada una más pesada que la anterior. Acosté a la niña. Me quité el apestoso uniforme de la WAAF y lo lavé y lo tendí para tenerlo a punto el día siguiente. Fumé un cigarrillo tras otro y bien entrada la noche, rozando la hora de las brujas, Saul y Cricket salieron del despacho.

Dos rostros teñidos de un fantasmal halo pálido. Dos rostros prematuramente avejentados y, con todo, llenos de esperanza.

—Tengo que pedirte un favor —me dijo Saul.

—Tengo que hablar contigo —me dijo Cricket, y me llevó con él antes de que mi hermano pudiese añadir nada más.

¿Cómo expresar lo que me contó Cricket? No podría. Me he propuesto no mentir, pero nunca he prometido contar toda la verdad. Hacerlo sería una insensatez, aun setenta años después del final de la guerra. Demasiadas personas se verían implicadas, demasiados secretos ajenos desvelados. No puedo correr el riesgo.

Ahí estaba el quid de la cuestión: un secreto, el mayor que se puede guardar en un conflicto armado. Un secreto del que Cricket y yo ya formábamos parte, invitados por un cicerone esquelético y ansioso: mi hermano Saul.

Aunque no nos dijo nada, apuesto a que él ya sabía que la cruz de la enfermedad de mi padre cargaba, también, sobre sus hombros.

—La charla descuidada cuesta vidas, Cuervo —finalizó Cricket, y me tendió su último cigarrillo.

Cricket. Qué muchacho más estupendo era. De haber podido repetir una sola época de mi vida, habría repetido los seis años que fuimos vecinos, a pesar de todas las veces que el fin de los tiempos llamó a mi puerta.

Pero nos estamos adelantando. Cricket se fue y Saul vino conmigo.

—Tengo que pedirte un favor —me dijo, y yo supe que me rompería el corazón.

Debía cuidar de Anna, su hija. Debía seguir con vida para tutelarla cuando acabase la guerra. Con todo lo que aquello significaba.

Debía dejar la WAAF, mi única posibilidad como mujer de volar, mi gran pasión. Debía encontrar un trabajo, un buen trabajo, como todas las buenas chicas de Holyhead. Ser enfermera resultaría una tarea noblísima, pero no era la razón por la cual yo había venido al mundo. No hacía que mi corazón latiese desbocado, ni que todos los segundos de mi vida estallasen en un único momento fugaz, ni me hacía tener esperanza en un futuro que, a veces, parecía que nunca llegaría.

Podría llegar a gustarme servir como enfermera, y podría consolarme el hecho de que la niña de Saul estaría a salvo a mi lado. Pero renunciar a la WAAF, al sueño que me mantenía entera, era una condena en vida.

Aun así, acepté. Era la hija de Saul, la hija de Gus. ¿Qué opciones tenía? No podía mandarla junto a Joan. No tenía a nadie. Y Saul podía ser egoísta si quería. Podía ir a cumplir sus sueños, a luchar por sus ideales. ¿Quién lo censuraría? Los hombres se marchan todo el tiempo. Yo, en cambio, jamás sería expiada si abandonaba a Anna.

Cricket se fue, yo me quedé. Cricket cumplió su sueño, yo guardé mi uniforme de la WAAF en un baúl bajo llave y me prometí no volver a tener un sueño jamás. Aquella era mi vida, ¿cómo iba a cambiarla ya? Cuidé de Anna y proseguí con una existencia que me parecía de prestado. Estaba viva, sí, pero aquella no era mi vida. Era la vida de otra persona.

Yo había nacido para volar y para la guerra, no para cuidar y para la paz.

Viví mis días uno tras otro, todos grises y amontonados, cada mañana un poco más melancólica y desilusionada, mientras todos salían a cumplir sus sueños y yo me enfrentaba a una rutina que me comía por dentro. Seguía viva, sí, pero a qué coste.

Un acto de amor y de piedad.

-capítulo 63-
HOGAR

Lo veo desde la distancia en el lugar en el que nos encontramos por primera vez. El tontorrón de Harlon Brae está en pie frente a la marquesina, comprobando el horario de los autobuses como si se planteASE viajar a algún lugar. Camino hacia él, primero despacio y luego más rápido, y, cuando ya podría tocarlo si extendiese el brazo, me llevo los dedos a la boca y silbo.

Harlon se da la vuelta. Tiene las orejas coloradas y el pelo revuelto como si en realidad nunca se hubiese ido.

—Has vuelto —digo, y lo rodeo con los brazos y hundo mi cara en su cuello para asegurarme de que es real—. Tienes que dejar de irte. Te pierdes demasiadas cosas.

—En realidad no me había ido del todo. Se me da bien esconderme. He visto todas las cosas que me dejabas...

—Te he echado de menos.

—Yo también a ti. Estar muerto puede ser algo muy solitario.

—No tienes por qué irte. Me partirías el corazón. Eres como mi hermano pequeño.

—Técnicamente, soy mucho mayor que tú, ya sabes...

Se deja caer sobre el bordillo. Observa sus rodillas huesudas, que sobresalen por los agujeros de su mono vaquero, como si él también tuviese que recordarse «estoy aquí, estoy aquí, estoy aquí».

—¿Ya lo sabes? —susurra, y no se atreve a alzar la vista de sus rodillas.

Me siento a su lado.

—Bueno, sé lo que le pasó a Birdy. Y sé lo que le pasó a Phoebe y a Gus y a Saul y a todos los demás. Sé que te uniste a la RAF. ¿Por qué no me lo contaste nunca? Debió de ser fantástico. Volar ahí arriba...

Harlon sonríe. Cuando habla de aquello que le apasiona se convierte en una masa muy enredada de emoción y actividad. Da vueltas en círculos y chasca los dedos y ríe y se tapa la boca para no reír más. Tiene la misma expresión que puso cuando me contó por primera vez cómo cazar liebres.

—Era maravilloso. —Salta sobre el bordillo y se inclina hasta que su nariz casi toca la mía—. Sentías el corazón golpear contra el pecho y hacía mucho frío, pero al mismo tiempo todo el calor del mundo se concentraba aquí —se lleva las dos manos al estómago—, y podías hacer cualquier cosa. Puedes ser quien quieras, nadie está más alto que tú. Y puedes ver el cielo y todos los colores y son tan brillantes, no hay los mismos aquí abajo, y vas tan tan rápido que casi parece que el universo vaya a desaparecer, a estallar, a desintegrarse contigo dentro. —Coge aire, dejando de saltar y de hacer aspavientos con los brazos—. Pero nunca entré en combate. Mis compañeros y yo estábamos pasando nuestra última semana libre en Swansea antes de ir a Europa. Pero supongo que Virginia Wonnacott sabrá contarlo mejor que yo.

Lo miro. Está pálido y sudoroso, y sus pómulos y el puente de su nariz están salpicados de rojo, como si él todavía estuviese ahí arriba y volando tan rápido que la tierra podría resquebrajarse a sus pies.

—No hace falta que Miss Wonnacott me cuente nada —aseguro—. Ya me lo has contado tú. Ven. —Le tiendo la mano—. Creo que es necesario que veas algo. ¿Confías en mí?

—¡Qué remedio! —bufa, pero coge mi mano de todas maneras.

☆ ☆ ☆

Llegamos al cementerio a media tarde. Aunque hace días que no nieva, frente a las lápidas y a los lados del camino todavía hay charcos de aguanieve que brillan dorados con la luz del atardecer.

No nos detenemos hasta llegar a su tumba, que siempre tiene flores frescas y citas del Libro de Ruth.

—Ya sé que no quieres recordarlo —le digo—, pero es evidente que todavía hay gente que sí se acuerda de ti. No importa que no hayas dejado mucho atrás. Vienen.

—Vienen —repite Harlon, sentándose ante esa lápida pequeña y desangelada que reza un nombre y un apodo que un día fueron suyos.

Coge la cita del Libro de Ruth con el puño derecho. Con la palma de la mano derecha limpia el polvo de nieve sobre la losa. Entonces lo veo. Algo en lo que no me había fijado la última vez.

«John Michael Williams, nuestro Cricket, que bendijo esta Tierra hasta que el Salvador lo llamó de nuevo a su lado.

17 de febrero de 1924»

—¡Harlon! —le doy un golpecito en el hombro—. Tu cumpleaños es la semana que viene, mira. ¿Cuántos cumples? —añado, aunque en realidad un ejercicio de cálculo mental rápido me daría la respuesta.

Harlon se tumba sobre la hierba húmeda, todos los colores del cielo desplegándose por su rostro.

—Noventa y tres, creo.

—Pues te conservas de coña.

—Lo sé. Es el aire de Gales —dice, y ambos reímos hasta que llega la noche y el cementerio se tiñe de violeta y azul cobalto.

—¿Sabes qué? —digo, tirando de él para levantarlo—. Hace una noche magnífica para cazar liebres.

—Tienes toda la razón, Grulla. Es una noche perfecta.

AMOKE

-capítulo 64-
EN LA TIERRA DE LAS LIEBRES

El sol. La pradera. Las flores.

Todo cuanto mis ojos ven es un espectáculo de verde contra dorado. De lejos, y olvidándote de la época del año en la que nos encontramos, parece que la primavera haya llegado extraordinariamente temprano.

Ofelia está tumbada sobre la hierba, con los pies apoyados en un árbol, de modo que los bajos de su peto vaquero se arrugan y puedo ver muy claramente sus tobillos blancos y huesudos.

—Por una vez en tu vida, Amoke Enilo —dice, tapándose la cara con su sombrero de paja—, llegas tarde. Debería darte vergüenza.

Veo su comisura izquierda, la del punto y coma, alzarse por debajo del ala del sombrero. Me agacho y la beso. No hay nadie, ni un granjero ni un transeúnte ni un niño perdido. Nadie, nadie, nadie. La beso y vuelvo a besarla, y cuando estoy satisfecha cojo su sombrero y me lo pongo, aplastando los rizos.

—Bueno, ¿dónde esta el chico del cumpleaños? —pregunto, apoyando la cabeza en el vientre de Ofelia y dejando la cesta de pícnic junto a mis piernas desnudas.

No es preciso obtener una respuesta. En cuanto lo digo, siento cierta calidez junto a mi brazo izquierdo, y entonces algo juega con un mechón de mi pelo. Lo veo subir y bajar y luego caer inerte sobre mi hombro.

—Creo que hay algo en esa cesta que podría interesarte —digo, señalándola con un gesto de la cabeza.

En efecto, aquello que ha jugado con un mechón de mi pelo abre la cesta y de ella saca uno de los tres menús de *fish and chips* envueltos en papel de aluminio. Según Ofelia, Cricket (es decir, Harlon) nació en 1924 y murió en 1941. La tienda de *fish and chips* al final de mi calle es famosa por continuar con su receta tradicional (secreto de familia) desde principios de los años treinta.

Veo el pescado frito alzarse y desaparecer en el aire templado de febrero bocado a bocado.

Considero todos los imposibles del mundo y el caos desordenado que los contiene, pero cierro los ojos y me relajo. Ofelia está aquí, conmigo, y confío en ella.

Confío en ella, confío en ella, confío en ella.

—Harlon dice que hacía setenta años que no comía un *fish and chips* tan bueno y salado —susurra Ofelia, mordisqueando una de las patatas fritas de su menú, y luego—. Gracias por todo.

—No, gracias a ti —digo, y me inclino ante ella—. ¿Sabes? Esto no está muy oscuro. Y creo que no oigo ninguna canción de Tom Jones.

—Qué oído más fino, Enilo. —Ofelia sonríe, sacudiendo su teléfono ante mí—. Es Edith Piaf. A Harlon le gusta. —Silencio—. Aunque no tanto como Marlene Dietrich. —Silencio,

silencio—. Que, a su vez, no le gusta tanto como Billie Holiday. —Alza el cuello y posa sus ojos en un punto en el que para mí no hay nada—. Pero esta es tu lista de reproducción de cumpleaños, y todo llegará.

—Todo llegará —repito, y le doy un último beso en los labios, como si fuésemos dos niñas jugando a la botella por primera vez.

Hemos cogido los libros de Virginia Wonnacott (Harlon finalmente quería leerlos) y todas nuestras cartitas (que nosotras queríamos releer). Ofelia ha traído consigo su Polaroid; saca fotografías a los árboles y a los arbustos y a la nada, y la nada es lo que aparece en cada una de las instantáneas. Una nada hermosa e inabarcable teñida de dorado.

—Veamos, Trilogía de la Muerte, libro uno —recito, sopesando entre las manos aquel brillante ejemplar que leí hace tiempo, cuando Virginia Wonnacott fue mi paciente en la Hiraeth; lo abro al azar—. Capítulo tres, página sesenta y cuatro. «El cielo era naranja. El viento olía a cenizas. Consideremos estos dos hechos: cielo naranja. Viento ceniciento. Naranja y gris como una fruta que se pudre. La niña cerró los ojos y respiró con profundidad. En aquel momento, estaba segura, las brujas se manifestarían y los horrores llegarían a su fin.»

—Trilogía de la Muerte, libro dos —dice Ofelia a su vez, abriendo por la primera página un muy maltratado libro de segunda mano—. Capítulo uno, página cuatro. «Rolan B. Hear había nacido con el sol y las hojas de octubre en su pelo y en su piel. Su rostro estaba permanentemente rubicundo, solo cambiaba de tono con las estaciones desde el pálido pero distintivo rosa hasta una brillante variedad de rojo. Tenía síndrome de estrés postraumático de segunda mano, aunque en realidad no le daba demasiada importancia. Rolan B. Hear no acostumbraba a darle demasiada importancia a nada. Sabía que, en la guerra, ser soldado solo es algo temporal. Su hermano volvería pronto y, si no lo hacía, iría él mismo a buscarlo, pues Rolan B. Hear era una persona a la que se le daba bien encontrar aquellas cosas que se pierden...»

Continuamos leyendo y escuchando *jazz* suave hasta que nuestros brazos quedan rígidos y nuestras voces se vuelven pastosas. De vez en cuando creo oír una risita, o tal vez el comienzo de una frase, sonando ahogada, como si proviniese de algún lugar en el interior de la Tierra.

De vez en cuando, Ofelia comenta algo.

—Esta es mi parte favorita.

O tal vez:

—¡No sé si debería leer esto en voz alta! Os estaría destripando el final.

E incluso:

—A veces me he planteado escribir mis propias historias. La abuela Jo creía que tenía lo necesario para hacerlo.

Y yo le contesto:

—Es una frase maravillosa.

Y:

—Sabes que lo leerás de todas maneras.

Y finalmente:

—Me moriría por leer todas tus historias, y sabes que no me gusta la ficción. Leería hasta las cosas que escribes con Virginia Wonnacott.

Leemos hasta que el sol se achata, naranja, en el cielo y me parece ver la sombra de una figura pintada con los colores del otoño a mi derecha.

☆ ☆ ☆

Estamos tumbadas en la pradera, sudorosas y enrojecidas, con la luz de la luna cayendo sobre nosotras, cuando ocurre la magia.

Comienza del modo más mundano posible. Algo que se mueve y se retuerce en los arbustos frente a nosotras. Un pequeño ruidito. La sensación de una presencia desconocida.

Y entonces... entonces...

Entonces veo marrón y crema en todo lo que antes eran sombras y noche. Colas peludas. Orejas grandes y temblorosas.

—Son liebres —susurro.

Ofelia, que sonríe, me da un beso en la mejilla.

—Ajá. Harlon es un encantador de liebres de primera.

Las veo correr y arremolinarse y alzarse hacia la nada, y veo cómo la nada las recoge. Oigo, muy tenuemente primero y con toda claridad después, cómo la nada las arrulla. Canciones de cuna en galés que me recuerdan a mi infancia y a aquellos días en los que estábamos seguros y nada podía torcerse.

—Bienvenida a nuestro mundo, Amoke —me dice Ofelia, que se agacha para acariciar uno de los inquietos animales en la cabeza.

«Tú siempre me haces sentir bienvenida», pienso.

Una liebre salta a mis piernas. Está cálida al tacto, y sus pequeños músculos se sacuden. Parece tener frío y estar falta de amor, de modo que la abrazo.

Pienso que el vacío está un poco más lejos hoy, y que las maletas en la puerta de Tayo no pueden dañarme por un segundo, y que aquí, ahora, Ofelia es perfecta para mí.

Aunque sé que la perfección no existe.

Aunque sé que la perfección es una red que nos atrapa.

Aunque el miedo late, considerablemente más lejano, y me llama.

Aquí, ahora, Ofelia es perfecta para mí y no hay nada que temer.

La beso. La beso y la beso y la beso, preguntándome cuándo volveremos a tener la oportunidad de hacerlo al aire libre y sin represalias.

Ojalá existiese una palabra que definiese la certeza de que tu alma y tus huesos están hechos de magia, noche y libertad.

OFELIA

-capítulo 65-
LA PROMESA

En el tranvía camino a casa de Miss Wonnacott, Amoke me pregunta si puede venir a cenar a casa algún día de esta semana. Aunque yo paso tanto tiempo con los Enilo que el señor ya sabe que prefiero la salsa de tomate a la de queso y la señora tiene la libertad de recomendarme productos para el pelo y tiendas de segunda mano, aquella tarde en mi jardín trasero fue la única vez que Amoke estuvo en mi casa.

No me gusta la frialdad con la que la trata papá. No es desagradable con ella (de hecho, diría que es incluso más educado que de costumbre) y a ojos de cualquier conocido papá se comportaría con la misma distancia prudente de siempre. Pero yo lo noto. Soy su hija. Lo noto. Puedo verlo en sus ojos y en las arrugas a ambos lados de su nariz. Dado que la comunidad judía de por aquí no es lo que se dice impresionante, papá habría estado contento con que simplemente fuese amiga de una galesa, pero una chica negra de Tower Gardens es otra cosa.

Quién sabe la cara que pondría si supiera que Amoke no es solo mi mejor amiga, sino que además hemos batido juntas el récord de morreos en el aparcamiento tras la iglesia o que hemos aprendido el secreto de las caricias furtivas en un atestado vagón de tranvía.

—Hum… hablaré con papá —digo.

Amoke no se enfada ni me hace preguntas. Solo alza un poco las cejas, baja el cuello y murmura algo que suena muy parecido a: «Claro… claro…».

Hubiera preferido que se enfadase o me hiciese preguntas. O —mejor aún— que papá se pareciese un poco más a los señores Enilo y un poco menos a un estirado autónomo de clase media.

Durante lo que queda de trayecto, ni Amoke ni yo decimos gran cosa. Solo escuchamos a The Weepies (hoy es mi turno de escoger banda sonora) y nos tomamos de la mano, seguras por la protección que nos otorga mi abrigo verde, extendido de modo que tape nuestros brazos. De vez en cuando, aprovechando que nadie nos ve, acariciamos rápidamente (como si fuese producto de una confusión) la pierna o las caderas de la otra, pero nada más.

Cuando llego a casa de Miss Wonnacott me siento cansada y alicaída, de modo que simplemente me dejo caer frente al Mac y tecleo todas y cada una de las palabras sin prestar demasiada atención a su significado.

Nunca hubiese imaginado que llegaría un día en el que ser la primera persona en el mundo en escuchar la biografía de Virginia Wonnacott me entusiasmase tanto como los conciertos de trombón de madrugada de la tele pública.

Juramento

Cricket vino a verme al hospital a principios de año. Llovía. Era un día extremadamente frío y gris. Si me concentro lo suficiente todavía siento ese olor húmedo (como a musgo y a invierno desapacible) de los charcos sobre la acera.

Cricket se sentó frente a mí en la cafetería del hospital con un sándwich de pollo. Estaba alto y moreno, y sus hombros me parecieron mucho más anchos de lo que recordaba.

Nos quedamos mordisqueando nuestros sándwiches y dándole sorbos a nuestro café, charlando de temas intranscendentales como qué tal la familia en Holyhead y qué noticias tienes de Saul y así que Anna ya ha crecido mucho. Solo nos miramos cara a cara y nos dijimos lo que teníamos que decirnos cuando las mesas a nuestro alrededor se hubieron vaciado.

—¿Eres feliz? —me preguntó, y yo contesté «sí», clara y secamente, porque sí era la respuesta más sencilla, la menos dolorosa.

Pero Cricket sabía leer la verdad en mis ojos y en mi piel y en cada uno de mis movimientos. Cricket sabía, y bajó la cabeza.

—Lo siento.

—No lo sientas.

—No sabía, de verdad que no sabía que Saul iba a pedirte algo así. En cuanto me enteré, le dije que estaba loco y que si necesitaba elegir entre los dos, sería mejor que yo me quedase en casa cuidando de Anna. No me importa que me llamen cobarde. Se puede defender a tu país sin ir al frente. Tú lo haces. Y tú eres mejor piloto que yo, eso le dije...

—La charla descuidada cuesta vidas —le recordé, los dientes apretados, la voz débil.

Claro que Cricket había incumplido su propia norma desde el primer momento. ¿Qué secretos podía ocultarme a mí? Nos lo habíamos confesado todo siempre.

—Tú eres mejor piloto que yo, eso le dije. Lo has sido desde el principio, y ahora que Birdy... —Negó con la cabeza, mirando a un lado y al otro; sus puños temblaban bajo la mesa—. Me cuesta concentrarme.

—Sigues siendo el segundo mejor piloto de la isla, y probablemente también de todo Gales —le dije, extendiendo los brazos de modo que mis nudillos rozaron los suyos—. Saul no se ha equivocado.

–Sí lo ha hecho. Y en parte me alegro, porque eso significa que tú estarás a salvo. Pero por otra… mira, no solo eres la mejor, sino que además has soñado con esto, con lo que hago yo, desde que tenías doce años. Has trabajado más que yo. Te has entregado más que yo.

Aparté la vista. ¿Qué otra cosa podía hacer? Pobre Cricket, tenía la suerte de no comprenderlo. Aunque pobre y sin estudios, era varón, y aquel era un detalle que tenía más peso que mi dinero o mis libros.

–Ya no podemos solucionarlo.

–No te resignes.

–No lo hago. Solo tengo que aprender a jugar con las cartas que me han dado. Nunca dejé que la WAAF se me subiese mucho a la cabeza. Siempre supuse que sería temporal. Incluso aunque hubiese entrado en combate, las guerras terminan y nosotras volvemos a ser civiles. La lucha no termina porque se haya perdido una batalla.

Cricket me cogió las manos. Él siempre estaba tan cálido y yo tan fría; nos aclimatábamos el uno al otro.

«Suenas como Gus», leí en su expresión.

«Te pareces a Birdy», debió de leer él en la mía.

–Solo quería que supieras cuánto lo siento –insistió.

Le apreté la mano.

«Está aquí, está aquí –me recordé–. Estará bien, estará bien.»

–No vivas tu vida como una disculpa –le dije–. Piensa en todas las cosas que haremos cuando acabe la guerra.

Asintió y miró su reloj. No nos quedaba mucho tiempo. Su tren saldría pronto.

–Toma, quiero que tengas esto. –Se sacó un librito de bolsillo del macuto.

Lo comprendí enseguida. Cricket jamás leía. No se le daban bien las palabras.

–Por favor, no hagas nada que ponga en peligro tu vida –susurré.

Cricket no me hizo caso.

–Si no lo coges, lo tiraré por ahí y entonces sí que pondré en peligro mi vida.

Acepté el libro. ¿Qué otra cosa podía hacer? Acepté el libro y lo guardé en mi bolso. Otro minuto más que pasaba. Acababa de llegar el momento de la despedida.

A ojos de los demás clientes, el hecho de que Cricket estuviese en posesión de un libro no resultó sorprendente porque no lo conocían; puesto que tampoco me conocían a mí, tampoco vieron nada raro o inusual en el abrazo que le di a Cricket.

Un abrazo largo y seco. No había tiempo para lágrimas.

–*Nephesh* –susurré a su oído–. Quiero que pienses en eso mientras estés fuera. *Nephesh* es la vida, el aliento de vida, y eso es lo que nos espera cuando la guerra termine.

–*Nephesh* –repitió él, y yo asentí con un gesto.

Aquella fue la última vez que vi a John Michael Williams, a quien todos llamábamos Cricket y a quien acababa de prometerle la vida. Un juramento imposible de cumplir.

Leí el libro de Cricket por la noche, cuando Anna ya se había acostado. Se trataba de un ejemplar cualquiera de *El hombre invisible* de H. G. Wells. Tal vez le había gustado el título. Tal vez no había pensado en nada en absoluto.

Lo importante no estaba en la historia en sí, sino en aquello que Cricket podía haber dejado entre sus páginas. Miré y busqué, pasando capítulos con cuidado, hasta encontrar:

1) Dos citas arrancadas de la Biblia.

2) Una nota escrita a lápiz en el margen de la página 44.

Cogí primero las dos páginas de la Biblia. La primera pertenecía al Libro de Samuel. Rezaba: «Entonces vino un mensajero a Saúl, diciendo: ven luego, porque los filisteos han invadido el país». La segunda, del Libro de Isaías, decía así: «Entonces oí la voz del Señor, diciendo: ¿A quién enviaré, y quién irá por Nosotros? Entonces yo le dije: Aquí estoy. ¡Envíame a mí!».

La nota de Cricket había sido escrita con extrema delicadeza, de modo que los trazos del lápiz no se calcaban en la página. Era una nota corta, concisa:

«Si me pasa algo, ahora respondo al nombre de Harlon Brae.»

Lo pensé durante un par de minutos. Harlon venía de *hare*, liebre, y yo conocía muy bien la debilidad de Cricket por aquellos veloces animalitos que poblaban las praderas de Holyhead en la primavera. El significado de Brae resultaba más difícil de discernir. Lo repetí mentalmente una y otra vez como un mantra hindú: Brae, Brae, Brae, Brae, Brae, Brae.

Repitiéndolo tantas veces, ¿no sonaba Brae muy similar al verbo *break*, romper? Cricket era un manazas. Siempre estaba armando alboroto y haciendo cosas añicos.

Ahí estaba. Harlon Brae era su nombre ahora.

Solo me había hecho falta leer los versículos de la Biblia una vez para comprenderlo todo. Lo que no había podido decirme en voz alta (la charla descuidada cuesta vidas). Saul le había encomendado algo, algo que soy incapaz de escribir incluso ahora, el mayor secreto que uno puede guardar en una guerra (motivo más que suficiente para ser conocido por un nombre ficticio). Y Cricket (Harlon a partir de ahora) había dicho sí; era un gran piloto y poseía un coraje admirable, ¿por qué no iba a enviar mensajes a la Europa ocupada?

Harlon Brae. Harlon Brae era ahora su nombre. Lo memoricé (resultó fácil, teniendo en cuenta las pistas de las liebres y el verbo *break*) y borré el mensaje con una goma. Eché las dos citas de la Biblia a la lumbre. Tuve miedo de que el nuevo nombre de Cricket fuese, de alguna manera, visible en el papel, de modo que arranqué la página y también la quemé. Tuve miedo de que alguien encontrase el libro y sospechase de la desaparición de la página 44, de modo que, finalmente, eché *El hombre invisible* también a la lumbre.

Quién lo habría dicho. Yo, que algún día sería la novelista en habla inglesa más leída, comencé mi vida adulta convirtiendo un libro en cenizas.

-capítulo 66-
TU ME PLAIS

Fijamos el día de la cena con mi padre para exactamente una semana después del cumpleaños de Harlon.

—Hoy va a venir mi amiga Amoke a cenar —le anuncié a papá mientras él preparaba su famosa mermelada de frambuesa.

—De acuerdo —dijo sin volverse—. Hay pescado.

—Ya le dimos pescado la última vez —repuse yo, preguntándome cómo diablos iba a decirle que había habido una pequeña equivocación y que Amoke no es simplemente mi amiga, sino que además es mi novia (N-O-V-I-A).

—Pues no sé qué más tenemos por casa.

—¿Pasta? Siempre hay pasta. ¿Por qué no haces pasta con calabaza y queso?

Papá solo rumió algo por lo bajini, lo cual es su manera de decir de acuerdo, pero que no le entusiasma mucho la idea. Le dejé hacer.

No sé por qué, me puse nerviosísima pensando en la ropa que llevaría. No estoy segura de si quería sorprender a Amoke, a papá o a ambos, pero me pasé una buena media hora revolviendo en mi armario *vintage* hasta encontrar algo elegante que no fuesen mis pantalones de pinza. Al final me decanté por el vestido menos apolillado y que más parecía combinar con mis Lilley & Skinner dorados que tanta suerte me habían dado. Me puse la peluca castaña, porque quería parecer un poco menos la Ofelia atolondrada de siempre y un poco más la Ofelia seria y refinada que (según mi opinión) ofrece el contraste del pelo oscuro contra mi piel clara. A Amoke le gusta mi corte *pixie* (o lo que queda de él), pero a mí no. Me siento vulnerable y desnuda, y no me tranquiliza nada saber que mi pelo está tan cerca de mis manos. Con la peluca me siento mejor. Con la peluca me siento protegida.

—¡Fiu, fiu! Pareces una modelo de los años sesenta —me dice Amoke cuando me ve, y luego, reparando en las manchas de barro en mis medias (antes blancas y ahora moteadas de un color que solo podría definirse como «caca»)—. Una modelo trompa en el festival de Woodstock.

—Y tú pareces una actriz a lo Audrey Hepburn que no sabe muy bien qué hace en Woodstock pero que ahora tiene que sujetarle la cabeza a la modelo trompa mientras vomita.

—¿Ves? Por eso me gustas. Eres increíblemente romántica. —Amoke ríe, apoyándose en los carteles de películas antiguas.

Hemos quedado en el cine más pequeño antes de cenar porque:

a) Dan *Amélie* en versión original, y a las dos nos fascinan *Amélie* y cómo suena el francés con sus errggggres guturales y su pizca justa de esnobismo.

b) No mucha gente comparte nuestro amor por *Amélie* y las errgggggres guturales.

c) Por lo tanto, la sala estará vacía.

d) Y a oscuras.

Compramos palomitas con extra de mantequilla porque sé que papá, aunque maestro confitero, no es lo que se dice el mejor cocinero del mundo, y nos sentamos a ver la película fingiendo que somos dos amigas normales en una cita entre amigas normales y heteros hasta que pasan veinte minutos y nos convencemos de que nadie más va a entrar.

Empiezo besándola en las comisuras, luego bajo al cuello y las clavículas y vuelvo a subir hasta llegar a sus labios. Saben a las cerezas de su barra de labios y a la mantequilla y a la sal de las palomitas.

A lo largo de estas semanas he llegado a aprender un par de cosas sobre Amoke. Lo suave que es su piel detrás de las orejas. Que tiene tres lunares en forma de triángulo en su sien derecha. Que podrías juntar las pecas de sus pómulos con un rotulador indeleble y dibujarías una pequeña colección de estrellas. Que lo que más me gusta es acariciar sus encías con mi lengua.

—*Qu'est-ce que tu penses?*[16]—me pregunta, su nariz fríafríafría pegada a la mía.

Me enrosco uno de los rizos de su flequillo en el dedo índice.

—*Je pense que tu me plais un peu.*[17]

—*Seulement un peu?*[18] —me reta, repasando la línea de las

16. ¿En qué piensas?
17. Pienso que me gustas un poco.
18. ¿Solo un poco?

venas de mi antebrazo con el dedo corazón; es un gesto sumamente leve y agradable.

—*Oui, mais un peu très mignon.*[19]—Sonrío y mi labio inferior pasa por su muñeca muy muy lentamente—. *Tu me plais comme Amélie me plaît, et comme mes chaussures vintage me plaisent, et comme les romans de Virginia Wonnacott me plaisent, et comme les lièvres me plaisent.*[20]

Amoke me acaricia el muslo. Esto es lo más lejos que hemos llegado aparte de los morreos, y me quedo paralizada durante un segundo porque-no-sé-cómo-actuar. No sé cómo se toca a una chica, aunque para ser honestos tampoco sé cómo se toca a un chico.

Amoke debe de notarlo, porque sus dedos me rozan con más parsimonia y susurra:

—Tranquila, *ma chouchoute.*[21]

Me da un beso en la rodilla como un punto y aparte.

Chouchoute es ahora mi palabra favorita.

---

19. Sí, pero un poco muy lindo.
20. Me gustas como me gusta *Amélie*, y como me gustan mis zapatos *vintage*, y como me gustan los libros de Virginia Wonnacott, y como me gustan las liebres.
21. Mi preferida.

AMOKE

-capítulo 67-
LA CENA

El señor Bachman debe de saber que su hija y yo estamos juntas, porque Ofelia me coge de la mano nada más abrir la puerta, se quita los zapatos (que caen como un torbellino dorado sobre la moqueta azul) y grita:

—¡Ya estamos aquí!

A lo que el señor Bachman responde, sin demasiado interés, desde la cocina:

—La cena estará lista pronto.

Y después:

—¿Qué tal la película?

Ofelia, que me conduce hasta el salón, hace un mohín.

—¡Papá, era *Amélie*! —Se vuelve hacia mí—. Se la he puesto un trillón de veces, pero siempre se queda dormido antes de llegar a la mitad. —Baja la voz—. ¡Viejo aburrido!

Ya huele muy fuerte a queso, y desde la cocina flota una nube muy ligera de humo blanco. Ofelia, sin embargo, se arrellana en el sofá, me hace sitio a su lado y enciende la

357

tele. Están dando uno de esos *realities* sobre tacaños extremos que pasan semanas sin tirar de la cisterna del váter y que les quitan la piel a los plátanos antes de pesarlos para que les salgan más baratos en la frutería.

—A papá le gustan estos programas —dice Ofelia, y apoya su cabeza en mi hombro; sigue pareciéndose mucho a Virginia Woolf con esa peluca morena—. Gracias a ellos descubrió que puedes quitarte los pelos de gato de la ropa con solo un par de medias.

Casi puedo oír la voz de papá con un tono bastante similar al que emplea para exclamar «¡gente blanca!»: «¡Clase media!». A nadie en Tower Gardens se le ocurriría siquiera seguir los consejos de un programa de televisión sobre supertacaños; ese tipo de nimiedades solo pueden permitírselas las personas con demasiado tiempo libre (además de que son una asquerosidad).

Cuando se lo digo a Ofelia, ríe tanto que su piel queda moteada de rosa y su peluca se ladea un poco hacia la izquierda.

—¡Clase trabajadora! —me imita, y cierra su frase con un beso corto y suave, como una caricia entre nuestros labios.

Podríamos crear un lenguaje secreto solo de besos y caricias si quisiéramos; podríamos recogerlo en un álbum de tapas duras para futuras generaciones, como un libro victoriano sobre el lenguaje de las flores.

—¡Niñas! —grita el señor Bachman desde la cocina.

Un estrépito le responde desde el piso superior: Harlon.

Ofelia, tan acostumbrada a él que no cambia su expresión en lo más mínimo, camina hasta la cocina, todavía descalza, todavía con mi mano entre las suyas.

Al sentarme a la mesa sé que el señor Bachman ni siquiera se hacía una idea de la realidad. No dice nada (es demasiado cortés para ello), pero sus pobladas cejas entrecanas se alzan muy lentamente y sus ojos pasan de mis dedos entrelazados con los de Ofelia a los ojos brillantes y curiosos de su hija.

Ofelia, a su vez, también arquea las cejas, pero su gesto es singularmente diferente al de su padre. Es un desafío.

Estudio las puntas demasiado limpias de mis mocasines. No estoy segura de que me guste que me utilicen como una herramienta de escándalo.

Pienso en la propia palabra: escándalo, del griego *skándalon*, que significa trampa u obstáculo. Repaso mentalmente todo el vocabulario que recuerdo de mis clases de griego, porque no soporto el modo en que Ofelia y su padre se miran; porque no soporto el modo en que ninguno de los dos parece reparar en mí.

—No me habías dicho que tenías pareja —objeta el señor Bachman con extrema delicadeza, como si estuviese comentando con nosotras el titular de un periódico.

Me doy perfecta cuenta de que dice pareja y no novia, porque la palabra novia es peligrosa y tiene un regusto amargo en su lengua.

—Bueno, no sabía que había que hacer una reunión familiar al respecto —replica Ofelia, sirviéndome una generosa ración de macarrones con una pegajosa salsa naranja.

El señor Bachman no dice nada y yo tampoco.

Ofelia separa los labios para hablar. Por primera vez me gustaría que supiese mantener la boca cerrada.

—Míralo de este modo, al final parece que sí voy a poder casarme algún día.

Ojalá pudiese esconderme bajo el mantel y huir. Ojalá pudiese encerrarme en la habitación de invitados con el estrépito familiar que es Harlon.

El señor Bachman se sirve una esquina chamuscada y significativamente pequeña de los macarrones al horno.

—No, claro que no hacía falta. Me ha cogido por sorpresa, eso es todo. Pensaba que te gustaban los chicos.

—Me gustan los chicos —asegura Ofelia, que acomoda una cantidad obscenamente grande de pasta en su plato—. Me apasionan. Pero también me gustan las chicas. No son cosas excluyentes.

El señor Bachman parece mucho más interesado en su copa de vino que en su hija.

—Supongo que soy demasiado mayor para esas cosas —dice.

Si fuese una persona un poco más valiente le diría que ha habido gente *queer* desde que existe la humanidad. Que Safo de Lesbos escribía poemas de amor a mujeres, y que gracias a ella se ha acuñado el término lesbiana. Le hablaría de los subtonos homoeróticos entre Aquiles y Patroclo, y de los triángulos rosas de los campos de concentración, y de Rock Hudson, y de todas las víctimas del sida y de la primera revuelta que originó el Día del Orgullo Gay. Pero no soy valiente y no digo nada. Es Ofelia, como siempre, la que habla por mí.

—Shakespeare escribía sonetos a hombres, pero también a su *dark lady*. Si a Shakespeare podían gustarle ambos sexos, ¿por qué a mí no?

El señor Bachman solo mastica y traga al principio, evitando mirar a Ofelia y, sobre todo, evitando mirarme a mí.

—No tengo nada en contra —repite, aunque su tono parece indicar todo lo contrario—. Solo estoy sorprendido. Creía que te gustaba el nieto de Boris Sotnikov.

Ofelia tuerce el gesto.

—Papá, Nikolai Sotnikov es un muermo. Le gusta más *Expediente X* que yo. Además, estoy bastante segura de que solo me hace caso porque codicia un ejemplar de tu libro de Shylock descatalogado. Y a ti solo te cae bien porque es judío.

El señor Bachman se encoge de hombros.

—Es un buen chico —dice sin demasiado entusiasmo, y se vuelve por primera vez hacia mí—. Tú también pareces una buena chica. Estudias enfermería, ¿verdad?

Asiento con un gesto.

—Pues espero que le enseñes un par de cosas a mi hija —dice, señalándome con el tenedor—. A ver si se aplica de una vez en los estudios.

—Haré lo que pueda —digo, y la conversación se marchita y no desemboca en ninguna otra parte.

Harlon, que desde el piso superior debe de notar la ausencia de sonido, incrementa sus golpeteos y sus saltos y su locura ruidosa hasta que el señor Bachman comenta algo, a lo que Ofelia responde con algo más y acabamos hablando, de un modo u otro, de exorcismos y de novelas de terror.

Después de comer, Ofelia y yo subimos al caos ordenado de su habitación. Hay decenas de pares de zapatos sobre la moqueta, vestidos que crean campos de flores frente al armario abierto. Las paredes están repletas de fotografías de Ofelia con Lisandro y con las chicas de la Hiraeth, y de postales de España y de láminas de cuadros de Van Gogh, de modo que resulta difícil adivinar el color de la pintura.

Ella salta sobre su cama, la cabeza a los pies y los pies sobre los cojines de *patchwork*.

—Así que Van Gogh, ¿eh? —le digo, tratando de concentrarme en las láminas y no en las palabras.

En los silencios.

En las cosas que no nos decimos.

Ofelia sonríe. Su rostro, bajo la pesada luz del atardecer que entra a raudales por la ventana, se llena de sombras que resaltan sus ojeras y sus hoyuelos. «Como cicatrices», pienso. «Como historias.»

–Van Gogh –dice, dando dos toquecitos al colchón–. ¿Sabías que bebía pintura amarilla?

Me acuesto al lado de Ofelia. En esta posición, iluminada por las luces de Navidad que cuelgan del cabecero de su cama, los retratos del pintor holandés parecen los cristales tintados de una iglesia muy pequeña.

–Sé que se cortó una oreja. Y que murió en la pobreza, aunque poco después sus cuadros comenzaron a venderse por millones.

–Y bebía pintura amarilla. Verás, hoy se sabe que Vincent Van Gogh sufría de depresión clínica. En una de las cartas a su hermano Theo, Van Gogh dijo que el color amarillo lo hacía feliz, y que por eso bebía pintura. Pensaba que si teñía sus entrañas de amarillo sería feliz. –Se muerde el labio inferior–. ¿Muy macabro?

–Ya te dije que tengo una alta tolerancia a lo macabro.

–Es trágico. Pero supongo que todos tenemos nuestra propia pintura amarilla.

«Tú eres mi pintura amarilla», pienso, y sé que debería decírselo, pero es más seguro guardar este pensamiento en el cajón de los silencios demasiado dañinos. Un silencio con la forma de un fantasma viviente. Un silencio con la forma de Ofelia.

–Tú eres mi pintura amarilla.

Las palabras se escapan de entre mis labios rápidas, desesperadas, como un pez que se te escurre entre los dedos. Siento como si Van Gogh estuviese mezclando pintura roja en mis mejillas.

Respiro. El silencio con forma de Ofelia se pone cómodo bajo mis pulmones y me ahoga.

—Tú eres mi pintura amarilla —repito—, y eso no está bien. Las personas no pueden ser la medicina de otras personas. Solo podemos salvarnos nosotros mismos.

Ofelia se acuesta sobre el costado, apoya el pómulo en la palma.

—Pero yo quiero ayudarte —responde en un solo susurro—. Quiero que seas feliz.

—Y yo también quiero que tú seas feliz. Pero…

—Somos felices ahora —dice; es una afirmación y no una pregunta—. Somos felices ahora —insiste, poniendo sus manos en mis mejillas, acercando su frente a la mía—. *Ma chouchoute.*

Me besa levemente, apenas una caricia entre labios, de modo que cuando me separo no resulta tan doloroso.

—Estamos en etapas muy distintas —digo, y el silencio en forma de Ofelia se va vaciando de cosas.

Del asombro del señor Bachman.

De la torpeza de Ofelia.

Y de su deseo de exponerse disfrazada de valentía.

También un poco de Zannah.

Miedo.

Certeza.

—¿Y eso qué importa? —bufa, tumbándose boca abajo.

—Importa mucho.

Ofelia se sienta y su peluca cae lánguida por su rostro de pronto pálido.

—Vamos, Amoke, ¿a qué viene esto? ¿Es por mi padre? ¿Es por Zannah? No voy a hacer lo mismo que ella. *Tu me plais. Tu me plais beaucoup.*

No voy a seguir su juego. No voy a hablar francés.

Crearé un nuevo silencio en forma de Ofelia. Uno en el que quepan *Amélie* y los libros de Virginia Wonnacott y las cartas y las liebres y las mañanas en el tranvía y el canibalismo galáctico y todo lo demás.

—Tú a mí también. Pero no quiero enamorarme de ti.

Se levanta. Su piel está roja y brillante y empapada de sudor.

—¿Y yo no tengo nada que decir al respecto?

Me tapo la cara con las manos. No quiero verla. No quiero escucharme. No quiero sentir.

—Ofelia, tú estás empezando. Tu padre ni siquiera sabía que eres bisexual. Yo he sabido que me gustan las mujeres desde que era una niña.

—Eso no significa que te quiera menos. Y no necesito salir del armario públicamente para estar segura de mi sexualidad.

No soy consciente de que yo también me he levantado hasta que me doy cuenta de que estoy cara a cara con Ofelia. Sus ojos, que tienen esa calidez propia de ciertos tonos de marrón, parecen arder bajo la luz del atardecer.

—Prefiero cortar contigo como novia a cortar contigo como amiga —digo.

Intento irme, porque el vacío que dejan las cosas que por fin nos decimos es demasiado pesado y no me deja pensar. Necesito estar en casa. Necesito estar con Tayo. Necesito mantenerme alejada de los ojos de ardiente marrón durante al menos un momento.

Ofelia me coge del brazo.

—Sabes que nunca pondría en peligro nuestra amistad —asegura, y su voz es firme.

—Pero hay cosas que no dependen de nosotras.

—Tienes miedo.

De nuevo una afirmación que debería ser una pregunta.
No digo nada.

—Tienes miedo —repite.

—Lo siento —susurro, desoyéndola a ella y desoyendo los ruidos de la habitación de Harlon, y me voy.

Bajo las escaleras corriendo, de tal modo que mis pies no parecen tocar los escalones, y me despido del señor Bachman como la buena chica que parezco.

La calle está oscura, teñida de azul y violeta, con el sol achatándose dorado en el horizonte. El viento, extremadamente frío, me hace daño en las mejillas y en las manos y en todas aquellas partes de mi cuerpo que Ofelia besó.

Como ella es ella y es valiente, sale detrás de mí y me llama.

—Lo siento —repito—. Lo siento muchísimo.

—No vivas tu vida como una disculpa —dice, la voz temblorosa, los ojos llorosos—. Prométeme que no echarás por tierra nuestra amistad.

—Nunca —prometo.

—Entonces por mí todo está bien.

Y cada una se va por su lado, ella de vuelta a casa y yo al tranvía que me llevará con Tayo y con mis padres y con el orden en el que me siento segura.

PRIMAVERA

«La historia está formada
por fragmentos y ausencias.
Lo que se deja fuera es tan significante
como lo que se incluye.»
Walter Benjamin

«Lo cierto es: el amor es una cosa
orgánica. Se pudre y se suaviza.»
Clementine von Radics

OFELIA

-capítulo 68-
NIEVE DE MARZO

Lloro cada noche al acostarme durante una semana, sintiéndome pequeña e insignificante.

Fea.

Estúpida.

Ridícula.

Ilusa.

Lloro cada noche lo suficientemente bajito como para que papá no me oiga (o para que me confunda con Harlon), cada día un poco más pesada, cada día un poco más cerca del fin de los tiempos. Pero, como dijo Miss Wonnacott, el fin de los tiempos viene y se va, y yo sobrevivo. Una mañana me siento un poco más ligera. Una noche lloro un poco menos.

Amoke es mi amiga. Es suficiente, aunque su amistad deje un regusto amargo en mi paladar (las posibilidades, supongo) durante un tiempo. Es mi mejor amiga, y la quiero; seguimos teniendo nuestras bromas y nuestras canciones y nuestros WhatsApps de madrugada y nuestro lenguaje secreto a base de miradas y pequeños gestos. Nada podría ser tan valioso para mí como eso.

Y, aun así, duele. Duele tanto que los primeros días tras la cena con mi padre estamos nerviosas en el tranvía. Extremadamente amables, incluso. Como al principio, supongo. No tenemos muy claro qué decir y estamos nerviosas, y por un segundo parece que las cosas nunca vayan a dejar de ser raras entre nosotras.

Y entonces cambia. Nos acostumbramos. Volvemos a hacer chistes que solo nosotras comprendemos. Damos largos paseos por los lugares de la biografía de Virginia Wonnacott, aprendiendo a ignorar que aquellas eran las esquinas oscuras en las que nos besábamos a escondidas. Creamos nuevas rutinas y, cuando aprueban la solicitud de Tayo y llega el día en el que finalmente se irá a Sheffield, me quedo a dormir en casa de los Enilo y abrazo a Amoke y la consuelo porque a pesar de todo sigue siendo mi mejor amiga y no soporto verla sufrir.

Según Esther, la mejor manera de sobrellevar un fracaso amoroso es afrontar la posibilidad de sufrir otro fracaso amoroso, de modo que vuelve a concertar citas con chicos que conoce en Tinder (y que suelen acabar bien para ella y mal para mí), y yo vuelvo a utilizar mi perfil de JSwipe. Cambio mis datos de heterosexual a bisexual, pero, excepto un par de tíos que me preguntan si estaría dispuesta a hacer un trío, no pasa gran cosa.

No importa. Al fin lo comprendo. La etiqueta «bisexual» no es para ellos. No es su estandarte, ni su título ni su corona —aunque a veces parezca más de espino que de oro—, sino la mía. Dibujo mapas de mi cuerpo para conocerme mejor a mí misma, no para suplicar a otros que me entiendan.

Las semanas pasan una detrás de otra, amontonándose sobre mi espalda como una extraña mochila de días y horas.
Semanas de conversaciones en el tranvía, de capítulos sobre las actividades como enfermera de Virginia Wonnacott en Inglaterra (y sus terribles primeras novelas inéditas),
de cazar liebres con Harlon en la pradera, de ayudar a papá
a enviar los botes de mermelada, de hablar con Nikolai Sotnikov sobre *Expediente X* y sobre el libro de mi padre. Semanas de no tocar demasiado mis apuntes de selectividad,
porque siempre encuentro restos de mi pelo en ellos que
me hacen apartarlos enseguida.

El 7 de abril, Lisandro me llama para decirme que el fin
de semana siguiente estará en Londres para dar una charla
TED sobre su experiencia como amputado bilateral y que
si a papá y a mí nos gustaría ir.

—¿Bromeas? ¡Pues claro! —respondo, y por un instante
me sorprendo al comprobar que la Ofelia post-Amoke suena exactamente igual que la Ofelia pre-Amoke—. Eso sí, espero que puedas encontrar un hotel de categoría, porque
para dormir en una cama que chirríe me quedo en casa...

Es una broma, por supuesto, pero Lisandro debe de notar algún tipo de diferencia entre las dos Ofelias, porque se
queda callado un segundo y luego, tras aclararse la garganta, dice:

—¿Qué tal estás?

—Bien.

—¿De verdad?

—Sí. Es decir, la mayoría de la gente se cuela por su mejor
amigo (o, en este caso, amiga) y sufre un desengaño amoroso
colosal en algún momento de su vida, ¿no? Por favor, no me
digas que todo lo que he aprendido del amor de las *sitcoms*
norteamericanas y de las novelas románticas es mentira.

—Tranqui, iba a hacerlo hasta que me he dado cuenta de que yo también me colé por mi mejor amiga y sufrí un desengaño amoroso colosal. Claro que luego volvimos. A veces se vuelve. A veces se corta porque no es el momento y, cuando vuelves a encontrarte con esa persona, os dais cuenta de que ahora estáis en la misma página y es un buen momento para volver.

Suspiro.

—Sinceramente, hermanito, ¿cuántas veces pasa eso?

—No lo sé. No he hecho un sondeo al respecto. No lo sé. Nos pasó a Nat y a mí, pequeñaja.

Sonrío.

—Nat y tú no podéis estar separados.

—Pasa a menudo. A lo mejor las moléculas de las almas gemelas se separaron en el Big Bang y por eso dos personas se sienten atraídas la una por la otra pese a todo.

—A lo mejor —concedo, y le paso el teléfono a papá.

El fin de semana del 14 de abril dejo que Harlon se suba a nuestro coche.

—Hoy vas a ver aviones —le susurro al oído.

Harlon, aunque intenta mantener la compostura, se pone nervioso. Pega tanto la cara al cristal de la ventanilla que queda una marca incomprensible para cualquier persona que no pueda verlo a él. Chasca los dedos y mueve sus piernas como Gene Kelly haciendo una rutina de claqué, de modo que papá empieza a echar vistazos a la parte trasera del coche cada vez que tiene oportunidad.

—¿No oyes nada raro? —me pregunta.

—Algo se habrá quedado pegado a la rueda —respondo, y busco en mi móvil hasta encontrar una canción adecuada.

Jazz suave. A Harlon le relaja escuchar música de su época.

En el aeropuerto también pega la nariz a las ventanas hasta que la gente empieza a decir «qué raro» y «algunos padres deberían vigilar más a sus hijos». Cuando las palmas de las manos de Harlon también se transforman en huellas plateadas en el cristal (y son indudablemente de hombre), esas mismas personas se encogen de hombros y fingen no percatarse.

Aunque, aprovechando que nadie lo ve, Harlon podría curiosear por casi cualquier rincón de Heathrow, decide quedarse ahí, junto a esa misma ventana, observando los aviones (tan distintos a aquellos en los que él volaba en su adolescencia) despegar y aterrizar.

—Nunca había visto aviones civiles tan de cerca —susurra, y sus labios se arquean en una sonrisa tranquila.

Lisandro llega con el sol de la primavera en su pelo y en sus ojos, oliendo (de alguna manera) a salitre y a arena.

Primero me abraza a mí (y me doy cuenta de que su abrazo dura unos veinte segundos más de lo usual) y después a papá.

—¿Algún plan para hoy? —pregunta, y por el modo en el que mueve los hombros sé que tiene al menos dos o tres ases en la manga.

Papá y yo contestamos al mismo tiempo.

—He quedado para comer con Boris Sotnikov en el Gaby's Deli de Charing Cross.

—Mi amigo Jimmy Race me ha invitado a pasarme por su *pub* esta noche.

Es cierto. Cuando le avisé de que pasaría el fin de semana en Londres, Jimmy me dijo que me pasase por el Otter & Shamrock, donde trabaja (uno de sus muchos empleos, según me explicó crípticamente), y que tenía muchas ganas de verme otra vez. No mencionó a Amoke y yo tampoco.

—Pues entonces, papá, me llevo a Ofelia a comer y después a ver a su amigo, ¿OK? Y ya nos contarás en el hotel qué tal con el señor Sotnikov —dice, y todos (incluso Harlon) nos dirigimos a la salida.

Lisandro me lleva a los estudios de Harry Potter. Dice que llevaba años queriendo visitarlos, pero que ni se le habría pasado por la cabeza hacerlo sin mí. Dice que, cuando está triste, volver a recorrer los mundos mágicos de su infancia lo ayuda. Dice que lo veré todo con un cristal de otro color tras beber un vaso bien grande de cerveza de mantequilla.

Así que lo hacemos. Me olvido durante un par de horas de Amoke y de Miss Wonnacott y de todas las cosas que he dejado en Anglesey. Recorro mi infancia. Camino por las calles empedradas que hasta entonces solo había visto, por orden cronológico, en mi imaginación y en las películas de la Warner Bros. Veo maquetas de escobas voladoras y de varitas mágicas; dejo que el fuego de la chimenea del Gran Comedor me caliente, que los fantasmas plateados pasen junto a mi hombro y me hagan cosquillas.

Lisandro me pregunta si recuerdo la primera vez que leí los libros de Harry Potter y le respondo que sí, que claro.

—La abuela Jo nos regaló el primero cuando tú tenías quince años y yo tres, un par de meses antes de que saliese la primera película.

Lisandro sonríe. Estamos en el Callejón Diagón, en el que Harry, acompañado del afable semigigante Hagrid, compró su varita y sus libros para su primer curso en el Colegio Hogwarts de Magia y Hechicería. Todo a nuestro alrededor estalla en mil colores, como si el mundo exterior estuviese pintado con tonos de gris. Me siento como Dorothy entrando por primera vez en Oz.

—Te lo leía cada noche, ¿te acuerdas? —dice Lisandro—. Y luego te llevé a ver la película, aunque mamá dijo que te daría mucho miedo. Pero no te lo dio. Nunca le has tenido miedo a nada, pequeñaja.

Tenía seis años la primera vez que sostuve uno de los libros de Virginia Wonnacott. Lo cogí a escondidas de la biblioteca de mi abuela Jo. Tenía seis años y estaba pasando el verano en Gales con mi abuela porque Algo Había Pasado, y papá y mamá de pronto tenían que pasar mucho tiempo en el hospital con Lisandro. Había sido el papel dorado de la cubierta del libro lo que me había cautivado... pero no quiero pensar en esas cosas.

—¡Qué va! —Río, acercando tanto la cara a uno de los escaparates que dejo de ver mi reflejo y puedo concentrarme en toda la magia almacenada al otro lado—. Solo se me da mejor que a los demás esconder el miedo.

—Debí habérmelo imaginado —dice, y comienza a recitar—. *Mr and Mrs Dursley, of number four, Privet Drive, were proud to say that they were perfectly normal, thank you very much...* ¡Anda, ven! Vamos a comprar golosinas.

Y allá vamos. Hasta Harlon, que había estado mirándolo todo con los ojos bien abiertos y la boca abierta en forma de o minúscula, corre tras nosotros al oír las promesas de dulces.

Compramos mucho más chocolate y muchas más grageas Bertie Bott de todos los sabores de los que podríamos comer en una semana. Lisandro, como un niño, suelta una risita al gastarse una pequeña fortuna que sé que no le hará ninguna gracia a papá.

—¡Por Boris Sotnikov! —exclama, y abre una rana de chocolate.

Es así, con las manos y la boca llenas de chucherías, caminando sin rumbo por las calles imaginadas por una novelista que un día había sido desconocida, que empezamos a hablar de verdad. Lisandro me dice todas esas cosas que ya sé porque he tenido tiempo de descubrir estas últimas semanas.

Que parece que las esquinas del universo se despeguen y que el suelo vaya a resquebrajarse, pero que al final nunca pasa. Que te sientes perdido y solo hasta que un día te despiertas y te das cuenta de que el dolor ya ha acabado y que toda tu vida se despliega ante ti como un mapa apasionante. Que eres importante, que eres importante, que eres importante. Que incluso las estrellas necesitan colapsarse para nacer.

—¿Estás ensayando tu charla TED conmigo? —le pregunto.

—¡Ah, ojalá! Debería hablarlo con los organizadores. Debería dar charlas TED sobre desamor y no sobre amputaciones bilaterales. Pero supongo que las piernas robot son demasiado molonas. Hay que aprovecharlas.

El bar en el que trabaja Jimmy Race es en realidad un *pub* olvidado y arrinconado en una callejuela sin importancia y llena de grafitis.

Compruebo las indicaciones que me escribió por WhatsApp, pero no hay duda: el Otter & Shamrock es este, con su pintura desconchada, su puerta chirriante y sus nubes de polvo.

—Tiene personalidad —dice Lisandro.

—Tiene mierda —preciso, pero entramos de todas maneras.

Dentro la música está muy alta. El suelo, que se pega a nuestros pies, está repleto de manchas de cerveza y posavasos de papel. Hay mucha mucha gente, de modo que Lisandro y yo tardamos unos buenos cinco minutos en llegar a la barra. Veo el pelo de Jimmy (su ardiente rojo) desde la entrada, y él también debe de verme a mí, porque me indica con un gesto que me acerque.

—Pero ¡si es Twiggy! —grita al verme, y se inclina para darme un beso en la mejilla.

—Twiggy y Robocop —precisa Lisandro, y Jimmy irrumpe en una risotada cansada.

Es Jimmy, naturalmente, pero no el Jimmy que yo conozco. Este es un Jimmy agotado y gris, las ojeras de un verde nuclear, la piel perlada por el sudor y las cicatrices de sus brazos más obvias y azules que nunca.

—Bueno, Twiggy y Robocop, preciosos míos, ¿qué queréis comer? Hay hamburguesas, perritos, nachos y patatas fritas con cualquier salsa que queráis, excepto las de nombres pijos.

Lisandro y yo le echamos un vistazo al plato que un motero a nuestra izquierda devora. Gruesas gotas de sangre caen sobre la servilleta.

—Nachos y patatas —decimos a la vez, y Jimmy asiente con un movimiento de la cabeza.

—Os mantenéis alejados de la carne, una elección inteligente. Cerveza para beber, ¿no? ¿Rubia, negra o roja?

La pedimos roja como su pelo. Jimmy suelta una risita arrugada. Me pregunto cuántas veces escuchará la misma broma en una noche.

—Así que trabajas aquí, ¿eh? —digo, ofreciéndole una de mis patatas. Jimmy dice que no puede aceptar comida de los clientes, pero está tan hambriento que se lleva dos a la boca cuando su jefe se da la vuelta.

—Trabajo aquí, sí. Y en una lavandería por las mañanas. Y en un club gay algunas noches.

—¿Un club gay? ¿Cuál es tu nombre artístico?

—Vaginator —dice, y su rostro irradia seriedad—. Es broma, no tengo nombre artístico. Solo soy camarero. Pero me reservo lo de Vaginator para el futuro. ¿Qué tal van las cosas por Holyhead?

Le cuento todo, incluso lo que ya sabe. Puesto que es una de las pocas personas que sabe para quién trabajo, le relato anécdotas y más anécdotas de mis mañanas en casa de Miss Wonnacott (en las que yo, por lo general, suelo acabar bastante mal parada) hasta que ríe.

Lisandro ve a un antiguo compañero de armas y, tras disculparse, va con él.

Le cuento a Jimmy la historia de mi hermano, y le cuento que es posible que un director de teatro llamado Boris Sotnikov consiga que se reedite el libro de mi padre, y le cuento que tengo un amigo fantasma llamado Harlon, aunque no tengo esperanzas de que me crea.

Hablo y hablo y hablo y hablo, como si con mis palabras esperase devolverle la vida y el color.

Al final me pregunta por Amoke. Me cuenta lo que ocurrió con Zannah, aunque en realidad ya lo sé.

—No tienes la culpa de los errores de los demás, ¿eh? —dice, y también—: No soy muy listo, pero si Amoke quiere estar contigo pero no lo está por miedo, creo que la que tiene un problema es ella. Y es una mierda que ya no pueda confiar, pero... no sé. No sé. ¿Más cerveza?

Le enseño el botellín a la mitad. Jimmy asiente, comprendiendo, y se vuelve para servirle un Bobby Burns a un rastafari al final de la barra. Cuando vuelve, con el delantal harapiento y el pelo lleno de grasa, le digo:

—¿Y si en realidad no deberíamos haber salido nunca? ¿Y si no soy suficiente?

Jimmy finge estar muy interesado en la colección de botellas a su espalda.

—Tonterías. Hacía años que no veía a Amoke tan feliz. Mira, a mí me han gustado las mujeres toda la vida, y no me di cuenta de que también me gustan los hombres hasta que me colé por Tayo. —Se encoge de hombros—. Supongo que si eres bisexual es más fácil ignorarlo, ¿no? Porque siempre puedes salir con gente del sexo opuesto. Puedes convencerte de que estás exagerando o de que, coño, tienes ojos en la cara y que encuentres a alguien de tu sexo atractivo no te vuelve marica. Porque es mucho más fácil ser hetero y ya está, aunque estés engañándote a ti mismo. Según mi opinión, podrías estar con cualquier persona en el mundo y aun así la escogiste a ella. Y Amoke lo sabe. Tiene que aceptar que pueden pasarle cosas buenas en la vida.

Lo miro a los ojos; el verde se le escapa por ellos, pero sigue siendo Jimmy. De un modo u otro, sigue siendo Jimmy Race Wint.

—Oye —le digo—, ¿cómo era ese trabalenguas de las brujas travestis?

Jimmy sonríe.

A las doce termina su turno. Jimmy sale de detrás de la barra, le entrega su maltrecho delantal a un *punky* esquelético de pelo naranja, se adecenta un poco frente al espejo y me dice:

—¿Quieres ir a un sitio, Twiggy?

Echo un vistazo a la mesa de Lisandro. Su amigo (que conserva ambos brazos, pero al que le falta la pierna derecha) y él se ríen muy fuerte de un chiste que no llego a oír. Cuando le digo a Lisandro que Jimmy y yo vamos a dar una vuelta por ahí, él alza su pulgar derecho (bueno, para ser honestos, el único pulgar que le queda).

—Claro, te cubro las espaldas. ¿Qué hora es?

—Las doce.

—OK, OK, ¿a las dos aquí y le digo al viejo que has estado siempre conmigo?

Asiento con la cabeza. El amigo de Lisandro, que tiene una barba muy poblada y una cicatriz de quemadura en la sien derecha, me mira y arquea los labios.

—Hostia, Bachman, ¡no me habías dicho que tenías un hermano!

Lisandro pone los ojos en blanco.

—Es una chica, Kevin.

Kevin vuelve a mirarme.

—Oh, lo siento. ¿Eres andrógina o algo así? ¿Como Patti Smith?

Jimmy abre la boca, pero lo empujo hacia la salida. Pienso que Patti Smith es una tía de puta madre y que Kevin-el-veterano está curda y probablemente sufra síndrome de estrés postraumático.

—Soy una bruja travesti —le digo, y saco a Jimmy del *pub* antes de que nos echen por escándalo público.

Harlon está esperándonos fuera, la espalda sobre el suelo y los ojos clavados en el cielo. Es una noche negra como una gota de tinta china; no hay luna ni estrellas, una gruesa nube rizada lo cubre todo.

Le pregunto a Jimmy si la estación de Balham está cerca. Dice que a unos quince minutos, que ahora estamos en Crockerton Road, pero que el último tren ya debe de haber salido.

—No importa. Vayamos a Balham. Te mostraré algo.

El edificio de la estación de metro de Balham es de un blanco cegador. Hay un puesto de flores (cubierto por una lona, puesto que es noche cerrada) frente a la entrada. La carretera que lleva a Balham no está muy concurrida; las luces de los semáforos tiñen las paredes de verde, ámbar y rojo muy muy lentamente.

Me pregunto si a Gus también la azotó una ráfaga de viento frío, como a mí. Me pregunto si también vendían flores en 1940, y si se detuvo a releer el trayecto de los trenes, como yo, y si no hubo un alma y se sintió sola y asustada.

Con sumo cuidado me agacho ante el carrito de las flores, cojo un ramo de claveles y deposito un billete de cinco libras en la caja, porque no soy una ladrona. Jimmy y Harlon me miran mientras dejo las flores en el primer escalón que da paso a la estación. Un clavel por Gussy, que murió en Balham; un clavel para su hija Anna, y un clavel para Saul Horace Wonnacott; un clavel para Phoebe y otro para Birdy; un clavel para Cricket, que observa mis movimientos con los ojos velados.

Le cuento a Jimmy la historia de este sitio. Le cuento la historia de la cuñada española de Virginia Wonnacott, y de todas las vidas que terminaron abruptamente debido al estallido de una bomba a las ocho de la tarde de un 14 de octubre. Se lo cuento todo y él me escucha, y veo cómo sus ojos cambian ante mí.

Hablamos hasta la una de la madrugada. Jimmy me pregunta si me importa que fume; le digo que no y observo cómo un cigarrillo tras otro se consume entre sus labios resecos y sus dedos temblorosos. Tirita. Le pregunto si quiere mi chaqueta. Niega con un gesto y sigue tiritando.

A la una y tres me pregunta por Tayo.

—¿Es cierto que se tiñó el pelo de verde para causar impresión en Sheffield?

—Oh, sí. Yo estaba ahí. Su madre le tiñó el pelo verde moco y Amoke y yo estábamos ahí para limpiar el baño de tinte.

—¡Hijoputa, creí que iba de farol!

La pierna de Jimmy da una sacudida. Él la contiene abrazándose a sus rodillas. Le pregunto si quiere volver ya al Otter & Shamrock.

—No, es solo…

—Ya.

Lo he visto un centenar de veces. En Lisandro y en algunos de sus amigos. La sacudida de los músculos. Los ojos llorosos. La nariz húmeda. Los sudores fríos. Luego, como un resfriado no tratado, llegan los vómitos y la diarrea. Lo he visto tantas veces que no me altero al descubrir los mismos síntomas en otra persona.

—¿Cuánto?

Jimmy levanta seis dedos. Seis horas.

—¿Caballo?

—Metadona. Estoy intentando desengancharme.

—Ni de coña. Es demasiado poco tiempo.

Me levanto.

Leí mi primer libro de Virginia Wonnacott con seis años porque los tres cuartos de hermano que volvieron de Irak estaban rotos y el pegamento que los unía era tóxico y los mataba.

Llamo a un taxi y le digo que estamos frente a la estación de Balham.

Mis padres se divorciaron cuando tenía ocho años, porque un hijo y tres cuartos no era suficiente. Porque no se suponía que las drogas pudiesen atravesar la seguridad de nuestro apartamento de clase media, de nuestra educación secundaria, de un nuevo milenio en el que los yonquis y los quinquis de los ochenta quedaban atrás y olvidados. Porque les vendieron una guerra justa pero se encontraron con un atentado terrorista y una familia a la que le faltaba una pieza.

El servicio de taxis dice que enviarán un coche enseguida. Me siento junto a Jimmy y, aunque me ha dicho que no la necesita, le paso la chaqueta por los hombros.

—Lo siento —susurra, y luego—: No se lo digas a Amoke, por favor. Se disgustará.

No digo nada. Paso una mano detrás de su espalda y no digo nada.

Cuando tenía diez años, en los días buenos, Lisandro se tumbaba en mi cama y leíamos juntos el último libro de Harry Potter. Capítulo a capítulo, luchando contra la ansiedad lectora. En los días malos, lo oía gritar al otro lado de la pared. Gritos primarios, casi animales. Descubrí que, si me iba arrancando los pelillos rubios del antebrazo uno a uno, el dolor hacía que los gritos se diluyeran.

El taxi llega y le digo al conductor que nos lleve al hospital. Me pregunta si Jimmy está borracho. Le digo que tiene gastroenteritis y que necesita que lo vea un médico. No sé si me cree, pero de todos modos nos abre la puerta trasera. Dice que llegaremos al Springfield University Hospital en diez minutos. Jimmy vuelve a disculparse.

—Hospital universitario —repito—. Van a abrirte el cerebro y a meterte los ojos en formol.

Jimmy sonríe y apoya la cabeza en la ventanilla. Esperaba encontrarme con la violencia de los adictos, pero Jimmy solo cierra los ojos y respira. El síndrome de abstinencia de opiáceos rara vez es mortal, me repito, y también que tengo que avisar a los Enilo. A la señora Enilo, al menos.

El University Hospital es un pequeño edificio de ladrillo marrón (típicamente inglés), rodeado por ambos flancos por un césped perfectamente cortado, de un verde irreal. No se parece en nada al hospital de A Coruña al que llevábamos a Lisandro, tan blanco y aséptico. El hospital de A Coruña muy difícilmente podría pasar por cualquier otro edificio; el University Hospital, en cambio, parece una casa de reposo desde lejos.

Puesto que no he llamado a una ambulancia y no saben que venimos, Jimmy y yo tenemos que entrar en urgencias por nuestro propio pie y explicarle al recepcionista la situación.

Intento pensar como pensaría mi madre. No existe un tratamiento de urgencia para el síndrome de abstinencia. Lo único que he hecho al traer a Jimmy aquí es ganar algo de tiempo. La tasa de mortalidad en adictos roza el máximo en los momentos siguientes al síndrome de abstinencia. El cuerpo del adicto empieza a aprender a vivir sin la droga (de ahí los síntomas), pero la mente del adicto sigue requiriendo la misma dosis. Así es como suceden, en su mayor parte, las sobredosis accidentales.

Pienso en lo que ocurrirá después. Atenderán a Jimmy. Quizá le den alguna medicina para las náuseas o quizá no. Con un poco de suerte, le dejarán pasar aquí la noche, aunque es improbable.

Tengo que avisar a la señora Enilo. Ella sabrá qué hacer.

Tengo que avisar a Lisandro. Es la una y media pasadas. Tengo que avisar a Lisandro.

Una enfermera sienta a Jimmy en una silla de ruedas. Le pregunta su nombre, su dirección y si hay alguien a quien pueda llamar.

—Jimmy Race Wint. Cable Street, número 158, puerta B, East London. No llame a mi madre, por favor.

La enfermera le promete que no lo hará y Jimmy le indica dónde puede inyectarle la vía.

Quiero irme enseguida. Pienso en los libros de Virginia Wonnacott y en Harry Potter y en todos los pequeños refugios que he ido creando con el tiempo. Cuando un celador se acerca a mí para mostrarme dónde puedo esperar a Jimmy, ya me estoy arrancando los pelos que empiezan a crecerme detrás de la oreja. No sé si lo nota. La gente bajo presión puede llegar a hacer muchas cosas extrañas.

—Su amigo estará bien —me asegura el celador.

—Lo sé —le digo, y me lo repito mentalmente una, dos, tres veces. Solo por si acaso.

Cuando veo a papá en la sala de espera, lo primero que pienso es que no quiero que sepa nada de Jimmy, porque no lo entendería. Se pondría furioso. Me reprocharía que, con todo lo que ha pasado nuestra familia, me haya hecho amiga de un adicto. Les echaría la culpa a los Enilo y a todos los vecinos de Tower Gardens, y terminaría (como un punto final) con un seco: «¿Es que no tienes más sentido común?». Y nunca sabría nada de las pequeñas batallas diarias en casa de los Enilo, o que Jimmy Race Wint fue una vez el líder de la banda punk más aclamada de Tower Gardens, o que, cuando atardece y la luz rosa cae sobre la hierba, el jardín trasero de Amoke se convierte en un escenario de Nunca Jamás.

Estoy esperando a que me pregunte qué hago aquí, pero no lo hace. Solo arquea las cejas por encima de la montura de carey de sus gafas y deja que su labio inferior cuelgue inerte como una solapa. Entonces me doy cuenta de que yo tampoco sé qué está haciendo él aquí, y la verdad se extiende ante mí como las piezas de un puzle que se ordenan.

Un pequeño detalle: Lisandro y su amigo Kevin, solos en el Otter & Shamrock; ambos perdidos, ambos rotos, ambos un poco curdas. Todos los sucesos que han ocurrido en 2016: los atentados y los tiroteos y el auge de la extrema derecha. La historia repitiéndose y ellos, que tienen la clave, repiten la verdad como la vidente Cassandra y nadie los cree porque a ojos del mundo solo son:

veteranos bajo tensión

exadictos

solo dos críos.

—¿Quién te ha avisado? —me pregunta papá.

Separo los labios. Quiero ser una buena chica. Quiero ser serena y valiente, y comportarme como lo haría mamá. Sin embargo, lo único que consigo hacer es abrazarme a papá y llorar. No le pregunto por Lisandro porque en realidad no quiero saberlo. Ahora no quiero saberlo.

-capítulo 69-
VERDAD

Es culpa mía.

Papá no envió a Lisandro a cuidar de mí, sino a mí a cuidar de Lisandro. A vigilarlo. Que no tomase un trago más de la cuenta. Que no pasase en el baño más de cinco minutos. Hace diez meses que está limpio.

Estúpida, estúpida, estúpida.

Papá dice que llamará a un taxi. Papá dice: no, le pediré a Boris Sotnikov que te lleve al hotel. Papá dice: el nieto de Boris vive cerca, podrá acercarte.

Le digo que no quiero ir a ninguna parte con ningún Sotnikov, y mucho menos al hotel.

Papá me pone sobre la cabeza el gorro de lana de Lisandro. Con el silencio parece decirme: «Así no te tirarás del pelo».

No sé por qué tiene el gorro de Lisandro. Todavía huele a él. Quiero vomitar.

Como no dejo de llorar ni de temblar, una enfermera se acerca a mí y me conduce a la máquina de las bebidas. Me compra una manzanilla y me pregunta si tomo algún tipo de medicación.

—Eskalith —le digo, y ella vuelve cinco minutos después con una pastilla.

Me pregunta si necesito ir al baño y le digo que sí. Sé que voy a llorar más y no quiero que papá me vea.

—¿Quieres que me quede contigo, cariño? —me pregunta la enfermera.

Es rubia y más o menos de mi altura, con ese tipo de rostros redondos y amables que tienen las personas comprensivas. Niego con la cabeza. Veo a Harlon detrás de ella, con su revuelto pelo de otoño y sus manos temblorosas.

—Estarás bien, cariño —dice, y me deja.

Mi reflejo en el espejo parece muy muy enfermo. Pálida (no, amarillenta) y enrojecida, con el gorro de Lisandro parezco calva. Me lo bajo hasta que me tapa los ojos y la nariz. Harlon, con extrema dulzura, vuelve a colocármelo y me abraza.

—Terminará pronto —dice.

Me abraza y me besa en la frente, que parece arder, como una madre a sus hijos.

—Terminará pronto —dice, y, sin dejar de abrazarme ni de acariciarme los hombros, empieza a cantar; no reconozco la canción ni lo que dice, puesto que está en galés, pero suena como una nana—. *Holl amrantau'r sêr ddywedant. Ar hyd y nos. Dyma'r ffordd i fro gogoniant. Ar hyd y nos. Golau arall yw tywyllwch. I arddangos gwir brydferthwch.*

Le pido que me la traduzca. Su voz, en un inglés muy roto, parece tambalearse en lugar de cantar.

«Los titileos de todas las estrellas dicen, todos a través de la noche: este es el camino a la gloria. Todos a través de la noche. La oscuridad es otra luz que expone la belleza.»

Harlon me abraza y me canta mientras se despliegan los minutos. Uno detrás de otro, como soldados en fila, hasta que papá viene a buscarme, viejo y cansado y arrugado.

A las dos y media veo a Amoke conectada y le envío un mensaje.

AMOKE

capítulo 70

COMO NIÑOS

A las dos y media recibo un mensaje de Ofelia. Me levanto de la cama de un salto y bajo instintivamente a la habitación de Tayo. Nada más entrar (veo las sombras de sus cactus como fantasmas) recuerdo que no está.

—Mierda.

Mamá se despierta antes que papá cuando llamo a su puerta. Me pregunta si se ha quedado dormida.

—Son las dos y media —le digo.

Papá se recuesta, tanteando por la mesilla hasta encontrar sus gafitas redondas.

—Jimmy Race se ha metido en líos —explico—. Está en el hospital.

No digo nada de Lisandro Bachman aún.

Papá se pone en pie.

—Entonces supongo que tendremos que ir a Londres —dice.

Le contesto que puedo conducir yo hasta allí.

—Está en el Springfield University.

—Sabré llegar —asegura papá—. Ten a mano el GPS en el móvil. —Se vuelve hacia mamá—. Te avisaré cuando sepa algo. Así...

Mamá asiente.

—Sí, llamaré a Tayo por la mañana.

Abro la boca para protestar. «¿Es realmente necesario?» La respuesta llega a mí antes de que termine de formular siquiera la pregunta. Sí, lo es, claro que lo es.

Llegamos al hospital por la mañana, más o menos a la hora en la que los oficinistas entran a trabajar y los estudiantes salen de sus casas. Es un día bonito y claro de primavera.

Le envío un mensaje a Ofelia y me responde que están en la cafetería de la planta baja.

Lo primero que veo es el pelo de Jimmy. Estúpido, estúpido Jimmy. Luego, frente a él, escondida bajo varias capas de ropa *vintage*, está Ofelia. Con el gorro de lana tan calado contra las orejas (que salen disparadas como las de un elfo), parece un niño de secundaria.

—No tenías que haber venido —sisea, sonriendo débilmente—. Lo siento.

Niego con la cabeza.

—No vivas tu vida como una disculpa.

Está apilando las galletas envasadas del desayuno como un castillo de naipes dulce e inusual.

—Me gusta tu casita de galletas —le digo.

Ofelia bizquea y muy muy despacio coloca una pasta de té sobre todas las demás.

—Tengo grandes planes para esta casita de galletas. Va a ser la catedral de Durham.

—El parecido es sorprendente, ¿puedo comerme los restos?

Señalo las dos solitarias galletas que han quedado en el envase. Ofelia se encoge de hombros.

—Claro, las muy condenadas no querían sostenerse. Demasiada cobertura de chocolate.

Mordisqueo una. Jimmy, pálido como un muerto, con hematomas subiendo por su cuerpo como delgadas serpientes azules, se vuelve hacia papá.

—Señor E., lo siento…

Papá pasa una mano detrás de su espalda, que de pronto parece muy muy delgada.

—Ni siquiera pienses en ello. Hace tiempo que quería venir a Londres. ¿Y qué mejor momento que ahora que están aquí tres de mis cuatro chicos?

—¿Cómo está Tayo?

—Bien, muy bien… es el *punky* más estiloso que Sheffield ha visto jamás.

Encuentro un parque pequeño y olvidado no muy lejos del hospital. Camino hasta él con Jimmy, envueltos por un silencio sepulcral, mientras papá desayuna con Ofelia y el señor Bachman arregla los papeles del alta de Lisandro.

Jimmy se sienta sobre uno de los columpios y yo en el otro. No nos movemos. Me saco un paquete de cigarrillos del bolsillo de la cazadora de cuero que me dejó papá.

—Toma —le digo, tendiéndole uno—. Sé que lo necesitas.

Cuando me llevo otro a la boca, Jimmy suelta un largo silbido. Es un sonido profundo, teñido de tristeza y culpabilidad.

—Si mis ojos no me engañan, esta es la segunda vez en mi vida que te veo fumar, señorita Enilo.

—Me declaro culpable de los cargos —bufo, echándole el espeso humo rizado a la cara—. Eres una malísima influencia,

Jimmy Race Wint. —Y después añadó—: Las cosas no pueden seguir así, ya lo sabes. Tienes que volver con nosotros.

No me refiero a venir a casa. Jimmy lo comprende enseguida.

«Volver con nosotros» es un conjuro, un sortilegio. Es espantar la neblina que cubre a Jimmy, pedirle que nos devuelva a nuestro *punky* favorito, al primer mago de Tower Gardens, al experto en jeroglíficos y trabalenguas. Es asegurarnos de que todo irá bien y sin complicaciones. Jimmy estará a salvo.

—Tienes que volver con nosotros —repito, y Jimmy entrelaza sus dedos con los míos. Sus manos dentro de las mías parecen extremadamente callosas y huesudas.

«Manos de esqueleto», me digo.

He cogido muchas manos, de distintos tamaños, colores y texturas, a lo largo de mis meses en la Hiraeth. De pronto todas aquellas sensaciones (todos aquellos nombres y aquellas historias que creía olvidados) vuelven de nuevo a mí. Le relato todo a Jimmy, desde el principio, incluso aquellas anécdotas que ya le conté en su momento. Hablo y hablo y hablo, tratando de romper el hechizo.

—Volveré —dice Jimmy—. Aunque puede que el camino esté un poco enredado.

Le doy una patada en el tobillo.

—Para eso están los amigos, ¿no? Iré a buscarte siempre que te pierdas. O puedes venir conmigo. Vigilaré que no te salgas del camino.

Jimmy niega con la cabeza.

—No puedo volver a Holyhead.

—No, a Holyhead no. Estoy pensando en trasladar el expediente a Sheffield, pero no puedo permitírmelo. Si tú vienes a vivir conmigo, podemos dividir el alquiler entre los dos. Así estaremos cerca de Tayo. —Le doy otra patada en el tobillo—. Piénsalo, siempre puedes encontrar algún trabajo en Sheffield. Siempre habrá algo. Lo que sea.

Jimmy se muerde el labio inferior hasta que se le vuelve blanco.

—Quizá —dice, y después—: Me lo pensaré. Vamos a volver con la tropa.

Tira su colilla al suelo y la pisa.

«Vuelve con nosotros.»

Papá nos lleva a los tres («tres de sus cuatro chicos», había dicho) al museo de arte Victoria y Alberto.

—¿Museo de la peste negra? —masculla Jimmy, su voz un treinta por ciento más nasal de lo habitual.

Los chistes malos y las imitaciones de Steve Urkel son el primer paso para recuperar a nuestro Jimmy. El primer paso de su vuelta.

Papá ladea la cabeza con mucha pena.

—¡Horror de horrores! Lo clausuraron.

—Ya lo estoy viendo: demasiada gente. El edificio se colapsó.

—Un apasionado de la peste negra trató de revivir la pandemia en un acto de locura humana a lo *Jurassic Park* —tantea Ofelia.

El señor Bachman se quedó con Lisandro. No sé de qué van a hablar ni qué van a hacer mientras nosotros estamos aquí, pero papá interpretó su mirada al momento. Es el lenguaje secreto de los padres.

Nos detenemos en el pórtico de entrada del museo mientras papá comprueba las exposiciones en la aplicación que acaba de bajarse en el móvil. Las dos puertas de cristal se extienden sobre nosotros, brillando multicolores bajo el efecto del sol. Sobre ellas, la efigie del rey Alberto nos observa impasible, nosotros pequeños como hormiguitas ante sus ojos de piedra.

Ofelia saca su Polaroid (parece que haya pasado una eternidad desde que se la regalé) y empieza a sacar fotografías. Jimmy, que no puede pasar más de cinco minutos ante una cámara sin posar, empieza a bizquear y a sacar la lengua y a imitar a las figuras que decoran el pórtico.

—¡Bah, aficionado! —exclamo—. Mira y aprende, chaval, mira y aprende.

Y hacemos contorsiones y muecas cada vez más ridículas mientras Ofelia pulsa el botoncito de la cámara. Como niños en una excursión del colegio.

—¡Y aquí viene el gigante! —brama papá, pasando sus gruesos brazos por detrás de nuestra espalda.

OFELIA

-capítulo 71-
LA CANCIÓN DEL VICTORIA Y ALBERTO

Cuando el señor Enilo nos pregunta qué exposición queremos ver primero, Amoke acerca la cara al cartel de la sala principal y dice inmediatamente:

—La exposición de vestidos de época, por supuesto.

Sonrío.

Jimmy Race, detrás de los Enilo, me dirige una mirada cenagosa que poco a poco va recuperando el color.

—¡Bueno, eso sí que no! Señor E., yo quiero, y sé que tú también quieres, ver esas esculturas mitológicas tan resultonas.

—Un conflicto de intereses. —Ríe el señor Enilo.

—Mire, señor E., mi signo es géminis. Soy pacifista por naturaleza. Yo digo que dividamos nuestro supergrupo en dos minigrupos.

El señor Enilo lo mira.

—Vaya, si parece que me hayas leído la mente…

Amoke y yo caminamos entre legiones de maniquíes, acompañadas por el confortable olor a satén y a tela antigua. Harlon, que ha venido con nosotras, va un poco por delante, como si nos diera privacidad, y hace mover las colas y las mangas de los vestidos cuando alguien se acerca demasiado...

—Parece que haya fantasmas, ¿eh? —dice Amoke cuando nos detenemos ante un vestido de novia de 1933 diseñado por Norman Hartnell cuya cola de volantes color hueso danza y gira y vuela ante el asombro de los visitantes.

—Quizá veamos uno hoy —respondo, y le cuento cómo, durante la Segunda Guerra Mundial, los paracaidistas enviaban la tela de sus paracaídas para que sus novias confeccionasen su vestido nupcial.

Le cuento que no era usual que las mujeres se depilasen hasta los años veinte, cuando las empresas de cuchillas decidieron que apelar solo al género masculino no resultaba muy rentable.

Le cuento que se puede delimitar bastante bien la época a la que pertenece una pieza *vintage* dependiendo de si lleva cremallera o botones.

Le cuento todas esas cosas que he aprendido tras años de intensa búsqueda en tiendas de segunda mano, y le cuento también todas las cosas que componían mi silencio.

Que, cuando mi padre me llamó para que entrara en la habitación de Lisandro, me sentí cohibida al ver a mi hermano sin sus piernas y su brazo, como si acabase de sorprenderlo desnudo. Que al principio no quise hablar con él porque no sabía qué decirle y porque era culpa mía y porque no iba a admitir cualquier otra versión de la historia. Que, a menudo, me siento encerrada en un laberinto que no tiene fin.

—Lo sé —dice, cogiéndome de la mano—. Yo también.

Sonrío y le acaricio la muñeca con el pulgar. Es un gesto natural, familiar y extremadamente cálido. Es decir «estoy aquí, estamos aquí».

—Gracias por venir. Bueno, en realidad, por todo.

Baja la vista a mi pulgar, que acaricia su muñeca.

—Teníais problemas. No podía dejaros aquí. No podía dejarte aquí.

—Gracias —insisto, y, después de que Harlon se meta en el interior del último vestido (una pieza de seda de la corte isabelina), causando un pequeño percance que incluye un alarido por parte de un vigilante, pasamos a la siguiente exhibición.

En la sala de arte pictórico, como en el tranvía, giramos alrededor de los cuadros y nos inventamos historias para las personas que figuran en ellos. Nos las susurramos al oído como si fuesen un Terrible Secreto.

Smeralda Bandinelli era una bruja lesbiana que había asesinado a tres de sus cuatro maridos con un cuchillo muy afilado, y que mientras posaba para el retrato planeaba el asesinato de su cuarto marido.

El muchacho apoyado en un árbol entre flores era en realidad una muchacha disfrazada de hombre para poder ir a la guerra con su amado, un muchachito pecoso que volvió a enamorarse sin saber que era ella misma la que se escondía bajo el disfraz.

Cuando llegamos a *La pesca milagrosa* de Rafael, le canto el *O Come, O Come Emmanuel* de Sufjan Stevens hasta que la hago reír.

Estamos aquí, estamos aquí, estamos aquí.

AMOKE

capítulo 72

HASTA LA LUNA

—Quiero contar la historia de chavales como tú y como yo —le dice Lisandro a Jimmy Race—. Siempre me preguntan por las prótesis y por las dificultades físicas que he superado, pero nunca quieren saber nada de las secuelas psicológicas.

Hacemos una lluvia de ideas los cuatro (Lisandro, Jimmy, Ofelia y yo) en la habitación del hotel mientras papá y el señor Bachman toman café en el restaurante.

Pasamos por todos los puntos importantes: cómo pueden venderte como justa una guerra combatida por adolescentes, cómo la violencia genera más violencia (sin pausa), cómo los veteranos regresan a un mundo en el que no pueden adaptarse como civiles (porque las cicatrices de la mente no se adecuan a la imagen de héroes que hemos creado para ellos), cómo el estigma de las enfermedades mentales puede llevar a la drogodependencia, y cómo a partir del momento en el que te vuelves adicto la sociedad deja de verte como alguien que merece recibir ayuda.

Lo repasamos todo, viendo el sol caer y achatarse sobre los tejados de los edificios de Londres, escuchando a Sufjan Stevens y pasándonos los *macarons* del servicio de habitaciones.

Como un tipo muy cálido de intimidad.

OFELIA

-capítulo 73-
TRIUNFO

El lunes después de la charla TED de Lisandro, Virginia Wonnacott me promete que me contará la verdad.

Cuando llego me la encuentro ya en la biblioteca, envuelta en un jersey demasiado grueso para esta época del año y más esquelética y descarnada que de costumbre; los huesos de sus hombros y sus muñecas, así como sus clavículas y sus costillas, salen disparados como una armadura muy frágil.

—He escrito sobre Cricket y sobre lo que pasó en 1941 desde que era una muchacha —dice—. Desde que ocurrió. Pero siempre llegaba al final y me acobardaba. Lo cambié. Creé un final distinto para él. Un final más justo, más limpio. Mentí. Es lo que hacemos los escritores, ¿no? Mentí, porque si yo era la única persona que sabía lo que le había ocurrido a Cricket, yo me convertía en la propietaria de esa historia. Podía moldearla a mi gusto. Podía transformarla. Podía conservar, de una manera u otra, a Cricket Williams tal como lo conocía.

Sus gafas brillan doradas entre sus dedos, tan escuálidos y tiesos como ramitas.

Harlon nos observa desde el jardín, las manos haciendo visera y su aliento dibujándose en el cristal.

Miss Wonnacott debe de reparar en él, puesto que echa un vistazo fuera antes de concentrarse de nuevo en sus manos.

Aprieta los ojos. Duele. Quema.

—¿Estás preparada para escuchar la verdad, Ofelia Bachman? —me pregunta, aunque yo ya conozco la verdad.

Me la ha contado el propio Harlon centenares de veces.

Arqueo una ceja.

—¿Lo está usted, Miss Wonnacott?

Una risa cortada por dos toses. Una respiración de acordeón.

Lo está.

Oscuridad

Desde el principio de los tiempos nos hablan de fantasmas.

Cuando eres pequeño y hace frío, debes meterte en la cama corriendo o los espíritus de los muertos te congelarán los pies. Cuando eres un poco más mayor y es invierno, debes evitar las carreteras solitarias durante la noche, pues las ánimas podrían robarte y reclamarte como suyo. Cuando eres adulto y las personas a las que amas comienzan a irse, debes realizar los ritos funerarios precisos para que no te atormenten mientras sigas viviendo. Cuando eres anciano y la muerte llama a tu puerta, cuentas todos esos fantasmas familiares que vienen a visitarte en tus sueños.

Para los novelistas hay una clase muy especial de fantasmas. Ciertos tipos de historias, de personajes y de lugares quizá inventados, nos acechan. Carecemos del talento para escribirlas y nos esperan en los umbrales de las puertas y en los rincones oscuros, reclamando ser las siguientes en cobrar vida con la tinta y el papel. A veces, incluso, carecemos del coraje de darlas a conocer y ellas se rebelan; comienzan a vivir por sí mismas, independientes de nosotros, creciendo y evolucionando ante nuestros ojos.

Algunas de esas historias son reales, hechos verídicos que nuestra prosa se niega a revivir. Algunos de esos personajes existieron de verdad, y respiraron y amaron y vieron este mundo, y sus esquelas y sus tumbas pueden ser encontradas con facilidad.

No es sencillo escribir de algo así. Los horrores deben ser enterrados bajo tierra. La realidad, tan fría y dolorosa, ocultada bajo capas y capas de confortable ficción. En la ficción todo ocurre por un motivo. En la ficción hay cierta justicia. En la ficción es posible alcanzar la redención.

En 1941 yo vivía en Inglaterra. Tenía alquilada una buhardilla modesta en un barrio tranquilo; la señora Maplethorp, la vecina de abajo, se encargaba de cuidar de Anna mientras yo trabajaba.

La melancolía me acompañaba, pero estaba demasiado ocupada para prestar atención a sus llantos. Ser enfermera, en cualquier circunstancia, es un trabajo brutal y agotador; ser enfermera en la guerra te roba tu identidad. Yo era Wonnacott y no Ginnie o Virginia. La muerte y la enfermedad eran viejas conocidas, casi amigas. Veía morir a jóvenes valerosos a diario y se había convertido en una rutina; no podía permitirme ningún tipo de duelo, pues cualquier minuto perdido se traducía en un minuto en el que otra vida podía ser salvada o condenada.

El 1 de marzo de 1941, mi turno de noche se abrió con dos pacientes. El primero, lo recuerdo como si lo viese ahora, era un jovencito de Dorset llamado Franklin Whitechurch. Sabía que iba a morir. Tenía septicemia, y la fiebre le hacía ver cosas que no estaban ahí. Me cogió la mano. Durante todo el tiempo creyó que yo era su hermana.

«¿Cómo están todos en casa?», me preguntó, y también: «¿Ya ha traspasado papá la floristería?». La suya era la tienda de flores más grande y más bonita de todo Dorset.

Me pasé las horas acariciando su mano y describiéndole todas aquellas azucenas y rosas y lirios que nunca había visto, hasta que murió.

Un joven agradable y de hablar suave acababa de morir injustamente ante mis ojos, pero no había tiempo para lamentaciones.

Cubrí su cuerpo (aún caliente, aún afable, como dormido) con una sábana y me dirigí a la enfermera jefe.

–He terminado mi deber, madre superiora –dije.

Me pidió que descansara, pero le supliqué que me diese trabajo. Sabía que lo había. El trabajo era mi modo de escapar del luto.

–Hay un muchacho en la cama veinticuatro –accedió a regañadientes–. No entendemos nada de lo que nos dice. Creemos que habla galés.

–¿Y qué quiere que haga?

Señaló la cama de Franklin Whitechurch.

–Lo mismo que ha hecho con ese joven. No podemos hacer nada por él y no tiene identificación. Intenta averiguar su nombre. Su familia debe saberlo.

Asentí. Detestaba el turno de noche.

Lo supe enseguida. Aunque estaba vendado y aunque las quemaduras desfiguraban su rostro, lo supe enseguida. Sus ojos seguían siendo sus ojos; ardían bajo la luz artificial de la lamparita.

Él debía de saber que yo trabajaba allí; debió de verme u oír mi nombre. ¿Por qué si no habría utilizado el galés? Sabía hablar inglés perfectamente. Era su segundo idioma.

No lloré ni corrí a abrazarlo. Yo era Wonnacott a secas (una enfermera) y él un soldado perdido, sin identificar. Cogí la silla y me senté a su lado. Le tomé de la mano como había hecho con Franklin Whitechurch.

–Buenas noches, ¿cómo te encuentras? Yo soy la enfermera Wonnacott. ¿Puedes decirme tu nombre?

Aunque había utilizado con él las fórmulas aprendidas a conciencia y el tono impersonal de las enfermeras, Cricket leyó en mis ojos otras palabras. Una disculpa. Una plegaria. Un juramento. Era nuestra magia.

–Harlon Brae.

Su voz sonaba como el ulular del viento. Lejana. Se estaba yendo. Tenía graves quemaduras y sus riñones habían dejado de funcionar. ¿Qué podía hacer yo? Si fuese bruja o hechicera, le habría dado vida. Si realmente tuviese algún poder sobre las palabras, la promesa de *nephesh* se habría hecho realidad.

–¿Harlon Brae de los Brae de Aberdovey?

La charla descuidada cuesta vidas. Podría haber alguien que hablase galés, alguien que nos escuchase. ¿Y desde cuándo necesitábamos meras palabras Cricket y yo para comprendernos? Podíamos encontrar significados ocultos en el movimiento de una mano o en el temblor de una comisura. Podíamos encontrar significados ocultos en el interior del otro.

−S... sí.

−Entonces creo que mi madre conoce a la tuya.

−¿Está...?

−Estupendamente. Y tus hermanos también. Los pequeños también. Todos están bien.

−Tu hermano... también. También está bien.

Asiento. Es curioso, el roce entre dos manos. Puede ser un gesto de empatía más, un último paso en la jornada de un turno de noche, o significar mucho más. De todas las cosas que había sostenido en la vida, lo más valioso sin duda habían sido las manos de Cricket en aquel momento. Las cicatrices, ardientes, vivas.

−Llegaron todas mis cartas −susurró, su voz huidiza como humo.

Era una afirmación y no una pregunta.

Sus cartas, en su avión cruzando el canal. El mayor secreto que uno puede guardar en la guerra.

−Eres un héroe −dije.

Palabras inocuas. Las repetían en los periódicos y en la radio. Se las decíamos a los muchachos que ya no vivirían mucho más.

Pero en esta ocasión adquirían un segundo significado. Yo conocía el secreto, la razón por la que Cricket había desaparecido para dar paso a Harlon Brae.

−Eres un héroe −repetí.

Y aquel muchacho que respondía al nombre de Harlon tembló. Lloraba; rojo, con tiritera, acechado por un miedo inabarcable del que no podía escapar.

Vi horror en sus ojos. Desesperación. Era un héroe, pero los héroes no son invencibles. Los niños no son héroes; han de morir para rozar la gloria.

Vi sufrimiento en sus ojos. Sabía que iba a morir. De la misma manera que había observado cómo perecían hermanos de sangre y hermanos de armas, él se iría también, tras incontables torturas, envuelto en una ansiedad febril.

¿Qué podía hacer? ¿Cómo responder ante el llanto y las sacudidas de un muchacho que una vez había sobrevolado el cielo de Anglesey, que se había dado de bruces con un vivo en una playa encantada por los espíritus, que había ayudado a traer al mundo a una niña a la que adoré inmediatamente? Consuelo. El consuelo era la única solución.

Lo acaricié y lo arrullé hasta que se calmó. Le canté como había cantado su madre a Bluebell mientras la enfermedad la devoraba, como había cantado él a Joan cuando nació entre lloros y patadas.

Una canción de cuna. El conjuro más antiguo y poderoso de todos.

–*Holl amrantau'r sêr ddywedant. Ar hyd y nos. Dyma'r ffordd i fro gogoniant. Ar hyd y nos. Golau arall yw tywyllwch. I arddangos gwir brydferthwch.*

«Los titileos de todas las estrellas dicen, todos a través de la noche: este es el camino a la gloria. Todos a través de la noche. La oscuridad es otra luz que expone la belleza.»

Le canté y lo arrullé hasta que murió. Rojo, con tiritera, acechado por un miedo inabarcable del que no podía escapar.

Le besé los párpados y lo tapé con una sábana. Descorrí la cortina. Me sequé las lágrimas. Llamé a la enfermera jefe y le dije que había terminado mi deber.

Me preguntó por el nombre del paciente.

–Harlon Brae –dije–. Conozco a su familia. Yo los avisaré.

Empecé a mentir en el segundo inmediatamente posterior a la muerte de Cricket.

Incineramos el cuerpo.

La semana siguiente, cuando me reuní con su padre, no pude mirarlo a los ojos y decirle la verdad.

Su hijo, su hijo adorado, había muerto entre terribles sufrimientos, tras una larga agonía, bajo otro nombre, lejos de su familia y asustado. ¿Dónde podía encontrar el coraje para causar semejante sufrimiento?

Mentí. Me inventé una historia. Retrocedí un par de semanas en el tiempo. Aproveché retazos de otras vidas, de otros pasados que no fueron.

Durante el *blitz* de Swansea, la casa en la que Cricket (Harlon) y sus compañeros habían pasado sus últimas semanas en Gran Bretaña había sido derruida. Solo un día permitió que los muchachos sobrevivieran.

Entretejí una historia en torno a ello. Cualquier persona que hubiese estado allí o bien estaba muerta o bien tenía una buena razón para no desvelar que Harlon Brae y John Williams eran la misma persona.

Le dije al señor Williams que su hijo había muerto antes de entrar en combate. Le entregué las cenizas. Fue un acto de amor y de piedad. De aquel modo, en la ficción, Cricket sería siempre un niño; con los moratones de la muerte de Birdy pero sin las cicatrices de la guerra; entero, inocente, sin roturas.

Con mi mentira, el señor Williams pudo enterrar a un hijo que no había muerto asustado y llorando, sino a un muchachito idealista que se preparaba para el combate. Cricket no habría muerto en una agonía ardiente, sino en la paz de su propia cama, como un chiquillo al que secuestran los duendes en mitad del sueño.

Siempre niño. Siempre entero. Siempre inocente.

Un patético acto de amor y de piedad.

Una piedra rompe la ventana.

—¡MENTIROSA!

Harlon golpea el cristal. Rojo, ardiendo, llorando.

Él no se acuerda de eso. ¿Es posible que Miss Wonnacott esté mintiendo de nuevo? Pero, de hacerlo, ¿qué razón tendría para reutilizar la historia contada por Harlon? El *blitz* figura en ambas, aunque la versión de Miss Wonnacott añade algo más. Otro final. Uno, en cierto modo, más crudo.

—¡MENTIROSA!

Aunque no puede oír a Harlon, Amoke, sin duda alertada por la piedra en la ventana, entra en la habitación.

Abre la boca, su pelo cayendo salvaje y enredado sobre su rostro. ¿Qué pregunta formular, de todas maneras? Yo estoy ante el Mac, mordiéndome el labio inferior y tratando de encontrar una respuesta a todas mis preguntas, y Miss Wonnacott en su silla, algo alterada pero a salvo.

Los ojos oscuros de Amoke se posan sobre los fragmentos de cristal sobre la alfombra.

—Creo que es más o menos lo que te imaginas —digo.

No preciso mucho más. Tal vez porque capta al vuelo mi suposición, tal vez porque el desganado «puede retirarse» de Miss Wonnacott la convence, Amoke se despide asegurando que llamará a un cristalero para que arregle el estropicio.

Dos ruidos:

1) El de Amoke cerrando la puerta.
2) El de las teclas del Mac, fuera del alcance de mi mano, siendo pulsadas.

Eso es lo que ocurrió
Cricket

Harlon sigue en el jardín, todavía rojo y ardiendo y llorando. Miss Wonnacott —todavía en su silla, todavía alterada— no deja de reparar en mis manos (tiesas sobre mi regazo) y en el sonido que hacen las teclas al subir y bajar.

—Siempre hubo fantasmas —dice—, pero no todos esos fantasmas estuvieron vivos. Escribí sobre Cricket desde la noche en la que murió. Cambié su historia. Me inventé una ficción y la plasmé sobre el papel una y otra vez, esperando que algún día yo también llegase a creerla, esperando una especie de redención que nunca llegó. Yo le conferí poder. Dejé que la historia que nunca publiqué me acechara hasta que obtuvo independencia; hasta que sus personajes cobraron vida más allá de las páginas.

Siempre hubo fantasmas, pero Harlon nunca fue uno de ellos (no uno al uso, al menos), y yo nunca pude verlos.

Cricket siempre estuvo ahí. Escribiendo mensajes en mi Mac. Empujándome a la habitación de las esculturas. Golpeando la alacena bajo la escalera. Reclamando su nombre: John Michael Williams.

—¿Por qué? —susurro levemente, mis ojos fijos en la ventana (en Harlon, sentado y abrazándose las rodillas, repitiendo que Miss Wonnacott es una embustera y que él es real).

—¿Por qué tú puedes ver a Harlon cuando otros no? Las historias quieren ser escuchadas, Ofelia Bachman. Y, cuando no pueden apelar a otro público, no les queda otro remedio que recurrir a argumentos secundarios de su propia historia.

—Pero yo...

Mi voz se desvanece en mitad de la frase.

Argumentos secundarios.

Nudos que no obtuvieron su desenlace.

Nudos con un nombre propio: Joan.

—Lo supe enseguida —asegura Miss Wonnacott—. Tenías los ojos de Phoebe, pero no podías tener nada que ver con ella, ¿verdad? Al fin y al cabo, hay Bachmans a centenares. Claro que después hablaste de Harlon, de tu abuela Jo. Joan, a quien nunca volví a ver, pero a quien seguí la pista. Joan, que se crió con mi familia judía, que se casó con un judío llamado Herman Bachman. Lo supe enseguida. Por eso te escogí.

—Pero... pero Harlon... otras personas lo vieron. Me dijo sus nombres: Glen. Lucy. Sophie.

Miss Wonnacott se quita las gafas; las sopesa como un pequeño arco dorado entre los dedos descarnados.

—Argumentos secundarios. Glen Brown, como probablemente deduzcas por su apellido, es el nieto del mismo señor Brown que nos dejaba volar en su pista. Lucy Fahnestock era aquella muchacha menuda de la Liga Escarlata. Sophie Lucas, la jefa de enfermeras de mi pequeño hospital de Inglaterra. Argumentos secundarios, Ofelia Bachman, y nada más.

—¿Y mi padre y mi hermano?

—Argumentos desechados, ajenos a la historia. Las ficciones no cobran vida sin alguien interesado en ellas.

Asiento, bajando la vista a mis manos (mis temblorosas manos) y al teclado, ahora completamente inmóvil.

Las novelas de Virginia Wonnacott siempre habían sido cosa mía. Las tardes solitarias tumbada en el suelo de la biblioteca de la abuela Jo, devorando un libro tras otro, formaban parte de una historia que era solamente mía. Si mis padres no hubiesen querido protegerme del sufrimiento de nuestra casa, si no se hubiesen asegurado de que yo tenía un refugio seguro en Gran Bretaña durante al menos un verano, la magia no habría ocurrido.

Siempre hubo fantasmas, pero Harlon nunca fue uno de ellos, y yo nunca pude verlos.

—Era un héroe —digo, poniéndome en pie—. Cricket. Si es cierto lo que me dice y envió mensajes a la Europa ocupada, era un héroe. Usted no tenía derecho a robarle eso.

Miss Wonnacott dirige la vista a la ventana. Harlon ya no está allí.

El sol (la luz) repta por la piel agrietada de la anciana, reflejando sus arrugas (sus años) y los restos de maquillaje en su rostro.

—No —admite—. No tenía derecho. Esta es mi penitencia. —Señala vagamente su silla, sus piernas esqueléticas, la jaula de sus costillas—. Si no hubiese sido una injusticia que yo pudiese quitarme la vida y ellos no, habría decidido morir entonces. Volví a ser feliz, pero mis roturas jamás se soldaron. Verás, Ofelia Bachman, nunca escribí porque fuese mi pasión. Mi pasión me la habían arrebatado. Escribí (y sigo escribiendo) porque dejé de vivir; escribí porque quería huir de la única historia que no deseaba contar. Esta historia. Mi historia. —Coge aire; suspiros de acordeón—. Ya he cumplido. Y, por lo que a mí respecta, tú también. No hay otro desenlace que no pueda ser obtenido de otras fuentes.

AMOKE

-capítulo 74-
DESPEDIDA

Por la noche, tras un duro día de trabajo, Ofelia y yo vamos al cementerio.

—Quiero ir a visitar a Cricket —dice.

Y aunque para mí eso ya es algo ordenado y archivado (un lugar en el que cosas que no deberían estar aparecen a placer), acepto.

Caminamos.

—Harlon se ha ido —susurra, y después—: Harlon nunca fue real.

Me lo cuenta todo. Lo imposible, que es la única respuesta lógica a todo lo que hemos vivido los últimos meses. Cómo las palabras y la culpa de Virginia Wonnacott crearon humanos que no estaban del todo vivos; fantasmas de tinta y papel que adquirieron un cuerpo que solo aquellos que realmente lo deseaban podían ver.

Llegamos a las siete. La tumba está limpia, sin rastros de nieve, con sus flores y su verso de la Biblia cómodamente colocados como los ositos de peluche sobre la cama de un niño.

Todo está en su sitio.

JOHN MICHAEL WILLIAMS, NUESTRO CRICKET,
QUE BENDIJO ESTA TIERRA HASTA QUE EL SALVADOR
LO LLAMÓ DE NUEVO A SU LADO
17 DE FEBRERO DE 1924-19 DE FEBRERO DE 1941

Entonces algo ocurre. Las letras y los números de la fecha de su muerte danzan como si estuvieran en llamas. La efe de febrero se achata y se dobla por la mitad; el nueve de diecinueve tiembla hasta desaparecer.

JOHN MICHAEL WILLIAMS, NUESTRO CRICKET,
QUE BENDIJO ESTA TIERRA HASTA QUE EL SALVADOR
LO LLAMÓ DE NUEVO A SU LADO
17 DE FEBRERO DE 1924-1 DE MARZO DE 1941

Ofelia coge mi mano. La noto como algo extremadamente cálido, pequeño y suave entre mis dedos; como un pedacito de sueño.

—Está bien —susurra—. Ha cumplido. —Se vuelve hacia mí—. Gracias por venir.

—Tú me lo pediste —digo, sabiendo que es aquí.

La primera vez que Ofelia me vio llorar. La primera vez que le conté que Tayo sufre la misma enfermedad que Virginia Wonnacott. La primera vez que desayunamos en Júpiter y contamos todas sus lunas, la primera noche que pasamos juntas.

El día que nos hicimos amigas.

OFELIA

-capítulo 75-
HONOR

Al llegar a casa, encuentro una nota en el bolsillo de mi anorak. Se trata de un trocito de papel cuadriculado viejo, arrugado y no demasiado grande (lo suficiente para, al doblarlo por la mitad, quedar escondido en mi puño). No reconozco la letra cursiva y apretada, aunque me resulta familiar.

Lo sé enseguida. Lo sé al leerla. Pertenece a Virginia Wonnacott, aunque no exista manera humana de que ella (inmóvil en su silla, enferma y demasiado lenta) haya guardado la nota en mi bolsillo.

La leo tumbada en la cama, con Harlon (sereno, más rosa que rojo, sorbiéndose los mocos) a mi lado.

17/02/1942

Y sigues adelante. Porque eso es lo que haces. En la guerra.

Echas a un lado la carta hedionda de muerte, conjuras

al muchacho ceniciento para rogarle que se vaya (recuerdos indecibles del otoño y del sabor de la luz del sol en las comisuras de tus labios) y continúas con tu vida.

Lava los platos, recoge tus libros, arréglate el pelo. Aunque los recuerdos sigan goteando como mercurio. De un muchacho de pelo como hojas y constelaciones de pecas. De muerte y fuego y olor a lluvia.

Un imperio de duelo.

Le aparto el flequillo de los ojos a Harlon. Su flequillo de hojas y otoño.

—¿Ves? Siempre te echó de menos. Por eso te escribió.

—Me inventó —me corrige; su voz pastosa, su nariz y sus pómulos salpicados de una pesada rojez.

—A partir de una persona a la que quiso muchísimo. Porque no podía soportar pensar que había sufrido tanto.

—No estuvo bien.

—No. No estuvo nada bien. Pero ella también es humana.

Harlon se cubre la cara con las manos. Cuando habla, su voz me llega ahogada y lejana, como si estuviésemos a varios metros de distancia.

—No soy real.

—Para mí lo eres —le aseguro, y es cierto; si Virginia Wonnacott me ha dado esta historia, yo tengo el poder para hacer con ella lo que quiera, incluso creer ciegamente—. Tú me escogiste.

No dice nada. Poco a poco, con extrema suavidad, le aparto las manos de la cara.

—Tú me escogiste —repito—. No a mi padre o a mi hermano o cualquier otra persona que hubiese tocado la vida de Virginia Wonnacott. Me escogiste a mí. Y es un privilegio haberte importado tanto.

Sonríe. Con un par de movimientos veloces, une su meñique al mío. Como dos niños haciendo un juramento.

—Es un privilegio haberte escogido a ti —susurra, y apago la luz.

A las tres de la madrugada recibo una llamada de la señora Rosewood. Al principio pienso que ha debido de equivocarse (al fin y al cabo, hace meses que no trabajo en la Hiraeth), pero entonces lo comprendo. Me está llamando a mí personalmente porque hay algo que solo yo puedo hacer.

Una mano que coger. Un nudo que desenlazar. Terminar lo que empecé en octubre.

No me cambio de ropa para ir al hospital. Simplemente me pongo el anorak por encima del pijama, me calzo unas deportivas, le dejo una nota a papá, cojo el coche y me voy.

Cuando llego, Amoke ya está allí. Con su chaqueta roja (como el primer día), con miedo en su mirada (como el primer día), con su nube de pelo castaño y su universo de pecas.

Una enfermera gruesa de cara amable abre la puerta de la habitación de Miss Wonnacott (la 733) y nos comunica que podemos pasar. La señora Rosewood, con el moño despeinado y los pantalones de tela algo arrugados, ladea la cabeza.

—Yo ya me he despedido —dice, y se vuelve hacia nosotras dos—. No queda mucho tiempo.

Por el modo en el que tiemblan sus pupilas me doy cuenta. No sé cómo no reparé antes en ello. El nombre completo de la señora Rosewood es Anna Rosewood. Siempre me pregunté por qué habría decidido crear una asociación como la Hiraeth, pero ahora lo sé: su padre, Saul, murió enfermo y antes de tiempo.

La muerte llama a Virginia Wonnacott del mismo modo en que lo había hecho la última vez: una infección en los pulmones. La muerte ha sido paciente con Miss Wonnaco-tt; ha esperado a que cumpliera para abrir la puerta y pasar.

—Todas… las… historias… terminan… —susurra, su máscara de oxígeno plateada empañándose.

A pesar de todas las dificultades, Amoke y yo la comprendemos. Su lenguaje, a base de pausas y titubeos y silencios en los sonidos que se rebelan a su enfermedad, ya es familiar para nosotras.

Harlon (a su lado, temblando, negándose a mirarla) se muerde la cara interna de las mejillas.

—Te enamoraste otra vez.

Por la manera en la que su espalda se crispa, sé que Amoke, ahora, también puede verlo. Harlon brilla naranja; tirita, terror e incertidumbre arrastrándose bajo su piel.

Con un esfuerzo hercúleo, Miss Wonnacott gira la cabeza sobre la almohada hasta que queda cara a cara con Harlon.

—No es un crimen.

—Te olvidaste de mí.

—Jamás. Siempre estuviste en algún lugar sobre mi hombro, suplicándome al oído que contase tu historia.

Y de ese modo, sin un Mac ni tan siquiera un mísero bloc de notas a mano, es como escucho el último capítulo de *La coleccionista de almas*.

El último capítulo

Una vez conocí a una chica que había hecho de su hogar el cielo y que en una ocasión, solo en una, cayó estrepitosamente sobre mi jardín. Sus cabellos, una enredadera que jamás había conocido un cepillo, eran de un oro tan ardiente que instintivamente supe que mi amigo la habría temido.

Su voz no pidió permiso para salir. Aquella era una muchacha que no acostumbraba a pedir permiso nunca. Dijo tres palabras, únicamente tres palabras que parecieron adueñarse de la tierra y el lodo.

—¿Esto es Francia?

Aquella chica llevaba mi pasión en un bolsillo y todas las promesas de 1944 en el otro.

—¿Esto es Francia? —preguntó, y supe que necesitaba mi ayuda.

La charla descuidada cuesta vidas, y ni su expresión inocentona ni sus aires de marquesa iban a salvarla.

—Es Gales —le dije.

Me tendió la mano.

—Molly van Overbeek, de los Van Overbeek de Nueva York.

Arqueé una ceja.

¿No sabes que Francia está ocupada? Has tenido suerte de haber caído aquí.

—Me he quedado sin combustible —explicó, y luego añadió una mentirijilla—. Pretendía llegar a la Francia libre. Eso sí puede hacerse, ¿no? Es la segunda vez que cruzo el océano. La primera fue en 1940, cuando tenía diecisiete años; llegué a Escocia. Soy aviadora.

—Yo también —murmuré, tan quedamente que la muchacha tuvo que acercarse a mí y, aun así, me pidió que lo repitiese—. He dicho que yo también soy aviadora.

La charla descuidada cuesta vidas, pero hacía tanto tiempo que no volaba... tanto tiempo que no hablaba con alguien que pudiese comprender a lo que me refería cuando decía que echaba de menos el olor del cielo... no pude evitarlo.

Molly van Overbeek, de los Van Overbeek de Nueva York, me respondió con una carcajada y una palmada en el aire.

—¡Entonces no he caído en tan mal sitio! ¿No vas a invitarme a comer algo, chica galesa? Me comería un buey entero.

Durante años no volví a verla.

La encontré por casualidad después de la guerra, en 1947, caminando sin rumbo por los pasillos de mármol de la Universidad de Delaware.

Era mi nueva vida; yo estudiaba periodismo en América mientras Saul, que había sobrevivido a la guerra, criaba a Anna en Gran Bretaña.

Era la nueva vida de Molly van Overbeek también; con una medalla escondida en el primer rincón de su cómoda (pues aquellos que reciben medallas por sus acciones en combate rara vez se creen merecedores de ellas) y el fantasma de la guerra sobrevolando por encima del oro ardiente de su cabello.

Era el momento.

Nos enamoramos de las cualidades que carecemos y podemos encontrar en otra persona. Molly tenía un coraje y una paciencia con los que yo solo puedo soñar, y era capaz de ver virtudes en todos mis defectos.

Ninguna de las dos volvió a ser la misma persona de antes de la guerra, pero encontramos felicidad en el trauma. Aunque nunca pudimos casarnos, vivimos juntas y tranquilas hasta su muerte en 1999.

Me enfrenté al nuevo milenio sola, pero aquí estoy. He coleccionado las almas de las personas a las que he amado durante toda mi vida, y el esfuerzo me ha dejado cansada y enferma.

Todas las historias terminan, pero la muerte no es el final de la historia. La muerte solo abre un nuevo capítulo; pasa el *nephesh* de la historia a una nueva persona, a un nuevo recipiente, sin fin.

Este ha sido mi capítulo, y tal vez no haya sido el más sencillo, pero espero haberle hecho justicia.

Al terminar de hablar, Miss Wonnacott cierra los ojos y se queda dormida. La narración, a fin de cuentas, siempre ha sido lo que la ha mantenido con vida hasta ahora.

Amoke la coge de una mano y yo de otra. Los dedos de Miss Wonnacott son fríos y lánguidos, callosos después de una vida de trabajo, pues la literatura ya no la ancla a este mundo.

Nos quedamos con ella. Esperando. Cumpliendo nuestro trabajo. Sabiendo que a ojos de cualquier persona solo somos dos voluntarias más, dos chicas de la Hiraeth enfrentándose a la inevitabilidad de la muerte y saliendo enteras de la habitación, porque esto es para lo que hemos sido entrenadas. Nadie sabrá nada del hiato entre octubre y mayo, de la última oportunidad de Miss Wonnacott, de los siete meses desde que conozco a Amoke. Para los demás solo será una noche difícil más. Les falta un fragmento. Una intermisión. Una pieza valiosísima.

Nos quedamos con ella hasta que Harlon desaparece, naranja y cálido, como una nube de humo que se disipa. Miss Wonnacott deja de respirar. La muerte la toma de la mano y se la lleva como a una vieja conocida.

AMOKE

-capítulo 76-
LA CARTA

La autobiografía de Virginia Wonnacott saldrá a la venta en otoño

La coleccionista de almas, la obra autobiográfica de la novelista galesa Virginia Wonnacott, saldrá a la venta el 8 de octubre de 2017.

Virginia Ruth Wonnacott, nacida en Cardiff el 6 de noviembre de 1924, escribió su autobiografía en secreto durante sus últimos meses de vida. La que fue la novelista en habla inglesa más vendida falleció el pasado 7 de mayo a los noventa y dos años de edad. Miss Wonnacott, que llevó una vida de reclusión desde mediados del milenio a pesar de su prolífica actividad como escritora, padecía ataxia espinocerebelosa de tipo 6 desde hacía veinte años.

La ataxia espinocerebelosa es una enfermedad degenerativa incurable que produce la pérdida progresiva de masa encefálica, desencadenando graves secuelas psicomotoras. El padre y el hermano de Virginia Wonnacott, según confirmaron los representantes del sello editorial, también sufrieron dicha enfermedad.

La coleccionista de almas, que ya se ha convertido en un *bestseller* pese a estar solo disponible en preventa *online*, tratará de los llamados «años oscuros» de Virginia Ruth Wonnacott: sus años formativos en el Holyhead (la principal ciudad de la pequeña isla de Anglesey) de la Depresión y la Segunda Guerra Mundial.

Pero ¿habrá contado Miss Wonnacott la verdad? ¿Es posible que su enfermedad la impulsase a desvelar sus secretos? Millones de lectores alrededor del mundo se preguntan lo mismo…

Doblo el periódico por la mitad y lo dejo sobre mi asiento cuando el autobús para. En cuanto me doy la vuelta, dos estudiantes de un instituto privado de Londres lo cogen, encuentran la página que acabo de leer y comentan, entre susurros emocionados, cuánto desean que salga ya a la venta *La coleccionista de almas* y cómo la Trilogía de la Muerte las cautivó cuando les pusieron el primer libro como lectura obligatoria al entrar en la secundaria.

Londres. Es aquí donde me encuentro, y es aquí donde ocurren todas las cosas importantes. Aquí es donde me ha citado la señora Rosewood. Los abogados de Virginia Wonnacott quieren hablar conmigo. Una pequeña parte de la herencia, al parecer, está a mi nombre. Cuando me enteré, ayer por la tarde, me tumbé sobre la cama, con mis apuntes del semestre sobre la tripa y los ojos fijos en los cuadraditos de luz que reptaban por el techo. No parecía real. No parecía mi vida.

Quince minutos después, Ofelia me llamó. Chillando y saltando y riendo y no-podía-creérselo. Le dije que claro, que a fin de cuentas, aunque hubiese mantenido el anonimato, ella había sido la encargada de transcribir las palabras de Miss Wonnacott. Cuando le conté que yo también recibiría una pequeña suma, no respondió con sorpresa.

—Por supuesto, boba —me dijo—. Te lo mereces. ¡Bendita paciencia! Otra en tu lugar seguro que habría atacado a Miss Wonnacott con los artículos de oficina.

Londres. Tengo una cita con la señora Rosewood y con

los abogados de Virginia Wonnacott en media hora. Después voy a ver a Jimmy; tenemos que encontrar un buen piso para los dos, y una buena clínica para él. No me importa cuánto dinero reciba. La clínica de Jimmy es mi prioridad ahora. Después, los gastos médicos de Tayo. Las tasas de mi universidad. Quizá un viaje en familia a Holanda (mamá siempre ha querido visitar Ámsterdam, y la casa de Ana Frank, y los campos de tulipanes), aunque allí esté el museo Van Gogh y Van Gogh me recuerde a Ofelia.

Ofelia. Echaré de menos nuestras mañanas y su magia. El caos ordenado. La echaré tanto de menos cuando no pueda verla a diario que sentiré que me desgarro por dentro, pero la vida sigue adelante.

Me palpo el bolsillo interno de la gabardina. La carta está ahí, doblada en cuatro, como la dejé. A salvo.

OFELIA

-capítulo 77-
DESPERTAR

Hago chocar tres veces las puntas de mis Lilley & Skinner dorados (como Dorothy pidiendo volver a Kansas) y me aliso los bajos del vestido que cogí del armario de la abuela Jo y que casi nunca me pongo porque me viene pequeño.

Veo la figura de Amoke reflejada en el espejo de pie del bufete de abogados. Camina hacia mí. Respiro. Todo va a ir bien.

Pienso en planes para el verano, y en el dolor que ya casi no me deja cicatriz, y en cómo a su lado parece que Harlon nunca se haya ido.

—Por lo visto, Miss Wonnacott no nos odiaba tanto después de todo —digo, enroscándome el flequillo en el índice.

Amoke me aparta la mano.

—He leído el periódico. Parece ser que *La coleccionista de almas* ya es un éxito de ventas. ¿No estás emocionada? Es prácticamente tan obra tuya como de Virginia Wonnacott.

Niego con la cabeza.

—También es obra tuya. Lo que no escribimos es tan o más importante como lo que figura en el libro. Fuiste tú quien dejaba las flores y las citas del Libro de Ruth para Cricket, aunque no comprendiéramos hasta el final qué significaban realmente. Y fuiste tú quien envió todas esas cartas a esos niños. Y también están las mañanas en el tranvía, y las horas de estudio en el despacho, y los *post-its* de colores y todo lo demás. Sin eso, no habría sido lo mismo.

Amoke sonríe.

—Han sido siete meses estupendos, ¿verdad?

—Los mejores.

La puerta de caoba de la sala de reuniones se abre. La abogada de Miss Wonnacott, una mujer delgada y de aspecto severo llamada Kitty Dunthorne, sale y me llama por mi nombre.

—Mucha suerte —me dice Amoke, y quizá porque el sol brilla o porque realmente han sido siete meses estupendos, la beso en la mejilla.

Pienso en planes para el verano, y en el dolor que ya casi no me deja cicatriz, y en cómo a su lado parece que Harlon nunca se haya ido.

AMOKE

capítulo 78

LA DECISIÓN

La veo entrar en el despacho, sus tacones dorados emitiendo rítmicos toc-toc-toc contra el *parquet* y el vuelo de su falda lila ondulándose antes de que se cierre la puerta. La veo entrar en el despacho y sé que es feliz. Se está curando.

¿Para qué añadir una complicación más? Al fin y al cabo, no tengo derecho. Fui yo la que decidió que no era el momento. Y aunque la posibilidad de que pudiese querer volver conmigo hace que algo en mi estómago burbujee y que los colores de Londres parezcan más brillantes, no puedo arriesgarme a hacerle daño otra vez. No puedo ser tan egoísta.

Me saco la carta del bolsillo, la arrugo en una pelotita y me la guardo en el bolso. Cojo mi bloc de notas y mi pluma. Inhalo. Exhalo. Es hora de escribir una carta distinta, también honesta, pero de otra manera. Más cruda. Una carta que deje la puerta abierta para que Ofelia continúe con su vida y encuentre la felicidad.

OFELIA

-capítulo 79-
PLANES

Cuando llego a casa, me tumbo en la cama (acariciada por el rosa del atardecer) y leo la carta de Amoke.

Querida Ofelia:

Así que esta es la carta número cuarenta y cuatro. Supongo que a Miss Wonnacott le habría hecho gracia, y de haberlo sabido se habría quitado las gafas de lectura (siempre se las quitaba antes de empezar a perorar, ¿recuerdas?) y habría dicho algo muy pretencioso pero en el fondo poético que a ti te habría encantado.

«El número cuatro simboliza la muerte en los países del este de Asia, ¿no es acaso muy adecuado que la última carta que os escribáis sea la número cuarenta y cuatro?»

Algo así, ¿verdad?

No quería escribirla, pero sabía que era necesario. Te lo debo, y si algo he aprendido de ti después de todo es que no hay nada más liberador que dejar de ser egoísta.

426

Nunca te gustaron los planes, ¿verdad, mi pequeña grulla? Nunca te gustó tampoco que te llamase así, ¿eh? Siempre dijiste que era una cosa entre Harlon y tú. Me gustaría volver a oír su voz; en realidad, solo lo vi una vez, pero hablabas tanto de él que tengo la sensación de conocerlo tan bien como a mí misma. Lamento que haya tenido que irse.

Nuestro plan era cogerlo todo (los libros de Miss Wonnacott, nuestras cartitas, las fotos de aquella Polaroid que te regalé por Navidad, incluso los WhatsApps de urgencia de madrugada) y revisarlo juntas para no olvidar este año jamás. Supongo que las cosas se enredaron un poco.

Siento haberte hecho daño, pequeña grulla.

Siento todos los enredos.

Verás, al principio nadie me importa demasiado, pero luego, de alguna manera, las personas crecen dentro de ti, y crecen también tus sentimientos hacia ellas. Eso también me lo enseñaste tú.

Creo que deberíamos dejar de crecer la una dentro de la otra.

Si algún día quieres verme, o si me echas de menos, ve al campo de las liebres. Nunca hemos sido tan perfectas la una para la otra como aquella tarde.

Amoke

Me levanto. Esta es mi vida ahora.

Papá, que etiqueta frascos de mermelada en la cocina, estira el cuello cuando me oye bajar por las escaleras.

—Bueno —dice, dejando los papelitos marrones a un lado—, ¿sabes ya lo que vas a hacer con el dinero de Virginia Wonnacott?

Me detengo en el umbral.

—Sí. Planes. Decenas de ellos. Todavía tengo muchos sueños que cumplir, y creo que ya sé por dónde voy a empezar.

OTOÑO

«Dobla las campanas que todavía pueden doblar.
Olvida tu ofrenda perfecta.
Hay una grieta en todo.
Así es como entra la luz.»
Leonard Cohen

AMOKE

-capítulo 80-

Descubro la cafetería como un extraño paquete sin desenvolver cuando bajo por King's Road hacia la casa de mis padres.

Es un edificio cuadrado de ladrillo. Una de las paredes (la que da al callejón) ha sido cubierta de pintura negra; un enorme grafiti convierte el muro en una galaxia colorida y ecléctica en la que puedo contar las estrellas y todos los planetas del sistema solar.

Junto a la puerta hay una pizarrita con la sugerencia del día: Anillos de Saturno (sabores: chocolate, vainilla, glaseado de fresa y coco). El cartel de madera que pende de la puerta reza, en letras grandes y algo descoloridas: **CANIBALISMO GALÁCTICO.**

«Lo has conseguido, Ofelia», pienso, y entro en el atestado local.

Una campanita anuncia mi llegada. La chica de detrás de la barra, alertada por el ruido, da un respingo. Me ve. Sonríe.

No me habría hecho falta la campanita. La reconocería en cualquier lugar. Ofelia (más morena tras un verano en España), con su peluca rubia recogida en dos trenzas, un peto vaquero de tienda de segunda mano y una camiseta gigantesca que debe de pertenecer a su hermano.

—¡Lo has conseguido! —exclamo al sentarme ante la barra.

Con un silbido y un movimiento de muñeca, Ofelia le indica a su padre que se ocupe de los clientes mientras ella viene a hablar conmigo. Camina con la luz del sol siguiendo sus pasos y otra sonrisa (más cálida, más grande) guardada en el bolsillo.

—¡Amoke! —Me abraza; me pregunto cómo he podido vivir estos cinco últimos meses sin el olor a vainilla y a sueños de Ofelia rozando mi nariz—. Estás guapísima, ¿todo bien por Sheffield?

Mientras habla y ríe y me mira, me conduce a la única mesa libre junto a la ventana. Hay dibujos de niños sobre la madera y una tiza para añadir lo que quieras.

—Fantástico. Casi tan bien como por Holyhead, por lo que veo.

—¡Sí! —chilla, y sonríe al ver que dibujo una liebre.

Orejas elegantes. Colita peluda. Una confusión de bigotes. Ojitos curiosos.

—¿Cómo están Tayo y Jimmy?

—Mejor que nunca. —Y es tan cierto que siento mis pulmones hincharse y deshincharse al decirlo en voz alta—. Hay días buenos y malos, pero Jimmy está intentándolo; ahora trabaja en una hamburguesería vegana del centro. El primer día hizo un estropicio en la cocina, pero le dieron una segunda oportunidad y allí sigue. Y Tayo... pues Tayo lo hace lo mejor que puede. Continúa adelante.

Los dedos de Ofelia suavizan las líneas marcadas de mi

liebre. Tamborilean sobre la mesa hasta que sus nudillos rozan mi muñeca.

—He oído que al final el señor Sotnikov llevó *El mercader de Venecia* al teatro —le digo.

—Oh, sí. Papá está en una nube. Boris Sotnikov, el maravilloso director de teatro, decidió utilizar su libro sobre Shylock como base y ahora todos los raritos amantes de Shakespeare se pelean por un ejemplar. Hablando de eso, un pajarito me ha contado que tu padre ha terminado su tesis sobre la peste negra en Escocia.

Niego con la cabeza.

Me gusta lo que hace el sol con Ofelia. Me gusta cómo sus ojos arden dorados, y cómo puedo contar constelaciones en sus pecas, y cómo el punto y coma de sus labios parece más evidente que nunca.

—El mundo es un lugar un poco más asqueroso desde entonces.

Ofelia se ríe. Había olvidado cómo una carcajada puede fragmentarse y llenar una habitación, y cómo puedes sentarte junto a una persona y simplemente hablar, o incluso quedarte en silencio si quieres, y sentir cómo el universo se organiza ante tus ojos.

—¿Y tú? —le pregunto—. ¿Tú qué tal?

Ofelia remueve el café que acaba de traernos su padre; dirige una mirada furtiva al Cinturón de Asteroides y sin darse cuenta espolvorea cacao y azúcar glas sobre la mesa.

—Decidí empezar de nuevo. Me rapé, lo cual evidentemente evitó que siguiese arrancándome el pelo (esto es para seguir con los temas escabrosos, ¿sabes?). Ahora está creciendo y, no sé, estoy mejor.

—Te lo mereces. Te mereces todo lo bueno que te pase. ¿La selectividad?

—No me presenté. No era mi camino.

—Entonces creo que has hecho una elección maravillosa.

—Tú te gradúas este año, ¿no?

Asiento con la cabeza y cojo un asteroide de coco del Cinturón de Asteroides. Sabe a promesas y a aventuras y a futuro.

—Así es. Espero que no te pongas enferma muy a menudo, porque algo me dice que serías una paciente terrible.

—Si pudiste con Virginia Wonnacott, puedes conmigo. Pienso ponerme enferma tanto que en el hospital en el que trabajes me colocarán una pulserita como las de las discotecas, para que pueda entrar y salir siempre que quiera. Te vas a hartar de mí.

Le doy un sorbo a mi café.

—Inténtalo.

—¿Me estás retando, Enilo?

Y ahora soy yo la que río, y mi carcajada también se fragmenta y llena la habitación. Las estrellas del mural podrían postrarse ante nosotras ahora.

—¡Mira esto, Ofelia! —Señalo vagamente a su local *retro*—. Es tal como nos lo imaginábamos. Con la estética de los años cincuenta, el parque de los niños, el Cinturón de Asteroides. —Muerdo otro para ilustrar mi enumeración—. ¡Todo! Es... es perfecto.

Ofelia coge un asteroide de vainilla y lo hace chocar contra el mío. Un brindis en las estrellas.

—Todo un desayuno en Júpiter, ¿eh? Si puedes imaginarlo, puedes crearlo. ¡Aunque en este caso haya tenido un gran empujón de Miss Wonnacott!

Compruebo la fecha en mi móvil. Es jueves.

—Un perfecto y fabuloso desayuno en Júpiter.

OFELIA

Por la mañana, al levantarme y salir a la calle, veo una carta (arrugada y algo estropeada, como si viniese de lejos tras un largo viaje) junto a la botella de leche. En pijama, con el pelo revuelto y los ojos aún a medio abrir, la desdoblo (ha sido doblada y desdoblada tantas veces que le ha quedado una cicatriz en forma de cruz) y la leo. Es de Amoke.

La leo una vez, y otra, y otra, y después me froto los ojos para apartar el sueño que los cubre. La carta sigue igual.

La fecha (mayo de este año). La firma. El contenido.

Sonriendo, cojo el móvil para enviarle un mensaje a Amoke. Una única palabra de una sílaba y dos letras:

Sí

Y, después, una promesa:

Quiero todos los desayunos en Júpiter del mundo contigo

AGRADECIMIENTOS

Me pregunto si se pueden fragmentar unos agradecimientos. Hacerlos más justos, un pedacito para cada persona, una historia (con su correspondiente fantasma) para cada persona que ha hecho que mi desayuno en Júpiter sea real.

Un pedacito (fragmentado en incontables partes) para mi familia: mi madre (la primera en oír esta historia), mis abuelos (por compartir conmigo sus fantasmas), mis tíos y mis primos, y mi pequeña ahijada Paula.

Un pedacito para Iván, especialista en los WhatsApps de urgencia (de madrugada, de tarde, de mediodía, de cualquier hora del día excepto por la mañana, dormilón).

Un pedacito para Henna, que me ayudó a comprender a Amoke y a quien le debo el personaje de Zannah.

Un pedacito (también fragmentado en incontables partes) para la Generación Jordilauriana: Mar (la primera en preguntarme por las lesbianas *vintage*), Cristin (la primerísima en venir a las Ferias del Libro), Alba (que para mí siempre será Duck, y que me inspira con cada libro), Nené (cuyas cartas están guardadas en una cajita con mucho celo), Laura, Rocío, Álvaro y Vicen.

Un pedacito para Herbert Ford, sin el cual el pasado de Cricket y Ginnie no habría sido el mismo.

Un pedacito para Carlota, que me ayudó a crear el personaje de Jimmy Race cuando nosotras teníamos catorce años y él aún se llamaba Red.

Un pedacito para Mónica; espero que el Cinturón de Asteroides del Canibalismo Galáctico esté a la altura de los *timbits* del Tim Hortons.

Un pedacito para Eva, por las comidas y las contraseñas secretas, y porque Zoe es mucho más adorable que todas las liebres de Holyhead.

Un pedacito para Mari, a quien le gustó el título y a quien le gustan mis dulces.

Un pedacito para Pi, que me apoya viva en Santiago o en Madrid.

Un pedacito para mis maravillosas editoras, Miriam y Anna, que son todo lo que una autora podría soñar.

Un pedacito (el último, el más valioso) para todos los lectores que hacéis que yo pueda crear todo lo que imagino, y en especial a Nicole (que fue la primera que me lo pidió) y a todos los que me mandáis mensajes y fotografías a mis redes sociales.

Un pedacito extra para J. K. Rowling, por las historias y porque he terminado de corregir esta novela el 31 de julio (su cumpleaños, y también el cumpleaños de Harry). Gracias por una infancia mágica.

Tu opinión es importante.

Por favor, haznos llegar tus comentarios a través
de nuestra web y nuestras redes sociales:
www.plataformaneo.com
www.facebook.com/plataformaneo
@plataformaneo

Plataforma Editorial planta un árbol
por cada título publicado.